家园

宫泉激 著

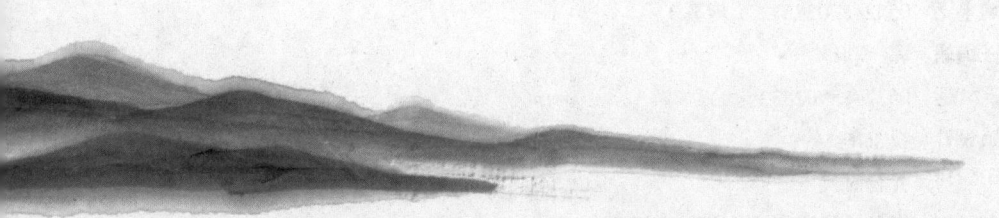

中国海洋大学出版社
·青岛·

图书在版编目（CIP）数据

家园/宫泉激著.--青岛：中国海洋大学出版社，2019.12
　　ISBN 978-7-5670-2475-5

Ⅰ.①家… Ⅱ.①宫… Ⅲ.①散文集—中国—当代 Ⅳ.①I267

中国版本图书馆CIP数据核字(2020)第043751号

出版发行	中国海洋大学出版社
社　　址	青岛市香港东路23号　　邮政编码　266071
出 版 人	杨立敏
网　　址	http://pub.ouc.edu.cn
电子信箱	2654799093@qq.com
订购电话	0532-82032573（传真）
责任编辑	郭　利
电　　话	0532-85902533
装帧设计	祝玉华
照　　排	光合时代
印　　制	青岛国彩印刷股份有限公司
版　　次	2020年4月第1版
印　　次	2020年4月第1次印刷
成品尺寸	170mm×230mm
印　　张	19.25
字　　数	260千
印　　数	1-2000
定　　价	38.00元

发现印装质量问题，请致电0532-58700168，由印刷厂负责调换。

作者简介

  宫泉激,男,1950年7月生于莱西,中共党员。长期致力于写作和写作理论研究,在新闻、公文、文学写作方面颇有造诣。担任过行政领导职务,参与中央领导同志主持的课题研究,兼职中国海洋大学教授,主讲《秘书学》。先后有多篇多种体裁的作品在《人民日报》等中央和各级报刊发表,诗词文赋铭联镌刻于多处名胜景区,出版著作多种。中共中央政治局原委员、第九届全国人大常委会副委员长姜春云同志称其为"才子""文豪"。现为中华诗词学会会员、中国楹联学会会员、中华辞赋社会员、山东作家协会会员;山东写作学会第六届常务理事。

故乡的情怀(代序言)

我上学的年代，中学之后就没学可升了，毕了业便回村到生产队干活。那些活，都属于"手工活"之类，大致就是耕种锄割和推土攒粪、抠泥垫圈等等的大家睁开眼就干的农事。与家乡父老朝夕相处之间，所看到听到的，多是些生动具体的张三勤李四懒的家长里短和东家多西家少的公情私谊。虽然各家自立门户，却过着大致相同的日子，相互间是很融洽的。6年之后，一次偶然的机会我到公社供销社当了文书，后来又到了县里工作，人渐行渐远了。我的亲人，我的庄邻，我的玩伴搭档，连同生我养我的水土和我的情感，我的记忆都一股脑儿地留在了老家。

常回家看看是必然的了，尤其是母亲健在的日子。母亲远逝以后，我还是要一年回去几趟，而更多的则是脑海的回忆和无可计数的梦里回家。这大约是古往今来的人之常情吧。唐代诗人贺知章那首《回乡偶书》："少小离家老大回，乡音无改鬓毛衰。儿童相见不相识，笑问客从何处来。"字里行间透露出深切的故乡情怀。诗仙李白的"举头望明月，低头思故乡"，边塞诗人高适的"故乡今夜思千里，霜鬓明朝又一年"等，也无不表达了浓郁的思乡之情。

曾任中共中央政治局委员、中央书记处书记、国务院副总理、全国人大常委会副委员长的姜春云同志2006年以76岁高龄接受《齐鲁晚报》记者采访，还深情地记着自己村庄的"8条沟湾溪河交相缠绕，水中蒲草丛生，沿岸是茂密的芦苇，几百棵参天大树点缀其间，绿树掩映，溪水淙淙"。如数家珍似的忆起儿时的田园生活："自己是在青山绿水的怀抱中长大的。虽然当时大部分村民很穷，可自然环境好，少年时在田间劳动之余，常到水中游泳，捞鱼摸虾。置身山水林丛间……"（2006年8月17日《齐鲁晚报·姜春云的山川秀美情》）每每，他见到我，便要问家乡的发展变化，常详细到雨雪旱涝和农作收成，有时竟感觉不到时间的无声流失……

人长大之后，离开故乡是常有的事。孔子说："父母在，不远游，游必有方。"意思是游得有道理还是要游的。《十三经注疏》则把"家贫亲老，不为禄仕"写为"二不孝也"。"为禄仕"的意思就是外出谋公差挣俸禄养家，这就是对离家外出的鼓励了。过去的社会分工单一，职业类型少，不是在家种地就是读书坐官，所以就有了"耕读传家远，诗书继世长"的古训。现代社会分工细致，离乡外出谋事创业的机会多多，也就"哪里需要到哪里去"了。

  古代官吏到了晚年，多喜欢告老还乡，谓之"叶落归根"。原因在很大程度上是出于对故乡难以割舍的情怀。思乡怀旧是人之常情，尤其到了晚年，脑子里往往就会翻腾出那些扯不断理还乱的陈年旧事。会说的常常给儿孙后辈们念叨，就如同严顺开不厌其烦讲那一往情深的《粮票的故事》；会写的则往往又会动动笔头子加以记述。我的人生到目前为止几乎完全是与文字打交道，虽不敢说会写，也还可说是能写，便有事无事写一点对家乡的记忆，对亲人的爱戴，对乡邻的怀念，对友朋的情怀，对田园的眷恋，对闲旅神游的寻觅，义无反顾地把人生的所见所闻所思所感变成文字，让飘忽游离的情愫凝结在纸上，使只可言传的记忆化为可阅之书，变随人而逝的往事为可能延伸的无限之年。这种形式比单纯地说好，滔滔不绝地说起来，人家不听吧，不礼貌；听吧，又烦得慌。而写成文章编成书就没有这个弊端了，别人爱看便看，不爱看便束之高阁，再不然就当废纸卖了，完全随各人的便，不用烦谁惹谁。

  自己写自己与通过采访写别人是不一样的，这是每个写文章的人都有的感觉。看看杜甫《茅屋为秋风所破歌》中那"公然抱茅入竹去，唇焦口燥呼不得，归来倚仗自叹息"的和着泪血的句子，不要说是听别人的倾诉，就是现场看到而没有切身的撕心裂肺之情也绝然是写不出来的。我曾说："推小车的不会写文章，会写文章的没推过小车。我是既推过小车，也还能写文章，写推小车就有条件比别人写得更真实。"这好像是与王国维关于"'隔'与'不隔'"的词学理论在另一条路上的不期而遇。终于，我为自己找到了一点点优势。

　　人在自己有生之年的时间和空间里，每时每刻都在用行为塑造着独特的自己。岁月像流水一样，一去就不会复返，留下的是一个个活生生的无可复制的自我。同时代的人生活在相同的时空里，而"自我"却各不相同。用自己的目光、思维和笔力，把自己生命中对酸甜苦辣的感深悟浅记录下来，就成了凝固的实在，便有可能把有限的人生传达到无限之年。微不足道的人生经历，往往可以从一个侧面诠释他生年的那个时代。我用纪实的笔触忠实地记录自己经历中的一个个断片集于本书，或也可以些许地起到这个作用吧。

　　故乡是一个地理概念，一般情况下，故乡是指老家。而许多情况下故乡又是一个以老家为轴心的没有定准的范围。往往，到乡里称自己村是故乡；到县里称自己乡是故乡；到省里又称自己县是故乡，如此这般，没有穷尽。我曾写了一本介绍域外风情的书，书名为《掬一捧清风明月回故乡》，这里故乡的范围就是故国。另外还有一个"地球村"和"精神家园"的说法，那故乡的指向就成为无限极的泛泛了。这本书取名为《家园》，还记述了老家之外别地的人事风土，也就算不了"出题"了。

2018年12月18日

目录

故乡的情怀（代序言）/ 001

一　高山仰止

大师印象 / 002
记忆，穿越历史的天空 / 007
我的县长我的河 / 018
我所经历的莱西会议 / 025

二　生我养我的地方

酱豆 / 036
荠菜 / 038
扯不断的年糕情 / 040
地瓜饭 / 042
千古粘粥不了情 / 045
铺在炕上的精品——大泊席纪事之一 / 047
辉煌的涅槃——大泊席纪事之二 / 051
小车不倒只管推 / 056

七月的雨 / 062

秋虫唧唧 / 067

老爷湾的高粱红了 / 071

关于大葱的记忆 / 076

永远的八大胡同 / 081

我家的老屋 / 086

备年——童年，我的春节之一 / 093

过年——童年，我的春节之二 / 098

送年——童年，我的春节之三 / 102

舌尖上的无奈 / 107

三　山重水复

奇缘 / 114

新疆之旅 / 117

一路乡情 / 121

大青山槐花节 / 124

不会享福的富书记 / 126

室韦，绿海洋中的一抹红润 / 129

大雅追踪 / 133

水城，从地狱到天府 / 136

月园 / 139

哦，那段河道 / 142

读著思人忆曹公 / 146

崔子范故乡的大写意画家——刘国治的书画人生 / 149

莱阳情结，剪不断理还乱 / 155

贵州的云 / 162

獯养古泽，从历史走向未来 / 164

我的总编辑生涯 / 168

梅子熟了 / 175

乡村来的女诗人 / 178

漓江一旅诗心老 / 181

我的读书 / 184

匠心文脉故园情——吕伟志和他的大道弘坊 / 189

四　十步之泽

炽热的火焰——《晚晴集》序 / 194

难得诗心成颐乐——《怡乐诗社诗集》序言 / 200

故园，无尽的眷恋——《眷恋》序言 / 206

老骥犹存万里心——李浩先生诗文书法集序言 / 211

且吟长调润丹青——苏立学先生的诗书画 / 215

心系大地之美——赵金先画集序言 / 217

怡心乐寿且为诗——《乡风集》序 / 220

生命的火焰——《心韵》诗集序 / 224

发散于沃土的芬芳——《翰墨乡贤》序言 / 227

岁月如诗——《怀珠楼吟稿》序 / 229

做就要做得最好——《触景生情》序言 / 233

精神自是梅中见——刘文竹画册序言 / 236

儒雅名山　华茂时代——《伏枥集》序言 / 240

长将乐事寄诗书——《诗书集》序言 / 243

木刻：继承、发展与创新——孙元兵木刻艺术综述 / 246

五 时与事

诗心只作等闲观 / 250

人生的诗路 / 254

对联创作絮语 / 258

文学,不妨玩玩 / 261

诗联声韵探析 / 267

"一带一路"与青岛楹联的历史与现实 / 271

诗人贵养浩然之气 / 275

"余事做诗人"的当代价值 / 278

把真实留在人间——我的采访与调查研究 / 283

美丽乡村建设与楹联文化 / 289

后记 / 293

一 高山仰止

司马迁语云:"《诗》有之:'高山仰止,景行行止。'虽不能至,然心向往之。"这是太史公在他的《史记·孔子世家》中对孔子的由衷赞叹。作为开头,我引用在这里,借以表达我此刻的心情。

大师印象

老画家叶浅予说:"有人说齐白石先生达到了中国画的顶峰,我认为崔子范先生是又一顶峰"。崔老就是这样一位大师。

我认识崔老是在1984年9月。那时候我在县委宣传部工作,程绍田部长对我说:"今天下午你到潍坊去接崔子范吧,他是咱们的老乡,国画大师。"

吃过午饭,我就同司机出发了。一路上,看着车窗外金黄的秋色,一堆堆摊晒的玉米棒子散在路边,待收割的高粱弯着沉甸甸的穗子肃然挺立,一片片绿油油的蔬菜疏疏密密地向远处延伸,拖拉机耕耘着等待秋播的土地突突奔跑,扬起了无边的尘土……

我收回目光,脑海里不停地搜索着对崔子范大师的记忆。1982年,我在绕岭供销社工作。腊月,我在宣传站帮忙卖年画,其中有一幅署名崔子范的对开《玉兰八哥》,与之并排悬挂的还有一幅也是花鸟画,是王雪涛先生的。那天,公社干部孙永进同志到门市部来,他站在《玉兰八哥》画前说:"崔子范老家是牛溪埠公社崔家埠村呢"。我听了,又认真端详了那副画。因为我从小就喜欢画画,对画有特殊的感情。此刻,一种对故乡画家的景仰之情油然而生。

一个深为景仰的人,在此之前我却只在那一刻听说过,并不了解更多。这次接受任务去接他,便可以由耳闻变为目睹,心里不免有些激动。在潍坊见到崔老,说明来意,我便帮他提了行李,陪他走出房间。这是一个和蔼的老者,高鼻方脸,头发实密,身材不高,步子稳健。我跟在他身后,与他同行的几个画家也一起上了车。

接回崔老,送他到县招待所住下。我去看过他作画。在开阔的案子上,他铺开宣纸，简笔浓墨，重彩丽色，举手悬腕之间，十足地彰显了大师的独特画风。或许是因为曲高和寡抑或是"大雅不入俗人眼"吧，那时候崔老的画很不被一些人看好。曾经有一张印刷的宣传页，印了崔老的一幅雄鸡报晓图，旁边登了一则《大官画虎》的故事。不知是制作者的无意还是有心，却引得一时议论纷然。

我想起了春秋时期宋玉《对楚王问》的话："客有歌于郢中者，其始曰：《下里》《巴人》，国中属而和者数千人。……其为《阳春》《白雪》，国中属而和者不过数十人。"几千年之后，人类社会依然没有改变这样的思维定式。可见，经常可以听到的那些什么国人，什么时人如何如何地煌煌大论，实在是无关于国也无关于时的人之本能使然。宋人李唐有诗句："早知不入时人眼，多买胭脂画牡丹。"这种世象时风崔老不可能不知道，但他并没有"多买胭脂"。

崔老是老革命。从延安走出来的名画家如凤毛麟角，崔老是其中之一。1937年，崔子范在家乡参加了"中华民族解放先锋队"，他与他的同志们一起组织抗日武装，先后担任过山东人民抗日救国军22大队政委、山东省八路军五支队政治部民运科副科长。1940年他赴延安，在延安军政学院和延安高级党校学习。抗日战争胜利和全国解放之后，历任山东省胶东区南海专员公署副专员、专员，北京医院政委，国家城市建设部勘察测量局局长、北京中国画院秘书长、副院长、党委书记等职。或许，他独特的画风也如同他坚定的革命立场，始终不可移易。

崔老的人生于家乡，画源于家乡，革命起于家乡，也始终深深眷恋着家乡。离休之后，每年春暖花开的时候他便从北京回来，年复一年，如候鸟般来来去去，从未改变。我没有机会学画，无缘与崔老有更多的交往，只是许多年来一直景仰着他，关注着他。在家乡，他到学校给学生授课，以亲身的示范点化抽象的理论，具体而生动。对青年画家，他直接进行实践的指导，经常面对面，手把手进行讲授，不辞辛苦，不厌其烦，不舍昼夜，不断激扬，引领着家乡的书画之风，留下了丰厚的文化积淀。

我的画家朋友刘国治先生见过崔老作画，也跟着崔老学过画，长时间与崔老近距离接触，对崔老怀有深厚的师生之情。他常常从绘画的角度跟我谈起崔老，感恩和激动之情溢于言表。他说："崔老是以中国现代绘画的形式结构和西方抽象的语汇相融合的技巧，酣畅淋漓的墨色以奔放的笔触尽情挥洒，墨与色强调的是整幅的大变化，并不计较细微的枝枝叶叶，空间、光感、韵律，交响乐般融为一体。他独特的造型设计，夸张的笔墨运用，绚丽的色彩渲染，大胆的物象架构，唯大师才有可能。"

我读过一本理勤功先生整理的《崔子范谈艺录》，里面收入了崔老1996年写给整理者的墨迹："笔简意宏"，并批曰："笔愈简而气愈壮，景愈少而意愈长"。从这里，能够更具体，更直截了当，更明白晓畅地理解崔老书法绘画的要旨真谛。

莱西市月湖公园东边，有开阔的草坪，清幽的荷池；高耸的雪松林荫浓郁，柔和的垂柳悠然飘拂，似乎每时每刻都荡漾着诗情画意。早晨散步的时候，我经常见崔老或提或担着鸟笼，伛偻着，匆匆地从北门走来。每当此时，我便不由想起了当年我养鸟遛鸟的姥爷。那形象，那神态，与眼前的崔老似乎形影相随，若即若离。崔老在公园那一隅停下脚步，时而摇晃着鸟笼，时而坐在湖边的石凳上，目不转睛地看着鸟的跳跶；时而则将鸟笼挂上树，自己立在树下，仰面逗弄着笼中的鸟。可爱的鸟儿，与旁边密密匝匝同样挂在树上笼子里的同类一起唧啾着，叽喳着，不停地鸣唱，悦耳的清音也不停地撒入晨风。

在莱西，崔老住他外甥家，那里与公园只隔着两道街。1999年夏天，我同时任市工商局的王显武局长登门拜望他老人家。崔老穿着瓦灰色的衣裤，厚朴素雅之间透着无尽的端庄与慈祥。我坐在他身边，我们亲切地挽着手，亲热得如同久别的至交。他热情地向我问这问那，我恭敬而认真地作着回答。趁他与王局长交谈的空间，我环顾四周，家中的摆设如同他的形象一样朴实无华。洁白的墙壁只在东面挂了一幅不大的如同剪接拼装的图案，似乎是一件地方民俗作品。我想象着崔老的画风，是不是与民间艺术的简朴、纯厚有关。只是，我对绘画理论知之甚少，并不明白其中太多的所以然。

2001年，我主笔编写李佐民烈士纪念文集。李佐民烈士生前是八路军胶东五支队62团政委,是崔老的战友,文集中同样记述了他与崔老的战友情谊。2012年3月文集编成,定名为"沽水天佑——李佐民烈士纪念文集"。付梓之前,烈士的女儿李志娥局长说:"书名请崔老写吧,他的字厚实。"李志娥局长是书法家,一个"厚实"便是行家的观点。在我的经历中,曾经对这个观点感同身受。有一次我去看崔老的书画展,到书法大厅,一进门便见几个名家为书画展写的祝语或对崔老成就给予评价的赞辞,一幅幅,一桢桢清秀灵动,生机勃勃。转身看崔老的字,遒劲、苍老、典雅、飘逸,视觉的冲击力和艺术的感染力摄人魂魄。比较之中,心中不由惊呼:大师就是大师。

题写书名的事李志娥局长已经跟崔老联系了,由时任莱西市委常委、办公室主任的孙利国与我到北京紫竹院崔老的家里具体汇报。我们商定请崔老给写个字。我想写的是自己在许多年前思考的那个"慎行远"。那时候我在市政府办公室做文字工作,忙里偷闲读点书"充充电",也不知读到哪本书的哪一章哪一节,脑海里忽然就蹦出了一句"大势不计,小行不宜"的话。接着沉思遐想,许久之后又有了这个"慎行远",只是一直没有机会请人题写。

我们见到了崔老,向他汇报了《沽水天佑》一书的基本情况和要他题写书名的请求,并各自跟崔老说了自己的想法。崔老高兴地答应了,让我们第二天去取。第二天早饭后,我们又一次登门,崔老已经等在客厅了。我们给他道了早安,他把书名和给我们写的字拿了出来。我的"慎行远"已经用报纸包好,他又给了另一幅,写的是两个能够直击心灵的大字——"开拓"。他对我说:"不能光慎啊,还要开拓进取。"我听了,心里暖融融的。这是老一辈革命家的鼓励和鞭策,是殷切的期望,也是真挚的企盼。

2006年,我撰写脚本由吴国业先生绘制的记述李佐民烈士事迹的连环画册——《沽河之子》,也是请崔老题写的书名。那一年还有另一件与崔老相关的事情:时任莱西市委书记的张锡君同志让我为月湖公园的楹联作联语。我作了南门的"湖表乾坤意;园达日月心",是以公园建有的那个"日月图"为直接形象,抽象表达公园对天地造化的承载。西门的"天降月湖三百水;世成江北第一园"传达的则是月湖的三百亩水面和国家建设部领导曾定评的"这是江北县级水面最大的公园"的意蕴。

联语作成后，有关方面请崔老书写，字迹大气、雄浑、朴厚、旷达。只是，不知什么原因，楹联的上款和下款都没有，使本来庄重规整的楹联形成缺憾。2011年，崔老永远地离开了我们，这缺憾也随之成为永远。

现在，月湖已经与前面的潴河沟通连接，水面已经远远超过300亩。湖光潋滟，长河奔流，花香鸟语，杨柳依依，优雅飘逸的湖光风景令源源的游人迷恋，陶醉，流连忘返。

我依然每天去公园散步，依然经过那片宁静的松林和平坦的草地。依然，让我每每记起崔老那匆匆的步履和慈祥的面容……

2018年3月4日

记忆,穿越历史的天空

（一）

2001年11月的一天,莱西市民政局一位领导交给我一本打印的资料,并对我说:"这是姜春云副委员长让我们转交的,他说交给那个为莱西烈士陵园写碑文的人,让他把这些资料编辑整理一下。这不就是说给你吗?"

我郑重地打开了资料。这是一本记录抗日英雄李佐民烈士生平事迹的资料,收录了烈士的同学、战友、同事和莱西、莱阳两地史志编修人员、文史研究人员写成的回忆和纪念文章。其中有李佐民烈士的同学、当年同在八路军山东纵队胶东五支队并肩战斗,新中国成立后任莱阳行署办公室主任、山东省劳动厅厅长、山东省政府办公厅主任侯林翼的文章《唯国唯民 浩气长存》；同是李佐民烈士战友的中国戏曲研究会会长、中国京剧院副院长马少波的文章《碧血映红旗 丹心照人间》等。同时交给我的还有李佐民烈士女儿李志娥同志《忆爸爸李佐民和妈妈刘天香的生活片段》的文章等。

早在中学时代,我就拜谒了李佐民烈士的陵墓。那是1966年清明节,学校选举学生代表到莱西烈士陵园扫墓,我有幸当选其中。在陵园里,我们参加了悼念仪式,瞻仰了烈士事迹陈列和静穆的陵园。在李佐民烈士墓前,我们行了鞠躬礼,并环绕陵墓,认真阅读了载有烈士生平的铭文,心灵从此饱含了对烈士的景仰。李佐民是当时莱西烈士陵园安葬的职务最高的烈士,他1911年生于莱阳县（现为莱西）李格庄村,1934年加入中国共产党,1937年同一批革命前辈发起成立了莱阳中华民族解放先锋队,他作为领导成员之一具体负责宣传工作。1938年2月,他与牛绍文等组织抗日武装,开展游击战争，拉起队伍参加了八路军，先后任八路军胶东3支队、5支队科长、干部教导队政委、海防指挥部政委、62团政委、胶东抗日联军指挥部政治部主任等职，1940年3月9日在抗击日寇对胶东地区大规模扫荡中英勇牺牲，年仅29岁。家中年轻的妻子刘天香饱含悲苦的泪水，隐忍着百般屈辱，担当着家里地里千种劳作，用她那伟大女性坚强的心力和体力，护佑着一双年幼的儿女，让这破碎之家充满阳光。

编辑纪念李佐民烈士的文集是莱西市委的决定，这些资料本来是数年前呈报给姜春云副委员长和烈士亲人审定的。为编辑好这部文集，莱西市后来成立了《李佐民烈士纪念文集》编辑委员会，成员有曾任莱西县人民政府县长、时任山东省副省长的赵克志同志；曾任莱西市委书记、时任济南市人民检察院院长的丁瑞云同志；莱西市委书记展文良、市长张锡君同志和莱西市委、市政府其他有关领导、有关部门的负责同志及纪念文章的主要撰稿人等。我作为编委会成员之一，主要担负文集的谋篇布局、综合编排、文字处理、史料校核和了解、补充相关资料等方面的任务。

我怀着无限崇敬的心情认真阅读了这些凝聚了革命前辈、乡贤耆宿万千心血的珍贵资料。李佐民烈士的家庭境况和他那富于进取的精神把我带进了20世纪初期中国积弱积贫风起云涌的大背景里面。他17岁离开家乡到莱阳中学读书，接受了反帝反封建的进步思想，参与并领导了"学生自治会"，同贪污教育经费的反动校长进行斗争；21岁考入济南第一师范学校，有机会接触中共一大代表王尽美等革命先哲，接受了马克思主义理论。在他遗留的诗文中，那砥身砺行、富强国家、驱除倭寇、体恤民瘼、富于牺牲的精神跃然纸上。他在作文《互助论》写道："就国家来说，更须要各民族知道互助的道理，明了互助的关系，才能够维持国家的治安，才能够抵御外来的欺侮……现在我们的中华民国，所以受帝国主义的侵略、压迫，不也因为我们没有共同的互助吗？就这些事项看来，互助也是国家兴旺的关头，我们怎么还该不快快地团结互助去救国呢！"老师对此的批语说："笔锋犀利，开合自然。"《朋友奋起》的诗写道："喂，朋友，奋起！你曾看得帝国主义铁蹄下弱者的呻吟？快枪快炮抢去了锦绣山河！啊，看呵，这弱肉强食的世界吧，这是一页惨痛残杀的写真。喂，朋友，奋起！奋发你的精神，用尽你的力量；随着革命旗帜，努力向前进！收复失地，夺回山川森林，叫帝国主义丧魄失魂。"字里行间，无不透着他对时局深刻的见解、缜密的论述、精辟的分析和胸怀的远大抱负，表现了极高的人生智慧和卓越的理论勇气。

李佐民同志是1934年入党的。这个时期，正是中国共产党生存发展最艰难困苦的时期。国民党反动派在全国各地疯狂剿灭和残酷虐杀共产党人；瑞金中央革命根据地经过国民党军队五次围剿，主力红军被迫长征。在这"宁可错杀一千，不能放走一个"的腥风血雨中，在这早上入了党晚上就可能被杀头的白色恐怖中，李佐民同志却毅然加入了中国共产党。在掩卷沉思里，我认识并似乎看到了中国知识分子的伟大的觉醒！事实上，古今中外、历朝历代的革命，都有一批先知先觉之人，有一批觉醒了的知识分子加入革命队伍，参与和领导着革命走向正确，走向成功。在中国近代史里，从呼唤变法的康有为、梁启超、谭嗣同到推翻帝制建立共和的孙中山及其同盟会成员到中国共产党的创立者李大钊、陈独秀、毛泽东及一大批忠诚于党的事业的仁人志士，留下了一串串思想先驱者的闪光履迹。

我沉浸于历史，沉浸于李佐民烈士的家世、生平、思想、功业之中，深思着他面对荷枪实弹的军警带领进步学生游行；不顾特务的盯梢、追捕宣传抗日救国；不惜牺牲宝贵的生命投入抗击敌寇的战场。这是觉醒的先驱者义无反顾的英雄壮举。当这些先驱者用代表时代的先进思想和率先垂范的行动唤醒千千万万民众投身其中的时候，一个全新的时代就将来临。这是历史的必然。想到这里，我迅速记下了我在思索中得出的结论："李佐民烈士是当地较早接受'五四'爱国思想和马克思主义的革命知识分子，我党早期的共产党员，胶东地方武装的创始人之一。"这个观点，实际上也就成了这本资料编辑的主旨。

有了这个主题，所有的材料编辑就有了主线，有了聚集点。在这个主题的统率之下，我列出了编辑这本"李佐民烈士纪念文集"的详细提纲，并拟出了几个可供选择参考的书名："战斗在大沽河畔""沽水天佑"（李佐民烈士原名李天佑）"永远的丰碑"等。随后，这个提纲经编委会研究，连同说明文字一起寄往姜春云同志处。不久，联系人转达了姜副委员长同意照提纲写作的意见，书名定为"沽水天佑"。我知道应该会是这个结果，因为我从姜副委员长寻找"写碑文的人"中，就深知他是文章大家，熟谙文理。但我还是为他选定"沽水天佑"这个书名感到有些惊讶。因为在我拟出的所有书名中，其余那些都是很响亮的，只有这个朴实无华，却恰如其分，不可移易。我深为委员长的知遇、信任和厚爱所感动。因为要争取在春节前写出汇报稿（原拟在2002年清明节出书），以便春节期间按照审定意见进行修改。所以，紧赶慢赶，才在腊月十五日前将初稿打印装订成册。这个时间，因委员长国务在身无暇顾及，只好延至节后汇报。

正月初四，我随同时任市委书记展文良和相关领导一起来到济南，得到在此过春节的姜副委员长及烈士亲人的亲切接见。委员长让我到他身边的座位，详细听我汇报书稿的编辑情况和需要请示确认的史实。委员长听过汇报说："今天先这样，下午和晚上大家都看看稿子，明天继续研究。"第二天上午，我们按时来到了南郊宾馆会客厅，委员长刚坐下便说："我把稿子大略看一遍，编写得不错，稍加整理就可以成为精品。"我听了这个评价，虽然十分高兴，却又一次暗自吃惊：全部书稿20余万字，委员长在这么短的时间内就看完了，实在难以想象。

谈完了书稿的修改意见，并提出说文集的出版要时间服从质量，不要过于着急后，姜副委员长把话题从烈士事迹转入家乡革命斗争的历史。他说，莱西有悠久的革命传统，胶东第一个基层党支部在莱西成立；发生在1938年的夏格庄、渭田、花园头等地打鬼子的壮举，都是像李佐民同志那样的一批早期共产党员、觉醒了的革命知识分子和当地仁人志士组织领导的。这些人，有的家庭比较贫困，有的也是比较富有的，不然他们也没有条件读书，走不出闭塞的乡村，也就没有机会接触先进的思想。这时，委员长夫人、烈士女儿李志娥局长插话说："是的，我爷爷原来是清末泰安地区的地方官，早年染病去世。后来是天锡伯父卖了家中赖以糊口的7亩良田，我爸爸才有学费到济南一师读书。"姜副委员长说，编写这本文集，不仅仅是对李佐民烈士的纪念，也是对胶东、对莱西革命斗争和抗日战争历史的真实记录、由衷回顾和崇高的致敬，意义十分深远。

2002年4月，《沽水天佑——李佐民烈士纪念文集》由泰山出版社出版，中共莱西市委作为在全市进行爱国主义和革命传统教育的重大举措，与纪念"五四"运动83周年一起举行了隆重的发行仪式，并向全市各级团组织，各级、各类学校赠送了文集。共青团莱西市委在全市青少年中广泛开展了"学天佑精神 做时代先锋"的学习活动，并组织了读书征文比赛。

（二）

2003年到2004年间，我有幸参与了姜春云副委员长主持的课题研究，得以在他的身边工作了一段时间，有机会沐浴在他和蔼亲切、伟岸卓远之中。工作之余，他经常问我家乡的情况，往往连下了几场雨，庄稼是旱是涝也都问到。也经常给我说家乡的过去，说今天幸福、安定生活的来之不易。姜副委员长是1946年在家乡参加革命工作的，直接参与过解放战争、土地改革时期的斗争，对那段艰难的岁月记忆犹深。他说，莱西人民不仅为抗日战争作出了重大牺牲，也为解放战争作出了重要贡献。他给我说起自己经历过的那些惊心动魄的往事，说到1947年的水沟头，说那一年解放区军民光在这里就打了两场阻击战，两次战役都打得十分惨烈，造成大批人员伤亡，我军有许多将士和支援前线的民众在战场上英勇地牺牲了。他说，你为莱西市烈士陵园写的那个碑文里也记录了水沟头战役，应该再详细写一写。

水沟头是莱阳城西约20千米的一个重镇，因为历史上一直被称为"胶东第一大集"，常常被简称为"水集"。这里三面环河，一面丘陵，烟（台）青（岛）公路从此经过，是胶东半岛的交通咽喉，自古为兵家必争之地。我查阅了军史和一些能够找到的文字记载，详细了解了当时的情况。按照线索，我追寻着两次战役那"常覆三军，往往鬼哭"（李华《吊古战场文》）的战场，探访了敌我双方的兵力部署地，水沟头、任家疃、岗头头、沽河头、黄花观、史家疃、焦格庄、院庄、沙埠、店埠、夏格庄、索兰、孙受、姜山、保驾山、大泊、小泊、石城、田格庄、臧家院西、刘家院、南龙湾庄、西流泉、大野头、凤凰岭、太平山等，访问了那些健在的知情者，了解到许多前所未闻的史料。这200余平方千米的广大区域，凹凸不平的地形，平原、山丘、河道、滩坡、村庄错落，地形复杂。水沟头东边是一条自东北逶迤而来的潴河，横过镇南形成百米宽的河滩又向西南缓缓流去，行不多远便与大沽河交汇，成为滚滚洪流。浩瀚的大沽河则自北而南在水沟头西面形成了天然屏障。在这"一夫当关，万夫莫开"的地方据险扼守，兵戎之争，要企图从西面或是南面东去，不是蓄意"放他一马"，要通过几乎是不可能的。而从此往南便是国民党军队盘踞的青岛；往西则是连结内陆的国统区。

两场阻击战都是在国民党军队对山东解放区发动重点进攻的背景下展开的。山东是当时全国最大的解放区。胶东半岛是连接关内、关外重要的通道，山东解放区的大部分人员和物资都是通过胶东与东北解放区沟通的。所以，解放战争初期，国民党便把攻占胶东解放区作为消灭共产党的"三大战略目标"（占领中共政治根据地延安、军事根据地沂蒙山、交通供应根据地胶东）之一。8月，国民党军队在疯狂攻击我沂蒙山根据地一时部分得势之后，胶东根据地便成了他们进攻的重点。当时，华野后方机关、医院、兵工厂5万多人集中在这里。为完成这个重点进攻，蒋介石制定了"九月攻势"计划，集结了4个整编师共20个旅的兵力组成"胶东兵团"，由陆军副总司令范汉杰兼兵团司令，企图在短时间内先取平度、莱阳，后取烟台，占领整个胶东解放区。

9月16日，当气势汹汹的国民党军队拉网似地从西和南两个方面向东推进的时候，解放军华野13纵据险阻击，同敌54师在水沟头展开决战，阻击竟日，毙、伤敌2500余人，撤出战斗，国民党军随后占据莱阳城。当时，胶东解放区只剩下招（远）、莱（阳）、栖（霞）、蓬（莱）、黄（县）掖（县）山区狭窄的地带，进入了非常艰难困苦的时期。事隔三个月，为了建立稳固的胶东根据地，华东野战军东线兵团司令许世友、政委谭振林做出重要决定：攻占莱阳，拔掉这个插在根据地的"楔子"，消除心腹之患，变守为攻，打开胶东战场的被动局面，彻底掌握主动权。水沟头阻击战是配合攻打莱阳城，阻止敌人增援的重要部署。12月4日开始，解放军对莱阳城展开包围，9日凌晨发起总攻。国民党部队6日从青岛调集援军，一路上冲破层层阻击，拼命加速前进，10日进入水沟头战场。在这里担任阻击任务的是华野2纵和9纵。6师在水沟头、李家瞳一线据守险要；5师、4师分别在东、西方向防守侧翼。当天，敌198旅约5个营的兵力在6辆坦克掩护下由石城、大泊、小泊分三路攻向5师阵地，主力向部署在南部的凤凰岭阵地发起攻击。因为我军缺乏歼击敌坦克的武器和经验，防御工事多数被摧毁，伤亡惨重。11日，坐镇青岛的范汉杰严令援军前线总指挥、64师长黄国梁：12日必须攻下水沟头进军莱阳。黄则发下狠话："攻不下水沟头愿将头颅送青岛！"

从10日到15日整整6天时间，敌人在10余架飞机、数10辆坦克和几十门重炮配合下，燃烧弹、炮弹、机关枪连续向我军各阵地狂轰滥炸，猛烈进攻。我军工事构筑了被摧毁，摧毁了又构筑；阵地丧失了又夺回，夺回了又丧失。时我时敌，时敌时我，倏忽交替，瞬息变幻，战斗异常残酷，万分激烈。我方固守不撤；敌方猛攻不止。战场上，所有的武器，所有的兵力，所有的权谋都使用和发挥得淋漓尽致；炮火、枪弹、肉搏，所有的战斗方式、方法都在随机应变地交互使用。在无尽的激战中，一个个鲜活的生命，一排排倒在了血泊之中。尸横遍野，血流成河。我军用"小米加步枪"对美式装备的敌精锐之师，无疑是同钢铁的战斗。然而，英勇的指战员和战斗员前赴后继，英勇顽强，不惜用宝贵的鲜血和生命死死拖住敌人，绝不能让他们前进半步。13日，解放军全歼莱阳守敌。15日，我军依次撤出阻击，2纵奉命南下，战斗任务胜利完成。

看着军史的一篇篇文字记载，听着见证者的娓娓述说，我仿佛听到、看到了我英勇的军队和地方武装以及源源支前的广大民众，正以一种伟大的信念与装备悬殊的敌人进行艰苦卓绝的战斗。这信念是一种正义与胜利的信念，一种翻身求解放的信念，一种打倒蒋介石解放全中国的信念！当那些逃窜青岛的恶霸地主、土豪劣绅组成的还乡团尾随蒋军卷土重来，穷凶极恶进行疯狂的阶级报复，残酷屠杀我党员干部和解放区翻身农民的暴行传到战场，传到军队，更燃起了战士心中复仇的熊熊怒火。在不到一个月的时间里，莱阳、莱西南两县（为当时的区划，后两县合并为莱西县）就有3800多人被还乡团杀害，仅孙受一个乡就有735人。在南部的姜山村，他们一次活埋共产党员和干部群众141名，有121人被一起活活砸死填进村前一口井里。被害的人中，有许多就是在战场上英勇狙击敌人的干部、战士的亲人！深仇大恨裂肺撕心，激起了群情愤慨，热血奔涌，人民军队的崇高使命和伟大信念更加强烈，更加坚定。信念是血肉之躯的圣洁魂魄，是铭心刻骨的精神归宿，是经天纬地的浩然正气，是不可遏止的力量源泉。一个人，一个政党，一个民族，如果没有了信念，就如同没有了灵魂，没有了脊梁，没有了作为人的人格和气概，最后连那个空洞的躯壳也化为腐朽。对此，历史已经用充分的事实，做过了无数次的证明！

莱西市烈士陵园宏大的"名烈士"墓，安葬的都是莱阳、水沟头、即墨、灵山战役战斗中牺牲而籍贯和姓名都已无从查考的烈士遗骸。这四个战役战斗都是解放军攻占莱阳城时我军从青岛方向一路阻击东犯蒋军中进行的。我为之写的碑文在述叙了那段历史之后写道："莫问我家住何地，山高水长；莫问我姓甚名谁，日月同光；莫问我魂归何处，志在四方；莫问我所为何来，中华富强。"或许，这可以成为我军民坚定信念的一个写照。

（三）

我读过《中华儿女》杂志的一个专访——《姜春云的山川秀美情》。文章是引用姜副委员长浓郁的乡情展开的："8条沟湾溪河交相缠绕，水中蒲草丛生，沿岸是茂密的芦苇，几百棵参天大树点缀其间，绿树掩映，溪水淙淙，一派江南水乡的田园风光。"这是委员长记忆中对自己的村庄——岗河头村自然生态生动而真实的描述。文章记录了委员长对自己故乡的回忆："少年时在田间劳动之余，常到水中游泳，捞鱼摸虾。置身山水林丛间，对自然生态产生了一种难分难舍的深厚情感。"文章写得很实在，很质朴，读了也如同听到委员长的谆谆教诲。

姜副委员长经常对我说，你能写东西，要多为家乡做些文化的事情，把莱西一些重要事件搜集整理一下，水沟头的历史应该记下来，为后人留下点东西，这是一种责任。不然这一代知道，下一代就不知道了。他说，对于历史、文化，要用更远的眼光，放到更加重要的位置上去认识。文化是历史的积淀，物质的东西灭失了，通过演化形成非物质的东西就保存了下来，这就是文化。他听说我做了一个"文化传播研究中心"非常高兴，鼓励要好好做，做出成绩。他亲笔为"莱西市诗词楹联学会"题写了会名，让学会全体会员和全市关注传统文化的人都得到极大鼓舞。有一次我同水集二村党委书记姜殿平同志去看望他老人家，汇报了村里建设胶东民俗文化博物馆的事，高兴之余他又认真地告诫说，胶东地域广阔，物产广博，历史悠久，人文厚重，建博物馆收藏民俗文物进行展览是一件很好的事情，但一定要名副其实，千万不要光图名大、好听却不实在，像小孩戴了个大帽子。

我知道也在一些方面参与了水集二村胶东民俗博物馆的建设，情况了解得比较多。博物馆的建立，实在是出自于村里主事人姜殿平的责任、热心和专注。这个姜殿平精明干练，是个明事理、干实事的人。他18岁当队长，把个生产队调理得粮食产量、经济收入、社会风气等多方面都成就不凡。后来又当了村办企业的厂长，经营也是有板有眼，产销两旺，每年为集体增添了不少财富。1994年，他当了村党支部书记（建立村党委后称党委书记）后，带领村民依靠水沟头大集的地脉、人脉优势，顺风顺水地扩建农贸市场，对外出租摊铺；抓住机遇拓地建厂，几年时间使集体资产数亿，村民人均收入数万，各种福利增加，成为全市数得着的几个富裕村庄之一。

姜殿平习惯于留心各样事情。民俗馆的最初形态只是在仓库保管了村集体从初级社以来留下的一些农具、车辆、加工工具、生活用品等，在开库入库的不经意中，姜殿平发现许多年轻人特别是少年儿童对那些"旧东西"非常好奇，不住地问这问那，进而发觉在这社会生产、生活方式急剧变革的时期，抓紧搜集保存一些旧有的东西，适应和唤起人们对往昔的眷恋、缅怀是非常必要的。这也是一个历史的机遇。于是，从20世纪90年代末开始，便注意收集民俗文物。先是发动党员干部把人们丢弃在道旁、沟边、地堰的碾砣、磨盘、石砘、门枕等石器具捡回来收藏，足迹遍布整个胶东，把黄县丁百万、栖霞牟二黑等大户人家用过的碾、磨也归拢了来。后来又发动村民捐赠和向社会募集，许多人觉得那些破旧的坛坛罐罐放着也占地方，既然村里要也就高高兴兴捐了出来。再后来，村里就拿出一部分资金到民间和旧货市场收购。那些年早已被新技术替代的一些旧器具远没有被人看重，更没有形成市场，许多东西就当着废铜烂铁、破衣烂衫，花很少的钱就买了回来。他们乐此不疲，不惜耐脏受累，掀开磨盘常就有一条条蚯蚓、蚂蟥甚至长蛇盘踞其中；扯起鞍鞯也会粘连着虫迹鼠踪、污秽恶臭，却依旧不舍不弃，该搬动搬动，该装车装车。我同姜殿平到过临沂，大热的夏天在树荫下站着还热得难受，他却身上背着车套，手里提着马灯，满头大汗从闹市走来，后面还跟着货主扛着驮篓。他多次登门拜访任家疃做饽饽磕子（当地念ka子，一种用来做花样馒头的模具）的大妈；青山村烧陶土缸、盆的大爷，让他们现场展示技艺、拍照、录像，为博物馆留存下"活"的见证。就这么一次次，一年年地积少成多，集中了具有浓郁胶东地区特色，历朝历代使用的铁木石质农耕器具、载运工具、纺织工具以及各种手工制造用品、生活日用品、红白喜事及祭祀用品、联幛旌表柬帖契约等实用文品以及各历史时期的革命文物、文革文物等15 000多件。据考证，这些物品有的距今已有几千年，每一件都记录着人类发展的历史轨迹。其中，有许多也是抗日战争和解放战争中八路军、解放军用于行军作战的大刀、长矛、土炮和水壶、饭盒、干粮袋以及缴获敌寇的钢盔、指挥刀等，还收藏了1967年山东省包括胶东的青岛、烟台、威海地区在内的各地（市）革命委员会成立时的成员名册。

胶东民俗文化博物馆建成之后，受到社会的广泛关注，成千上万的参观者源源而来，流连忘返。有的反复来过，有的自己看了又携家人来，连美国大学的师生、世界休闲体育大会主席也远涉重洋前来参观考察。2007年由山东省文物局通过验收并正式命名，被青岛市作为第一批免费开放的博物馆对外公布；2008年青岛奥帆赛和青岛建制120周年纪念庆典期间，青岛市博物馆从这里借调了多种文物布展；山东省和青岛市社科联、民俗学会和多所大、中、小学先后将此地设为科研教学和爱国主义教育基地。

姜殿平同志的汇报当然不会说自己如何如何，也不能像我记录得这么详细具体，姜副委员长非常感兴趣地听着，不时询问，随时给予评价。他说，建民俗博物馆，把过去用过的东西保存下来陈列展览，让后人参观，这是通过实物完成的又一种继承、传播和发扬。传承发扬当然最重要的是靠实际的行动，但也要有文字的记载和实物的证明。文字的东西有文字的作用，实物的东西有实物的作用，两相对照，互为补充，相得益彰，就更加完美。传统的东西，好的东西，要一代一代传承下去，不能不分青红皂白，动不动就否定古人，否定前人，这种历史虚无主义的做法是要不得的。只有代代传承，推陈出新，在传承中发展，传统才能不断发扬光大，好的方面就会更好，发展的步子也会更大。你们村自己花钱、不用国家投资办博物馆，这是一个创举。现在，企业、个人投资收集文物，保护文化遗产的很多，各种方式都应该大力倡导和扶持。姜副委员长在高兴关怀中欣然提笔，将自己的新著《拯救地球生物圈》《生态新论》，作为胶东民俗文化博物馆的馆藏之品郑重地交给了姜殿平。我即时度吟一首《姜春云副委员长赠书胶东民俗文化博物馆》，记下了这一庄重的名山盛事：

    健笔著宏文，乡情万里心。
    馆承拥巨制，天地喜同春。

  我珍惜姜春云副委员长的每一次教诲，牢记并消化着其中深厚的乡情，深邃的观点，深远的哲思，深切的关怀和厚望；探寻并思考着作为中国近代史一个缩影的莱西波澜壮阔的历史和人文脉络。往往，历史能刻写并诠释未来，未来也会承载并演绎历史。我想，在人类发展的历史上，先哲的觉醒，坚定的信念，薪承火传的良知，应该是社会进步的一条主线，也是不可逆转的规律。

（本文原载《时代文学》2013年第六期下半月）
2014年1月12日

我的县长我的河

题记

这是发生在1985年的事。那时候,我在县委宣传部做完庆祝新中国成立35周年的工作不久,便从新闻报道的位子上调到县政府办公室当秘书。每每,我都想着把那段惊心动魄的经历写下来,却每每都没有写。又过了将近35年,我已近古稀之年,不能再拖延了。于是,便赶日赶夜写成了这篇文章,献给伟大的中华人民共和国70华诞——

从远古而来的一条大河,是我家乡胶东半岛的母亲河。这条河名叫大沽河。

大沽河史称姑水,发源于胶东半岛北部的莱州、招远、栖霞、莱阳、莱西的崇山峻岭,流域包含了青岛、烟台2市的7县(市)1区数千个村庄,面积达4600多平方千米。主要支流有小沽河(史称尤水)、五沽河和潴河,分别从西北、东南、东北流向莱西南面边境,汇合于朴木乡的韩家汇村,然后浩浩汤汤,南向经即墨、城阳、胶州之境进入黄海,全长180余千米。

千百年来,大沽河及3条主要支流的清澈之水静静地流淌,或小或大,或急或缓,在上中游的莱西大地,其延绵逶迤,盘桓环绕着广袤的山川原野,滋润着沃土田园,优化着生态,温润着气候,肥美千里,膏腴万方,生长着丰硕而优良的粮油果蔬,畜禽河鲜,养育、繁衍着世世代代傍河而居的人民。新中国成立之后,大沽河流域的农村、农业和农民,经历互助组、合作化、人民公社等几次土地与耕作制度改革之后,进入了改革开放的又一个新的历史时期。

与大沽河干流和梯级各别的支流连在一起的,是星罗棋布的水库塘坝,以拦洪蓄水,兴利除弊,在农村和农业向现代化进军中发挥着无与伦比的作用。

人们世世代代都记着这条大河给予的恩赐，矢志不渝地珍爱着，呵护着，抚慰着，修葺着。当然，这条大河也有震怒和狂暴之时，也给人们带来过巨大的恐惧和灾难。莱西县水利局那位白发苍苍的老局长盖庆余跟我说过，在1953年那场百年不遇的暴雨中，他作为水利技术员下乡调查水情，被围困在河堤溃决而泛滥的茫茫大水之中，就靠自己手里紧紧抓住的露出水面的庄稼和树木才免于葬身鱼腹。那场景，那遭遇，想想都让人心惊肉跳。这自然不在于河而在于水。"夏日消溶，江河横溢，人或为鱼鳖。"这是毛泽东同志在《念奴娇·昆仑》的词里说的。"江河横溢"当然就是江河之水的横溢，水多得超过了江河行洪的承受能力也就只能"横溢"了。其实，水多也往往在于风，尤其是台风。据说，台风将海面的水汽卷到高空，冷凝之后就变成了雨，卷上去的水汽越多下得雨就会越大。

1985年8月18日凌晨到21日，九号台风猛烈袭击了莱西，狂风裹着暴雨阵倾阵压，雨水漫野，呼啸奔腾，滚滚滔滔，汹涌澎湃。全县22处乡镇和相关水文站雨量检测的相继报告：南墅镇3日内降雨503.2毫米，为百年一遇；22小时最大降雨317.5毫米，为百年一遇；暴雨中心特大时一小时降70.4毫米，为500年一遇；建在大沽河上游的产芝水库流域内3日平均降雨405毫米，为102年一遇；小沽河上游的北墅水库3日内平均降雨355毫米，为84年一遇……大沽河水暴涨，小沽河水暴涨，五沽河水暴涨，潴河水暴涨，产芝水库、北墅水库、高格庄水库库水暴涨，到处惊涛骇浪，浊流滚滚。顷刻之间，莱西1522平方千米的地域到处险象环生，惊心动魄。

在狂风暴雨里，一位年轻的县长，一辆"212"吉普车，一个司机，没有秘书和其他随行人员，就那么孤零零地在旷野的疾风暴雨中飘摇、颠簸。往日平坦的道路已被洪水冲得坑坑洼洼，许多地方已经坍塌陷落形成了沟壑。他平时非常熟悉的乡村道路早已淹没在洪水里找不着头尾，滔滔水流中只能凭司机的感觉没深没浅地向前开。白天还可以望着勉强看到的地标性建筑把握一下方向，夜里却是一片漆黑，昏黄的车灯冲破雨幕，唯一可参照的就是一个个塘坝和一条条沿河大堤上抗洪抢险人们的那些星星点点的微弱的灯光。

1984年，就是新中国成立35周年的那一年春天，赵县长就挑起了全县政府工作的这副担子，当时他还不满31岁，在山东全省的县（市）长中是最年轻的。可就在这时，在他上任一年多一点的时间，老天爷就把这么多的百年一遇、500年一遇的险情压上他的肩头，实在有些为天不公，为情难容。赵县长深知，作为县长，对全县人民负责当然是义不容辞。在这事关人民群众生命财产安危的紧要关头，他必须义无反顾地到第一线去了解情况，去把握事态，去冲锋陷阵，去现场指挥。为官避事，畏首畏尾，置人民的利益于不顾，是不配担当这一重任的。或许，这正如古人所说，"天降大任于斯人也，必先苦其心志，劳其筋骨，饿其体肤，空乏其身，行拂乱其所为，所以动心忍性，曾益其所不能"。此刻，他当然并没有那么多闲心去想什么名言至理。他想到的只有他应有的担当，应有的责任，应有的对人民高度负责的情怀和应有的临危不乱、谨慎应对、万无一失、务求必胜的信念。

他的工作是有提前量的，他把所有能够想到做到的工作都做了台风来临之前。8月18日19时，县里接到省和青岛市关于9号台风即将到来的紧急通知之后，按照县委研究的意见，县政府立即召开了由有关部门负责同志参加的县长办公会议，从抗大汛、防大灾的要求出发作了认真研究部署，于21时紧急通知到各乡镇和水库、塘坝、河道的防汛指挥机构，要求各级领导干部按照分工带班上岗、上坝、上河。随后，又召开了全县有线广播大会，动员干部群众全面投入抢险抗灾。那天夜里，这位年轻的县长同分管农业的副县长迟华东同志就坚守在县防汛指挥部，与水利专业人员一起现场掌握情况，分析问题，研究应对之策。19日凌晨，县委、县政府、县人大、县政协、县人武部的领导都按照分工赶赴各个水库、塘坝、河堤，并成立了县直部门主要负责人组成的工作队赶到各乡镇，加强对抗灾抢险的组织领导。

雨，从18日凌晨3时就开始下。雨情、水情、灾情随时从各个方面向县政府办公室报来：19日9时许9号台风在胶南县登陆，以每小时30千米的速度向东北方向飞驰，15时便进入了莱西境内，风力达到10级，阵风12级。民居的屋瓦被刮掀得如同秋叶随风飘飞，墙壁则似摧枯拉朽般瞬间倒塌，合抱的大树被拦腰折断，大片大片的高秸作物扑倒在地。大沽河和与之相连的小沽河、潴河上游的招远、掖县、莱阳、栖霞等地同样暴雨成灾，一些小型塘坝相继垮塌，浩大的洪水排山倒海般压向莱西之境，一连串的险情彼伏此起，不断升级、加剧。县内特大型水库——产芝水库最大入库洪峰流量达到3030秒立米；中型的北墅水库1260秒立米；高格庄水库432秒立米；大沽河最大洪峰流量450秒立米；小沽河2398秒立米；潴河430秒立米；东西走向的五沽河最大洪峰163秒立米。水系、河道、库塘、沟壑远远超过了对洪水的承载和拦蓄能力，许多地方漫溢，低洼地积满了水，若干的庄稼、树木、房舍浸在了水里，道路、桥梁被冲垮，输电、通讯线路中断……全县人民生命财产处在狂风暴雨和泛滥洪水的严重威胁之中。

县委、县政府通过有线广播向全县发出了人在河堤在，人在水库塘坝在，人在县城在，人在企业在的号召；县、乡1700多名机关干部组成的26个工作队在第一线与干部群众一道投入抢险。最危急的地方是产芝水库、北墅水库和大沽河、小沽河沿岸。产芝水库的总库容为4亿多立方米，一旦出了问题，下游的大沽河沿岸包括县城在内的广大的村镇、人口和大片的土地就会陷入灭顶之灾；北墅水库截流的小沽河，流域广阔，落差悬殊，水大流急，如果库坝垮塌，河堤溃决，半个县的土地、房屋、甚至人口就会被吞噬。此刻，县委书记桂占山同志坐镇产芝水库扼守险要，掌控全局；赵县长则在洪水泛滥最关键的北墅水库上游沿小沽河、大沽河来回往复，现场勘查，把握时汛，随时采取应对之策。

赵县长的车子一路险象环生，不时陷入被水冲垮的坑洼里，司机启动前后加力，四轮驱动才能爬出来继续赶路。有时突然陷入更深的沟壑，车子被淹熄了火，人力推不上去了，只好就近从村庄借来拖拉机拉出来再开。刮倒的树木横在路上移动不了，绕好大的弯子才能回到原路。急了，赵县长干脆跳下车子，步行着深一步浅一步裤脚淋淋地赶往抢险工地察看险情，与险段负责同志一起研究情况，落实安全措施，确保万无一失。与此同时，也了解那些不畏艰难的抢险民工的情绪，做好安定民心，鼓舞士气的工作。待司机绕路把车开过来，再匆匆往下一个险段赶。

延绵百里的大沽河和小沽河，河槽的水都是晃晃荡荡的满，大风里的惊涛骇浪似乎也在着急地要冲出堤坝，洪流中漂浮着被风刮断和连根拔起的大树、房屋的梁檩、动物的尸体，还有整个的草垛、整栋的茅草房顶，一股脑儿从上游漂流而来。院里、武备、院上、店埠等乡镇境内部分河堤已经漫溢，随时都有溃决的可能。抢险队紧急壅堵，险要之处迅速填进石快，打上木桩予以加固。沿河的村庄大都进了水，村民们除了青壮年劳力投入抢险之外，老弱孺妇已经组织起来往远处地势高的村庄转移。道路上随处可见拉着灾民及随身物品蠕蠕而行的拖拉机、马车、地排车和蹚着洪水匆匆赶路的人群。墙倒屋塌，断壁残垣，一片乱象……人们多少代生存的家园就这样被狂风暴雨毁坏得破败不堪，惨不忍睹的景象令人揪心。下了吉普车的赵县长不时听到逃避洪水的人们令人心碎的发问："分了地才几年啊，刚吃了两年好饭就遇上这么大的天灾，是老天爷诚心不让我们享这点福么！"

莱西县农村1982年春天开始进行土地大包干试点，到年底全面推广，农民种田的积极性空前高涨，一家一户粮食和现金收入噌噌地翻着番儿往上长，万元户一个个噌噌地翻着番儿涌现出来。县里每年春节之后召开全县三级或四级干部大会，每年不可或缺的一个议程就是表彰一批种田能手和勤劳致富先进典型，一个个的事迹都非常激动人心。我的一个朋友跟我说，种了3年地，盖起5间房子。他高兴之余就一个劲地夸政策好啊方法对啊等等。也不知道他新盖的房子这时有没有被风掀去了屋瓦。

面对滚滚的洪水，赵县长早已把自己的安危置之度外了，他心里所想到的，就是举全县所有的力量抗洪救灾，千方百计守住水库、河堤和塘坝，把损失降到最低限度，保住和恢复人民群众生存的家园，挽救大片大片在土地大包干责任制实行之后即将成熟的庄稼，安置好受灾的群众，绝不能让一户一人淋着，饿着，冻着，也不能让倒塌了房子的家庭没有地方住，更不能让一个人因狂风洪水失去生命。

急如星火的电话从抗洪第一线打到县政府，负责县城守护抢险的常务副县长左祥元同志接了电话。赵县长告诉他，把全县各部门各单位储存的所有麻袋、草袋子、铁丝、原木全部号住，调动所有运输车辆立即送往沿河的险工险段。20日深夜，小沽河堤院里段决堤，又有十几个村庄进水，赵县长匆匆赶往那里，直接指挥堵复决口。21日凌晨，北墅水库抢险技术人员报告，大坝背水坡的排水沟堵塞，坝面被水浪冲刷得严重损毁，随时都有垮塌的危险。突如其来的严重险情，导致现场抢险的人员严重不足。在此时此刻，我的县长真正是"泰山崩于前而色不变"。情急之中，他依然沉着思考，冷静应对。在水库抢险指挥部的电话上，赵县长分别对并不在自己管辖范围的省属南墅、北墅石墨矿的矿长说："十万火急，你的矿区离这里近，请组织些人来增援吧。保住了水库大坝，就保住了莱西西一半的县。这一半县里也有你的矿区哦。"话不多，也很平静。很快，两矿的200多名矿工火速赶来，立即投入了打桩、投石、装土、填袋，消除了特大隐患，终于稳固了大坝，保证了水库安全，保住了下游千千万万的人口、土地、房舍……

下午3时，大沽河、小沽河、五沽河交汇处的朴木乡韩家汇村出现险情，8年前因改河道修筑的40多米长的河堤因长时间浸泡而溃决，滔滔洪水像脱缰的野马急速地冲向村子。关键时刻，现场火速调集了1000多人和30多运输车辆（那时候这已经是全县的所有车辆了）投入抢险，县里的主要领导火速赶到。赵县长一边指挥，一边打着赤脚下到奔涌的水中，几次被冲了趔趄，也毅然同抢险队员一起打木桩、装沙土……50 000多个装上沙土的稻草袋子投入了滚滚洪流，在旧河堤外围出了100多米长的新坝，挡住了疾速而来的洪水，保住了这个首当其冲的800多户的村庄，保住了周围几万亩良田。

狂风暴雨肆虐了4天4夜，全县抗洪抢险同样也进行了4天4夜。在这4天4夜里，我的县长没有回过家，身子没有挨过床，没有睡过一个严格意义上的觉，只是在奔跑的吉普车里，在随机的哪个抗洪指挥部的排椅上瞅着险情的间隙眨了几回干涩的眼睛。他的家属几次打电话问县政府办公室，政府办公室竟然也不知道县长到哪里去了，有时刚刚联系到他在哪个乡镇，转瞬之间电话再打过去又不知道他去了哪里。饭也不能及时吃，赶到哪里，遇上了就同抢险人员一起吃点，遇不上就饿着肚子继续赶路，有时干脆就把吃饭的事给忙忘了，竟然不知道哪一顿吃了哪一顿没吃，直到感觉肚子饿得厉害，才想起来需要弄点吃的填填肚子。人，尽管年轻，终归也不是铁打的，多么的困乏可想而知。他认为这就是自己责任，再苦再累再危险也必须义不容辞。好在，所有的水库大坝保住了，河堤没有发生更大的险情，毁灭性灾难没有发生，灾害造成的损失也可以在狂风暴雨之后采取措施加以补救……

风定雨过,赵县长顾不得往日的疲劳,又在思考着部署全县的生产自救,千方百计把台风与洪水造成的损失夺回来。有一次,他同水利局的同志沿河察看灾情,在产芝水库上游,看到浩瀚的水面依然翻滚着浊浪,库区滩涂即将成熟的庄稼还浸泡在水里。赵县长对身边的水利局长盖庆余同志说:"放些水吧,泄点洪退退水可以给群众保住一部分庄稼。"盖局长说:"赵县长,这些土地已经退耕了,属于水库的了。周围村民每年都是白种白收白赚,淹了也是水库的地,不关群众的事呢。再说,水库刚放了70万尾鱼苗,现在放水,鱼苗会随着水流跑掉了的。"赵县长依然平静地说:"放一些吧,鱼到河水里照样也是长,庄稼在水里可就颗粒无收了。"盖局长当然深明此理,也深为农民被淹没的庄稼而痛心疾首。他立即安排水库管理部门打开了溢洪闸,汹涌的库水喷射而出,1000多万立方米的库水顷刻之间流入大沽河,南入黄海。

几天之后,上游的日庄、唐家庄、南岚等乡镇的20多个村庄的10 000多亩玉米、花生、大豆从水里退出,慢慢地焕发了生机……

这就是在当年的那个时代,那个河堤、塘(库)坝还处于十分简陋的年代。如果是现在,大沽河也不至于因洪水而危机四伏,人民群众也不用那么担惊受怕,我的赵县长也不至于那么几日几夜在险象环生中奔波操劳呕心沥血了。然而,这仅仅是个"如果"。

2012年,青岛举全市之力疏浚了大沽河道,高标准设计建造了大沽河堤。莱西域内堤外和堤内滩地普遍栽上了树木花草,河道隔段安放了橡皮坝用以汛期过后的蓄水,水中鱼虾奋勇,沿河生态旺盛。压实了的平坦堤顶铺上了柏油,轻车来往,行人流连。

大沽河沿岸已经成了旅游观光的绝佳去处。

我的县长调走了,承担更重的重任去了。

艰难困苦,玉汝于成……

我,还在坚守着我的河。

2019年2月12日

我所经历的莱西会议

题记

习近平总书记指出:"发端于莱西的村级组织配套建设,在全国起到了很好的示范引领作用,希望山东增强进取意识,勇探新路。"我经历了莱西经验产生的那个年代。

1990年8月5日到10日,中共中央组织部等五部委联合在莱西县召开全国村级组织建设工作座谈会,总结推广了莱西县加强以党支部为核心的村级组织配套建设的经验,从理论、政策和制度上确立了以党支部为领导核心的村级组织建设工作格局,史称"莱西会议"。

莱西经验产生的那个年代已经成为历史,其间虽没有什么惊心动魄,一些方面却也暗潮涌动,常令人不寒而栗。"让历史告诉未来",这是社会发展使然。习近平总书记要求党员和干部要敢于负责,勇于担当,老党员、老干部响应总书记号召,把回忆过去作为自己的责任和担当,也是一种使命。

一、莱西经验从根本上回答了新形势下党在农村的具体领导问题

20世纪80年代是新中国历史上的一个天翻地覆的年代。习近平总书记在庆祝改革开放40周年大会上指出:"改革开放是我们党的一次伟大觉醒,正是这个伟大觉醒孕育了我们党从理论到实践的伟大创造。改革开放是中国人民和中华民族发展史上一次伟大革命,正是这个伟大革命推动了中国特色社会主义事业的伟大飞跃!"

党的十一届三中全会是1978年底召开的，但在胶东地区，真正从实践上波及广大农村还是在1980年以后。莱西县1982年春天开始实行土地大包干试点，秋冬之交全县的土地便基本全部包干到户了。这些包干到户的土地，有些是收了庄稼后的白地，有些则已经种上了小麦。1983年，全县农作物普遍丰收，真正是"油满坛，粮满仓，腰里的钱袋鼓囊囊"了。最初的变化，让人们沉浸在无限的喜悦之中，农民的生产积极性和对幸福生活的追求欲望空前高涨。1983年，我在县委宣传部工作，这一年的水集山会期间，我写了长篇通讯《新的追求——莱西县水集山会侧记》(《青岛日报》12月10日)连同照片刊登了半个版面，《大众日报》也在同日刊登。这篇通讯集中反映了农村实行大包干之后，富裕了的农民购买生活用品、生产资料、优良种苗和咨询农业科技的繁荣景象。

这种盛况仅仅维持了一两年，那种小生产与大市场的矛盾就逐渐暴露出来。农民种地缺牲畜、缺机械、缺技术、缺肥料，还有的家庭缺劳动力，个别有病有灾家庭的土地甚至干脆就因为不能耕种而近乎撂荒，新的贫困户、病灾户陆续出现。对于这种情况，县委、县政府及时发现也特别重视的。1985年秋天，全县从各部门抽调干部组成调查组按不同专题到基层进行农村调查。当时我已经调到政府办公室任秘书，也自始至终参加了一个调查组。那几年，县委书记张成堂也经常下乡进行调查研究，听取汇报，及时发现和总结推广典型。我曾经几次参加过他主持召开的座谈会，在店埠乡召开的那次片区座谈会上，我根据"发展再生产"的理论，提出了"农业服务要持续发展，就必须收取服务费"的观点。那时候商品经济的理论还没有特别深入人心，不少村庄的服务还有点集体积累可以简单维持，农业服务的报酬问题并没有引起足够重视。县政府把农业和农村问题特别是解决农民生产生活中遇到的困难作为工作重点。政府办公室印发到乡镇和部门的《工作情况》《政务信息》简报，许多都是部署和推广乡村发展经验和农业服务方面的内容。在农村经济发展和农业服务的问题上，县委、县政府就是这样边调查研究，边采取措施，边解决问题，边总结，边推广，逐步形成了较为完整的一套经验。

与农村经济发展同时出现的是表现在精神文明建设方面的一些问题。最突出的是在一些敏感问题上认识错落，思想错乱，信仰错失，领导错位。当时比较流行的一话是"辛辛苦苦三十年，一夜回到解放前"。直接导致出现的问题是党的方针政策在农村得不到有效贯彻；农民应该负担的义务得不到落实；农村干部工作作风简单甚至粗暴，与农民形成了严重对立；宗教迷信抬头，歪门邪道得不到封堵，社会治安混乱得不到治理，违法乱纪得不到制裁。群众思想彷徨和混乱到了不知道怎样才算是对，怎样才算不对的程度，甚至失去了对党的信任，以为真是"回到解放前"了。有一次我在政府办公室接待了一个来上访的莱阳人，说县城那个"福顺德"小楼是他爷爷的，应该还给他。我问他："你有房契吗？"他说没有。我说："没有怎么能证明是你爷爷的啊？而据我所知，那个小楼当年日本鬼子住过，是共产党解放水集时夺回来的，你是不是先回去弄清楚这段历史再说啊？"那人走了，再也没回来。还有一个不太年轻的人问我："你说如果中国还让蒋介石领导是不是能比现在好？"我在惊讶之余说："哎哟，如果说你领导可能比现在好或许我还能相信点，因为你从来就没有领导过。而蒋介石统治大陆那么多年，当年什么样你应该知道吧？做人啊，还是应该长点自己的脑子，别跟着风跑糊涂了。"

  导致这些问题出现的最主要原因是党在农村领导的削弱，人们的思想缺乏党的引领，许多人认为"包产到了户，不用党支部"，对村干部的态度是"不批不斗不怕你，有粮有钱不靠你"，说"乡村干部都一样，不是要钱就要粮。""花钱买了个要钱的""干部与人生了，与狗熟了（形容到户催粮催款的次数多狗都认识了）"；有的村党支部如一盘散沙，根本不管事，形同虚设；有的党员"先进性"的观念逐渐减弱，真正到了"混同于一般老百姓"的地步，"党员不党员，多拿两毛钱。"有的似乎连这一年两毛钱的党费也不愿意交。党支部和党员得不到群众信任，威信逐渐下降。这种状况虽只是个别地方的个别人，却造成了极坏的影响。

  农村、农业、农民在生产生活和思想观念上存在的这些问题并不是孤立和单一的，而是交替出现并同时存在的一种综合性问题。所以，莱西县委、县政府在发现问题解决问题的时候总体上就采取了"抓基层、打基础、强化村级、工作到户"的基本方法，推行了"三配套"的工作经验。即"以党支部为核心搞好村级组织配套建设，强化整体功能；以村民自治为基础搞好村级民主政治配套建设，启动内部活力；以集体经济为依托搞好社会化服务配套建设，增强村级组织的凝聚力"。这个"基本方法"和"配套经验"当然不是一下子形成，而是从1985年开始关注并逐步完善起来的。这期间全县经过了整党和几次基层党组织及党员的集中整顿与教育培训、《村民委员会组织法》试点、社会治安综合治理、推行党员包户和县乡干部联系户制度等等的措施，并得到上级领导机关关心帮助和指导，经过不断地总结完善，使总体思路逐渐明朗，整体结构逐渐完整，最终形成了一个整体并得到确立。

二、莱西会议把莱西经验上升为党和国家的层面

"三配套"经验明确提出了"以党支部为核心"，从根本上确立了党在农村的领导地位。村民自治、民主政治、村级服务等各个方面都置于党支部领导下进行，始终不偏离党指引的正确方向。这实际上是在改革开放的新形势下全面贯彻落实党的全心全意为人民服务的宗旨，是"人民中心论"的具体体现。必须明确，党在基层的领导是具体的领导，只有办实事才会实际有效，才能得到人民的真诚拥护，任何空话、假话、套话只能让人厌恶。团结人民，教育人民，组织和领导人民进行伟大的斗争，必须时时刻刻想到人民的利益，为人民办实事，在人民群众遇到困难的时候能够帮助及时解决。只有这样，人民群众才能心服口服地相信党，拥护党，才能心甘情愿地跟党走。这是我们党从发展到壮大、从夺取政权到巩固政权始终保持的优良作风和宝贵实践。从毛泽东主席提出的"关心群众生活，注意工作方法"到习近平总书记提出的"以人民为中心""精准扶贫""两个百年"等一系列重要思想都是一脉相承的。

莱西经验在全国带有普遍意义。我国是工人阶级领导的、以工农联盟为基础的人民民主专政的国家，"抓基层，打基础"关系到党的领导地位和国家政权的巩固。莱西会议语重深长地指出："基础不牢，地动山摇"。这是一个非常重要的党和国家层面的意识。由中组部等5部门联合召开的全国村级组织

建设座谈会于1990年8月5日举行，10日结束，共6天。出席会议的有中央领导和中组部、中央政研室、民政部、共青团中央、全国妇联的领导同志；各省、市、自治区参加会议的一般是党委副书记、副省长和省直相关部门负责人以及在会上进行典型交流单位的代表。山东省和青岛市的主要领导同志自始至终参加会议。

在此之前，县委、县政府围绕迎接会议多次召开县委常委会和县政府常务会，研究部署和检查会议筹备工作，有关部门和人员作了大量积极的工作，从各方面保证会议的顺利进行。当时，莱西宾馆接待能力有限，难以容纳一下子来的300多人。为了解决这个问题，宾馆一开春就开始把四号楼房间进行改造，原来没有卫生间全部作了改建安装。这样尽管房间显得窄小，住起来却方便了。另外，把县城内所有比较好能够用来接待食宿的如电力宾馆、县社宾馆、外贸宾馆等统一编排参与接待。那年天旱，水源地产芝水库的水几近枯竭，县城从春天就定时定量供水，而且有时水质浑浊。县政府也是从春天开始，安排改造扩容大沽河供水长廊，增加县城供水的水源补给，以保证会议期间的用水。同时，参观现场走的进村道路也都全部进行了检查，该加宽的加宽，该修补的修补，实在一时没有办法的就改道拐弯，确保参观车辆顺利畅通。这些，都关系到会议的接待工作。从某种意义上说，接待应该也是一件极其重要的工作。

县政府办公室秘书人员除了做好政府日常工作需要的文字材料处理之外，很大的工作量是与市委办、市委政研室和村级组织建设办公室处理在会议上交流和分发的典型材料。5月17日的县委常委会议确定的会议经验材料、发言材料，除综合的之外还有20个村的典型介绍。张成堂书记要求各办主任负责，人员立即到位投入工作，月底前必须把所有材料都拿出来。那时候政府办公室主任是王岱功，他负总责。我是副主任，分管文字工作，负具体责。当时秘书写材料是"全手工"，起草完了再动手誊写清楚；修改一遍就要重新誊写一遍。秘书人员经常是没日没夜地起草、没日没夜修改誊清，工作是很辛苦的。材料打印是那种铅字打印机，用手按一下打一个字，打字员要整日整夜地"砰砰砰"地坐在打字机前打。打完了校对蜡纸，没有错漏了便用油印机一张一张印出来。会议材料一份要印350至400份，往往一张蜡纸印一两百份就皱得不能印了，得重新打一份再印，打字员同样是很辛苦的。就这样各有分工，各负其责，所有的文字材料都保质保量按期完成，按时交给会议秘书处。

办公室工作的另一项任务是随时根据会议秘书处安排编写打印会上需要的材料。会议之前，中央政研室郑科扬副主任到办公室看望了我们，并与我们一起照了相。8月3日，会议副秘书长、中组部组织局副局长张天祥，材料组副组长、中组部组织局副处长康能成在宾馆4号楼召开会议，就会议材料问题提出了要求，布置了任务。整个会议期间，县委办和政府办的秘书工作始终在会议秘书处的领导之下，善始善终地做好各项工作，直到会议结束。这期间，我们在与中央和省、市领导同志的接触中，不仅学到了高层级文件处理的程序和规则，也学到了上级领导同志的工作热情和优良作风，这是不可多得的宝贵经历。

全国村级组织座谈会在莱西宾馆二号楼会议室召开，当时会场桌椅包括主席台的用品都非常简陋。会议开幕当天，时任民政部部长崔乃夫首先讲话，接着时任山东省委副书记、省长赵志浩，省委常委、青岛市委书记郭松年先后发言。之后一直到第二天，会议进行经验交流和分头讨论；第三天讨论修改文件。8月8日是会议的第四天，中共中央政治局常委宋平同志作了题为《努力增强以党支部为核心的村级组织的凝聚力和战斗力》的重要讲话。宋平同志在讲话中特别强调："农民问题，始终是中国革命和建设的根本问题。我们党能不能把广大农民群众吸引和组织到自己的周围，最大限度地发挥农民的积极性、创造性，为实现党的政治路线和农民的切身利益而斗争，决定着我们事业的成败。在中国搞社会主义，千万不能忘记这个基本特点。"他强调："以工人阶级为领导、工农联盟为基础的人民民主专政，是社会主义现代化建设的政治保证。""我们必须鲜明地提出加强以党支部为核心的村级组织建设，增强村级组织的凝聚力和战斗力的任务，并为此进行不懈的努力。"宋平同志讲话之后，共青团中央书记处第一书记宋德福和全国妇联副主席、书记处第一书记黄启璪发言。会议第五天，与会人员分头到7个乡镇的9个典型村庄进行了现场参观；第六天中组部副部长赵宗鼐作了总结讲话。

会议结束之后，我们又参与了会议秘书处的一些善后工作，直到各级、各地领导完全离开莱西。

三、莱西经验从来没有停留在已有水平上

全国村级组织建设工作座谈会统一了全党在改革开放新形势下加强农村基层组织建设的思想认识，确立了党支部在村级组织建设中的领导地位，形成了以党支部为核心的村级组织配套建设总体思路和工作格局；肯定了以村民自治为基础，加强村级民主政治建设的重要性，在全国造成了广泛影响。2013年11月28日，习近平总书记在山东考察时说："发端于莱西的村级组织配套建设，在全国起到了很好的示范引领作用，希望山东增强进取意识，勇探新路。"

全国村级组织建设工作座谈会结束之后，莱西迎来了各地、各方面参观的热潮。有关数字表明，座谈会结束后的当年年底，全国共有24个省（市、区）91个地（市）165个县（市）323批6157人次到莱西参观学习，后又陆续多批前来。为了做好参观接待工作。县委、县政府安排村级组织建设办公室具体负责。这期间，一方面为村级办增加了人员，另一方面还根据实际需要临时从各单位抽调人员陪同参观。所到之处，有相关乡镇和村庄的干部认真介绍情况，引领来人进家入户考察访问，有的还安排座谈会听取群众反映等等。这些，都按照参观者的要求进行并精心安排，认真接待。县政府办公室在秘书人员严重不足的情况下，依然拿出综合科长李江平和几个秘书参与接待并负责相应的文字处理工作。

接待工作是比较复杂和辛苦的。参观的人员从全国各地来，级别不同，习惯不同，要求也不同，都需要根据实际情况进行具体安排。尽管如此，还是不能尽如人意，其中多数是陪同人员的级格问题。按照规矩，一般接待不相隶属单位的客人是需要对等的，而来参观大都是县级以上领导带队，期望莱西够级格的领导出面陪同。可是，由于来的人多，有时还比较集中，往往

一时没有那么多领导，就只能差强人意让级别低一点的人员出面。这样，理解的还好说，不理解的就会引起了不满。为此，往往不得不随机给接待人员"指定"相应的职务，以应临时之急。

除了接待参观人员之外，还有一项任务就是接待新闻和学术单位的调查采访。这样的事虽然主要由市委宣传部门接待，但一些业务部门办的报刊还是免不了直接与在莱西的下级单位联系。这样，一些单位的接待就往往要找政府办公室协调安排。我因为了解一些情况又曾经做过新闻工作，就常常被拉去陪同接待。8月28日，《中国金融》杂志社记者孙芙蓉和《经济日报》记者张念群到莱西采访就直接到了县农业银行。为了搞好接待，左玉伦行长到办公室找我，我便约上非常熟悉全县农村情况的县农工部副部长胡裕聪，让他为主介绍情况，我做些补充。我们的真实材料和认真诚恳的态度很让他们满意。

除安排接待好各地来参观和各方面调查采访的人员之外，县委、县政府更重要的是对照全国村级组织建设座谈会要求和外地经验，进一步加强工作力度，调整工作思路，对村级组织、民主政治、社会化服务等方面的建设不断进行深化完善。会议结束不久，县委、县政府便制定了全县《村级配套建设的三年规划》，于10月17日以"西发【1990】60号"文件下达执行。第二年4月6日，又发布了《关于贯彻落实中共中央【1990】19号文件进一步加强村级配套建设的意见》。1995年12月，市委（1992年2月撤县设市）制发了《关于加强乡镇党委建设搞好农村基层组织整顿工作的意见》，1997年6月，市委办公室转发了市委农村基层组织建设工作领导小组办公室《关于在全市农村建立党员活动日的意见》。按照村级组织建设的工作进程，县（市）委、县政府根据形势发展的新情况新任务，不断提出新要求，制定新措施，努力推进"三配套"经验的普及和提高，使之在整体上不断实现新突破。

前不久，我看了今年4月23日《大众日报》刊登的《莱西发起深化拓展"莱西经验"攻势——培育"职业党建工作者"派驻软弱涣散村，破解村庄"无人选"问题》的报道，了解到市委、市政府围绕深化拓展"莱西经验"，炸"碉堡"，攻"山头"，打硬仗，培育一批具有引领性的示范样板，为打造乡村振兴齐鲁样板贡献"莱西"模式的胆识和气魄。

莱西经验再出发。在习近平新时代中国特色社会主义思想指引下,在全市各级、各单位和人民群众的积极努力下,一定能够一步一个新台阶,一步一个新境界,不断攀上新的高峰。

2019年6月1日

二 生我养我的地方

"父母在,不远游"这是孔子的话。然而他接着说:"游必有方"。可见,他也认为在需要的时候还是可以远游的。往往,离开父母,离开家乡,却无时无刻不在思念着父母,思念着家乡。这大约是有情之人的统然之感。思到动情处,则会百感交集,不能自已,或许因此就会动起手笔,把所思所感,所经所历记于纸上或键入电脑,以俟后来。毕竟,美不美,乡中水哦……

酱豆

妻从老家拿回来些酱豆，说："拿来你的好菜了，吃吧。"而她却不吃，说过去老吃，够了。孩子也不吃，嫌它不好看。我却每顿饭都要吃一点。女儿不解地说："这么些酱豆，粘糊糊的，有什么吃头。"我说："吃酱豆是吃文化，吃亲情，吃历史。"

酱豆是胶东农家的一种家常小菜，是用煮熟的黄豆经过发酵做出来的，我们老家叫"丝"酱豆。黄豆要选得很精，豆粒要饱满，没有"鸡屎豆"（霉豆）、没有"虫口"（被虫子咬过的豆）。把选好的豆子用水泡过之后，放在锅里煮熟，空去汤水，盛在干净的陶盆里，用细纱布遮住，放在热热的炕头上用被子或棉衣捂起来，十几天之后，黄豆的外表长出了一层像浸过牛奶似的白茫茫的粘膜，相互之间能拉成短短的丝，这就算"丝"好了。大概就是因为这才叫"丝"酱豆吧。把"丝"好了的酱豆倒上凉开水搅开，这叫泡酱豆。在泡的过程中，要加入盐、姜丝、花椒、茴香等的佐料。除了"精品"，大都要切些鲜萝卜丁拌进去，几天之后"发"过来（可解释为后期发酵）就可以吃了。

酱豆的吃法很多，最普遍的就是原汁原味端在饭桌上作小咸菜。酱豆瓣很香，萝卜丁又脆又滑，姜丝辣辣的，吃起来有一种醇厚的清爽。酱豆还可以放上油、肉、葱花什么的炒着吃，可以上宴席，招待客人，也可以晒干了放起来常年吃。这种干酱豆，嚼起来格外有滋味，又很耐吃。到胶东，你若吃不上酱豆，就很难体会胶东浓郁的乡情、清醇的民风、厚重的文化底蕴。

吃酱豆说是吃，其实是"品"。听母亲说，当年爷爷是单独吃饭，给他端上的酱豆是用葱丝和香油调好了的，而且绝不加萝卜丁。爷爷吃的时候，只用筷子夹个豆瓣放在嘴里，就可以咽下好几口饭，而且嚼得很轻、很慢。到吃完饭，还要再夹个豆瓣抿到嘴里咂巴咂巴，说是清清口。一小碟酱豆往往能吃半个冬天。这情景，不就是在品吗？我出生得晚，从来没见过爷爷。从母亲的叙说中，却可以想象出一个清癯、威严、装模作样、令人敬畏的封建家长式的老头。到我能记起吃酱豆的时候，父亲便没有爷爷那种斯文了，也没有那特殊的"待遇"，而是一家子人一起吃搅上萝卜丁的那一种。我弟兄多，围在饭桌边都瞅着酱豆碗想多拣个豆瓣吃，父母则只吃萝卜丁。父亲说："我牙不好，这萝卜块（丁）发烂了，好咬。"母亲则说："萝卜块脆和，吃起来爽口。""好咬"与"脆和"本来不可能统一在一个物体上，可父母为了几个馋嘴的孩子能多吃几个豆瓣，却硬是统一起来了。

现在的人对酱豆的认识变得模糊了，于是有人说，酱豆就是现在的豆豉，其实蛮不是那么回事。这种说法就像因为老虎和猫同是猫科，便说老虎就是大猫同样的荒唐。酱豆可以有几十种调料、几十种做法、几十种吃法，豆豉就没有。酱豆高可以待贵客，低可以惠黎民，可以下酒，可以就饭，可以浇面条，可以蘸馒头，豆豉就不行。酱豆还有一种豆豉无法比拟的更独特的功能，就是可以折射时代，反映变迁。吃酱豆，似乎可以听到历史前进的脚步声。譬如说爷爷的吃法，就是封建老太爷的吃法。到父母呢，尽管亲情厚重，但明显的是"家道中落"了。再譬如说做酱豆，若在荒年暴月，家里收不了（或是生产队分不了）多少黄豆，酱豆里明显是以萝卜丁为主，很少见个豆瓣。除了盐放得多，其他调料也大都免了。吃到口里，咸得只有咧嘴的功夫，赶紧啃口干粮咽到肚子里，这就算吃了。好年景，黄豆的比例就大了，调料也全，放萝卜丁全是为了要那个味道。还譬如说在改革开放的当今时代，鱼啊、肉啊、四鲜蔬菜啊等等，时不时上到农家的饭桌，酱豆里不仅萝卜丁放得少，而且其当家小菜的地位也动摇了。做酱豆、吃酱豆完全是一种兴味、一种情愫了。

1998年11月6日

（本文原载2000年3月4日《人民日报》，后编入中国青年出版社出版的《云游民间多味斋》一书）

荠菜

荠菜是生长在胶东半岛田野上的一种极普通的野菜，却使我始终难以忘怀。

我是生在困难时期的那一代人，小时候的许多年都需要靠野菜充饥，挖野菜自然是儿时的一份"主业"。尽管这样，我却从来没挖过荠菜。为什么呢？因为那时候我们小伙伴经常唱的儿歌中明明是说挖荠菜是只有女孩子才做的事。

"小闺女，剜荠菜。

剜一把，不值得。

家去奶奶再回来。"

我们儿歌中的这个"奶奶"不是通常指的长两辈的老婆婆，而是吃奶的意思。两个"奶"字，第一个是动词，第二个才是名词。人长到能挖野菜了还吃奶，只有女孩子才能那样没出息。这观点，不管对不对，我们当时就是这样想的。于是，尽管母亲每每嘱咐见了荠菜要挖回来，我却从来没有挖。因为我是男孩，男孩子就不能做该女孩子做的事。

荠菜味平、性绵、耐嚼、微辛而清醇，是一种很好吃的野菜。《诗经》有云："谁谓荼苦，其甘如荠。"可见其在遥远的古代就深得人们喜爱。它可以洗净醮酱生吃，可以搅上豆粕馇渣（做小豆腐），可以调成馅包饺子或包子，可以搅在肉泥里氽丸子，可以用鲜嫩的根叶做三鲜汤等等，怎么吃都"随味"。当然，这些吃法大都是近几年富裕了的家庭的吃法，或是饭店里由厨师做出来的。而过去的年代只是仅仅几种单调的、原始的做法和吃法。

记得我毕业后回乡当农民，第一次出远门为生产队推石头，母亲给我带的干粮就是她用荠菜做成的菜团子。我把菜团子装在布兜里，挂在手推车的横木上。坎坷的路，颠簸得布兜不时碰磕两边的偏篓，待我同年轻的伙伴推着沉重的车子，找个背风处歇下来"就餐"时，菜团子已是斑斑裂痕，有的竟完全"解体"，成了渣渣。我擦了擦满脸的汗水，捧起菜团子便狼吞虎咽起来。也许是又累又饿的原因，我竟觉得这菜团是那样的好吃，那样的回味无穷。

荠菜的适应性、生命力、繁殖力极强。在胶东广袤的田野上，春天能够看到它油绿的嫩苗；秋天能够看到它田田的叶子；夏天能够看到它纤巧的白花；冬天扒开积雪，仍可以看到它殷红而柔弱的幼芽。剖开泥土，可以看到它白生生的根。无论是在山川还是在原野，无论旱田还是湿地，无论贫瘠的丘陵还是肥沃的平原，到处都看得到它诱人的倩影。千禧之年的春节，我在为父兄拜年的闲谈之中，还听到了一个关于荠菜的传奇故事——

表舅家的三儿子种冬暖大棚蔬菜，买了假油菜种子。第一遍种了没出苗，第二遍又没出，第三遍还是没出。眼看过了季节，却奇迹般出了一地荠菜。老三想，荠菜就荠菜吧，反正总比晾白地强。不想，赶春节满大棚长出密密实实、绿油油一片荠菜，比生在野地里的旺多了。老三采了拉到集上，竟卖了油菜三倍的价钱。老三说："这叫人算不如天算，赶早不如赶巧。如今的人也怪，富得不知吃什么好了，放着大鱼大肉不吃去吃野菜。真是，两元多一斤，都争着买。荠菜——集财嘛，也许人们就图个吉利。"老三赶了一个巧，竟让荠菜上了不知多少人家春节的餐桌。

想起荠菜，看到荠菜，吃着荠菜，总是让我深深地思恋着故乡，思恋着母爱，思恋着那天真烂漫的儿时生活。

2000年4月5日

扯不断的年糕情

进了腊月门,最早出年味的就是村里的碾坊。因为家家都忙着占碾"卡"年糕。推碾的,等碾的,看光景的。人真多。

"卡"糕实际上是做年糕的第一道工序——轧糕面。糕面是用我们胶东的粟子轧成大黄米(糯米),再把大黄米放在笸箩里用小水洇好,摊在碾子上轧。轧一阵用细罗把成了粉的罗下,粗的再轧、再罗。轧一次糕面子(约十来斤糯米)往往要用半天功夫。推碾子,煽糠,罗面,费工费事,把小脚的母亲累得腰酸背痛。晚上,我常常用稚嫩的小手给她揉揉腰、捶捶背,宽慰她那慈爱的心。

母亲是做年糕的高手。街坊的婶子大妈常要向她请教。其实,做年糕的工序也不见得那么复杂。我看到母亲把轧好的糕面子拿回家之后,拣风和日丽的天气摊在笸箩里晒几个日头。据说晒得越干做成糕越粘,越筋气。临年根,母亲就开始蒸糕。她先把糕面子放在盆里和水搅匀,滋润透了,倒在早已浸透铺在锅里的糕席上摊匀,并同锅边有一定的距离,使蒸气通透。不然,就会把糕蒸"死"。

蒸年糕烧火也有讲究。母亲总是先旺火烧开锅,再一把草一把草细细地填到灶里慢慢烧。最后,把灶火灭了,再用烧火棍摊一摊灶里的火灰烘着锅底,憋一下锅,就算行了。母亲常说:"糕好不好吃,一要看米选得精不精;二要看面卡得细不细,晒得干不干;三要看水兑得适不适,锅摊得当不当;四要看火烧得匀不匀。这几'不',全仗用心去把握。另外,糕席也要疏密得当。密了,憋死锅;疏了,窜气大。都不行。你爹总结得最好。"

年糕蒸熟了。一掀锅盖,热腾腾的蒸气带着新糕的清香弥漫了整个屋子。

锅里原来那嫩黄的生糕面成了老黄色的年糕。这时，母亲手醮着凉水，把滚烫的糕抹出平整光亮的面，这叫"平糕"。平过之后，便趁热插上一个个洗净的红枣，待凉了，硬了，切成匀称的糕块。整整齐齐的糕块可以随时蒸着吃，也可作礼品送人，还要作过年摆供的祭品。我们家，蒸熟年糕未供祭或大人没尝，小孩子是不能吃的。母亲却常常在"平糕"时特意沾点手上让我啃着吃。这时，她便戏谑地说："又钓了一条馋虫！"

年糕有若干种吃法。最普通的吃法是把大盘蒸透的年糕撒上红糖或浇上蜂蜜，搅一搅，一家人围在一起用筷子夹着吃。粘稠而筋气的年糕被扯出长长的"丝"，这一头到了口边，那一头还在盘子里。吃到热闹处，一家人笑得前仰后合，热闹极了。年糕也可做成各种样式放在油里炸糕饼，还可以和上面搅上糖切成条状做"琵琶梗"或其它小食品。可以当饭，也可以下酒。那些年春节，我过完假返城的时候，母亲总是装些年糕和用糕做成的食品让我带着。她边装边说："拿着出去，一要你进步，步步登高（糕）嘛。二呢，用糕黏住你，省得忘了这个旧家。"

年糕，每每引起我对久逝母亲的无尽思念。

2002年12月2日
（本文原载2003年2月6日《人民日报》）

地瓜饭

胶东的地瓜饭如今上了宾馆的宴会，登了大雅之堂。吃起地瓜饭，常常引起我对家乡无尽的眷恋。

其实，时下宾馆做的那种地瓜饭，只是徒有其名，真本实料倒是不错，做工却不得"真谛"。一碗端来，只见黄褐色的汤里，几根地瓜条条无精打采地躺着，汤上飘着两个纯属"蛇足"的红枣，喝到口里，清淡寡味，毫无特色。而我们老家的地瓜饭，那真是地道。从选料、配料到刀工、火候，要多精细有多精细，要多讲究有多讲究。

做地瓜饭的主料自然是地瓜，但这地瓜必须是春天栽的，当地叫"芽瓜"，岭地、沙土地长的最好。这种地瓜生长期长，个头大，上"面"足，格外甜。洼地、黏土地或是麦收后栽的夏地瓜就差了。辅料主要是绿豆、豇豆、爬豆和小米、花生米之类，多是胶东农民所说的"小杂粮"。这些"辅料"也须是当年产的，且饱满成实。这样的料气正味足。刀工也做的认真。胶东农家媳妇细心，做时把地瓜刮去皮，打成丝，细细的、匀匀的。配料倒没有什么严格的比例，哪样多一点，哪样少一点全凭自家的口味。但地瓜却必须多，至少多出辅料三倍以上，不然就吃不出那甜蜜，品不出那滋味来了。最讲究的是火候。主料辅料搅匀，一起下到锅里，水添到与料大致持平。这时急火煮沸，慢火细烧，期间揭开锅盖，用勺子搅几次，直烧到豆裂了皮，米开了"花"，那就算做好了。这时舀到碗里，喝到嘴里，那滋味是要多甜有多甜，要多"蜜"有多"蜜"了。

在胶东吃农家的地瓜饭，是一种甜美的享受，也能强筋健骨，增高长劲。过去的年代，胶东人主要吃的是地瓜。地瓜收获和储藏期自秋至春的五六个月里，那些农家的孩子个个吃的壮壮的、胖胖的（那时是以胖为美、为荣，绝无减肥之说）。老人们便说孩子们长的是"地瓜膘"。山东地瓜多，这"山东大汉"群体的形成是不是与吃地瓜有关，我不敢妄下结论，但这地瓜饭却肯定是起源于吃成钢筋铁骨汉子的"铁匠饭"。

在胶东，20世纪70年代之前相当长的时期，常有一些铁匠推着小车"拉乡"，车上装着除洪炉、铁砧、风匣、煤炭和打铁的锤、钳之类的工具及用品外，就是用筐子或袋子装着地瓜和米、豆之类。他们一般少则三人、多则五人搭伙。每到一个村，安起铁匠炉，支起打铁的架子，就"叮叮当当"地打气铁来。打造的多是些锄、镰、锨、镢、刀、铲、斧、凿之类。那打铁的铁匠，黎黑的面庞，乌亮的皮肤，身上突出的肌肉就象起伏的山岭，沟是沟，坎是坎，似乎敲一下都铮铮作响。五六十斤重的铁锤，在他们手中轻松得如莺飞鹤舞。那砧上的铁器，在他们锤下就像农妇手里的面团，要圆就圆，要方就方，叫短就短，叫长就长，而他们常年吃的就是匆匆促促做成的地瓜饭。

将午或傍晚，他们用淬火的水把地瓜洗净，用刚下砧的刀"嚓嚓嚓"将地瓜或段或片地削在锅里，倒上豆啊米啊的再添上水，把锅就用铁链子吊在洪炉上方。熊熊的炉火，向上烧着饭，在下"熟"着铁。饭做好了，便停下手中的活计，各自盛满饭碗，"呼呼噜噜"吃了起来。直吃得腰粗肚圆，心满意足。就是吃这样的饭，长成了铁样的汉子。曾听到领班的铁匠数落小铁匠："叫你打铁你不能打铁，叫你拉风你不能拉风，叫你吃饭嘛，你扒拉扒拉一碗，扒拉扒拉一碗。"数落的小铁匠端着饭碗直掉眼泪。兴许是哪家的巧媳妇见铁匠们吃得那样狠，长得那样壮，忽发奇想，就回家如法炮制，精工细做，便成就了这风味独特的地瓜饭，渐渐风行开来。

看胶东人的气质、水色、脾性，我就想，这地瓜饭或许还有美容、驻颜、益心、养德的功效。你看那一个个的大男小女，娇滴滴，水灵灵，脸色红润，皮肤白嫩，似乎也如同地瓜饭的滋味，真正的"甜丝丝，沙蜜蜜"啊。前些年，胶东有些女青年"支边"，找对象时据说早早就被那些模样俊，条件好的大小伙子抢在前头追上了。有时出差到外地，新朋友听说我是胶东人，都争着说他们的亲朋邻里哪个哪个的媳妇是胶东人，如何如何文静、贤淑、漂亮。这时，我常常会故作郑重地说，这纯粹是胶东的地瓜饭滋养的。近来灯下夜读，看了些介绍地瓜的资料。《本草纲目拾遗》称，红薯（地瓜）补中、和血、暖胃、肥五脏。现代科学分析，红薯中含有大量多糖蛋白，属胶原和粘多糖物质，并含有大量对人体有益的维生素A、B、C、E及亚油酸和维生素。看来，我这不过是玩笑的戏说，竟碰巧与科学对上了号。

如今，地瓜在胶东早已由主食变成了副食，原来极平常的地瓜饭成了娇娆的"天然蜜羹"，堂而皇之招待高宾贵客。真是沧桑变化，今非昔比啊！

2003年12月22日

千古粘粥不了情

粘粥,是我们老家对稀饭的一种古老的称呼。进入现代社会后,一些人就说,什么粘粥不粘粥的,多土气,那就是稀饭。其实,叫稀饭简单是简单了,好听也许也算是好听了,但太笼统,不准确,表达不出这种稀饭的独有特点来。譬如大米稀饭、小米稀饭等等,就不能叫粘粥,而叫稀饭也不如叫大米汤或小米汤更直接明了。所以,粘粥还是叫粘粥吧,不明白的解释一下就是。

粘粥的主要原料是高粱面、玉米面或是穄子面等等。过去,胶东这地方种高粱多,农家的高粱面粘粥就多。红高粱面的就叫红粘粥,白高粱面的就叫白粘粥,穄子面的就叫穄子粘粥。现在,高粱很少有了,穄子我也有50多年没见到几乎绝迹,基本就上只有玉米面粘粥了。当然,一种粘粥一个特点,一个特点一个味道,节用养生的功能大致相当也各有特别吧。

粘粥的做法说起来比较简单,做起来就要看各人操作技术的熟练程度和对火候的掌握了。做粘粥胶东叫"熬",方法是先把粘粥"格子儿"——就是做粥用的面。(当地就是这么叫,我可不知为什么这么叫,也不知写出来是不是就是这几个字。姑且这样吧。)——放进水舀子里泡上水,让其充分滋润,这叫"泡格子儿"。待锅里的水烧开了,舀一些在泡着的"格子儿"里,搅匀之后马上"晃"进开水里。这叫"晃格子儿",是胶东地区"熬"粘粥的又一术语,或叫一道工序。就是把泡好的"格子儿"倒进开水锅里,就势一"晃",再搅几下,也是为了使之与开水"匀和"起来。然后,用慢火一边烧一边用勺子搅几遍,让"格子儿"熟透。看看满锅的粘粥"扑哧,扑哧"冒泡了,就是"馇"了(熟了),可以盛盆出锅了。粘粥舀在碗里,散发着新粮扑鼻的清香。喝一口，滑润清芬，舒爽可口。

熬粘粥省心、省时、省料。整个熬粘粥的过程，也就是"泡格子儿"、烧火、搅动的功夫，前后也就是十几分钟就完成了。一勺"格子儿"（二三两）熬半锅，足够四五口家一顿喝的。说它养生，是说喝粘粥不仅清香爽口，而且那粘粥"格子儿"经过泡、搅、滚、熟，营养充分溢出，容易吸收；那粘粘的，滑滑的，一入口便很快下到胃里，对胃粘膜可以起到保护作用。如果胃酸过多或吃了什么刺激的东西伤了胃，譬如说头一天晚上喝多了酒肚里难受，第二天喝碗粘粥立马就舒服多了。尤其那些上了年纪的人，吸收功能、消化功能、排泄功能等逐渐减退了，喝粘粥更有利于颐养天年。我的亲人中有5位老寿星，如今都到耄耋之年，大都每天早晨（特别是冬春季节）喝碗粘粥就是一顿早饭，身子骨硬朗着呢。另外，那高粱面的粘粥"格子儿"还有医病的作用，偶尔感冒了，捏上一点生面放在碗里，加点红糖，用凉水一冲，大口喝进去，蒙上头发一场汗，感冒也就好了。比那感冒胶囊都管用。我小时候患感冒，母亲每每都用这种方法给清热祛病。直到出来工作，母亲不在身边了，才改成了吃感冒药。凉水生面子有这疗效，熬出来的熟粘粥，养生保健作用肯定也是没得说。

粘粥有多种做法、多种叫法。放进黄豆一起熬叫豆粘粥；放上青菜、咸盐叫咸粘粥；有些还放些豆芽、干豆角之类，就是为了变个花样，换换口味。或许，也是为了把多种营养成分都综合到粘粥里去，提高其养生功效吧。在各种粘粥中，我最爱喝的是咸粘粥。在红红的（红高粱粘粥）、黄黄的（玉米面粘粥）粘粥中，加入青青的菜蔬（最好是春天刚返青的嫩菠菜或刚发芽不久的苦菜、曲曲芽、荠菜之类的野菜），饱满的大豆，色香味具佳。真是又有喝头，又有嚼头，又有看头。那滋味，别提有多美了。

时下，城市街头一些粥店做的粥，主料一般是大米或白面，敷料有加肉糜的，有加海鲜的，有加山珍的，有加蛋加奶的等等，五花八门，应有尽有，这就是一种奢侈了，与胶东那节用而养生的粘粥并不是一回事儿。

2007年2月5日

铺在炕上的精品
——大泊席纪事之一

胶东人有句俗话："炕上没有席，脸上没有皮"，意思是炕上的席子同人的脸皮同样重要，没有是不行的。所以，每年到腊月置办年货或是哪家娶媳妇办喜事的时候，到集市上"揭（买）席"，是人们要做的重要事情之一。不讲究的，随便哪里编的揭一"领"（即一张，当地叫"一领席"）就行了；讲究的，却总是要打听着买"大泊席"。

大泊，是我老家的村名。大泊席用高粱杆的篾子编制而成，经纬全用白篾子编的叫白席；经白纬红篾子带有红白相间图案的叫花席，也有叫红席的。这种席子的特点是光滑（同高粱杆的外表一样）、细密（兜上水一时半霎漏不掉）、柔中带刚（柔软时可以折叠，刚劲处能够割破手指，划破皮肉。如同胶东人刚柔相济的性格），铺在土炕上亮堂、散热、透汗、保暖，人躺在上面舒爽、熨帖，是那些年睡土炕的胶东人不可或缺的物件。

大泊席所以珍贵，是因为它要经过对材料的精种细选、加工炮制等数道工序，然后进入复杂的编织程序。经过经编纬续的精工细作，才能把一领席成就起来。

大泊用作编席的高粱当地叫"料胡秫"，有"白胡秫"和"红胡秫"两种。白胡秫叫"白料子"，红胡秫叫"红料子"，都是谷雨前后下种。种"料胡秫"的地必须是大泊洼的那种粉细、油亮、肥沃的黑土地，长成的料子软而柔（砂礓土的地是不行的，那种地长出的料子硬而渣）。料子胡秫下种出苗后，经过间苗、耘锄、打叶等的管理程序，到处暑成熟就可以收"砍"了。

砍倒的胡秫运到家，要把太粗的"料杆子"和短、细、弯等不够料的分拣出来，只留下高矮合适、粗细匀称"一水直"的那些，捆整齐了量着"标"

（行话叫"则"。一般是 2.5 米~3 米。大约就 5 尺多的人擎着手到手梢再加几捺几指那么高吧），用铡刀铡去根，抹去梢，然后按 90~100 棵为一捆捆起来，就是"一个篾子"（够编一领席的数量）。红篾子就那么竖起站着自然风干，白篾子还要趁鲜活的时候刮去秸节上的叶鞘，叫"刮胡秸"（因为刮胡秸的刀子要转，所以又有人叫"转胡秸"）。这种事情一般是要女人来做的。

　　胡秸刮过之后，就要"破篾子"。破篾子要用那种刃子快、刀背厚（冲力强）、没有尖的刀子，五六寸长，乍看就如同一段厚厚的铁板。破篾子的时候从那长长的胡秸梢头下刀，破到接近根部，刀把一别，使破开的瓣子依然连着，不完全分开，然后再回到梢头破第二刀。如此反复，一棵胡秸一般要破二刀（四瓣）或三刀（六瓣）。破篾子用刀不能偏，偏了就会这瓣宽那瓣窄的不匀和，甚至把整棵料子就"偏废"了；也不能"回刀"，回了刀篾子会有刺，也是废料。所以，必须要熟练的高手，才能一刀破到底。在破篾子的高手中，只见"唰唰唰"破开的胡秸，就像渐渐散开的长花瓣在翩翩飞舞，洒脱至极也漂亮至极。

　　白篾子破完了，要搁在院墙或房屋上摊着。白天暴晒，晚上再由露水打湿，叫"放露"，一个昼夜就是一个"露"。赶上秋高气爽的晴朗天，一连放五六个露就行了，便收藏起来待用。行家说，这样放几个露是会增加篾子的娇嫩和自然白的。

　　红胡秸也是要这样破的，只是不是趁鲜破，而是就那么铡齐了原样捆起来晒干，在编席之前连刮胡秸一起，现破现用而已。

　　编席一般要在庄稼地里没有了活，到农闲的时候才能开始。这时候会编席的人们便自家或二三家一起，收拾编席的房屋，一间屋的地方就足够铺排的了。

　　最适宜编席的房子叫"地屋子"，都是编席人几家合伙搭。方法是在一块空地上划出可以同时编几领席大小的长方形框子，往下挖一米多深，底部和四壁拍平打光后，架上梁檩，勒上笆，抹上草泥就成了。"地屋子"像住的房子一样，也要开门开窗，不过它的门只是简单的在向阳面的"屋檐"下挖一个方框口，再拍出像楼梯一样的台阶，搭上个厚草帘算作门。人进出则要弓着腰，近乎爬行似的那么上上下下。窗子则是用几根木棍，散落着一栽，下到底上到顶，糊上张白纸就成了。在这种"地屋子"里编席，不怕风，不怕雪，不干燥，无灰尘，人不冷，篾子温润，编出席来贴实、缜密、洁净。

编席之前先要泡篾子，就是把破开的成捆的篾子泡在水里，经过三四个昼夜浸泡，透了就可以刮了。刮篾子也需要用特制的刀。那种刀的头部如鱼形，拖着长长的厚铁尾巴（沉重而压茬），讲弯道。刀把也就一把握着那么粗，那么长，一把刀总共也就半米多长吧。这刀不仅用来刮篾子，也要截篾子、缲席等。编席的全过程都离不开这把刀，所以就叫"席刀"。席刀钢火要好，要快，要用起来顺手，不然是刮不出好篾子来的。所以，席刀也讲究名牌。这些年，许多名牌往往是炒出来的，而最讲实际的农民对名牌则是用用了再认，是"使出来"的。当地有个名牌的顺口溜说，"保驾山的锨，崔家岭的镰，刁家庄的席刀顺手弯"。所以，大泊席用的席刀也大都是刁家庄的铁匠打造的。

刮篾子的时候，篾子下面要垫一块一尺多长、半尺多宽的"蔑板子"（一般要枣木或梨木的，耐磨而光滑），手握席刀，脚跐刀背（尾部），左手握着泡过的篾子往后拉，篾子瓤就像刨花一样随着锋利的刀刃卷下来。一匹篾子一般要刮三四刀，大的秸节还要用刀尖特别抠挖一下，直到把所有的瓤子都刮净，光亮、薄软的篾子就出来了。

光而薄的篾子是编出软而滑席的基本条件。编席的第一道工序是"拉趟子"，就是用达标的长篾子从中间斜着由这边编到那边，开个头。经过挡席，定下了席的宽度，然后就以"趟子"为基础，一步一步地"拉篾子""传篾子"，一直往上续纬编经。编完了这头，再掉过来（叫掉席）编那头。席的四边有"大纹"，大纹的外面是顺着边直走的"三纹"，三纹外边就是"碴"。等到整领席编完了，就要用席刀"齐碴"。齐完了"碴"就"窝边""踩席"（就是从"三纹"的中间反折，然后再踩熨帖）、"包角"（把席的四个角叉包起来）、"缲席"（把"碴"插到"大纹"里固定住），一领席就完全成就起来了。

大泊席所以精致，除了用料和加工料的细致之外，还有编制过程的细腻。编席的人要穿一种特制的用蒲草编的草鞋，这种鞋的鞋底不磨席，穿着脚还暖和。编席不能站着也不能坐着，只能蹲着。低着头，弯着腰，两只手不停地拾篾子、缜篾子，全是靠手指头的力气和指甲的"抠"劲。编一会儿，要站起来端量端量，看看纹路直不直，匀不匀，平不平，发现哪里不遂心意，便赶紧整理。是篾子的问题就剔篾子、调劲口；是疏密的问题就再"抠缜"、理顺。那认真劲，就像新妇摆弄初生的婴儿。

人们都知道大泊席好。方圆百里，到市集上买席的，许多都要先打听一下有没有大泊席，实在没有再买别处的。有的，就干脆赶大远的路到村里订制。那些为儿女办喜事的，都要提前几个月甚至半年，说明什么时候用，早早交上订金，到时候来取货。大泊席还有一种编的两头带回字形方格花的，铺在炕上，"花"的那部分就竖贴在两边的墙壁上，既鲜亮又典雅。这种工艺复杂的席没有几个人会编，喜欢的人又多，所以就格外抢手。有一个老人跑20几里路来大泊定席，因为他要得急，农活忙又没工夫编，任他千说万说也没有人接他的活。最后他恳求说，我结婚用的大泊席，儿子结婚用的也是大泊席，现在孙子要结婚了，无论如何你们也要让我们再用上大泊席啊！看在老人、老主顾的面子上，村里人一合计，伙了几把好手，几个昼夜就给赶了起来。按时来拿席的老人感动得直夸说："大泊的席好、村好，人更好呢！"

早年间，胶东人闯关东的多。人走了，家乡的事还记得。哪个人回老家探亲，回去的时候都要捎点家乡的土特产回去。关东人睡火炕，有人回来探亲就想买一领席子带回去铺。可这席宽五尺有余，长两米多，卷起来也长得很，乘火车没法带呢。后来，这人就遇上了大泊卖席的说，你把席叠起来，装进袋子或盒子不就行了嘛！这个关东人不信说，那不是就把席折断了？大泊人说，大泊席柔软，不怕折的。关东人当即买了个盒子，大泊人就把席叠巴叠巴就给装好，关东人心满意足地付了款，高高兴兴带着席乘火车去了。

据说，这闯关东人把席带回去之后，那里的人看到折叠的席，都觉得新奇，认为这简直不可思议。这事一传十，十传百，很快在关东的胶东人中传开了。后来，再有闯关东回来探家的人，也都要特地打听着买个大泊席带回去铺在炕上，留下了许多对家乡的情思和眷恋……

2009年9月15日

辉煌的涅槃
——大泊席纪事之二

在大泊村，大多数家庭都有人会编席。不会编席，农闲时候站街头、晒太阳的就会被人笑话。编席的，大都是男人，女人除了做些辅助性的诸如"刮胡秸"、收"瓢子"之类的打打下手，很少有人"上席"。编席的手艺是代代相传的。早年间，男孩子长到七八岁就要"上席"学着"赶三纹"，贪玩不学是要挨骂的。慢慢的，一样一样就学会了全套的技能。至于这手艺起自哪个年代，谁发现、发明和传授的，已无从查考。

关于编席，村里流传着这样一个故事。说远古时的织女上天之后，回头看看人间还是那么贫穷，便心生怜悯，又回到人间，传授种胡秫编席的手艺。她看到大泊洼油黑的土地，正适合种编席的料胡秫。便到村里教给年轻人种"料子"、编席。技术教了，人也熟了。日久生情，美丽的织女便成了青年们的意中偶像。一天，她正教大家包席角，一个年轻人看着看着，竟情不自禁地趁着学包席角也一起包了一下织女的手。织女羞愧不已，玉指一剜，长袖飘忽，升天而去。织女走了，年轻人道歉再请也找不着地方，只好自己悟道吧。本来编席处处都是挑两匹（篾子）压两匹，到包席角的时候却出现了单匹，任凭怎样也双不起来。这当然是席蔑走向的规律使然，却因为有了这个故事，被传为是因织女动怒，让她的长指头"剜"走了一匹。这美丽而动人的传说，更增添了大泊席的神秘。

大泊村人的编席，本来就是一种养家糊口的手艺。这种说法其实也有点过，因为仅仅凭编席根本就养不了家。确切的表达应该是人们用这个手艺，把农闲的时间用起来，为居家过日子增点"添补"。算算，花四五天时间编一领席，好的能卖三块五块钱。一般的白席和那种"大瓣子"席，也就卖一两块钱，且还有成本，"去了灯钱没了火钱"，还不够给孩子买双鞋的。这是20世纪50年代至60年代的价。有时候虽然看起来价钱高一些，也往往因为钱"冒"而水涨船高，依然"一把斧头两只羊"，与别的商品比价也差不了许多。要说靠编席发了财的，从古至今也没听说一个。

那些安分守己的农民，为了这少得可怜的"添补"，竟是一代接一代没昼没夜地"种、破、刮、编"，从没有间断。编席除了农闲时节，农忙的时候也有赶在夜间编一会儿的。劳累了一天的人们，晚上蹲在席上，往往一个瞌睡，身子一倒，就躺在散乱的篾子丛中睡熟了。编席的人有句俗话，叫"腊月看'参（读sen）儿'，是个'俶墩儿'"。"参儿"是天上三个排列在一起的星星，学名叫什么我不知道。当地的人们大约也不知道，只知道看"参儿"定时间。这三颗星星在初冬的时候，天黑后就从东天出现了，然后慢慢往西移动。到了正南的上空，就是"参儿响了"，时间将近半夜，编席的就要停下睡觉了。那时候没有钟表，就是用这种看"参儿"的方法计算时间。这三颗星星随着时日，越出越早，到了腊月，"参儿响了"也就是十点左右，远不到可以睡觉的时候。所以，腊月的"参儿"是不作准数的，再用"参儿"定时间就是俶（傻）。所以，"参儿响了"也不能休息。

编席不仅是细工活，也是个慢工活，用当地话说叫"吃工"。那么大的席，要一匹匹用细细的篾子编起来，不仅要好手艺，还要有耐性，脾气急或是耐不住寂寞的人是做不了的。编席的"趟子"铺开，就要赶昼赶夜地编。人一上去，"襟三（指蹲着的人体）襟在一起"（编席人自嘲的话），就要半天半天地蹲，专心致志，"两耳不闻窗外事"。不然，干着席上的想着外面的，也会因注意力不集中而"不出营生"。为了赶时间，有的连吃饭的时间都舍不得用。有个老三哥，为了赶时间多编几匹篾子，吃饭时就把煮熟的地瓜放在身旁，口里嚼着地瓜手上编着席。"吃饭兼编席，两下都照顾"，一时传为佳话。

就这么惜时如金，没日没夜地人不离屋，手不离席。生手一不小心，还会被锋利的篾子割破了手指，流出血来，几日几夜生生的疼。永不停歇地抠篾子"缜席"的指甲，一个冬天下来，磨得只剩下半截，就像那中间凹凹的月牙铲。因为用力,指甲与皮肉连结的那道"痕",长出了厚而生硬的筋疙瘩。人们就是这样编啊编,一领一领质优价廉的席源源上市,进入流通,满足了千家万户的实际需要和审美享受。

这种辛苦尽管发不了大财,但对于土里刨食吃的农民来说,也确实是一个实实在在的"添补"。一年的农作下来,若不是荒年暴月,打下的粮食一般也够吃的。抻筋拔力编一冬天席,拿到集上卖了,到过年一算,挣个百八十元,当家人手里就"宽头"了。家里的油盐酱醋,老婆孩子的扯衣买袜,人来客去的打酒买菜等等的日用花销,俭省着用也就够了。没有这"添补"的户,那就一年到头手里紧紧巴巴,日子就艰难大发了。

因为这"添补"的益处,也就吸引着人们世世代代传承着编席的手艺——当然,许多年轻人也苦于那种苦行僧式的劳作,往往寻机逃出村子另谋生活,则另当别论——而不至于失传。其实,这"添补"实在也有一种诱惑力。家里有编席的人家,那手艺就那么祖辈传承了。没有的呢,往往就托亲告友地把孩子送去别家学编席,一般需要三四年才能掌握全套手艺而独立成就起席来。外村的、没有会编席的亲友而想学手艺,就要把师傅请到家里,酒啊饭的伺候着,希望得到师傅的精心指点。那师傅呢,往往是只带着一把"席刀"和一块"蔑板子",在课徒授艺之余,有滋有味地享受着东家的盛情款待。临走,少不了还要带上应有的学费和酬劳的礼品。

或许,人都应该有一种对他人、对社会有用的手艺。而这种手艺也会因为对他人、对社会有益而得到回报。这其实也应该看成一种生活或者生存应有的手段或条件。"家藏万贯不如薄技在身",古人这话可能也有这个道理吧。确实,编席这种收入薄而又薄的手艺,在20世纪60年代初生活困难的岁月里,就让许多人得以死里逃生。

那个年代被人们称为生活困难时期,多数人家连地瓜蔓、花生皮都吃光了,饿得人不定早晨晚上就会死去。"树挪死,人挪活"。这时候,有的编席人又是拿着一把席刀一块蔑板子,带着老婆孩子到处境稍好些的东县挨家挨户给人家编席(没有编席的专用"料子",席匠就用东家有的比较细的高粱秸,精心加工。这样编成的席尽管次一些,却照样可以铺。再次些的"大瓣子席"

便可以做晾晒东西的"晒席"），需要编席的人家则管吃管住。反正家家都要用席，编完了这家又去编那家，一家常常要编二三领。一个冬天下来，不仅让全家人填饱了肚子，临走时还赚得几布袋地瓜干、地瓜叶什么的，就"添补"着渡过了春荒。

　　这手艺和席就那么与人、与社会、与人世沧桑紧密地联系着。有时候挣钱，有时候挣饭吃，有时候呢，还挣工分，那就是生产队的时候了。那时候编席叫副业，到了冬天，年轻力壮的劳力下地整"大寨田"；年岁比较大的编席高手，就集体搭个地屋子，让他们在里头暖暖和和地编席。编出的席集体拿到集市去卖，按出勤天数给编席的记工分。私人呢，则是生产队每年每家分给一二个"料子"，让社员抽空编着自己用。其实，编出来的席，也都是偷偷拿到集上卖钱花了，自己并不舍得铺。除此而外，有的人家还在自留地种一点"料子"，也起早拉夜挤点时间编着卖几个钱。这尽管在当时并不允许私人自家去卖，干部们对此也权当没看见，睁一只眼闭一只眼就过去了。

　　就这样集体、个人"两条腿走路"了一段时间，到"割资本主义尾巴"的那些年就不行了，私人家一律不准编席。不用说生产队分"料子"没有了指望，就是谁家自留地里种了几垄"料子"，长高了也就被发现了。于是，到村里驻点的公社干部立马就派人去，生生地把那"料子"给砍掉了。写作界有个术语叫"杀青"，那其实就是个比喻。真正的"杀青"恐怕只有这个，席"料子"就那么活生生地给青杀掉了。有的把多年攒下的"陈篾子"晚上偷偷地送到村头的沟里，打开厚厚冰凌放到水里泡着，白天让驻点干部看见，便找人捞上来，用铁锨给拦腰斩断，把料子给废了。唉，"人非圣贤"啊！

　　逼得没法，人们便在自家院子就地挖个槽，铺上塑料薄膜，搁上篾子，倒水进去泡上。为防有人串门发现，又在上面盖上秸草。谁知那篾子经塑料薄膜保湿加温，篾子反倒泡得快了。所以，到后来形势松动了，人们泡篾子还是用这个既省事又快捷的办法。"置之死地而后生"。看来，一些好的办法，往往能够在被逼到山穷水尽的时候生出来呢。

　　改革开放之后，席才彻底得到了解放。然而，当大泊人放开手脚大种其料，大编其席的时候，变化的社会生活却渐渐把席推上了绝路。先是市场上出现了可以代席铺炕的人造革，要多大就量着剪多大。只是那人造革铺炕一时还表现出许多弱点，为一些人不认可。但其价格便宜、花色绚丽的优势却也争得了席市场的半壁江山。后来，农村的年轻人渐渐讨厌热炕的"土气"而换上了床铺，结婚要买席梦思了。席梦思当然用不着铺席。听说有个人家舍不得刚买来的好席，便在儿子结婚的时候给搭在新床上，赚得亲朋好友都说他"老土"。再渐渐的，农村的高效农业、外出打工赚钱，人们不再需要编席那点少得可怜的"添补"，也就没有人再愿意张灯把火蹲得腰酸背痛地编席了。大泊席就这样走向了衰落，逐渐退出了社会生活，消失在了历史的长河之中。那可怜的，除了可以编席什么优势也没有的"料子胡秫"，也没有了生存的条件，或许也随着席的消失一起悲哀地消失了。

前些日子，听说编席可以申遗，也不知相关的政府部门申报了没有？可能，外地也有为席子申遗的。我想，申报成功的不管是哪里，如果未能把大泊席记上几笔，恐怕始终都是一种遗憾。

2009年10月6日

小车不倒只管推

近日上网,又看到了20世纪60年代末响彻全国的先进典型、被毛泽东同志称之为"一不怕苦、二不怕死的共产主义战士"、河南许昌市水道杨村党支部副书记杨水才"小车不倒只管推"的事迹,又让我不由想起了小车。

小车是一种可以装载物品、方便运输,一人推着——有时还要有一二个人在前面拉着——的独轮车子。车架子多是木制的,后来也有了铁管子焊接的——不过不好推也不耐用。车轮有是木轮的,叫木头车子(轮子厚而高的叫大木头车子,也有的叫"笨车子";轮子薄而矮的叫小木头车子);有是胶轮的,叫小胶轮车,简称小车,杨水才推的就是这样的"小车"。这种手推车子的演化变迁,历史悠久,有案可查的是《水浒传》里晁盖劫皇纲一节说的那种"扬州车子",木轮木架子,是与现在偶尔能看到的小木轮车很相似的。至于这种车子究竟起源于什么时代,没见到可资佐证的资料。据说,《三国演义》中诸葛亮运粮草辎重用的木牛流马,实际上就是这种车子。只是后来有人望文生义,做出那牛样马形以娱人目罢了。

20世纪90年代之前,小车是中国城乡主要的运输工具。其雄壮的声名除了随着杨水才的事迹传遍海内之外,就是陈毅元帅那句名言:"淮海战役的胜利是人民群众用小车推出来的!"在著名的淮海战役战场上,543万支前民工,88万多辆小车,76万余头牲畜,30多万副挑子,构成了激烈战争之外的另一壮观场景。陈毅元帅激动得无限感慨之余,就说出了如上的话。

后来,小车逐步被机械运输所代替。到现在,除了在荒僻的乡村,就只能在博物馆看到完整的小车了。胶东民俗文化博物馆,就陈列着几辆这样的车子,却只是专供人观看。至于如何驾,如何推,如何操弄运转,并没有多少人能说得清楚，更不用说推车的那些具体细节和推车人的苦辣酸辛了。

推小车首先要有个子。个子小，人没车高根本就驾不住车子。这可不是开汽车，警察隔着车窗看不见驾驶员影子，推小车个子小是绝对不行的。其次要有力气。推小车不是小孩子玩玩具，那是要载重行远下沟爬坡的。没有力气，任凭你心高气傲，照样是推不动，玩不转的。最好的车手就是那种五大三粗、膀阔腰圆的年轻汉子，小车在他们手里，操弄得像甩铃铛似的，要走方走方，要走圆走圆，若不是特大的载荷，根本看不出他在出力。其三还要会保持平衡。小车放平了的时候有两条腿支撑能稳当地立着，推起来却只一个独轮着地。如果推车人不会保持平衡，走起来就像醉汉，摇摇晃晃的东一脚，西一脚，弄不好还会翻了车，撒了货，跌了人。那些年，经常看到有推小车的翻在路上，有的也会连人带车翻下悬崖绝壁而出现"车祸"。因此折胳膊断腿甚至危及生命的也不止一人。这绝不是危言耸听。

正因为这样，过去在农村，小伙子只有长到了能推小车的时候，才能在生产队挣上整劳力的工分。不然，任凭你到了三十、五十，照样还是半劳力。除此而外，还要讲技术。有驾车的技术，有装车的技术，还有护车修车的技术等等，并不是像看着那么简单。其他不说，单就装车就不是生手或莽汉能做得好的。譬如装麦捆、豆棵之类，长不长，短不短，需要一码码地码在车子两旁。码得长了短了厚了薄了都装不好，往往不是高了，就是窄了；不是装不足数，就是装散了"排"。再说装高粱秸、红麻秆之类的高作物，放在车子上不仅位置要适中，而且绑车绳子的松紧度也要适宜。不然，就会像推车人行话说的那样，"又前沉，又后沉，又歪沉，又旁沉"，走在路上就会饱受压手别腿勒脖子，浑身只有出力流汗躁心烦脑的份了。所以，这推小车虽不是什么高新技术，可要玩得它溜溜道道，也不是一年两年工夫能够做得到的。

正因为这样，那些推小车的年轻人也会用他们那种独特精明、狡黠、桀骜不驯和偷奸耍滑，在装车的时候使出一些心计，玩一点蹊跷、怪异、投机取巧和让人哭笑不得的恶作剧来。当年"人民公社"的时候，村村都有公社驻点干部组织"大跃进"，也与社员同吃、同住、同劳动。按说这作风也实在不错，只是这些人在村里事无巨细地都管，又是"资本主义尾巴"，又是投机倒把行为地瞎指责，还像"周扒皮"那样地指手画脚，催耕催种，时间长了自然就令人生厌。有一个村推车的小伙子就因为这种讨厌，便想着法子要"修理"一些这驻点干部。一天晚上，那驻点干部领着打夜班往麦田送粪，小伙子们趁着夜色都把装粪的偏篓扣过来，底朝上绑着，把那些还发黏的土粪糊在车上面。夜幕下，看上去就像车子装得很满一样。那个搞"三同"的驻点干部不知就里，只管埋头同别人一样一趟一趟地送。小伙子们车子轻走得快，早早跑到前头压头辙；他自己推的重，进到地里，车辙已被前面压得老深，任他怎么拱也拱不动。小伙子们又假装帮他拉车却有意押他拽他。一晚上把他折腾得有苦难言，再也不敢与小车队"三同"了。

小车这工具不大，能够推的东西却不少。一般说，只要能装得下，它就可以推，庄稼地进进出出的运载都不能没有，打墙盖屋、修路筑坝那些需要推砖垫土运石头的事也非它不可。在那些年整大寨田、建水利工程的浩大工地上，都会看到一队队小车前不见头，后不见尾，过队伍似的来来往往，蔚然壮观。胶东中心大沽河流域的莱西，过去许多年的冬春农闲季节都要安排较大型的水利工程建设。这时候，各村分派的小车就从四面八方涌向工地，往往一住就是两三个月。想家了，只能在晚上收工之后趁夜回去一趟，第二天再赶大清早回到工地。离家远的，只好默默承受着"干到腊月二十九，吃了饺子就动手"的"豪情"，等待着什么时候完工就什么时候回去。

难怪推不了小车就成不了整劳力，因为推小车确实是个力气活。推着载重的车子，走平坦路还可以，若遇着上坡下坡，顶风下雨，身体弱、体力差的根本就顶不下来。上坡，要低着头，弓着腰，蹬着腿，下死力气往前拱。因为不这样就会"不进则退"，弄不好退急了还会"人仰马翻"发生危险。所以，推车人就要使出全部力气，一个个浑身青筋暴起，大汗淋漓，一步一挪地盘桓向上，不敢有半点松懈。这时候，就是路上有金砖，脚下有元宝，推车人也会因为碍事，看也不看地把它踢飞（注）。待上到坡顶，腰酸背痛，气喘吁吁，车子一放，赶紧嘘一口长气，拽下披布（推车人搭在肩上垫车襻的布），擦去浑身满脸的汗水。下坡，就要全身使劲地后拽，脚要趿着地，坠着车子，防止它顺着坡直溜而下。如果控制不住，顺势滑下陡坡，也一样酿成大祸。平时，最需要用力气的则是那些载荷大的车子。我的一位农民同学告诉我，他在北墅水库工地上推小车运石头，每车的载重都是1000多斤，最多时达到1300斤，超过他体重的9倍。大家看到三峡大坝合拢，载重车辆在合拢处的两边分别往激流里倾倒石头。那些年，尤其比较小的堤坝，合拢时堤坝的两边也像三峡的载重车辆一样，一辆辆的小车推着石头，"咬着尾巴"往合拢处倒。这时候，如果不小心或者力气不够把不住车子，就会被石头滚动的巨大惯性，把人和车子拽着一起滚到水里，事故发生的严重性就可想而知了。

莱西的土地上，大型的胶东第一大水库——产芝水库，中型（一）的北墅水库、高格庄水库、堤湾滞洪区（现称姜山湿地）和数不清的小型水库、河堤、塘坝，都辗遍了小车的轮迹，浸润着推车人的汗血。

在水道杨村杨水才的墓前，大青石镌刻着胡乔木同志写的关于小车的诗："小车不倒只管推，老汉推车出如归；上坡下坡慢慢走，百里平川看鸟飞。小车不倒只管推，路远不过一身灰；豺狼虎豹都领教，千人开路万人随……"大约政治家是不管细节的。推小车虽然并不是完全像诗写得那么轻松，但推车人却也有引以自豪的时候。常听推小车的说："推小车三件喜，空车、顺风、捎女子。"所以，胡乔木老说的"百里平川看鸟飞"的情景，大约也只是在有了这"三件喜"的时候才能有这样的闲情逸致。想想，推车的那些年轻力壮的英俊小伙，在和煦的春风里，走着广阔原野的平坦土路，空空的车子捎带载上一路同行的美貌女子，说着闲话，拉着家常，优哉游哉，加上一些自作多情的心猿意马，确实也是推车生涯中难得的好事。但这种"好事"却并不是说有就有的，"三件喜"也是很难就那么凑巧地统一到一辆车子上。这用庄户人的话说，"也就快活那两片嘴吧！"

尽管如此，庄户人的小车里还是有无限乐趣的。那些年在广大的农村，经常可以看到新女婿用小车推着打扮得花枝招展的新媳妇走娘家。尤其是夏天"出六月门"或是春节看丈母娘的时候，乡村的大路小径，到处都有这样的小车在兴冲冲地赶路。那可不是"左手一只鸡，右手一只鸭，身上还背着一个胖娃娃"的可怜，而是一家人除了当家的小伙子推着小车，其余的都在车子上装着呢。看看，一边是年轻利索的媳妇脚趿着车扒头，手把着车大梁，稳稳地坐着；一边是绑着的偏篓里装着一双儿女；孝敬的礼品就放在后坐盘上。"叽叽喳喳"的孩子一会儿望望树，一会儿指指雀，一会喊拉屎，一会儿要撒尿，生生地就像一群没有出窝的小燕子。待到在丈母娘家吃过可口的午饭，喝了一点小酒，带着几分酒意，推着车子春风得意地走在回家的路上，满含深情地欣赏着青春焕发的媳妇，逗弄着得了守岁钱正高兴地手舞足蹈的孩子，时不时就会情不自禁地哼支小曲，唱个小调……

流行在推车人嘴里的还有一句话，就是"小车上了襻，给个知县也不换"。这只是戏谑，也属于"快活那两片嘴"之类。不过，细想起来却也有些道理。譬如说，推小车自由，推着车子就是工作。推车上路，爱怎么走就怎么走，爱歇就歇，爱住就住，知县是官差不自由，就没有这么轻松了。如果车上装的是好吃的，还可以边走边从车子拿着上吃。在生产队推花生，可以嗑着花生，咽着口水，直到场院；《水浒传》上那扬州车子推的是大枣，就一路上嚼着枣子，唉着清甜。知县也就没有这个福份。早年间有些职业推车的叫"脚夫"，那可是什么都可能推的。据说，一支小车队给商号运糖，路上歇息吃饭，"脚夫"们都挖着绵糖就着馒头吃。这时，打扮成路人的货主随后赶来说："这糖我可以买些吗？""脚夫"们爽利地说，吃可以，买不行。糖运到后等待过秤验货时，那货主出来说话了："只吃不卖，不用过秤"，直令一队"脚夫"面面相觑，不由自主地吐了吐舌头。

莱西是胶东半岛的中心，南北东三面距离海边都只是百十里路。春天到了渔汛虾潮，猛壮的小伙子就几个人一起，驾着小车到海边推鱼推虾。都是早上走了，傍晚等渔民卸了船装上车，一宿夜路就赶回来了。推回来的鱼虾，有时就邻居们分着吃新鲜，剩下的就拿到集市上卖了赚几个钱。装鱼虾的偏篓都是满满的，车的上面，往往就盖上几个海边人不喜欢也不用花几个钱买的安康鱼，大的竟有锅盖那么大。这种鱼的另一个名字叫蛤蟆鱼，名字不好听，样子不好看，可放到锅里一炖，白肉白汤，鲜美无比。洗净剁碎下锅一熬，一家人大快朵颐，味道好极了。曾经有话说："臭鱼烂虾，莱西老家；莱西不要，送到栖霞。"其实，并不是鱼虾臭，而是那些年的运输工具只有小车，小车一天也只能走百十里路。鱼汛虾潮时大热的天，又没有冰箱冰柜，一两天再鲜活的鱼虾也就臭了。而且胶东除了莱西、栖霞，别的县都靠海，人家现捞现吃，当然不会臭。这刚推进来的鲜活鱼虾，如果忙于官场事务的知县没有个推小车的亲戚朋友，恐怕也是享受不到的。

当然，知县有知县的优势。知县的豪迈也是推小车的人永远不可能体会得到的。按说，人生也各有各的喜好，各有各的乐趣，没有必要也不可能什么都去体会的。就是体会，不是自己喜欢做的事情，也会是寡淡无味的。

杨水才去世到现在已经有40多年了。40多年来，中国发生了天翻地覆的变化，他"不倒的小车"也随着这种变化，退出了运载工具的主流，代之而起的是大大小小的汽车、拖拉机。然而，他不朽的人格、他豪迈的情怀、他为全村人呕心沥血、忘我无私地操心劳力，以致积劳成疾，英年早逝的事实，却在他乡亲父老的心中留下了永远的记忆，也为中华民族留下了自强不息的宝贵精神财富。或许，这也是许多知县、知州、甚至知得更广更大的人也不能企及和难以比拟的吧？

毕竟，那个时代过去了，小车的话题也渐渐淡出了社会生活的视野。但中华民族厚重的历史，不能不打下小车深深的轮痕车辙，留下推车人难以言表的苦辣酸甜，铭刻上小车不朽的功绩！

注："小车不倒只管推"，这话出自一则民间故事。故事说，天上的风神、火神、财神外出游山玩水。一路行来，正看见几个人推着车子爬坡。风神、火神便对财神说："你看看这些推车的，衣不蔽体，食不果腹，还要出这么大的力气推车子。你这财神爷有的是银子，就发发慈悲给他们些吧。"财神说："哎呀，不是我不给他们，实在是给了他们也不要啊！不信，你们看看。"说完，就抓出几个元宝扔在了车前。谁知，推车人正抻筋拔力地往坡上拱，猛然间被财神扔的元宝垫了车轮子，车子一个趔趄，差点歪倒。一时火起的推车人以为又是那些恨人的烂石头，看也不看，就飞起一脚把元宝踢飞，继续爬他的坡，走他的路。三个神仙面面相觑，会心一笑，飘然去了。

2010年1月20日

七月的雨

七月的雨，就像胶东人的性格，不温不火，不紧不慢，不冷不热，不暴不弱，就那么没早没晌，没日没夜，淅淅沥沥地下个不停。

七月流火。七月，刚刚立了秋，应时的雨就来了。似乎就是为了浇灭夏日那暴烈的酷暑，让它随着这细细的雨丝渐渐地消解，远去。

进了七月门，或者即将入七月门的六月底，这雨就开始下了。稀稀疏疏，缠缠绵绵，一直就那么下着。一连着或七天八日，或十天半月，当这么一年一度的七月雨停止了，真正凉爽舒适的初秋天气也就来了。

七月初头，是胶东农家闲散的季节。夏季的收种早已结束，秋收秋种的季节还没有到来。仅有的农活，无非是披着蓑衣到蔬菜地里捉捉虫子，到烟草地里抹抹杈子，到黍子地里轰轰那些馋嘴的麻雀等等，没有什么上紧要做的大事。所以，尽管七月的雨那么地连绵不断，却不仅不那么特别地恼人，人们还给附会了一个十分浪漫而又多情的故事——说这是天上织女姐姐相思的眼泪。

这个说法来自一个优美动听而又十分感人的故事。说是很久很久以前，天上一个多情的仙女下凡，嫁给了一个贫穷的放牛郎，两个人男耕女织，相敬如宾。几年之后，生下了一儿一女。就在他们恩恩爱爱，和和美美过日子的时候，天上那个主管仙女的王母娘娘率领天兵天将下到人间，生拉活扯地将织女抢回天上去了。牛郎回家不见了妻子，急忙用筐子装上孩子，披起老牛皮，挑起孩子就上天追赶妻子。眼看就要追上的时候，王母娘娘拔下头上的簪子往后一划，划出了一条银河，滔滔的河水生生地把一对恩爱的夫妻隔在了河的两岸。

从此，这一家子人就只被允许每年七夕由喜鹊衔石在银河上搭桥相会一次。所以，七月初七这天地上一般看不见喜鹊，据说都到天上出官差搭桥去了。后来，人们便把为有情人提供相会的机会也称之为"搭鹊桥"了。

这美妙动人的故事千年百代地在人们中间流传着。也巧，往往每年到七夕之夜，就是再延绵，再不绝的雨也要停歇一时半霎。这大约是织女姐姐见了久别的丈夫、子女，止住了那思念的眼泪了吧。如果再下，那就是情意绵绵之际的喜极而泣。如果多日不停，一直那么阴雨连绵，人间的姑娘媳妇就用花花绿绿的布条缝成些个女孩形状，画上眉眼口鼻，再用黄丝线扎个小笤帚吊在窗上，叫作"扫天娘子"，祈望这娘子扫净天上的云彩，擦干织女的眼泪，天就不下雨了。

在胶东，七月七是作为一个挺大的节日对待的。过七月七，这节日的名字具体而又亲切。当然，这个节日也是伴随着那绵绵细雨缓缓而来的。细雨绵绵中的这个节日，就像那成熟金秋即将到来时的情调，娇娆而又醇美，热烈而又不失含蓄。

过七月七的节日物品虽然不是那么丰盛，却都是鲜果新菜和刚打下不久的新麦面做成的"小饽饽"。

"小饽饽"也叫巧饼，具体实在，亲切直观。过七月七做的小饽饽实在是小到就一个指头肚那么大，而且是用模子磕（当地念ka）出来，非常精巧。做这种小饽饽需要用发面，揉得要硬，把面揪成一点一点的小块后，便用手掌使劲地按到模子里去，然后衬着面，使劲地磕出来，就成了一个个或圆或方，鸡型、狗型、狮型、虎型、花型、叶型等形状不一的小饽饽了。

小饽饽是烙而不是蒸的。当许许多多的小饽饽做出来后，盖上包袱稍稍开一下，就放在烧得滚烫的锅里烙了。因为那么小，一起放在锅里的又是那么多，要用锅铲子不停地翻动才行。说是烙，实际上就是"炒"。把小饽饽叫巧饼的地方就说是"炒巧饼"，近乎于绕口令呢。

这样的小饽饽只是给孩子们准备的。除了这种，还有那些中等的，每个大约就是小孩子的巴掌那么大，花样也大都与那些小的差不多，也是给孩子们准备的。其中有一种叫"小篓"的，样子很像个"花篮"，用一根红绒绳拴住"花篮"的把，挂在孩子们的脖子上，又像一把厚实的长命锁。有的孩子一下子拴五六个，长长的一串子在脖子上悬着，看上去也是那么富态。

做小饽饽都是在七月六日的下午，当谁家孩子的脖子挂出"小篓"的时候，就知道他家的小饽饽已经做熟了。随后，东家、西家孩子的胸前都悬着"小篓"跑到街上来，常常就情不自禁地比比谁的白，谁的细，谁的好看，谁串得多，张扬着无限的童趣。

过七月七，大人吃的就是那种硬面大火烧，火烧里面大都还包了糖和炒芝麻或炒花生和成的馅。这也要在七月六下午做。一个家庭主妇如果没有闺女、媳妇搭帮手，要一个下午做成这么多饽饽、火烧，可真是够忙活的。等到过节要吃的东西都做完了，天也就黑了。一家人围坐在饭桌旁，啃着火烧，就着大葱蘸面酱，吃得一身大汗。吃完了，男子汉再光着膀子到街上淋淋雨，也真是一种享受。

胶东的风俗，过七月七就是在七月六日晚上。老人们说，七月六是人过节，七月七是鬼过节，神过节。所以到了七月七日这天，全家人除了早晨一起吃顿疙瘩汤之外，平常人家的节日就算过去了。如果家里新有"老丧人"（去世没超过三周年）的，出了嫁的女儿就要来到父母坟上，摆好祭品（也就是头一天烙的火烧、小饽饽和应季节的瓜果之类），烧了香纸，叫作烧七月七。

按说，七月七多半也是女孩子的节日。七月七日这天，女孩子们有一个游戏叫作"搬姑姑"。就是用年除夕夜留下的饺子汤，和上锅灶里的草木灰，把瓦罐粘在捶衣服的花岗岩石头板上抬着走，求一个平安吉祥。我曾经好长时间为这饺子汤和草木灰的粘性感到不可思议，后来才知道，人们抬的时候，实际上是用绳子把石板和瓦罐兜在一起的，要的只是传说中的那个神秘。

女孩子们为筹备这个节日，老早就让妈妈给买些时鲜的瓜果，如李子、奈子、花红、海棠、甜瓜之类。到七夕的晚上，几个人便相约悄悄到一个僻静的地方，一般到园子里的葡萄架下，在供桌上摆起新鲜瓜果，一面试图听到天上牛郎织女在说什么悄悄话，一面为自己祈祷好运的到来。这种祭拜一般是不让别人知道的，就是小男孩也不能看。我小时候曾看见二姐在七夕的夜里同邻居的蝉姑几个人结伴神秘地出去了,至于到哪里,出去做什么却并没有人知道。

七月的雨,就那么不紧不慢,缠缠绵绵地下着,像不时生发的一缕缕情丝,常常使人浮想联翩,生发出许多感慨,把生命中心向往之的奇思妙想都寄托于雨中。据说,七月出生的女孩子是织女姐姐托生的,心地善良,有个性,有主见,敢担当,而且贤惠、秀美、爽直、孝顺。善良的胶东人或许多少也存在重男轻女的思想,却也愿意有个在七月的雨里生出的女孩子,企望有个这样的孩子,也好一辈子跟着享福。

这说法真是附会得有点离谱,那颗闪耀在天上的织女星每天晚上都看得见,什么时候托生得下来了呢?如果说牛郎织女的女儿、孙女、外孙女们也一样思恋凡间,带着祖上的良好基因下凡投胎倒还是有些合乎情理。但不管怎样,这个美丽的附会却给胶东的女孩子带来了不少荣耀。我在北京,同人们一起吃饭就会听到许多男士羡慕山东的女人好;在济南,又会听人说谁谁娶了个胶东媳妇,如何如何地勤奋、贤惠,能料理家务,会教育孩子等等,让我这个胶东人听了心里也感到了许多自豪。至于他们说的那媳妇是不是七月出生的,我并不清楚,也不好问。"男的不能问钱数,女的不能问岁数",何况生日!

就是这么伴随着绵绵细雨而来的节日,近年来也有那么一些人跟着西方的那个情人节起哄,说要把七夕定为中国的情人节。其实,情人节这个说法未免太笼统,太赤裸,太俗气,太缺乏情调,把那无边的含蓄柔思和甜情蜜意都叫得无影无踪了。其实,像牛郎织女这样传统的爱情故事在中国多的是,比如天仙配啦、白蛇传啦、西厢记啦等等,并没有哪个标注了什么情人不情人,却依旧让世世代代的口耳相传,不绝于世。

七月的雨,就是在不红火却情意绵绵,不张扬却柔情浓郁的节日里不停地下着。迎着那即将到来的金秋,迎着即将来到的庄稼成熟的季节。农谚说,"处暑三日无青穗",到这连绵不绝的雨停了的时候,遍野的早秋作物就要收获了。收了庄稼,耕起地来,就等秋分一到,便开犁下种种麦子了。

从20世纪80年代开始,这连绵的七月雨就渐渐地不那么应时了。这个七月雨往往只留在了人们的记忆之中。有人戏谑说，现在提倡妇女平等，天上的织女也解放了，不哭了。也有人说，天上的银河修上立交桥通高速了，牛郎织女往来方便，还哭什么呢？

戏谑归戏谑，但这令人眷恋不已的七月的雨却实实在在再也不能应时应节地下了。有人说，这是人类对大自然的作践，造成了大气层变化，气候变暖，气得那一直向往美好人间的织女姐姐欲哭无泪，只有那没日没夜无尽地哽咽和无声地抽泣了。这，除附会了织女姐姐的眼泪之外，倒也是说的实在话。人类啊，什么时候才能对大自然少些掠夺和欺凌，多些关怀、保护和敬畏呢？

这可亲可爱而又可怜的七月的雨哦⋯⋯

2010年7月28日

（本文以《秋天的记忆》作总题刊于《时代文学》2018年6月号）

秋虫唧唧

唐宋八大家之一的欧阳修在他著名的《秋声赋》结尾处写下了一声感慨："但闻四壁虫声唧唧，如助吾之叹息"。只这一句，就把秋的萧索、凄凉、清寂和作文者的悲苦情怀淋漓尽致地表达了出来。可见大家之笔的犀利、洒脱。

感慨归感慨，秋还是秋。秋是客观的，感慨是主观的；秋虫唧唧是客观的，叹息是主观的。客观是事实，是不可改变的。不管人感慨不感慨，叹息不叹息，秋还是秋，秋虫还是秋虫，该"唧唧"还是"唧唧"。时下又是秋天，依然秋风萧瑟，星月皎洁，又到了"秋虫唧唧"的时候了。

大自然之中，"唧唧"的秋虫不少。欧阳修这里说的秋虫当然是指蟋蟀。大约秋之虫也只有蟋蟀才夜里"唧唧"。胶东半岛的秋夜，满山遍野的蟋蟀吵翻了天。尤其是在那些刚砍了高粱，割了大豆，收了玉米、谷子、粟子、穄子而又潮乎乎的地里，那些活蹦乱跳的蟋蟀往往就铺天盖地蹦跶，"唧唧"之声此起彼伏，似乎让人叹息都找不到地方。当然，能听到这满山遍野的虫声唧唧的只有农人。农人大概是不会为那些事不关己"虫声"去叹息的。

蟋蟀，又名促织，也称蛐蛐。我们老家人叫它"黑骡子"。大约是因为其一蹦老远，如同骡子一样有力气吧。这是一种鳖黑的、油亮的，一般像大花生米那么点点的小虫子。其可爱之处在于能跑能跳又能飞，很好玩；可恨之处在能吃，除了吃野草和野菜之外，还吃庄稼。有时，它们前呼后拥地窜进刚出苗不久的麦地里，眨眼之间，麦苗就被吃光了；有时，它们成群结队地涌到绿油油的菜地里，不一会儿工夫，菜叶子也就只剩下了叶柄。而那些刚长出不久的菜苗，被"黑骡子"那么一阵"扫荡"，常常就只有菜根留在地里了。这确实让农人恼火。别的害虫特别那些软体害虫，可以下农药，可以捉住，捏死，再没有新生出来的也就没有了。蟋蟀就不行，它们是前赴后继，勇往直前，消灭一批，又来一批，叫人无可奈何。胶东农家的小孩子可不管大人们恼火不恼火，只管觉得它可爱、好玩就行，管它什么吃麦苗还是吃蔬菜呢。

中国历史上曾经有斗蟋蟀玩的，也有用做蟋蟀赌具赌钱的。据说皇宫和民间都有。史料记载，某朝某代，人们斗蟋蟀有时斗得昏天黑地，赌得山穷水尽。清代文学家蒲松龄的《聊斋志异·促织》篇里说，宣德年间，流行斗蟋蟀游戏，宫中每年向民间征取这种善斗的小虫子，地方官便借此敛财。有一成氏因此被逼得"薄产累尽"，"忧闷欲死"。当其硬撑着费尽周折捕到一只，又被顽皮的儿子不慎弄死，小孩子吓得投了井，悲惨之状可见一斑。当他又偶然得到一只更加健劲，斗虫斗鸡，屡斗屡胜的蟋蟀以后，地方官特制了金笼子盛着，献入宫中。成氏因此便得到了"赐抚臣名马衣缎"的回报，"不数岁，田百顷，楼阁万椽，牛羊蹄躈各千计。一出门，裘马过世家焉"。

我曾读过大学问家王世襄先生的《秋虫六忆》，洋洋洒洒二万余言，说尽了京城玩蟋蟀的辉煌热烈：捉蟋蟀不惜费工，买蟋蟀不怕花钱，养蟋蟀不乏名器，斗蟋蟀不失狡狯，足见这小虫在玩家眼中的高贵地位。我想，就这么个小虫子，生在荒郊野地，食草饮露，为害稼禾，凄楚苍凉，活着时就那么一阵子"唧唧，唧唧"，待严霜一降，呜呼哀哉，了此一生，没见得能辉煌什么；而入了斗虫的高门大户，就那么逗人一乐，博人一笑，便身价百倍，富贵一生。联系到这人类社会，似乎与此也有相同之处。有的人地位低下时，大约除了与自己利益攸关的几个人之外，并没有多少人会理睬他。一旦遇到什么"天赐良机"，忽然间成了什么富户，当了什么大官，立马就见那些吹喇叭、抬轿子、拍马屁的前呼后拥了。自己也得意忘形，飘飘然了起来。而一旦其作奸犯科，威风扫地，便又回到了原来的位置，甚至连原来也不如，那些个前呼后拥之辈也作鸟兽散，早已经无影无踪了。再回来看看这小虫子，没有斗玩斗赌的了，没有钟鸣鼎食之家养着了，那小虫子又还是普普通通都一样的小虫子，只有小虫子才是它的本性和本质。尽管有时候它可能是一种玩偶，可以为某个社会阶层生出大把大把的钱财，但在农人眼里，它永远是那可恨、可憎的"黑骒子"。

在我们胶东，农人们除了喜欢闲时读读书听听戏的，似乎从也没听到斗蟋蟀这一说，也没听说向宫里贡献这种小虫子的。王世襄老先生的著作里记述京城那些收购蟋蟀的，也没说来过胶东。或许是因为斗蟋蟀全是些有闲阶级的游手好闲之徒，而我们胶东人勤劳朴实，敦厚本分，因而也没那么多的闲工夫去摆弄那些毫无价值的小虫子。所以，我们这里的蟋蟀也从来也没有哪一只享受到那种"身价百倍"的待遇。对这种小虫子，大人是从来不屑于玩的。只有小孩子玩，我小时候就玩过。尽管我们从来没有让他们斗过，却也玩出了若干花样。其中，最常玩的是捉那些个头大，腿劲足的，用细线栓住它的翅膀，线的另一端则拴在用纸折叠的我们称之为"小大车"的玩具上，让它拉着走。有时候一个"小大车"上"套"四五个，"小大车"装上大豆粒、花生米什么的，它们拉得依然飞快，好玩极了。有一次，我的一个小伙伴把这小玩意儿放在书包里，上课的时候那小东西忽然"唧唧唧"地叫了起来，引起了一片哗然。那小玩意儿便被老师没收了丢在地上，跺得粉碎。这小伙伴也因此被罚站了一节课，下课后又被叫到办公室狠训了一顿。放学之后，我们对他幸灾乐祸嬉笑了一通，依然还是又跑到野地里去捉那"黑骒子"套"车"了。

对这种小东西，我们的另一个玩法是捉回家来喂鸡。我们常常在星期天或者是在放秋假的日子里，结伴到野地捕捉"黑骒子"。我们可不管它什么品种，不管它是什么"蟹白""栗黄"。在我们的意识中，只知道"黑骒子"有大有小，再没有任何区分；只知道用"黑骒子"喂鸡能省粮食和让鸡多下蛋，并不感觉派"黑骒子"这个用场有什么可惜，更没有认为这是什么"焚琴煮鹤"的行动。我们把捉到的"黑骒子"用顺手就能够拔到的狗尾巴草穿起来，一长串一长串的。等到捉够一定的数量，或者见快到吃饭的时候了，就拿着成串的"黑骒子"回了家。用"黑骒子"喂鸡，我们也不是就那么往鸡眼前一丢完事，而是用手扯着狗尾巴草的一端，一提一提地逗着鸡玩，让它们跳起来啄着吃。那情景，也是挺让人开心的。

与我们这种喂鸡法不同的，是我邻家二奶奶的那种喂法。那才叫直截了当，那才叫干脆利落呢！每年到了秋天，当砍倒高粱，割了豆子，二奶奶就把她的那群鸡赶到地里去啄"黑骡子"吃。只见那些鸡一个个扑啦着翅膀，连飞带跑满地啄那些"黑骡子"。吃到虫密处，头也不抬，"嘚嘚嘚"一个劲地吃。很快，一只只鸡吃得嗉子很快就鼓了起来。然而，尽管那些鸡吃得排山倒海，轰轰烈烈，我却没看到一只蟋蟀有像《促织》里说的，跳到鸡头上啃鸡冠子的。而对于鸡来说，管它什么善斗不善斗，能咬不能咬的，一样的照吃不误，大约也会像李鸿章李大人吃狗肉——感觉"滋味差不多"吧。等到鸡吃饱了，不再对那些小虫子饿虎扑食般地追逐，而是踱着四方步装绅士的时候，二奶奶 便"鸡儿——鸡鸡儿"地一声唤，那些鸡又一只只扑啦着跑到二奶奶身边，心满意足地"得胜回朝"了。第二天，再如此这般地来到地里饱餐一顿。

又是"秋虫唧唧"的季节，这可爱又可怜的蟋蟀现在的境况如何？是不是因为这些年气候、环境的改变有了什么变化？对于我这个离乡多年，没再太多地进入野地里的人来说，就不得而知了。

还要叹息吗？不用了吧！

2007年10月1日

（本文以《秋天的记忆》作总题刊于《时代文学》2018年6月号）

老爷湾的高粱红了

这些年，城市越建越大，城里人到乡村去又越来越稀罕而神秘了。往往，把本来很正常的走一趟原野，看一看田园风光也叫成旅游，还要组团啦，找导游啦什么什么的。真正是把简单问题弄复杂了。

我所在的是胶东半岛一个不大的城市，走进原野倒还不费太多的劲，早晨散步稍多点工夫也就到了。秋天，我一般都是是4点前后起床，5点多出门，悠然自得地出去散着步，想着事。

信马由缰，毫无目的，就那么自由自在地走在田间的小路上。路边小草上的露水打湿了我的裤脚，草叶、树枝、葛藤什么的不时绊住我的鞋子，勾住我的衣服。草丛中被惊起的野鸟，猛然间"呼啦啦"飞向远方，令人不由自主地切断思绪，目光追着远去的鸟迹，直到什么也看不见了……

这里的空气真是清新极了。

当我望断飞鸟，收回神来，惊讶而喜悦的目光便聚焦在眼前几穗透着秋红的胡秫穗上了。

胡秫，就是高粱。这种叫法，大约是这作物最初的名字。"胡"是我国古时候对北方少数民族的称呼，"胡天八月即飞雪"（岑参《白雪歌送武判官归京》）的"胡天"，就是指北方少数民族居住的地方的。"胡秫"的原产地是不是这些地方，我并不知道，就只好望文生义，主观臆断了。我们家乡人知道胡秫的学名就叫高粱，说高粱人们完全听得明白。我这里所以依然叫"胡秫"而不叫"高粱"，目的是让我的乡亲感到更亲切。

啊，胡秫红了，金秋季节到了。这里的胡秫红了，"老爷湾"的胡秫也红了吧？

"老爷湾"是我家乡的一个地名。从小我就不明白，这里为什么叫这么个不伦不类的名字。询问大人，有的说那原来是一个大官的土地；有的说早年间有大官私访曾经在那里落过轿，下过马；也有的说，嗨，什么少爷老爷，小官大官的，分明是那地方涝，涝得水都漫过了庄稼的叶子。"老爷湾"，不就是"涝叶湾"嘛！

我想想，也许是。"涝叶"——"老爷"啊！中国的地名有许多就是这么由俗而雅，由形而声，由具体到抽象的呢。

我的家乡在著名的姜山大洼北部，是胶东半岛的一片苍凉荒辟、洪水肆虐之地，也是千里胶东的粮仓。"姜山洼十年九不收，收一收，吃九州"，"收了姜山洼，栖霞、莱阳都不怕"，是当地世世代代引以为自豪的说法。"老爷湾"就是姜山大洼的一块洼地。因为这里地处涝洼，大片大片的土地每年只能种胡秫或穄子，原因是这两种作物耐涝。别看它在洪水泛滥的时候被淹了叶子没了顶，可只要地里不积水，水消退了还是照长不误，产量往往不减反增，原因是水淤了泥，沤了地，增了肥。所以，那胡秫种起来都是一大片一大片的。一望无际的高粱地，春天绿葱葱的，夏天黑油油的，秋天呢，那就是红彤彤的了。我家的土屋坐落在西岭的东坡上——实在是这样，并非有意附会那个东坡苏大学士——出了门往东南看，就像远方铺上了红地毯。迎着太阳，透着清晨朦胧的轻雾，看上去就像燃烧着的火焰。

"老爷湾"种植的胡秫面积很大，说多少多少亩也许并没有那么确当，只可以用广阔无垠，无边无际来形容。这里胡秫的品种也多，名称呢，多是就它的用途或特征起出来的。譬如，饭胡秫，就是籽粒特别饱满，颜色特别红润，含淀粉特别高，磨成面粉做馒头、擀面条、烙大饼特别好吃的那一种；料胡秫，就是把它成熟的秸秆破开，晒干，经过浸泡，然后用特制的刀具刮出篾子用来编席的那一种；梃杆胡秫，就是顶端长着长长的梃，可以用来做锅盖、纳箅子、串帘子、编雨笠的那一种；黏胡秫，是粉质细腻，入口润滑的那一种；另外还有笤帚胡秫、帐子胡秫、甜胡秫等等。

胡秫给我家乡的人们带来了许多益处。首先是解决了重要的吃饭问题。胡秫产量高，观打，一亩地大约可以产数百斤（在那农业科技不发达的时代，这就算高产量了），常常成为人们日常生活的主粮。一个五口之家，三亩胡秫加上点麦子、大豆之类，一年的日子也就过下来了。最重要的还是它能帮助度灾荒。遇上涝灾，其他作物颗粒无收，只有胡秫能挺过来，给人们留下些赖以活命的粮食。而且，胡秫面做的食品，结实、耐吃、垫饥。传说有一年发大水，一个穷人家的孩子揣着妈妈给做的胡秫饼子逃命，正抱住一丛胡秫在洪水里挣扎。这时，一个怀揣元宝的大地主被水冲到孩子的近处。饥饿难耐之时，地主便提出用元宝换那孩子的胡秫饼子。那孩子说咱俩分着吃可以，但换给你我吃什么呢？那地主想，在平时，我这么多元宝不用说买这么几个胡秫饼子，就是买几亩、几十亩的胡秫地也够了呢。讲来讲去，也不知道他们的交易到底成了没有，结果如何，却让这个传奇故事流传了下来。其次是可以增加经济收入。胡秫的秸秆叫"胡秸"，胡秸可以建房子做屋笆。如果自己家当年不盖屋，可以把胡秸推到集市上卖，得几个零花钱，来补足一年到头的用度花销。收入最可观的是那用来编席的料胡秫，一亩地能出三十几个篾子（一个蔑子即编一领席的料），一领席随行就市能卖几升高粱的钱，十领八领的席就能顶一头肥猪。那些梃杆胡秫、笤帚胡秫因为都是生活必需品的原料，加工后也都能卖些钱。就是脱了粒的胡秫穰，也可以用来粘土墙。农家里用泥土打成的屋墙、院墙，外表粘上一层胡秫穰，最耐风雨剥蚀，几年几年都是那么硬实。

"老爷湾"密密实实长着的胡秫，在特定的历史时期里，人们习惯地称之为"青纱帐"。"青纱帐"是一个充满感情色彩又十分形象的名字，这是从地里长出来天然的"帐子"哦。这"帐子"可以宿鸟，可以隐蛇，可以跳青蛙，飞蚂蚱，窜鼬鼠。当然，也可以藏人。抗战时期，许多地方的"青纱帐"成为英雄出没，健儿活跃的抗日战场。我们这里的人对日寇打得狠，不要"青纱帐"也杀得鬼子胆战心惊。有一个日寇海军大佐开着军车，带着护兵，领着翻译官耀武扬威地从青岛往烟台赶。刚过莱阳与即墨交界的五沽河，就被当地军民连人带车截获了，车和人从此就消失得无影无踪；隔着五沽河，在渭田村南展开决战，也是阻击青岛来的日本鬼子，土枪、土炮，打得异常激烈，歼敌无以数计；一个叫花园头的英雄村庄，用铡刀、铁锨、棍棒就击溃了日军两个中队的兵力……这些，每每让日寇丧魂落魄，谈虎色变，龟缩在据点里还经常挨打丧命，很少敢到这英雄的土地上来。

　　1947年，当国民党反动军队对山东解放区重点进攻的时候，他们凭着对地形的熟悉，疯狂的狠。打他们、躲他们就用上了这无边无际的"青纱帐"。那时正是胡秫收获季节，县里、区里层层布置，要各村各户在收胡秫时只把胡秫穗"刻"下来，把那高高的胡秸留在地里，依然作那天然的"纱帐"。这时的胡秸已经完全没有了原来的绿色，"青纱帐"成了"黄纱帐""红纱帐"了。就是这些特意留下的天然屏障，让躲避战乱的人们有了随处可进的屏蔽之所。敌人来了，就赶快躲进胡秫地里，让他们找不到攻击和屠杀的目标。经历过的人说，有一次，敌人的飞机来了，疯狂地向地面的人群扫射，人们便赶紧就近跑进胡秫地里。两个跑得慢些没有进到"帐子"里的农民，霎那间中了枪弹，惨死在胡秫地边。

　　唉，这该死的战争，这可恶的国民党飞机！

　　"青纱帐"是我们少年时玩耍的极好去处。我曾经在里面拣过鸟蛋，捕过蚂蚱，逮过青蛙，也捉迷藏布过"战阵"。最多的是捞鱼。许多人可能只知道到海里捞鱼，到河里捞鱼，到湖里到塘里捞鱼，压根儿就不会想到在地里也可以捞鱼。这也许是我们"老爷湾"胡秫地独有的一种景象吧。夏天，当胡秫地那"涝叶"的大水渐渐消退，便可以踩着泥泞，深一脚浅一脚进到地里，在那没有退尽的浅浅的水汪处，往往就"窝"着一群群没能随大水一起撤退的鱼。这时候，任你怎样没有捞鱼的本领，都可以顺手捞来。一次，我同我的小伙伴在胡秫地捞的鱼多得实在没法拿了，便因地制宜想出了一个奇妙的办法——把柔软的胡秸叶一片片拽下来，拧成细长的绳子。穿过鱼腮，连成长长的鱼串子。我们就那么背着、抬着、拖着，泥头土脸，狼狈不堪地回了家。

　　一切都过去了。"老爷湾"的胡秫也成为历史。这些年，气候变化，雨水少了，加上农田几番整治，"老爷湾"不涝了，成了种什么都有好收成的良田。我曾经回到故乡，站在"老爷湾"的土地上，追寻远逝的记忆。只见玉米亭亭，花生碧绿，这些当地最怕涝的作物也种进了"老爷湾"。"老爷湾"的胡秫早已成为过去。

引起我对"老爷湾"回忆的这几株胡秋，零落、散乱地长在地头的草堰上，是"帐子"胡秋的那一种，矮矮的，瑟瑟的，没精打采，全没有我们"老爷湾"的胡秋那样傲然挺立，巍然高耸，也没有那么大片大片的气势磅礴，威威雄壮……

现在的人们如果要旅游，去看我们"老爷湾"的胡秋，那可真是可以扬眉吐气！可惜，现在却谁也不会再去那么大片大片地种植了。

脚下，又一只大鸟惊起，又那么嘎然长鸣，"呼啦啦"地向远处飞去。

啊，"老爷湾"的胡秋红了，红的正是这个季节。

2007年8月27日

（本文以《秋天的记忆》作总题刊于《时代文学》2018年6月号）

关于大葱的记忆

打开我对大葱尘封的记忆，是一次偶然而来的调侃。

那天在开阔的大街上，一个熟人手里拿了在市场买来的几棵大葱向我迎面走来。近前，他把大葱一亮对我说："哝，吃葱吧！"我们会心地哈哈大笑，然后各自离去，就算是一个久违的见面礼。

相互走了很久也很远，那句"吃葱吧"的话就像幽灵似的跟着我，一直在耳边萦绕。相隔半个多世纪了，这在当时常常一天不知要重复多少遍的话依然是那么亲切，那么勾人魂魄！

20世纪六七十年代，大葱是胶东农家的重要蔬菜之一。每家那点少的可怜的自留地就是什么不种也要栽上几沟子葱。为什么叫"几沟子"呢？因为春天把小葱（葱苗）从集上买回来之后，往地里栽的时候要先用大镢豁上沟，然后把小葱扽上，施进土粪浇上水，然后栽下一沟。栽完了，只要上心经常锄锄地里的草，嫩绿的小葱也就慢慢长大了。到了阴历的六七月份，经过雨季的数度疯长，就可以拔着吃了。

那些年，大葱是胶东人的主要下饭就菜。就像别的地方吃饭就咸菜一样，吃一口饭咬一口葱。不过，吃的时候是要把葱蘸上面酱的。所以，吃大葱始终离不开面酱。正因为如此，农村人家每年做一缸子面酱也是必须的。前些年，胶东一个地方的厂家给自己生产的面酱取了个名字叫"葱伴侣"，实在也是从这两个物品的"相互依存"关系考虑的。与喝酒要有酒肴而酒肴不能笼统地就叫酒伴侣一样，尽管这"葱伴侣"的名字取得有些牵强，品牌却也在市场上叫得挺响，产品卖得也挺火。

因为胶东地区农家吃饭都要就大葱，所以早晨起来到地里拔葱吃早饭，傍晚再拔了葱回家吃晚饭便成了一家一户必须要做的事。许多家庭都是让孩子去拔葱，吃饭之前就喊："小三，拔葱去！""大四，去拔葱回来吃饭！"拔了葱拿回家的路上，在街头遇上收工的伯伯，就要说："大爷，吃葱吧。"看到邻家门口看孩子的婶婶，就要说："二婶，吃葱吧。"说着，也把葱举到他们眼前，意思就是："请吃！"这时，伯伯也好，婶婶也好，都会说："哦，不吃，不吃，这孩子真懂事。""吃葱吧"的话，成了农家邻里沟通感情，表达和谐的纯朴而实在的方式。在那个物质匮乏，没有更多蔬菜的年代里，吃葱也能够表达爱心，传达亲情。那时候，我父亲牙不好，吃东西费劲，吃葱的时候往往就咬不动。母亲便让我们弟兄把嫩嫩的葱芯剥出来给父亲吃。我们乐得献出孝心，而葱的老叶、老皮不辣、耐嚼，也更合适我们小孩子吃的情趣。

在胶东，吃葱是随时随地的。只要主人在，走到谁家地里拔棵葱吃，那是极平常的事。下地干活的人如果为了节省回家吃饭来回跑的时间，往往带了早饭或是午饭在地里吃，吃饭时就近拔棵葱下饭，任是谁家都顺理成章。不论走到哪里，顺手拔棵葱，掐个叶吃了也没人当回事儿，更没人去计较。有一次我三岁的儿子跟我到自留地，挥动娇嫩的小手在别家地里拽下一个葱叶，他妈说："哦，孩子，那不是咱家的哦。"儿子急忙丢下葱叶，害怕得哭了起来。我哄着说："别哭，别哭，等咱跟人家说说，认个错就行了。记住，别人家的东西不经允许是不能随便动的呢。"这话，或许会让儿子铭记一生。

当然，大葱不光是蘸面酱下饭的那种简单而原始的吃法，其他各种方式的吃也随处可见。大约最直接也最生态的吃法是把刚摘下的嫩菜豆（有的地方叫豆角）插到刚掐下的葱叶里一起吃，那种新鲜纯生的感觉是无法形容的。还有的就是用剖开的葱叶包了刚从地里拔起来剥出的花生米，吃起来更是别一番风味。把大葱包着吃的方法也很多，最著名而许多人也都吃过的要数北京烤鸭的葱了。北京烤鸭最基本也最正宗的吃法是用薄薄的面饼把切成丝的大葱合着面酱，连同一片片的鸭肉包在一起吃，而北京烤鸭创始人就是我们的胶东老乡。或许，最早也就是他和他的合伙人把胶东的大葱文化推向了全国。我曾吃了一次排骨包子，包子馅除了排骨之外就是面酱和长了种子的那种老葱。这种包子在做的时候要先把老葱（据说大葱老不到一定程度就达不到那种特定的味觉）切了，然后同排骨一起拌上面酱和必需的调料喂着，要待排骨吃足了味才能包了蒸。那蒸熟了的发面包子，没出锅就香气四溢，吃起来更是骨嫩肉滑，酱香浓烈，葱味十足。

大葱比较经常的是用来"拌凉菜"，尤其适合拌肉吃。把煮熟的鸡肉撕成丝与切细的葱丝一起，倒进酱油、香油、味精等的佐料拌匀，吃起来是要多爽口有多爽口了；把大葱切成片拌猪头肉，虽然是农家里最普通的吃法，却是下得了酒，上得了席，登得了大雅之堂的；还有那名扬四海从古到今都响当当的小葱拌豆腐，这"一清二白"的名菜是不是发源于胶东我没有考证，但它却实实在在是大葱系列的食品之一，当然是又好吃又高雅，文化底蕴、历史根底是那么幽深玄远。

大葱，写上典籍的正宗用途是调味，而且属于"荤"类。这种分类在现代来说可能有的人不理解也不易接受，认为"荤""素"之分习惯上就是动物类食品和植物类食品的区别，并不认为植物里头还会有"荤"菜。实际上古时候是把大葱、大蒜、韭菜之类的辛辣食物归为"荤"类，"吃斋"也要严格禁忌的。这也许就是"荤"字带草字头的主要原因。无论怎么说，不管是"荤"还是"素"，大葱实在是一种很好的食料。不说烹、炒、炖、烩、蒸、煮之类的菜肴制作要用葱花、葱段，就是菜做熟了之后趁热撒上了葱末末，那味道也是要多鲜美就有多鲜美呢。我吃过一位老朋友做的水煮五花肉，他把刚买来的鲜肉切了片片下到开水锅里焯了，然后放上大姜、茴香之类就那么清水煮着，待再开了锅的时候，就连肉带汤一起倒进了早已放了也绿也白的葱花的盆子里，然后就招呼大家坐下来围着火炉，舀汤、吃肉、饮酒，鲜葱花随着汤趁热喝到嘴里，爽脆滑嫩，直喝得天昏地暗，痛快淋漓。流行在当今餐桌上的那种"老虎菜"，主要原料就是大葱、芫荽和鲜辣椒剁起来做成的。这种菜我们老家从来都是按照其原料和加工工艺直接就叫"剁辣椒"，不知什么时候叫成了"老虎菜"。老虎，实在是够吓人的。难道，取这名字的本意是因为大葱和辣椒都辣得像凶猛的老虎吗？如果真是这样，那就实在有点煞风景了。

作为一种文化崇拜，大葱还被当成吉祥物长期存在于胶东民俗风情之中而延绵不绝。每年清明节，家家户户都要吃刚长出嫩叶的"芽葱"，叫"嗑青"。芽葱是上一年没除就在地里越冬的那种葱，经春风一吹，应时在清明前发芽长叶。就着大地最早发芽的大葱，吃清明节独有的那种用白面做成的"小燕""小鸡"，这就是胶东地区所谓的"嗑青"。"嗑青"，也许就算是胶东人迎接春天到来的一种虔诚的典礼吧！与大葱文化崇拜有关的还有姑娘出嫁的时候怀里要抱着两棵葱，这一是为了取葱谐音的"冲"，让抱着葱的新娘子坐在花轿里（现在是轿车了），一路上把晦气冲跑，把瑞气迎来；两棵葱带到婆家之后要重新栽到地里，使之生根、发芽、抽薹、结子，预兆家门多子多福，人丁兴旺。生了孩子则要把大葱用红线连同红枣、板栗一起栓上桃枝，插到门楣上面。这除了图个让孩子象大葱那样具有旺盛的生命力，而且能够早（枣）立（栗）子、早立业的吉利之外，也是向世人宣示家中又一个新生命的到来。

胶东人的大葱情结是源远流长的，而吃大葱不仅在胶东，在整个山东也非常普遍。曾经有部电影的一句台词说："山东，山东，煎饼大葱。"把山东人与大葱密不可分的生活习惯张扬得铺天盖地，以致山东人不论走到哪里，都会有人借以聊开地方风情的话题。其实，一个地方有一个地方的生活习惯，正像北方人不习惯吃太多的辣椒一样，南方人一般也不吃大葱，更不习惯生吃大葱。不习惯归不习惯，然而，他们倒习惯于吃大葱的北方来吃北京烤鸭，不也都就那么原汁原味地吃吗？从没听说哪个吃了鸭子肉而把细嫩的大葱丝扔了的。南方城市出售的北京烤鸭，其工艺与北方的一样，也没见不用葱丝、大酱和面饼的。

据南方当地人说，不是我们不爱吃大葱，实在是这里长的葱又细小又苦辣，不像你们山东的大葱，长得就像山东大汉的形象，粗壮而高大；味道又像山东大姐的性格，微辣而甘脆！是的，也许是一方水土不仅养一方人，也出一方特产吧！山东大葱长得确实高大，也确实鲜美可口。作为全国名产的章丘大葱有许多长得比人都高，一棵就顶斤的比比皆是。胶东地区出产的大葱尽管没有章丘的那么出名，色、香、味、形和内在品质却也属上乘。每年秋冬季节，来胶东贩运大葱的各地车辆络绎不绝，从四面八方来，又到四面八方去了。

　　我想，喜欢吃大葱的南方朋友是不是应该到当地超市，随时选购一些心仪的山东大葱，享受那种带有浓郁胶东风味的天然美食，进而品味和理解山东人民对大葱的嗜好呢！

2012年11月11日

永远的八大胡同

胶东农村胡同的特点是短而直,与这一地区山川朴远、人格敦厚的特征有许多相似之处。胡同在城里还叫"巷",胶东的乡村只叫胡同,不叫巷。

我的老家是胶东中部一个300多户的村庄,西边是岭,东边是洼,村子就挂在岭半坡上,居高临下,眼界开阔。村中偏后临街,扯东到西有八个胡同,一拉溜的北大门,占了整整一条街,整齐而又气派。西数第四个胡同就是我家的老住宅。

胡同里各家住屋从哪年开始建的,什么时候形成了那种气派,我并不知道。刚记事的时候,我听当时村里年龄最大的街坊爷爷说,他们也没听说过这些胡同是什么时候建起来的。后来,我看了县《地名志》记载,说我们村是明永乐年间建的。建村之初这八大胡同肯定没有,但我听那个爷爷说胡同历史的时候,离现在也有50多年了。他当时80多岁,加上"他听说"的这个时间差,至少又要加上几十年。这样推算,这胡同形成的时间离现在大约要有二三百年了吧。至于哪个胡同为先,哪个胡同为后,就连估计也没有任何依据了。

组成八大胡同的房子都是草房,坐北向南。屋墙是石头底座,青砖"腿子"挂"腰带",往上是土坯,白石灰抹外皮,很结实也很壮观。草房上面披着厚厚的麦秸或山草,冬暖夏凉,是很科学的一种建筑结构。胡同里面大都是三进房子(两进的就还有一个栽花种果的园子),带着厢房,里面住的三两户人家。各家都是大院子,顺向东门,只有一个胡同是双向对门的,住家自然就多些。

胡同不长,进深也就30来米,不通透,只有一个北大门进出。关了大门,

家园 二 生我养我的地方

除了飞檐走壁，就任凭什么人也进不来了，是防匪防盗最好的处所。清宣统年间莱阳闹曲士文反，乱兵进村，八大胡同把大门一关，任凭街上兵荒马乱，胡同里面却风平浪静，安然无恙。所以，在过去那些战乱频仍的年代，一有风吹草动，村里许多人便涌进八大胡同，在那里讨得一时平静，躲过随时可能降临而猝不及防的灭顶之灾。八大胡同因此成了那时人们避灾躲患的"安全岛"。

住在八大胡同的人家虽不是村里最富裕的，却也不是最穷的。不过，私有制的时候，每家30亩至50亩的土地还是有的。我记事的时候，已经是互助组、合作化，家境也就一般平常，差不了多少了。不过，听老人说八大胡同发展的历史，各家倒也都有许多辉煌。要不，谁能得了这风水宝地来建房屋呢！

我出生得晚，没见得爷爷、奶奶的面，更不用说祖爷爷、祖奶奶了。我的祖爷爷宫勉是道光年间的生员，就是通常所说的秀才。在过去，秀才被称为"百里之才"。因为出了这么个人才，加上胡同里住的都是殷实人家，八大胡同的名气也因此慢慢大了起来。周围十里八乡，只要提起大泊的八大胡同，几乎没有不知道，没有不啧啧称赞的。

祖爷爷、爷爷在的那些年，种地种到外村，油坊开得红火，家里养着骡子马，当时在村里也是很富有的人家了。即将解放的头几年，父辈们各各另立门户，家产分割，家业就不那么显赫了，加之我们家口大，到解放时一平均，家庭成分就按政策定成了贫农。所以，到"文革"那些年，就有人说我们家不是真正的贫下中农，却谁也没法改变那既定的事实。

这种现象其实并没有什么奇怪，公道的说法也就是"赶上了"而已。试想，如果谁家原来几辈子受穷，临到解放的前几年因为偶然的原因突然暴富起来，家庭成分因而被划为地主或富农，不是也不能说他家不是真正的地主富农么？其实，沧桑变化，人事更迭，世间的事物有许多就是那么一个偶然的机会"赶上了"。好事也好，赖事也好，就是那么一时一霎地"赶"。"赶"好了是你的"福"，别以为你就有多大的能耐，就那么心安理得地坐享其成，也得要饮水思源，居安思危，知恩图报；赶差了也就自认倒霉，可也别就那么呼天抢地，怨天尤人，还是应静心以待，奋发进取，图强求变，"从哪里跌倒就再从哪里爬起来"。

　　住在八大胡同里的人家都通情达理，和睦相处，一代接一代都是相互敬重，以礼相待，关系十分融洽。谁家农事忙不过来都去帮忙；谁家有了红白喜事需要人手说声就到。谁家生了孩子，挨家逐户送喜面、分喜蛋；谁家老人去世，办完了丧事，一起吃"颐和饭"，为了让后代永远记住这世代相传的珍贵和谐；谁家的娶媳妇嫁闺女，左邻右舍有人出人，有物出物，乐此不疲。

　　我记得隔胡同的二大爷家的二哥娶媳妇，抬媳妇的花轿一进村，跟随的吹手就唢呐、管子、笙的"咕咕嘎嘎"吹起来了。抬媳妇的小伙子都是邻居最棒实、最出挑的，这时也摆起了方步，摇着晃着把媳妇抬进了胡同大门。二大爷家的院子摆了方桌香案，铺了红毡子，给新郎新娘举行拜天拜地拜父母的隆重仪式。二大爷则身穿大褂，头戴礼帽，满脸堆笑地迎宾待客，与二大妈一起接受新人的新婚礼拜。邻人们呢，则是帮厨的帮厨，端菜的端菜，送水的送水，跑里跑外招待前来贺喜的客人，让东家专心致志做他的"喜主"，办他的大事。

　　东胡同大奶奶家园子里的桃子熟了，便从墙头上就递过一篮子，对我妈说："你家孩子多，给他们分着吃吧。"南屋三大爷家院子里有一棵柿子树，到了秋天，满树的大红柿子隔着墙就望见了。馋嘴的孩子们天天望着那柿子是不是还在树上挂着，看到那一天树上没有了，就知道是到了三妈分柿子吃的时候了。

　　八大胡同大门外的东西通道，中间是一条小溪（村里人称其为"河水流"），就像"楚河汉界"一样把两边隔开了。冲着各个胡同大门，都在小溪上架一座石板桥，沟通着街南街北，两边人的往来也没有多少不便。

　　因为村子的西边是漫缓的岭，岭下有汩汩的清泉，泉水便沿着小溪不停地流，八大胡同的大门前因而就始终清流不断。到了雨季，岭上的道道径流一起涌向小溪。小溪顿时就成为"大河"，流水滚滚滔滔，奔腾着、咆哮着顺势而下，冲着那个叫"老荒头"的河道落荒奔去……

　　小溪给八大胡同的孩子们带来许多乐趣。夏天，正是小溪的丰水季节，晚上坐在溪边的砌岸的石头上乘凉的嫂子、大妈，闻着男人们"吱吱"的旱烟锅子浓重的焦油味,手里拿着蒲扇一边给自己铺着草帘子(一种用麦秸和麻绳打编成既光滑柔软又隔湿防潮的厚帘子),睡在身旁的孩子轰着蚊子,一边听着"哗哗"的水声和溪流中游鱼的"拨剌"声,还有大呼小叫的鸣蝉声,正是一种生态极致的天然之美。

我们那些小不更事的孩子,常常把家里破了的蚊帐用折来的树条子曲成弓,做成渔网,张在门前的溪流中等待那些顺流而来的鲫鱼、鲶鱼、镜鱼、泥鳅、豁口鱼等来自投罗网。我们把捉到的小鱼放在铁皮小洋桶里,等快要装满的时候,就赤着脚丫子,带着满脚泥水跑上岸,送到对门养鸭子的二婶家,倒进食槽子里。等看完了满圈鸭子"扑扑楞楞"抢完了那些活蹦乱跳的小鱼之后,便心满意足地回到小溪,继续着自己的"张网捕鱼作业"。这时候,那一道街的溪流里,一片光溜溜、脏兮兮的孩子,成为村中最鲜活的生机。

八大胡同的人家就这么世世代代和睦相处,甜甜美美地生活着。大年初一早晨(或是除夕之夜)挨家拜年;正月初二一起"送神"(也叫送年);春耕互助着下种;秋收一起拉庄稼回家。合作化、人民公社时期也都那么一块儿出勤,一块儿收工,年复一年日出而作,日入而息地过来了。从来没有什么粗脖子红脸,抢鼻子磕牙的事情。

到了1958年,大炼钢铁把家家户户的做饭的锅、铲、刀、勺等等的铁器东西都收集起来,交到生产大队,一起送到"土高炉"烧化成铁疙瘩了。那些门啊,框啊,槛啊的等等木头家什,也都当成烧柴投进钢炉里烧了。八大胡同从此没有了大门。

再后来的1973年,就生生地把从西数第四、第五个胡同之间的房子拆掉了,把八大胡同拦腰通开了一道南北街。又是后来,有的因为家庭人口增加,到外面另找地方盖大房子搬走了,八大胡同便逐步没有了原来的格局。只是人们早已经形成的"胡同情结"依然存在,家不论搬到哪里,人还是如有胡同一样,依然那么心照不宣,关心体贴。最初搬走的我那"四类分子"老辉大爷爷,有一次挨斗被折断了胳膊,胡同里的人尽管没有能够保护他的办法,却还偷偷地去看他,安慰他……唉,那个年代!

现在,八大胡同没有搬走的人家大都把旧房改建成了新房;搬走了的,还不时回来看看旧有的宅基，寻找对往昔的记忆。也有许多带着对胡同的眷恋和胡同文化的神灵远走高飞，或上大学，或当老板，或当干部，当工程师，当教授等等，继续延续着八大胡同的辉煌……

2009 年 8 月 26 日

我家的老屋

老屋,在我人生的记忆里留下了难以磨灭的印象。

我想,只有祖上留下,自己出生和久居的屋子才可以称为老屋。我家老屋在村中八大胡同从东往西数的第五个。这个胡同里一共三家,南头是我焕文大爷家,中间是我大爷的三弟也就是我三大爷焕荣家,都没有出"五服"(五服指五种孝服,也指代五辈人,有"五服之内为亲"的说法)。最外边也就是北头临街的是我们家。

这胡同里的三家在我曾祖父的时候是一家。我爷爷那一辈分家,就形成了这样的格局。到我父亲辈上再分家,这房子就归到了父亲的名下,自然也成了我们的家。据说在分家的时候,因为这屋是住了几辈子的老住宅,用传统的价值观来看,其珍贵便不可多得,作价也就格外高,财产分割的时候,占的份额也大。父亲的这一份也因此少了好几亩良田。

就建筑质量说,这胡同的三进房子数我们家最好。除去胡同占的那一间(我们叫"过道"),用于居住的只有三间。这三间临街的后墙是青砖挂"腰带",两边提"腿子"。"腰带"以下是一色的"铁基石"(一种沉积岩雕琢而成的石板),"腰带"以上是洁白的石灰抹墙,每间屋有一个不大的后窗,是比较典型的胶东地方风格的建筑。与周围建筑略有不同的是"腰带"上面嵌了几个用于拴牲口的石头"桩子",彰显着这个家庭曾经养过骡马的往日辉煌。到我记事的时候,农村的生产体制还是单干,我们家养的牛和驴在白天不用的时候就拴在这些桩子上。后来,街北的有一栋房子成了生产队饲养院,这几个桩子便拴了公家牲口。

胡同是有大门的,我们习惯叫"街门"。因为在胡同头,早晨开门和晚上关门就成了我们家的事。有时关了门不知道别家谁还在外头没回来，半宿拉夜听到敲门声就要起来给人家开门。直到1958年大门被拆下送去用了"大炼钢铁"，便省去了这份心事。胡同里面每家都有院墙，有各自的家门，叫"二门子"。"二门子"里面就是各家院子。我们家院子一进门冲着的是西厢屋的南窗，南窗旁有一棵石榴树。右手边是一个小园子，栽了一棵香椿。再有的就是几株花草。这些花草大都是草本，品种也不太多。因为这个园子实在太小，容不下许多。比较多的是二姐种的粉豆花（据说学名叫"夜来香"）。这种花丛生，开银红的或鹅黄的小花。花谢了就会结出圆圆的小果实，渐渐由绿变红变紫，完全成熟就成了黑色，剥开来里面有白白的仁。二姐收起来去皮，碾碎成粉，装在绣着的粉布袋（饺子形，一根长粗线从两角穿过来回拖拉，里面的粉就沾在线上）里，用来做衣裤的时候在布上打线。也栽过几年芍药，粉色的，开的花很大，很鲜艳。小园隔着一道矮墙就是猪圈，正屋的东间窗外是猪窝子。那些年村里基本家家养猪，攒了粪交生产队记工分，叫作"大养其猪""养一头猪就是一个小化肥厂"。但农家最关注的是到年底育肥的猪卖了钱，就是一年或攒下来作几年的花销。

进"二门子"拐过小园便直通家门（称为"正间门"），甬路是卵石铺成的。这种卵石是离我们村不远的保驾山特产，当地叫青石，藏青色，极硬。到我记得时经过几代人踩踏，那些卵石早已光亮如砥了。"正间门"与"街门"和"二门子"一样，都是两扇木门。东西间两个木棂子大窗与"正间门"平行（"腰带"以上部分）而对称地开着，规格相同却形状各异。东间的窗是横窄竖高的长方形传统样式，与别家的没什么两样；西间的则因为窗前有厢屋山遮光，就安了个两开扇的，外加一个木栅栏。虽然这栅栏主要是为了防备孩子从窗户掉下去，但我小时候还是经常从栅栏的空间爬进爬出，觉得挺好玩。有了这样的窗户，西间屋也就敞亮了。如果关了窗，特别是刚从外边的日光里进来，便黑洞洞如同暗夜。或许，暗也有暗的好处吧。母亲对我说："那一年保长领着几个乡丁来催粮抓人，我说家里都断顿了没有粮给你们。问你爹到哪里去了，我说上泊了。实际上你爹就在西间编席，听有人来就悄悄避在旮旯里不吭声。他们没要到粮也没找到人，便悻悻地走了。我怕他们再回来，赶紧让你爹躲了出去。"尽管这黑暗让父亲躲过一场劫难，但平时总是有许多不便。

"正间"也叫"明间"，"明间"靠门的两边是两个锅灶，分别通连着东西两间的土炕，炊烟便从垒在两边屋山上的"福台"（烟囱）缭绕而出。屋是茅草的，所以烟囱露出屋上的部分也都是被茅草包围着的。有个民间故事叫《曲突徙薪》，说的是一户人家烟囱太直从灶上喷出火来把屋烧着了，大约也就是这种茅屋。在古代文人笔下，茅屋是入诗入画的，而在我的记忆中，作为茅屋的老宅却实在没有多少诗情画意可言。留在记忆里的，则是每年或者几年"披"一次屋和屋子漏雨时的那种无奈。所谓"披屋"，就是把已经朽烂了的屋草退下来换上新的。披屋的屋草一般都是麦秸，还有的是山草（一种多年生草本植物，长得一米多高，比较硬实，有节，秋天收割时通体呈红褐色。这种草一般要自家有山场或管理坟地的才有）。到合作社时候，长山草的地方都归了公，而且又谁都不加珍惜地毁坏，山草就没有了，披屋就只能用每年分得的一点点麦秸。这点麦秸不够披一次屋，往往就要从邻家再借一些，第二年或第三年有了就还给人家。就这样东拼西凑，今年凑起来披这家，明年再凑起来披那家，往往需要几年一个轮回。因为草不足不能及时披屋，"床床屋漏无干处，雨脚如麻未断绝"（杜甫语）的情况就经常出现。我家老宅漏雨的时候，母亲就用盆盆罐罐接着，往往家里能用的都用上还不够。漏得最严重时，梁头的屋檐也塌下来了，屋子随时都有垮塌的危险。这在我的经历中留下了始终挥之不去的悲苦。不仅仅是因为屋子的不堪其漏，而且面对年迈的母亲，我这个已经是生产队整劳力的儿子却无能为力，实在令人无地自容。

或许也正因为如此，我对老宅的披屋也就记忆尤深。经常给我们家披屋的有南屋的焕文大爷、西邻的焕久大叔、东邻的焕皋三叔，还有李孔美二爷爷等，再就是自家几个哥哥。披屋是技术活，最要紧的是要平，平了流水才能顺畅，才能不漏雨。再就是扭屋脊要松紧适宜，前后如一。披屋的主要工具是"拍扑"和"溜杆"。"拍扑"就像洗衣板那样，正面有渠沟，背面有个把手，拿着可以把披上屋的草理顺拍平。"溜杆"是接在"拍扑"把上的，披完了屋站在架子上看看，哪里不平就举起来拍打几下。披屋也是个力气活。

尽管力气，那个二爷爷却在屋顶上手里摊着屋草，口里哼着小调，很是惬意乐观。我还记得焕文大爷在屋上退旧屋草时捉住一个蝎子，顺手便把蝎子尾巴尖掐去放到嘴里吃掉了，说是活吃蝎子可以败毒。这做法和这说法不禁令人愕然。

老屋里没有什么惊天动地的故事，而让老母亲常常引以为自豪并不时挂在嘴上说的，是她在这三间屋里将（娶）了四个儿媳妇，发付（嫁）了两个闺女，为她出生了十几个孙子孙女。母亲的这一连串数字中，自然包括我的结婚和我的一双儿女。1976年农历的3月16日，我同妻子赵淑英结婚。那年闰8月，据说闰8月会国运不济，这当然是无稽之谈。但那一年的国家却实在很不平凡。先是周恩来总理，接着是朱德委员长，最后是毛泽东主席，党和国家三位主要领导人相继去世。还有的就是那个灾难性的唐山大地震。那一年夏天上下全面动员"防震"，全村人都在大街上（那时候我们那个胡同已经通成了大街，"二门子""升格"成了街门）搭棚子睡觉。那棚子就是用几捆玉米秸交叉起来，留一个口可以进出。那时候妻子正怀着儿子，就那么每天晚上同老母亲一起睡在这样的棚子里（那时候我已经到绕岭供销社工作了）。过了段时间看看没有什么事，人们也就陆续地搬回家了。到冬月26日（1977年1月15日）下午，儿子便降生了。1980年正月初5凌晨女儿降生，就成了我们家在老宅最后一个出生的孩子。

我的两个孩子都是由我母亲带大的。到1986年我女儿上小学，她已经77岁了。母亲辛苦了一生，用老庄旧邻的习惯说法是"遭了一辈子罪"。早年间，我家兄弟姐妹多，凭着父亲从爷爷手里接下的几亩薄地，不足以维持一家人的生活。父亲便在种好自家的庄稼之外，出去给大户人家扛长活，打短工补贴家用。母亲则烙点面食赶集去卖，可以赚一点麸皮添补家中口粮的不足。尽管如此，父母亲对子女却非常疼爱。扭着小脚的母亲赶集虽然要背着"火烧篓"走十几、二十几里路，也总是把年幼的孩子带在身边，生怕放在家里哭坏了。我是父母最小的孩子，得到的宠爱娇惯也就更多一些。小时候冬天我嫌衣服凉，懒在炕上不起来，母亲就把我的棉袄棉裤放到灶口上用火烤热，然后捂在一起拿到炕上说："快，快，趁热穿上，别凉了。"待我把两只小脚伸向裤子，母亲又会戏谑地念着"蹬、蹬上关东，偷人萝卜拔人葱……"哄着赶快起来。穿上温和的衣服，她又温好了水让我洗脸。有一会儿我肚子疼，母亲背着我到南街找村医赵金玉爷爷治疗；还有一次也是背着我到小泊村找医生看。虽说是小病，却总是及时找人诊治，生怕治疗不及时落下什么病根。而她自己却因为赶集舍不得买点东西吃饿出了痨病，多少年一到天冷就反复。犯了病就整夜整夜喘得不能入睡。

我10岁那年，父亲去世了。因为年龄小，我对父亲的记忆并不是特别深。但母亲告诉我父亲说的话却让我终生难忘。父亲去世的时候正是生活困难最严重时期的1960年。由于家里食物严重不足，营养严重不良，父亲患了"肝瘦病"，母亲患了"水肿病"。病重期间，父亲对母亲说："你要挺过去。我死了比你死了好，只要有你，就能把孩子都拉扯成人；要是你死了留下我，这些孩子我是养活不了的。饿不死也得送人。"在这生离死别的悲惨时刻，父亲首先想到的是儿女，这是多么伟大的爱。古话说父爱如山，而山是可能被变迁的，但父爱的伟大却是什么力量也不可推移的。父亲去世的时候，我们兄弟姐妹6人中，只有大姐出嫁，大哥娶亲。父亲所说的"成人"，就是通常说的结婚。在老家人的习惯里，只有结了婚才算成人，没结婚的就不算成人，或者叫"没成器"。

为了几个孩子的"成人"，母亲不知道操了多少心，吃了多少苦。在我"成人"之前的那些年，我就没记得母亲穿过一件像样的衣服。长年穿的就是那种粗布大襟袄，勉腰扎腿的裤子。连她那小脚尖鞋的鞋面也是粗布的。虽然大多时候她的衣服都浆洗得干干净净，穿戴得整整齐齐，却没法改变布料的粗陋。母亲穿的那种粗布也称为"小机布"，是农家自己用传统织机织成的。现在的物品大多用机器生产，人们又讲究手工了。提起什么往往就说"纯手工"的，以抬高身价。而当年这样的粗布虽然是真正的"纯手工"，与"洋布"相比却是等而下之的。那些年，母亲经常点着煤油灯摇着纺车纺线，我则借着灯光完成自己的作业。母亲纺出来的线同邻居家的合在一起，凑够了数量才能刷机织布。那时候所以只能穿这种粗布，除了家里困难买不起之外，还因为到商店买"洋布"要用布票。每年每人只发3尺3布票，如果没有粗布接济，恐怕许多人就要光膀子了。何况，母亲是要攒着布票娶儿媳妇时买衣服，做被褥的，自己便"一根布丝也到不了身上"（母亲的话）。一年到头，她除了春节吃顿白面饺子之外，极少吃点白面，哪怕是生了病几天吃不下饭也舍不得做一点顺口的吃。这也是因为要攒着麦子娶儿媳妇。那些年，娶媳妇做花样馒头，招待客人，都需要麦子面。而生产队分得很少，一个人每年只能分60斤上下，最好的年景也没超过百斤，最少时也就分20来斤。算算，那时候农村结个婚省到家也得用300斤上下麦子，就这样的分法得要多少年才攒得够！何况，居家过日子一年到头总有个人来客去，门头使费需要做点面食，不能分多少就攒下多少的。更何况，我们弟兄的结婚近挨着三五年就来一次，这也是有年龄可以计算的。所以，母亲那样省吃俭用地攒来攒去，也实在是实际情况使然。生活就这样令人无奈。老宅的炕旮旯那些盛粮食的大瓮大囤子总是有许多是空的。直到1982年秋天农村实行大包干，我们家分到了土地（那时候全家的户口都还在农村），第二年打下的麦子才让家里缸满囤满，母亲也不用那么俭省了。

　　说老屋不能不提一下我们家那个西厢房。在中国的传统建筑中，厢房始终属于正房的附属建筑，为正房功能的正常发挥作一些补充。厢房也是三间，中间安放一盘或推或拉着磨面的石磨，这是那个时代的生活方式必须每家都有的设施。我常见到别家把石磨挤占在正房明间，行走都很不方便。另外就是用南间养牲口，单干的时候家里要养牛和驴，用来拉犁推磨轧碾打场拉碌碡等等。有的人家则养在正房的炕旮旯里，人畜混住，别的不说，就那气味就让人受不了。再就是在北间垒了一个半壁子，壁子外面垒了一个锅灶，里面盘了一铺炕。锅灶常常用来煮猪食，炕则在家里人来客去正房容不下多人时，临时用作住宿。还有一项功能就是放一点柴草，在雨雪天气里做饭用起来方便。如果说正房是大人的天地，厢房就成了孩子的天下了。孩子们的玩疯疯癫癫不着个调，往往很不招大人喜欢，有一个大人不太关注的地方玩就再好不过了。我们家的厢房就成了我儿时同邻居小伙伴们一起玩的最佳场所。玩的最多的是下五福、拨泥钱、拾把固、打瞎忽、捉迷藏等等，常常玩得忘记吃饭。到我中学毕业后回村劳动，厢房又成了我的宿舍兼书房。后来，族侄钦松也过来跟我睡一个炕，晚上一起聊聊天，说说故事，读点书，排解一下生活的枯燥和人生的烦恼。

1986年我因为在城工作太忙，回家不那么方便了，便同妻子搬到县城去住，也为孩子们改善一下上学读书的环境和条件。母亲不愿意离开这个自己住了六七十年的老宅，舍不得天天在一起的街坊邻居，便不跟我们一起搬走。后来我反复动员，还因为她也想孙子孙女，才隔段时间到我在县城的家里住住。因为母亲还住在老宅，我每个星期都要回家看看母亲。有时忙了，便在晚上挤时间回去。当时单位人手少，正常情况下还要晚上工作到10点以后才能下班，我便利用吃晚饭的时候，叫上司机赶回家，与母亲一起吃几口饭就回来。母亲吃的用的，特别是她多年爱吃的东西，往往也是利用这样的时间买了送回去。有一次朋友聚餐，席间上了蛏子，特别肥。我想到这是母亲特别爱吃这东西，便在饭后赶紧从饭店买了二斤给她送回家。这时候她已经睡下了。

母亲身体素质好，一辈子没得过什么大病，除了小病服点药，连针也没有打过一次。包括她那经常反复的痨病吃几片药也就扛过去了。后来生活条件好了，心情舒畅了，她那病也就不治自愈了。1991年春天，母亲患了重病。医生说这病唯一的办法就是做手术，但她这么大年纪谁也不敢做，做了就怕连手术台也下不来。没有办法，只好按照医生的意见保守治疗。但医生和药物终究没有回天之力，母亲病得越来越重。农历9月29日，母亲溘然长逝。那年，她83岁。子欲养而亲不待，悲夫！

母亲走了。人说父母在的时候，父母在哪里哪里就是家，父母不在了，妻子在哪哪里就是家。料理完母亲的后事，我们在老屋宴请了帮助办理母亲丧事的乡亲。按照老家的规矩，我同三个哥哥在老宅母亲睡觉的东炕一起度过了最后一个夜晚。第二天，哥哥们又帮我把门窗封堵了，我便同妻子离开了久居的家。以后，我再也没有回老屋住过。

发生在老屋里的故事当然还有许多，这里也就记一个大概。原因是有的我不甚明了，有的则记不清楚。当然，还有的则是不堪回首……就此打住吧。

2016年12月10日

备年
——童年，我的春节之一

　　一个童谣说："小孩小孩你别馋，过了腊八就是年。腊八粥，喝几天，哩哩啦啦二十三。二十三，糖瓜粘；二十四，扫房屋；二十五，磨豆腐；二十六，买猪肉；二十七，杀公鸡；二十八，把面发；二十九，蒸馒头；三十日晚上喝壶酒，大年初一把秧歌扭。"就这么一套，虽然有点繁琐，却把备年要做的事和对年的盼望大体上说全了。

　　在物质生活贫乏的那个年代，盼过年当然很重要的方面是盼好吃的。尤其是小孩子，更是早早就垂涎欲滴了。但最忙活的却是大人。看看那歌谣唱的，虽然不是完全地那样"按部就班"，"大通套"总是样样都需要家人认真去做。其实，备年哪里还要"哩哩啦啦"等到二十三啊，冬月底腊月初就开始了。先是拣个清朗的天气"捞麦子"，准备磨面粉发过年的馒头，包除夕夜的饺子。"捞麦子"就是把麦子从缸里、瓮里或囤子里挖出来，放到清水里一遍一遍地淘洗干净，然后在院子或者大街支上箔（一种用高粱秸串起来的簾子），箔上面铺上席，把"捞"过的麦子摊在席上晾干。晾的时间一般是一个"日头"（就是一天）就行了。如果天不是特别晴好或者不巧遇上阴天，那就需要多加几个"日头"。晾晒的时候需要有人看着，看的任务一是要随时划拉划拉，让麦子晾晒均匀，干得快；二是要看鸡，防止鸡偷吃或刨撒了麦子。我六七岁的时候担负过一次"看"的任务，却在赶鸡时碰倒了支箔的凳子，麦子全撒在了地上，害得本来很累的母亲只好再"捞"一遍。麦子晾晒不要特别干，干到七八成就可以上石磨推了。这样趁湿磨出的面粉不仅白，而且筋道。不过，磨出的面粉还是要放在太阳底下再晒干的。

　　过年用的的麦子需要"捞"，做年糕用的糯米和做发糕（我们那里叫

"min min"，不知道是哪两个字只好用拼音代替）的小米（次一等的是玉米）则要"洇"。顾名思义，"洇"不是浇上水泡，而是把干净的白布蘸上清水，拧去富余水分后包在手上，然后在盛米的筐箩里来回搅动，待把米洇湿匀了，也把米上可能有的浮糠微尘揩净了。之后，再等上个把时辰就可以到碾上去轧了。轧糯米和小米叫"拤糕"，或者"拤min min"。现在的石碾，已经被现代化的磨面和碾米机械取代而成为历史文物了，而在过去的许多年里，却是国人世世代代都离不了的粮食加工工具。碾的结构比较简单：一个厚重的碾台（也叫碾盘）由下面的大石头平垫着，中间牢牢的安一根碾柱子（有的是枣木，有的是铸铁）；碾台上放一个碾砣子，碾砣子中间有窝可以安碾芯子；碾挂用四方木头做成，敦实而牢固，把碾砣子和碾柱子牢牢地连结在一起。庞大的石碾一推就"吱嘎吱嘎"地转动了起来。这个"吱嘎吱嘎"也有一定的节奏，却不是那么好听。用来形容乐器，便有了"三年胡琴轧碾声"的戏谑。

　　碾这东西，全国许多地方每个村庄都使用。取材于胶东的《地雷战》和取材于河北的《地道战》电影里，都出现过碾的镜头。我们村的碾屋在我们家东边路北，后来碾屋塌了也没有再建，就只剩下了没遮没盖光秃秃的碾。推碾是非常用力气的，常常需要一个人推，一个人套上带子或绳子拉。有时候也套上驴或是牛拉。我小时候经常跟着母亲去轧碾。人小兴趣多，虽然出不了什么力气，却总爱跟着推碾的大人围着碾道转，小手擎得老高扶在碾挂上也冠冕堂皇地似乎在推，不仅使不上丁点劲，连走也因为不跟趟而绊大人的脚，每每就被哥哥姐姐赶出圈外，只好偃卧在一边看着大人一圈一圈地推着转，看着看着就迷迷糊糊地进入了梦乡。待轧完了碾，还要母亲揭开盖着的衣服揣在怀里抱着回家。我们老家的语言真是丰富，同是轧碾，轧不一样的东西就有不一样的说法。譬如轧年糕、"minmin"和地瓜干等叫"拤"，轧胡黍米叫"伐"，轧麦余子（带芒的瘪麦子）叫"串"等等。这些大有区别的说法虽然外地人听着不知其所以然，细品起来倒是很有乡土的意味。

　　备年，最重要的是要做馒头。如果年景不好，年糕、"min min"等等的"奢侈品"可以不做，馒头是必须要发的（因用发面，所以叫"发馒头"）。因为摆供、探亲，招待来探亲的宾客都要用馒头。发馒头一般在腊月二十七、八,因为做早了容易"龟裂"或者"长毛",一般就选在了这靠年的日子。还是因为一下子要做很多,常常都要几家合起来轮流做。我母亲做的时候一般是找东邻的大奶奶和北屋的二婶来帮忙。用作摆供的馒头要做成大的,高一些的直接就叫"供",也有做成"枣鼻子"的;用作走亲戚的便用"磕子"(一种木质或陶质的专门用作馒头的模具,按当地的读音这里作"ka")。用"磕子"磕,可以做成多种吉祥的花样:用作自家吃的虽然做的比较随便,却也有"穗子""巨柱""卷子"之类(如同"磕子"一样,我并不知道这些名字该用哪几个字记更合适)。蒸馒头同炸炸货(念糊)、蒸年糕和"mimi"的日子,一般都是连在一起的,大都赶在靠年根儿的时候。这期间不论大人孩子都是不能随便到别人家的,免得给人家"踩了锅"(有时因为灶上火不适,锅里气不匀,常常造成蒸、炸物品出现异常,不明白原因就会埋怨是谁谁来过"踩了锅")。在这个时候,母亲便嘱咐说:"在街上玩就行了,别到人家家里去。"

过年之前,还有一样要做的事就是杀"年猪",当然也不是每家都杀。因为一来是未必每家都有可杀的猪;二来呢,谁家过年能够舍得或者说吃得起一头猪呢?一般说来,一个村过一个年也就是杀个七八头猪,街坊邻居东家三斤西家五斤地买了去,用作炖炖"隔年菜"包包饺子待待客也就算不错了。没事没非,自家人要吃点猪肉,那也只能是一种奢望。我们家也杀过一次年猪。记不清哪一年的哪一天清早,杀猪人来到我们家,在院子中央安稳了"杀床子"(一种用木头方子拼装的如同矮桌,中间有凹陷的器具),然后放下猪圈门,拿着大铁钩子就照猪下巴勾了去。那养了一年多长到二三百斤的大猪就那样嚎叫着被生生拖上了杀床,被从脖子下捅了刀子。此刻,我在炕上抵着窗棂往外望,母亲早已经给我捂住了耳朵,直到那猪流完了血液,"吭哧"了几声没有声息了,杀猪人的"挺柱子"就开始从猪后腿切开的口子里往皮下"挺"了;然后就对着口往里吹气;然后就用一根大木棒子反反复复地在猪身上捶打,直到里面的气把整个猪鼓成了滚圆,就开膛破肚,割头剁蹄;然后就剥皮掏肠,就拾掇"下货";然后就在大门口支起木架子挂上勾子卖肉。人来人往,卖来卖去,最后就留下一点点勉强够我们自家过年,也留下了准备用着"摆供"的脱了毛的猪头，就完完全全结束了整整一个杀"年猪"的套路。那天，母亲"燥"了猪脂，全家吃了一顿脂渣猪血炖白菜，就算是家里杀了年猪的一次犒劳。至于给了杀猪人什么报酬，就不是我这小孩子家应该知道的事了。

那个年代，过年是谨守"规矩"的。备年除了备吃的，那些必要的穿的用的摆的看的都需大致置备齐全。尤其那些用于祭祀的香、纸、蜡烛，还有灶马（一种贴在灶间墙上可以看农时节令等的木板印刷品。上头印着的小马是让"灶王爷骑着上天的马"，在"辞灶"那天剪下来与香纸一起烧了）、吊（粘上谷秸象征祖宗们骑马回家过年用的"马鞭子"）、国门钱（贴在门上槛的一种飘拂的剪纸）、对子纸（待让村里的文化人写对联用）等等，都必须买回来。我自己的备年则是买小鞭和年画。腊月二十三日赶绕岭集，这个集离我们村只有四五里路，赶着方便。那天是"辞灶"的日子，学校早就放假了，我就跟着大人（渐大了有时也同几个小伙伴一起）去赶集。一到集上，先上鞭炮市，挑选了红色外皮的小鞭，至多再加很少几个爆竹，多了是不能买的。因为父亲只给了两毛钱，买什么，买多少需要很好地计算计算。买完鞭炮，就到画摊上看画选画。一般是买文官武将或花鸟翎毛之类，手里剩下的钱只够买对开两张的，多了钱就不够了。如果买四条屏戏剧故事的，就只能买一套。

少年的记忆是颇深刻的，以致买的年画在过了许多年之后还在一次偶然的相遇中，那记忆还被翻腾了出来。大约那是在1998年的春天，我出差路过青州市。从小的爱好驱使我走进了一家画廊，在开阔大厅满目琳琅的画作中，我一眼就看到了当年我买过一张花鸟的画家的作品。我端详了许久，小时候对买的那幅画和那画家的记忆很快就浮现了出来。我顺口问了画廊老板："这是那个画家的真品吗？"老板说："是的，绝对没有错。"他见我怀疑，便引我进入里间，指着墙上的一幅旧画说："你看这幅对吧？"我认真看过之后，微微点了点头。

那老板也还诚实。他对我说："刚才你看的那几张也是对的，只是画家用的是一种特殊的画法，这种画行话叫'商品画'。画这样的画是同时把多张宣纸铺在案子上，同样的墨色在每一张纸上画同样的几笔，然后再换另一种色，再在每一张纸上涂抹几下。这样来回反复几次，几张同样的画就同时出来了。然后题上款，钤上印，便成了完整的作品。之后，他便把这样的画批发给我们这些画商。如果用原来那个画法就慢了。画得慢，来钱也就慢。"

　　我愕然。一个很有名气的老画家竟然为钱而不顾了画格，不顾了品格，不顾了多少年留在读者心中的级格，不顾了……

　　不知他卖了些钱又另去买到了什么！

2017年6月6日

过年
——童年，我的春节之二

过年，是从除夕的早晨开始的。

吃过早饭，第一件事便是贴对子。贴对子用的浆糊是母亲趁着早饭的热锅用面糊糊熬出来的。端着满盆的浆糊，我们弟兄几个便跟着父亲先大门，后二门，再"正间门"，再后"房门子"（卧室门）依次帖去。对子的联语无非是"处处春光好，家家气象新""向阳门第春常在，积善人家庆有余"之类，并在门楣和门框分别配以横批和竖帖。同时，还要在门和窗的显眼处贴上大"福"字，在出门的迎面墙上贴上"吉星高照"，在炕头的壁子贴上"抬头见喜"，在水缸贴上"川流不息"，在衣柜贴上"衣锦千箱"，在粮囤子贴上"五谷丰登"，在猪圈贴上"六畜兴旺"等等。

虽然，除夕的早饭比较简单，风俗上也没有特别的规矩，什么方便吃点什么也就行了。而在当年，却是我与我的那些小伙伴经常争论的话题之一。论起年除夕的早饭，小伙伴们的说法当然就是我如上所说，什么方便吃点什么就是，没有太多的讲究。我则说要吃面条。因为在我的记忆里，过年那一天的早晨我们家早饭吃的都是面条。我10岁那年，父亲去世了，家里除夕的早饭便改成了别的。我觉得很奇怪，便问母亲说："妈，今天早晨不是喝面汤（老家说的"吃面条"）吗？"母亲平静地说："那些年是给你爹过生日。现在你爹不在了，就不喝面汤了。"

吃过早饭，就开始准备午饭。除夕的午饭，是一年当中最要紧、最丰盛，也最隆重的了。那些年，过年虽也没有许多好吃的，但与平时却是截然不同。往往，做除夕的午饭需要全家人都动手。譬如，父亲或哪个哥哥要去菜窖子扒出白菜，拿回家拾掇干净，待切了做"隔年菜"。或许是因为中午吃过之后要剩下些过了年再吃吧，也就顾名思义说成了"隔年菜"。"隔年菜"的用料主要是白菜、豆腐、粉条、猪肉等，用大锅熬。做熟了便先盛出摆供和午饭要吃的，其余就装大盆，放起来"隔年"吃。令我记忆犹深的是作"隔年菜"一个关于"肉"的细节。那些年家里一年到头是很少能吃点肉的，过年了母亲则尽量让家人都能吃到点。因为这，她每年在做"隔年菜"的时候便按照全家的人数切几块大一点的肉，吃饭时每人往碗里夹一块吃了。我是兄弟姐妹中最小的，母亲经常把自己的那块稍稍咬一点就给了我，还说："油腻，我不爱嚼。"这话，我至今想起来心里还酸酸的。"不爱嚼"分明是舍不得吃啊！

　　一般年景，除夕中午除了"隔年菜"之外，还有鸡、鱼和其他蔬菜，主食是米饭，我们那里叫"干饭"，是用谷米做的。同样的做法，用稻米做的就叫"大米干饭"了。除夕中午的饭菜因为花样多，数量大，做起来用的时间长，午饭吃的大都比较晚。到一家人围坐在炕上热热闹闹吃饭的时候，一般就到下午一两点了。不一会儿，就会听到外面大街上"铿铿锵锵"拥军优属的锣鼓。"拥军优属"就是给为革命牺牲和参军入伍的人家送光荣花、光荣灯、光荣牌，村小学和中学放假回家的学生都要参加。此刻，不管吃完了饭还是没吃完，我都要匆忙下炕，系上红领巾，飞跑着进入了那长长的队伍之中，随着大家一起去了。到了一个"光荣人家"门口，就敲一阵锣鼓，由村干部给每家门旁挂着的"光荣人家"的红牌牌插上一朵纸扎的光荣花，在门上面挂一盏也是纸扎的光荣灯。我们的村比较大，从南到北，从东到西，大约都有一里长，待一家一户送完，天基本上就黑了。

　　回到家，家里就已经"年味"十足了。最上眼的是"正北"放下平时卷在临近屋笆处的"祖子"（族谱），那是一副硕大的鎏金绘彩的画，齐刷刷遮住了明间冲门的后墙。"祖子"下的供桌摆满了丰盛的供品，有鱼、肉、蔬菜、米饭、馒头等等。这些供品并不是简单盛在器皿里就算了，而是都经过了特别的加工。这种加工的习惯说法叫"摆碗"。"摆碗"的过程实际上就是一种"工艺品"制作的过程——用的碗是一种蔚蓝色的习惯叫作"冻琉碗"的大瓷碗，一般要六个或八个。摆之前要把碗里装满萝卜丝作填充，上面用经油烙过的焦黄的豆腐薄片盖严，再罩上整棵的菠菜，插上早已经用苇签串起来的山楂白果串（下面三个山楂，上头两个白果），才算摆好了。看看，自下而上，蔚蓝、碧绿、鲜红、洁白，稳重大方，十足的精美工艺品。八个大碗齐刷刷地往供桌一拉溜摆上，前面再放上撑开嘴巴的猪头，衔着红彩的鸡，撒上绿叶的鱼，还有两边摆成塔型的大馒头，穿插着午饭前已经趁热装在碗里上面插了红枣的黄黄的"干饭"，活脱脱就是一个艺术的世界。

待这些供奉物件按部就班摆置完备，我们便跟着父亲一起去祖先的茔盘"送吊"。"送吊"也叫请神。"吊"是用色纸裁成的，集上有卖的。用的时候要"开吊"，就是把"吊"按照"纹理"剪开，就成了长长的纸绺绺，把这长绺绺的纸一条条粘在退掉干叶子的谷秸上，在风的吹拂下晃动着神秘的光影。"吊"是"神"的马鞭子的象征。"送吊"的就是到墓地插到每个故去亲人的坟上，让他们"骑马"回家过年。插遍之后，还要剩下三支或五支拿回家，分别放在"天地棚"（院子里供奉天神的棚子）旁和家里供桌的两边。院子临门处放一根"磨棍"，让"回家"过年的故人"拴马"。"送吊"回来，就算是把故去的亲人"请"回家了。这时，天也就完全黑了下来。接着就点燃蜡烛、焚香、烧纸、磕头、放鞭炮，算是把"请回"的故人"安顿"了下来。至于这些"神"究竟住在哪里，座次怎么排，谁谁怎么称呼，那就只有天知道了。

父亲和哥哥们的事情告一段落，便随便吃点东西，一般就吃点炒熟的花生、板栗、煮熟的芋头之类，不作为正式的晚饭。母亲则早已张罗着包饺子了。包饺子用的是上好的白面，饺子馅的主料是大白菜（俗名"黄银白"，或许取"黄金白银"的意思）。肉必须是鲜猪肉，别的如牛肉、羊肉、驴肉等等任多么好吃，多么贵重，包除夕的饺子也是绝对不能用的。包饺子一般是母亲主持，嫂子和二姐（大姐已经出嫁）当配角。母亲嫌我碍手碍脚，多嘴多舌，常常把我赶到一边。有时候我却又没趣地凑过去当当"饺子腿"。除夕的饺子要包进"吉祥物"。这些"吉祥物"有大枣、栗子、糖块和硬币等。吃到吉祥物预示着一年的幸运。大致的的说法是，大枣红红火火；栗子过好日子；硬币有钱花；糖块甜蜜蜜。下（煮）饺子的时间按规矩要接近午夜。不过在实际操作中，常常提前一些，怕我瞌睡熬不到时候早早睡了，叫不醒起不来不能吃。这样的"折中",大约也是每家都会有的。听到外面鞭炮响起,就是有人家开始吃饺子了。往往,有许多比我们家的还要早呢。

饺子煮好了要先把祭天地,祭灶王,祭祖上的舀在专门的碗里摆上供桌,待父亲带领我们弟兄发完了"纸"(春节祭拜天地的一种仪式),放过鞭炮,一家人才能开始吃。吃饺子是必须有"活菜"的。"活菜"是用切成细丝的"黄银白"芯加上香菜、虾皮、海蜇皮等等辅料和调料,用蒜泥拌成的凉菜。"活菜"就是活的"财"嘛!图的还是那个吉利。一家人在炕上围在一起,就着"活菜"吃饺子,一会儿这个吃出了枣,一会儿那个吃出了钱,谁吃出来都会得到全家人共同的祝福。一家人团圆的幸福,其乐融融的快感,都是平时再怎么特意摆弄也是达不到这个程度的。

吃完饺子就等于长了一岁,我们弟兄便先对着"祖子"给祖先叩头,然后依次给父亲、母亲叩头拜年,一起问"爹过年好,妈过年好!"然后,母亲就挨个给我们发"守岁钱"。"守岁钱"的数量要看年收入的多寡,一般也就是三毛五毛,没有太多。这个时候,一家人除夕夜的欢乐就达到了高潮。一会儿,我们还要约上本家弟兄挨门到爷爷辈、父亲辈家里拜年。东门出,西门进地也就摩肩接踵了。

"过年好,过年好"的问候与祝福声此起彼伏。此刻,春节的祥和气氛弥漫了整个村庄。

2017 年 10 月 8 日

送年
——童年，我的春节之三

胶东民谚："三天的寒食半月的年。"

过年，为什么要半个月啊？年，是农耕文明的产物。用半个月时间过年，当然是因为对年的重视和庆典的隆重。过年，是对一年丰欠的总结，对一年劳累的慰藉，对一年悲欢的倾诉，对一年亲情的表达。当然，也作为生活的一个驿站，在这相期以待的半个月里洗洗征尘，歇歇脚步，然后再扬起新的风帆，踏上新的征程。

半月，从大年初一到正月十五的"元宵节"，这期间都是过年的日子。初一接着除夕的拜年还在继续着，稍有不同的是，初一拜年要穿上簇新的衣服。未成年孩子拜年回来，常常让大妈婶子把衣兜装满了瓜子、花生、糖果之类。稍大点的，到爷爷、大伯（我们这里叫大爷）、叔叔家里还得喝几盅酒。我的焕斗大爷每年都要用鲜地瓜酿造些黄酒，黑黑的如同晶莹的紫玉。大年初一，大爷早早就煮上黄酒，同几个小菜一起摆放在炕上。他自己则披着那掉了毛的老皮袄坐在炕头上，等待侄儿们来给他拜年，让每人陪着他喝一回儿。母亲曾给我说："那一年你哥去给你大爷拜年，喝醉酒把牙都磕掉了。"一般情况下，拜年只到本家没出"五服"的长辈家里，该拜的都拜到就拜完了。但是"十五"没有过的时候，见到街坊的长辈或者同辈年龄大的都要说"过年好"，表达自己对他们诚挚的祝福。

"送年"的时间是正月初二傍晚，有另一种说法叫"送神"。实际上，"送神"的说法还是比较准确的。因为除夕把"神"请回，在家"住"了两宿，初二送走也是顺理成章的事。但约定俗成叫作"送年"，也就这么年复一年地叫了下来。不管怎么说，"送年"的仪式也是非常隆重的。先是，"送年"那天的晚饭一定要吃饺子,并提前舀在碗里给"神"(自然也包括天神、地神、灶神)供上,让"神"早早"吃"了好"赶路"。下午四点钟前后,一家一户便拿着香、纸、鞭炮和除夕傍晚带回家的那几支"吊",到村间十字路口的开阔地集合。"送年"都是相同姓氏的人集中在一起。我们村姓氏比较多,"送年"的地方散散落落遍布全村。不论哪个姓,所有的男丁是都是要参加的,这一是出于对"神"的敬重;二是宣示门户的人丁兴旺。

一般情况下,"送年"都是由有威望的长辈用"圈盘"端出饺子、酒和菜,有时候还要搬出供桌,坐南朝北摆上(宫姓的祖坟都在村后),然后把香纸之类点燃,待火焰熄灭,由长辈洒洒(水)浇奠之后,所有"送年"的人便齐刷刷跪下,朝着北方叩头,心虔意诚地送"神"上路。叩头毕,鞭炮就点燃了,"噼噼啪啪"此起彼伏,响遍全村。这鞭炮有的是各家带的,有的是各家凑些钱,买回来集中燃放。鞭炮多,燃放时间也长,往往天黑了好长时间还没有放完。有时候大姓之间为了显示实力,较起劲来你放他也放,那就不知道要燃放到什么时候了。

"神"送走了,家里正北的"祖子"便卷了起来,贡品也下了供桌。剩下的,就只有那包衬"祖子"的蒲帘,挂在边上的条屏、春联和空落落的供桌。这些留下的物件,同样也昭示着"年"的存在。是的,过年的氛围一直还笼罩着整个村子,一刻也没有离去。大街上菱角、糖球、麦芽糖、糖人、泥人、皮老虎、拨浪鼓、竹哨子等等的叫卖声不绝于耳;开阔地的扭秧歌、演杂技、耍猴子、戏台上的京剧、吕剧、柳腔、杂耍等等的你方唱罢我登场,吸引着男男女女老老少少络绎不绝,流连忘返。尽管,这些喜庆的光景吸引着人们沉浸在过年的欢快之中,但谁家也没有忘记送了年之后的探亲。"亲戚越走越香",这是家乡的俗话。一家一户,都是趁着过年,去看一看一年到头很少见面的旧亲新戚。还有个关于探亲顺序的俗话就是:"先看姑后看舅,丈母丈人拉腔后。"这说法,常常让一些恩恩爱爱的小夫妻心生牴牾。

年少的时候,我的探亲是随着父母亲或哥哥姐姐走的。去姥姥家自然是跟着父母。因为在家里我最小,父母去看姥爷姥姥便带着我。朦胧的记忆中一次是父亲推着独轮车,一边坐着小脚的母亲,一边绑着的偏篓里就装着我和带着的东西。如同《回娘家》唱的那样,"娃娃"我可以算一个但是不胖,"一只鸡、一只鸭"是绝对没有的。姥姥家可以跟我一起玩的是比我大一岁的二表姐和比我小两岁的小表弟。表姐是不能跟她玩的,因为小伙伴们都说跟女孩子玩会"烂脚丫子"。当然,人家也不屑于跟我玩。有时跟表弟一起玩,有时候也不,因为两岁的差距在10岁以前就感觉挺大了,所以也不容易非常融洽地玩在一起。在姥姥家,最多的活动便是随母亲去她的族人家看看老人和她的堂姐堂妹。此刻,我便成了大家说话聊天调节气氛的"宠物"。我自己最喜欢玩的是在姥爷屋东夹道的那棵斜着的槐树爬上爬下;也喜欢在他东屋院子的山楂树下,抱着树干仰望姥爷挂在树上的鸟笼和里面蹦蹦跳跳的鸟。

"穷怕亲戚富怕贼",这是当年的一句俗话。还有一句有关亲戚的话是"十家亲戚九家富,带得一家穿棉裤;十家亲戚九家穷,带得一家光着腚"。为什么怕亲戚?没有东西招待嘛。20世纪50年代初期的家庭,相比较而言是有的宽裕些,有的困难些。姥姥家属于比较宽裕的那一种,我们家则因为地少孩子多,日子过得就有些艰难。当然,那时候像我们家那种境况的并不是少数,一样是那么艰难地生活着。经常的,由于家里的困难,正月招待亲戚炒菜肉的都是切得薄薄的片片,装盘的时候则把有限的几块肉片摆在菜的上面。样子算是好看了,但待客的和作客的都心知肚明,常常是满怀的无耐和苦涩。如果客人吃完饭还剩下几片肉,就要捡出来放着,有的家甚至连客人没吃完的粉条也捞出来晾干,等下一次来客再做上。待客的鱼,客人一般是不吃的。饭时,只象征性地用筷子在鱼盘里沾沾汤,夹一点撒在鱼上的菜末末就算吃了,然后主人家就一次次地加热,一次次地用来"待客",直到亲戚来完。好在,也许如同戏里唱的"穷不帮穷谁照应"吧,亲戚之间,大都相互理解,也没有许多挑剔,一年一年就那么你来我往地走着。

亲戚,在正月初十之前除了太远的,一般也就都走完了。我们看过姥爷姥姥,再到两个姑姑,两个姨姨家,走完了也就没有什么"门"出了。不"出门"(当地对探亲的说法)了,父亲和几个成年的哥哥便除了担担泥,垫垫圈,做些家里家外的零活之外,又开始进"地屋子"编席了。我也恢复了自由自在地玩。有时候与小伙伴们一起,有时候自己一个人。虽然还是该怎么玩还怎么玩，但这阶段的玩则有一个必须玩好了的事，就是卷"滴流金儿"，为过"十五"做好准备。"滴漏金儿"是一种用纸卷的，如同麦草那样细细的，二三寸长，用火点上就"噼噼剥剥"放出靓丽的光点。到集上，五分钱就能买一大把，两毛钱买的就够过"十五"放的了。但这两毛钱从哪里来呢？还有，自己能卷就自己卷呗，买的也好不到哪里去。

卷"滴漏金儿"需要的木炭灰是我在母亲燃烧的灶口里掏出火红的木炭用土埋息，然后碾成的粉末；需要的铁末，是平时一个当"锢漏匠"的远房表哥来村里"拉乡"，在他锯锅时钻头钻出来我收起的；用的纸则是家中存的以函包裹的老书纸。一般的纸卷"滴漏金儿"是不行的，而那时却只有那种订作业本的"洋华联"纸，这种纸卷起来硬硬的，点燃后很快又熄灭了，根本就"滴"不出什么"金"来。最好的就是那些据说是棉麻浆做的老书纸（集上卖的也大都是用这样的纸卷的）。母亲说我们家的那些老书是"土改"时人家扔在大街上没人要，父亲则作为宝贝捡回来，准备将来给孩子们读书用。不想，一个个孩子到了上学的时候都不用那样的课本了，反倒给我卷"滴漏金儿"派上了用场。至今，我还隐约记得其中有一函叫《青云集合注》，也记得李白那《送孟浩然之广陵》的诗，却在当时一点儿也没有意识到它的珍贵。现在想想，用这种老书纸卷"滴漏金儿"，实在是一种焚琴煮鹤的罪过。但卷就卷了，忏悔是没有用的。那时候，我把那些老书的装订线拆开，把一页页的纸张裁成绺绺，用细细的高粱杆卷成筒筒，并在一端折一下，没折的另一端朝上集中在一起，用细细的罗网在上面撒进早已按比例兑好了的"药"。待都撒遍了灌满了便把口封严，就算是成品了。到数量足够放的了便稳稳收藏起来，单等着过"十五"了。

"十五"那天早饭也是随便吃的，没有什么特别的讲究。吃元宵的习俗在我们家过去并没有，只是近几年才"与时俱进"开始吃了。早饭之后，母亲就开始做豆面灯。豆面密实，和水揉好了，捏上碗碗，插上灯芯，倒进油不漏。一般的灯只作成个柱柱，捏出碗插芯子就行了。其他的如按家里每个人的生肖作生肖灯；按饲养的畜禽种类做动物灯；还有粮食灯和碾灯、磨灯、瓮灯、囤子灯等等，不仅需要"心里有"样子，做起来也比较费工夫。到下午下了饺子摆上供，便把灯灌食用油点亮，去祖坟"送灯"。灯放在每个坟头上，说是让先人们照着捉虱子。哈哈，这"孝亲"实在是想得太周到了啊！过年"回来"刚刚半个月，在家"带回"的虱子可能就长大了，那就借着灯光捉捉吧。

"送灯"回家吃过晚饭，我就开始放自己卷的"滴漏金儿"了。先是在家里放，每个旮旯都要放遍了，然后再上街与小伙伴们一起放。有时一根一根地点，有时一把一把地点，总是要比比谁的更闪亮，谁的"花"更多。因为我的是自己卷的，属于"手工特制"，往往就把别人的给比下去了。其实，过"十五"最热闹的是放焰火。那些烟花都是族人兑钱买"土药"做成的"泥锅子"。"泥锅子"大都或用土坯打上眼，或用铁桶糊上泥，或用"车葫芦"（木车轮中间安轴和辐的部位）锯成型，装上按方配制的"土药"，早早"钉"起来。到"十五"的晚上一个个搬出来放在开阔地，点上引信，立刻就"突突突"冒出了漫天焰火，漫过了房顶，漫过了树梢，漫过了无边的黑夜，直冲着天空飞奔。有时一起点燃好几个，就飞得更高，燃得更旺。几乎，分不清了哪是地上的焰火，哪是天上的星星。间或，年轻小伙子们一个个点燃了"二踢脚"，第一响过后，直追着烟花梢头，冲着九霄云外的高天圆月，在半空中连连炸响。那气势，是绝对的阳刚，绝对的豪迈，绝对的大气磅礴。千百年号称豪放派的辛弃疾在《清玉案·元夕》说的那"东风夜放花千树。更吹落、星如雨"，那"蛾儿雪柳黄金缕，笑语盈盈暗香去"的情调，在此时刻则成了绝对的小资，绝对的黯然失色了。

年，就这样过去了。家里的摆设也恢复了平时的样子，人们过年的心终于归回了平静。"一年之计在于春。"过了年就该到"雨水"的节气了，人们该做什么又忙忙地做什么去了。至于那"耍正月，闹二月，稀里糊涂过三月"的说词，不过是懒人的借口而已。

2017年10月12日

舌尖上的无奈

宋朝大儒张载在他的《西铭》里说："贫贱忧戚,庸玉汝于成。"意思是艰难困苦的环境和条件,能够锻炼人格,磨砺意志,丰富人生,增强耐力。大约还有另一层意思是,经历艰难困苦,跨越艰难险阻方能成大器。后来就演化成为"艰难困苦,玉汝于成"的哲理名言。尽管如此,谁也不会去自讨苦吃,谁也不愿意在艰苦的环境里生活。只是,客观的艰苦已经存在,想回避也不可能,想逃脱也逃脱不了,只得义无反顾地去面对。所以,我在标题上就用作了"无奈"。

这里我说艰难困苦,只是说吃,便使用了"舌尖"的词,这是从"舌尖上的中国"的说法演化来的。说吃,吃什么?吃糠咽菜吗?不是,比吃糠咽菜还难忍受却必须吃,不吃就没有别的东西可吃,就得眼睁睁饿死。这比糠菜尤甚的"食物"是花生皮。花生皮在吃之前要炒焦,然后放在石磨里头磨细(其实实在也磨不细),搅上数量极微小的地瓜面和起来,放在大锅里像摊大饼那样摊开,烙成个就咬着吃。因为太粗太涩,吃这样的"食物"是很困难的。填在嘴里嚼来嚼去,不知道要抻多少次脖子才能咽下去一口。吃进肚子,排便则更难。还是因为太粗太涩,窝在屁股里面就是不出来。往往需要靠手工去排排阻力,加加动力,慢慢才会把问题解决掉。

吃花生皮子是在1960年的冬天——那个漫长而又艰涩的冬天。没经过那个年代或者没在我们这里生活过的人或许会问:"你们吃花生皮,花生仁哪里去了?"交生产队了。因为那是花生种,是生产队分到各家各户剥出仁来再交回去,等到了春天要种到地里去,这是无论如何一粒也不能吃的。这就是那个年代的社员最朴素最实际的思想行为。另一种难吃的"食物"就是地瓜蔓。这两样都是在平常连猪都不能吃的东西，这时的人却要用来充饥。地瓜蔓是秋天打了叶子晒干了的那一种。吃这种地瓜蔓要先在锅里煮软了，然后切成小段，再用刀剁碎，也是像做花生皮一样，再回一次锅，便艰难地填进了肚子。

　　这种食物的做法是母亲的创造。我之所以说创造，是因为过去并没有吃过，当然也就没有人做过。别人家怎么个做法我不知道，但各家一定是不一样的。后来曾经有人跟我说减肥的事，我说："我给开个处方，两种食物，先吃一个月，减不了再免费送你一个疗程。"那人就说："必须是要能吃的哦。"我说："能，我在小时候就吃过，你现在是成人，那就更能吃了。"一听我说的是花生皮、地瓜蔓便退缩了，宁可不减肥也不去吃。所以，没经过那个年代的人，是绝对没法想象也没法理解当时人们为了活命，给予舌尖的是何等凄苦的"无奈"。只要能吞到肚子里，任什么都会拿来吃。

　　母亲创造的另一种食品是"甜草果子"。要知道什么是"甜草果子"，先要知道什么是"甜草"。不要以为"甜草"是什么名贵的东西，在我们家乡，这种草有许多名字，如"茅皮莲""毛根草""甜根草"等等。我并不知道哪个是学名，哪个是土名，只知道它属性是草，为多年生草本植物。"草"的部分生长在地面，长长的窄窄的叶子，在荒地里、地堰上一丛丛，一片片直立地长着。入夏，那如同狗尾巴样的长长的穗子，在和煦的阳光里泛着白光。它的根，一节一节像细细的竹，也像芦苇根，最像的是如同贵州山乡生长的那种"鱼腥草"，嚼一嚼，有一种甜丝丝的感觉。这就是所谓"甜根"。"甜草果子"就是用这种草根磨面做成的。

　　初春，封冻的土地还没有完全融化，哥哥们便扛着铁叉到野地里去掘"甜根草"了。露出地面的草早已被人割走，只留下了根。那些"甜根"细长，掘出来撸去泥，用水洗净，放在高处晒起来。晒干了剪成小段，放在锅里烘焦，磨成粉，加水和上一点可以稍稍凝固的或地瓜面或高粱面，按在圆圆的模具里磕出来就是算是"果子"（我们这里称桃酥为"果子"）。后来，据说还有人依样学样，做出来拿到集上去卖。这买卖也不知道利薄利厚，我们家却一次也没有去卖过。"甜草果子"因为纤维粗而韧磨不细，做出来依然还那么毛毛的，有人便说吃到肚子里会扎在肠子上。但是它可以吃，能充饥，那就任谁也顾不得肠子了！

青黄不接，这个时候是最难熬过的。书上解释青黄不接的意思，是指地里的庄稼还没有成熟，家里的存粮已经没有了。我这里说的却不是指粮食，而是说的田野。黄与白色的秋冬已经过去，青色的春天还没有到来。这是另一样的黄青不接。这季节，除了破开冻土挖出点"甜根"，地上地下都找不到可吃的东西。而"甜根"毕竟也有限，挖来挖去（自然是每家每户都在挖）也就没有多少可挖了。陆上没有了，只好求助于水中。砸开沟里河里的水上坚冰，到水中去"捞藻菜"。"藻菜"是生长在水下的蔓状带节细茎细叶的植物。捞这种植物的方法是把镰刀绑在一根长长的木棍上，通过打开的冰窟窿伸到水下把"藻菜"从根部割断，再钩上来控净水，拿回家或蒸了吃，或馇了吃，或剁了捻团子吃。这是挺好吃的食物，一种腥鲜的味道。

渐渐地冰融雪化了，"捞藻菜"就省了"破冰"那道工序。吃"藻菜"可能不光是我在那个年代的经历，历史上或许早就有人吃过。因为"捞藻菜"的时候经常听大人讲一个故事，说过去一穷人家来了亲家，公公便喊儿媳妇说："嫚儿，快脱了裤子上东沟捞藻菜，这回儿我好好犒劳犒劳你爹。"人啊，什么时候也忘不了幽一个默。古乐府《长歌行》有这样的句子："阳春布德泽，万物生光辉。"春天，终于来到了。这是1961年的春天，学校停课了，说是停课度荒。那年我11岁，四年级——我1958年上学，因为"跳级"，从二年级直接越过三年级升了四年级——不上学了，又直接进入了度荒的行列，却还不时想我的作业，我的书。

春天，在任何时候都是生机勃勃的。地里的野菜长出来了——我们关注的当然主要是野菜——大人们都下地耕种了，我们"停课度荒"的任务就是挖野菜。上级供给的"统销粮"由冬天的每人4两改为6两，是考虑到春耕大忙时农人出力多，稍稍给增加点能量。这6两粮便用作配野菜吃，习惯说法就是"揽菜"。"菜"当然就是挖来的野菜了。春天的野菜主要是苦菜、曲曲芽、七七菜、夫子苗、蒲公英等等，这些都是多年生草本植物，春风一刮，就齐呼啦拱出了地面。人道"七七菜露头，饿不死穷猴。"实在是，田野里各种各样密密麻麻的野菜，红的芽，绿的叶，一篮子一篮子挖回家，择去杂物，濯洗干净，依然是或煳、或馇、或团，有时则腌一点当咸菜就饭。不管怎么个做法和吃法，刚挖的新鲜，总是比那些干涩的东西好吃得多。

随着天气越来越暖和，萌发的植物也越来越多，可以挖的野菜种类也随着多起来，原来挖不满篮子也慢慢由丰满到鼓胀了。同时生出了的还有树木嫩绿的叶子，也可以采了吃。最好吃的是榆树叶子，但那些年榆树并不多。比较多也尚可吃的是刺槐叶子，只是老了以后吃起来也很难下咽。野生植物多了，传统可吃的品种因为都在挖，都在摘，渐渐地就少了，更少了，再也填不满那么多饥饿的肚子了，人们便把一些不知道名字，也不知道可不可以吃的品类都弄来吃。虽然许多味道不佳，但吃下去也可以充饥。个别的就不行了，不光难吃，吃了还会中毒。譬如国槐叶子，刚生出的嫩芽，娇娇嫩嫩，楚楚动人，缱缱绻绻，油然可爱。但吃下之后，脸和腿就会肿起来，有人肿得眼睛都睁不开。不吃了，过几天也就消肿了。

写到这里，我想起了神农尝百草时因误食"断肠草"中毒身亡的悲伤故事。而在那个年代，我们这些挖野菜的少年怎么会知道什么样的可以吃，什么样的不可以吃啊！只是天天扛着篮子出门，"挖到篮子里就是菜"，装满了篮子就回家。与小伙伴们一起到田野里挖野菜，挖累了就或者在松软的泥土上仰面躺着，看天上的云，遐想着云的家在哪里？或一起玩一些不伦不类没牌没名的游戏，更多的是向空中抛那把挖野菜的小镢，口里还念念有词："镢儿抓，镢儿抓，镢儿不抓家去光挨打。抓了，抓了……"谁的小镢头朝下"抓"到地里就算赢。发现老鼠窝，小镢便用作了挖老鼠，挖着挖着，老鼠从窝里窜出来就没命地逃，我们一起也没命地追。有的小伙伴因捉老鼠被咬伤了手，流血了便摘几片"七七菜"叶子捏出点汁液止血。当然，老鼠的命运更悲惨，被追上便打死了。大家分头捡一些干草、木棍，点上一把火把老鼠扔进火里，烧熟便分着吃了，味道还挺香。当然，此刻的熟与不熟早已经没有那么不重要了。

这也算是那个年代我们获取动物脂肪的渠道之一吧。另外的就是到沟河里捉鱼虾。那时候我们那里水多，捉鱼、网虾、摸螃蟹是我少年时代常做的事。那时候虽然很少见到荤腥，但人们对鱼虾却并不怎么当回事。有个故事说一个人在路上拾到一条大鱼，一家人就着鱼吃了许多饭。那人追悔莫及说："见了鱼再也不拾了，家里哪有那么多饭就着吃啊！"我们村东原来有一座水库，那一天我挖野菜走到水库东边，在一个闸门旁，看见小水流里因放水撇下一群好大的鲫鱼。我捉满了篮子却有没有地方盛野菜了，只好把鱼放了一些倒出盛野菜的地方。对家里的生活来说，有没有鱼不重要，没有野菜却往往就过不去这一天。

钓青蛙是很有趣的事，吃青蛙也是补充肉食的极好途径。可是大人不吃，都是小孩子的自娱自乐。钓青蛙不用钓钩，只用树棍或高粱杆系上一条细绳，另一端拴上一块方瓜的花蕊抛向水边，在探头探脑的青蛙面前晃一晃，青蛙就会跳起来把花蕊吞下，木棍一甩就钓上来了。然后就被摔死，然后剥皮拧头，开膛破肚，然后同另外的一起洗净包好烧熟吃了。癞蛤蟆和青蛙应属同一物类，而那些年癞蛤蟆特别多，又比青蛙好捉。麦收之后，雨天的打麦场一片水汪，密密麻麻全是癞蛤蟆，随便哪个，随便多少，是可以随便捉的。

我没有吃过癞蛤蟆，因为它太丑陋，据说还有毒。它的"蟾酥"正常年景有人捉了采下装瓶，据说是拿了去卖作药材。我见过有人捉，也知道有人吃。南街一个给生产队放猪的老爷爷天天扌着一个破篮子，赶着猪回来时篮子装满野菜，又顺路捉几只癞蛤蟆蹲在水边剥光洗净，顺便在哪块地里掐个芋头叶包了，塞在装野菜的篮子里一起拿回家煮了吃。有人说那些癞蛤蟆是上天派来救灾的，可是我不吃，大多数人也不吃，何有救灾之说？许多年之后，我到贵州采风，有民族兄弟给我介绍当地的"鸟节"，说鸟是他们的一种食物，过"鸟节"是对鸟的感恩。我听了有些愕然。这与那种"上天派癞蛤蟆下来救灾"的说法似乎异曲同工。

当年对野生动物的吃是为了活命，是社会发展的一个阶段。这是一个我后来才知道的"三年困难"的特殊时期。家会有困难，国也会有困难。困难时期，领袖与人民同吃苦，都是同样的"无奈"。生活步入正常之后，"舌尖上的无奈"就应该而且必须立即转为"舌尖上的节制"。如果还像过去那样"滥杀无辜"，肆无忌惮地暴殄天物，无疑是天大的罪过。

吃苦是对人生的一种磨练，也是对客观存在的正视。吃过苦之后就会冷静，冷静是一种睿智。冷静下来对苦难作以梳理，加以品味，就可能生出许多感慨，生出许多领悟，生出许多得到。这种得到是什么呢？我不知道，也说不清楚。只好说，可能各得其所吧。

有人为了让自己的孩子得到磨练而把其推向一种人工"制造"的恶劣环境，以为这样便可以"玉汝于成"，那是异想天开。这充其量不过是一种"恶作剧"式的人生游戏，无疑是对孩子的一种摧残，也是对人类文明的亵渎。

2017年11月11日

三　山重水复

"山重水复疑无路，柳暗花明又一村"的句子，分明是宋人陆游在《游山西村》时候写的眼前景色，却偏偏被一些人喻之于世道人心。诗人的话，不必当真，也不必较真。人生的路，疑与不疑，总是要走下去的。逢山开路，遇水架桥，不折不挠，勇往直前，便是大道。关于路，还是鲁迅先生说得实在："其实地上本没有路，走的人多了，也便成了路……"

奇缘

人生在世，相互之间，没准儿就会生出些枝节交错的关系。解释个中原因，又说不出个所以然来，只好说是缘份。其实，许多事本来是孤立的，开始时也并没有考虑日后如何，也不会在意还有没有"日后"。待到过了多少年，不知有根什么"线"，就把过去的事连成串，成为奇缘。

年轻的时候，我意外地读到一本书，二十多年后便演成了与著名作家峻青的一段情缘。

这是三十多年前的事了。

那时我还是人民公社一个青年社员。有一天夜里，我照例被安排去看场。场院屋的土炕烧得滚烫，我们四个人吃完了烧熟的鲜花生就卧在炕上聊天。因为刚加入社员的行列，我对那些乡言俚语还不甚了解，对他们津津乐道的"荤腥"浓重的故事不但懵懵懂懂，也听不习惯，不便搭言，或者说根本插不上嘴，入不了群。自己偎缩地躺在一边，透过木棍隔成的窗棂，仰望着天上闪烁的星星和冷峻的明月。屋檐下秋虫的"唧唧"鸣叫，村子传来的"汪汪"犬吠，远处秋耕拖拉机的"隆隆"轰响，不时搅扰着我毫无主题的思绪。在百无聊赖中，只好默读"窗前明月光，疑是地上霜"之类的诗句，打发那难耐的时光。

突然，随着一声"牛鬼蛇神"的叫喊，一本书"呼啦"飞来，落在了我的枕边。随后便听见大欣嘟噜道："我道是躺不熨贴，原来是这'牛鬼蛇神'硌我。"那时，只要是古旧的书，便与"走资派""四类分子"等一样，统统称为"牛鬼蛇神"。我顺手摸起这"牛鬼蛇神"，凑到昏暗的马灯旁边看了起来。这是一本竖排版的书，书页像烤焦了似的黑黄。书的封面和前后几页全没了，书脊光秃秃的露出纸折，根本看不出书名是什么。

未曾经过没有书读的年代，你根本体会不到一个渴望读书的人那种嗜书如命的滋味。捧着那本书，我如饥似渴地读着，恨不能一口吞到肚子里去。从一个个的篇名里，我知道这是一本小说集。而且有几篇我曾经看过小画册，知道是我们胶东老乡峻青大叔写的书。《东去列车》《老交通》《黎明的河边》《马石山上》《党员登记表》……每读一篇，都被那悲壮的故事，鲜活的人物，动人心弦的情节深深吸引着，激动的心久久不能平静，以致整个身心都沉浸在书中。同伴的嘻闹、调笑和继而酣睡的鼻息声都听不见了，直到东方既白，雄鸡报晓，一本书便从头到尾看完了。

这书是当过兵的游家二哥白天忘在这里的，第二天清早就急匆匆赶来收走了。后来我几次找他想借来再读，也不知是因为他对书的爱惜，还是过分吝啬，或是怕背传播"流毒"的嫌疑，不是推说毁坏了，就说丢了，始终都没有借给我。后来，我去了县里工作，在与人谈起那本书的时候，仍然对没有再找来读一遍而深深惋惜。

一个偶然的机会，我却得到了那本书。

那些年，为了找到可读耐读的书，我除了到书店买书外，一个经常去的场所就是收购废书报的废品收购站。下乡每到一个地方，就找熟人带到废品站仓库翻旧书。有一次，在我家乡公社的那个收购站，竟意外地翻出了我梦寐以求还想再看的那本书。我如获至宝，急忙找到废品站营业员称了重量，按收购价交了二分钱，那本书就永远属于我了。我拿回家，找了一张大版纸裁开，整整齐齐粘上书皮。由于不知书是什么名，不好乱标乱题，便一直空着，成了真正的"白皮书"。

1992年，峻青老携夫人取道莱西回故乡，我有幸接待了他。言谈中，我提到那本书，峻青老说："那本集子，名字叫《黎明的河边》，50年代早期出版的。"征得峻青老同意，我回家把那本书取来，请他在那个"白皮"上题上了《黎明的河边》的书名。在我特意贴上的扉页上，峻青老还题写了如下的文字：

非常感谢泉激同志的厚爱及桑梓之情。

峻青 一九九二年十月于莱西

现在，可读的书多了，峻青老的书作也经常能在书店买到或在报刊杂志读到，可这本珍贵的书仍放在我书架最显眼的地方。看到它，我就想起与这本书及与峻青老的一段奇缘，想起胶东、山东乃至全国老一辈作家对中国文学的巨大贡献，其作品对新中国建设者的巨大鼓舞，其高风亮节及作品透出的磅礴大气至今仍激励着亿万人民在党中央领导下，为实现中华民族的伟大复兴呼啸前进。

多年没有机会拜读峻青老的新作了，也没有他的详细地址和电话号码，无法通信或电话问候，不知他近来可好？在我的想象中，他一定还是那样精神矍铄，平易近人。

2000年4月10日

（本文原载《人民日报》2000年6月24日大地副刊）

新疆之旅

八月的新疆，喘口气也那样清香、甘甜。1997年秋天，我们一行五人去新疆，刚一下飞机，就有了这种感觉。

正宗哈密瓜

我们坐着一种被当地人称为"牛头"的越野车，从乌鲁木齐向哈密进发。一路上看不尽的千山万壑，沙丘砾石；看不尽的肥牛壮马，沙漠绿洲；更有路旁数不清的瓜摊、果铺，各色各样，目不暇接。幽香悄无声息地钻进车内，勾魂似的诱得人心旌摇曳。

口渴，眼谗，终于让我们在一个瓜摊前停下车来。卖瓜人是一个端庄和蔼的老者，头戴维族小帽，清癯的面容，胸前飘拂着银须。

"老大爷，这瓜甜吗？"

"熟透了吗？"

"这是正宗的哈密瓜吗？"

面对这些只在书上读过"哈密瓜"，在内地小贩手里买过"哈密瓜"的陌生客人，一言不发的老者操起瓜刀"喳"，把个形如长梭的大瓜拦腰斩断，一片一片地切开，均匀地摊摆在案板上。

啊，真甜哪！这甜，与其说是吃出的，不如说是闻出的。

吃完了那皮似沙石、瓤如绿玉的哈密瓜，我们又让老人切一个墨绿滚圆的西瓜。只见老人的瓜刀放在西瓜上，轻轻一蹭，就听到"嘎啦"一声脆响，那瓜便裂开了。接着，就中又是一刀，把其中的一半再劈成一半。老人抓着瓜皮贴着案板一侧,就听见"哒哒哒哒",西瓜顿时散成了雀舌型。

我们手捧西瓜,连啃带吸,风卷残云似的,一会儿又进了肚子。

告别老者,我们上了车。一路上,哈密瓜便成了中心议题——

"在哈密的土地上吃哈密瓜,这才是正宗呢!"

"西瓜,西瓜也叫哈密瓜吗?"

"当然,哈密这地方的瓜嘛!"

"那,黄瓜呢?……"

七嘴八舌,莫衷一是。

喷香的烤全羊

天山的天池,好像半空中一面平静的镜子。天池的秋水如美人的眼睛,清幽明澈。抬眼上望,似乎伸手就可以抓到皑皑白雪。而雪线以下却是苍郁的青松,繁茂的绿草,蓬蓬勃勃,生机盎然。

天池边是一片开阔的草地和树林。草地上有林立的饭铺和毡房。用泥土和砖石垒成的全羊烤炉,燃着旺旺的炭火。烟囱的白烟带着沁人心脾的脆香,徐徐飘散开去。

看烤全羊的制作过程,使我想起了庖丁解牛的故事。我看到的是一个六十多岁、矮朴朴的老婆婆,左手牵着一头白色的山羊,右手握着盈尺尖刀。刀起处,只见羊血喷射,羊头低垂,羊皮就像脱下的衣服被扔在了一边。接下来便是开膛破肚。转眼之间,那只羊就在案板上成了一堆羊肉和一堆羊骨。

老婆婆身后是一个五六岁的小女孩。胖嘟嘟的脸蛋,深凹的眼窝,骨突着红殷殷的小嘴巴,平静地注视着老婆婆的一招一式。肉墩墩的小手提着一个红色的塑料小桶。这时,她把小桶高高举起,老婆婆伸手从桶里抓出一把把黄绿相间、状如草末的香料,均匀地撒在羊肉上。摊在案板上的整块羊肉,就像棉衣剥下外表和里子的棉絮。小女孩围着案板转来转去,小手不时抻抻"棉絮"的边,拉拉"棉絮"的角,然后从小桶里捏出一些香料,抹在老婆婆的香料没有撒匀的边边角角上。

几道工序完成之后，老婆婆拿出几把铁勾子，"嚓嚓嚓"勾住"棉絮"，打开烤炉门，挂在了已经吊上许多羊肉的炉壁上。炉内，很像边城小镇那挂满大小不一、式样各异的服装的店铺。

此时，炉火正旺。

我们在圆圆的毡包里席地而坐。毡房装点得如雕如琢，如刻如画。风情万种的主人端上切成大块的热腾腾的烤全羊肉，直让我们吃得满嘴喷香，满手油亮。

吐鲁番的葡萄熟了

吐鲁番葡萄沟的景色是那样迷人。

远山青黛，流水淙淙，胡杨树高耸入云。方方正正的葡萄园里，一嘟噜一嘟噜的葡萄随风晃荡。我真担心，这么多沉甸甸的葡萄，不知何时，会不会就坠塌了那细细的葡萄架。

葡萄沟像是绿色的海洋，广袤无边。"海洋"中一个繁华的小镇俨然葡萄的世界。市面上的摊点一望无际，经营的大都是葡萄及其制品。那大筐小篓装着、板铺货架摆出的干鲜葡萄，如珠如玉，如翡如翠，五光十色，琳琅满目。市场上，旅游的、经商的磨肩接踵，川流不息。叫卖声、砍价声此起彼伏，热闹非凡。

在人流的摩肩接踵里，我们终于在一个满是小吃摊的大棚中拣了个空位坐下来。热情好客的店主很快端上几样当地特色小菜，接着便摆了一桌子晶莹剔透的葡萄。黄的、绿的、红的、紫的、圆的、长的，一应俱全。再接着就上了一瓶伊犁特曲和几个酒杯。

我们被这奇特的招待弄懵了，忙问店家：

"这也可以下酒？"

"是的。"

"这怎么可以呢？"

"请尝尝。"

是的，尝尝。买过知价钱嘛，吃过知滋味！于是，我们共同举起了酒杯。

呷一口醇香的烈酒，嚼几粒甘甜的葡萄，个中滋味，其实妙不可言。我们的注意力全都倾注到咀嚼这西域特有的佳肴美味中去了。市场的喧闹声已经遁去。不时传入耳中的，是维吾尔少女高亢激越的歌声。

葡萄园旁边，坎儿井的清流欢快地向前奔去。远处，郁郁青青的博格达山群峰似乎在频频招手……

我们已是醉眼朦胧，飘飘欲仙了。

"醉翁之意不在酒，在乎山水之间也。山水之乐，得之心而寓之酒也。"不知谁咏出了欧阳修《醉翁亭记》中的名句。

我们一行，有搞企业的，有搞金融的，也有搞管理的，搞行政的。尽管算不了什么"家"，却大都有一定的决策权。下榻处，搞管理的对搞企业的说："你投资开发吧！"

搞企业的说："开发什么呢？哈密瓜集约经营？烤全羊集约化生产？还是精加工吐鲁番葡萄出口？"

"我看都可以，你们再详细考察论证一下，可行的话，我们可以考虑投资的贷款。"搞金融的说。

……

2000年10月30日

一路乡情

趁"五一"长假,我去窑山追寻先哲那远逝的魂灵。

窑山坐落在胶东半岛的招(远)莱(阳)栖(霞)边境。因抗日战争尚处艰难时期的1940年春天,这里发生过一场扭转胶东抗战形势的著名战役而闻名于世。那次战斗打得很激烈,很残酷,我的乡亲,一个年轻的知识分子,八路军山东纵队62团政委李佐民就在这次战役,也就在这个窑山壮烈地殉国了。

从此,窑山成为一方圣土。

车到莱阳,我们约上市党史研究会的刘老,直向窑山而去。

五月的田野,微风和煦,绿荫初成。早已高出地面的麦子,碧绿的一方接着一方,直到遥远的天边。路旁果园的果树,残红已经落去,叶子还没有长全,却也过了"才努青鸦嘴"的时节,圆圆的像孩子胖嘟嘟的小手,随着轻风不停地"摆乎"。遍地农人吆着牛,犁着地,下着种,拉着地膜,全身心地抢着眼下这场应时的透雨。

假期里似乎无牵无挂。尽管我们坐着车,依然如信马由缰,缓缓而行,在明媚的春光之中沐浴。

我们就这样走着看着,不意间却被一根横杆拦住了——前面修路。下了车,管路的向我们详细指点着可以绕行的路,可我们总听得不是那么明白。同行的刘老尽管是莱阳当地人,却苦于"少小离家",只了解逝去的历史,不熟悉脚下的道路,也只能"听之任之"。这时,一辆也因堵路而需绕行的轿车司机走过来,让我们跟着他走。看他那与周围人的热乎劲,显然是当地人。

沿着弯曲也还平坦的沙土路,我们跟着前面的车穿村越巷,蜿蜒而去。在一个叫西崖后的村中,前面的车拐向街边的一个巷口,车上下来一位打扮

家园 二 山重水复

入时的女郎站在路中央让我们停车。这使我忽然想起时下一些城市边缘那些举牌子的带路者。莫非这女郎是在等着讨带路钱，这偏远的乡村也如此人心不古？

我们停下车，女郎对着车窗给司机小张指点着说："向前走，过了村西那条小河，向西北拐，不远就是大路，再往北直走。"说完，她礼貌地退到路边，热情地挥挥手让我们离去。那神态，那风度，分明是富裕了的农民趁"五一"结伴出游，让这全新的生活增添新的浪漫。顿时，我为刚才的想法感到羞愧，为自己似以"尊者"的心态审视新时期的农民而自责，同样也为体验那依然清纯的乡情而欣欣不已。

车进入了谭格庄镇。这是莱阳西北乡的一个重镇，也是当年胶东地区重要的抗日根据地之一，其辖区的好几个村庄曾经在抗战时期的1938年、1940年为中共莱阳县委和中华民族抗日先锋队莱阳县队部驻地。如今，这里已经不是一般意义上的乡村集镇，而是一个楼宇林立，商贾盈市，初具规模的政治、经济、文化中心，只是在特色上还带有浓郁的乡土风情。

事实又一次否定了我的判断。"五一"是农历的三月十九日，恰逢谭格庄集日。小张怕集上人多走不动，准备绕过去。我说："赶集的不会有多少人，农民正抢墒播种，哪有闲工夫赶集，走吧！"没想到市集上的人流、物流仍如涌动的春潮，滚滚滔滔，连绵不绝。

哦，农村社会分工的基本格局，已经在市场经济的浪涛中逐步形成，出现了"你种你的地，我经我的商"的时代潮流。

车朝镇中的大街开去。街上满是赶集的人，越向前走人越多，到实在开不动的时候，想退也退不回来了。无奈，我同刘老只好下车分着人流，引导着车子，本来拥挤的路更加拥挤不堪了。正当我们为如此扰民心存不安的时候，赶集的乡亲却显出了无比的宽容。买的卖的纷纷让路，正在讨价还价的商人也暂时中断了生意，让出道来给我们走。在十字街头，摆满日用杂品的货架把路堵得严严实实，摆摊的商户竟毫不犹豫搬下商品，卸开货架让我们过去。如此的慷慨和大度，感动得我们几乎无地自容。车过之后，我们准备帮他们重支货架，再摆商品时，他们却无论如何也不肯，还直说耽误了我们走路。

多纯朴的乡亲，多淳厚的乡情！

车子终于驶出了谭格庄镇，上了公路，窑山便历历在目了。我们透过车窗，凝视着久仰的窑山。这是一座平地隆起的山峰，恰似熊熊燃烧的窑炉，挺拔而高耸。山顶那凸出的巨石，显示着山的雄奇与巍峨。此时，吹进车里的山风似乎也苍劲起来。

穿过小水岔和南马庄这两个记入莱阳党史的老区村庄，一路劳顿的车子在崎岖的山路上摇摇晃晃地走着，却又停在了一家正忙着播种花生的田头——前头无路了。打问上山的路途，种地的中年男主人吆下耕牛，让拾种的女主人守着，点点头就领着我们跨沟越坎向前走去。他赤着脚，竟走出了一里多路，才把我们送到通往山根的道上。"直走，越过那个堰头就到了。"男主人嘱咐完，便转身往回走了。我们连声说："谢谢，谢谢！"他听了只回头憨厚地笑了笑，什么也没有说。

我们登上了高高的窑山。我们在李佐民烈士纪念碑前凭吊，我们在这古战场上徜徉，我们在追寻着先贤尘封的足迹，谛听着历史老人沉重的叹息，思想着历史与现实的碰撞、对接与传承……

举目四望，远山青黛，水气氤氲，阡陌纵横，春河如练。近处的村庄，红的瓦，绿的树，午饭的炊烟已经升起。阔如伞盖的梧桐，繁花怒放，在阳光下泛着姹紫的光。村头，放了假的孩子在欢跳、嬉闹，塘边的几只山羊在悠闲地啃着青草，鸡在觅食，鸭在戏水，噪叫的鸟雀不时冲向蔚蓝的天空，飞往无边的天际……

面对这如画的景色，此时此刻，我怎么也想不出如诗的语言来形容，来描写，却记起毛泽东《菩萨蛮·大柏地》的名句：

"当年鏖战急，

弹洞前村壁。"

2002年5月7日

大青山槐花节

大青山在莱西市的西北部,每年春夏之交,盛开的洋槐花随着山势连绵起伏,大片大片地连成花的海洋。2002年,政府将每年5月中旬设定为"大青山槐花节",借以打造地方的旅游品牌。首届槐花节定在今年5月16日。开幕当天,车辆涌来,游人如织,庆典的场面十分壮观。

在我们胶东,"洋槐"也叫刺槐,有别于"国槐"。叫"刺槐"是因为国槐没有刺;叫"洋槐"是因为我们那里叫国槐为"家槐"或者直接就叫"槐树",不加任何修饰。民谚"要问老家在哪里?山西洪洞老槐树",黄梅戏《天仙配》里有老槐树做媒等等,可见国槐单称为槐树在别的地方也这样。

洋槐花当然不只是大青山有。五月的胶东,山岭沟壑,城镇乡村,一枝枝,一树树,开的到处都是。参加槐花节,翻开了我对槐花的记忆。想想,自己有生以来,吃得最多的花就数洋槐花了。再想想,大约胶东人都这样。鲜鲜的、甜甜的、香香的洋槐花,人见人爱,趁初开的时候都想多吃些。

我们这岁数的人,当年放了学第一件事就是去勾洋槐花。几个同学结成伴,瞅准一棵长满花的洋槐树,"嗖嗖"地爬上去,找个合适的树杈,稳稳当当地坐上,摘着鲜嫩的花串串,先吃上一会儿。那甜丝丝、清爽爽的滋味,诱得人狼吞虎咽,有时竟被噎得直眨巴眼。到把那小肚皮撑得差不多了,才顾得上采满篮子拿回家。

原汁原味地生吃洋槐花,只是小孩子们的"野路子"。正宗的还要经过加工,做熟了再吃。吃法那就多种多样了——

其一,散蒸。散蒸的洋槐花天然味足,清醇微甘,韧艮耐嚼,滑嫩绵绵的。这是极普通的做法,也比较简单。就是把采回来的洋槐花洗净,少撒上点盐，趁湿拌上面粉，不咸不淡，不粘不散则为适宜。把搅匀的洋槐花摊在锅里的帘子上，慢火蒸熟就行了。上到饭桌，有盛盘的，有装碗的，等不及还有捧在手上的，人人吃得心花怒放。

其二，包包子。洋槐花包子应当算作胶东一大名吃。洋槐花一应树，家家户户都要采一些，放到开水锅里焯一焯，捞出来控净水，配上韭菜、菠菜之类的时鲜蔬菜，切上鲜猪肉丁，加上香油，调成槐花三鲜馅，用小麦粉（最好再加上点胶东特产地瓜面）做成包子皮，包成包子，蒸熟了趁热吃。呀，那感觉，那情调，真正的别是一番滋味在心头哦。

其三，油炸丸子。把剁细的槐花揉进搅碎的肉泥，加上葱姜五味，各色调料，团成丸子。之后便下到滚烫的花生油锅里，很快就炸成微黄色。刚出锅的槐花丸子外焦里嫩，皮脆肉软，清香适口，老少咸宜，常令局外人不知是何方来的奇珍异馔。

品尝浓郁的洋槐花食品是大青山槐花节重点项目之一。葱茏蓊郁的大青山，坡地路边，绿荫树下，那临时搭起的洋槐花炊棚竟连成数里长廊，人流滚滚，食客如潮。一个个整洁的铺面，案头槐花百态，异香扑鼻。那数不清的盆啊、罐啊、锅啊、碗的，件件都是满当当的洋槐花。在当地厨师灵巧的手里，烹、炒、蒸、熘、炸，顷刻间便成了别具特色的佳肴美味。槐花羹、槐花团、槐花饼、槐花糕……色香味型，各有千秋。

比洋槐花炊棚更长更多的是漫山遍野放置的蜂箱。远远近近，到处都是"嗡嗡嘤嘤"的蜜蜂，在洋槐花丛中飞来飞去，不停地采花酿蜜。放蜂的农人东跑西忙，辛勤地割蜜管蜂。清澈、晶莹、甘甜、醇美的槐花蜜，摩肩接踵的人来人往，谁都会买一些。

五月的节日多，莱西的大青山槐花节，阔绰而又实惠……

2002年10月2日

不会享福的富书记

富书记叫姜殿平,是山东莱西市人大常委、水集街道党委委员、水集二村的党委书记。叫他富书记,是因为他的村富。集体资产上亿元,年各种进项几百万元。说几百万元是特意不说具体,因为他怕张扬。不说就不说吧,反正村子富是实打实的。青岛市的百强村之一,山东省的十大名村,省级文明村,不富就名不符实了。

这些年,富村哪里也有一些,可像姜殿平这样不会享福的富村书记却不多见。听说他不仅平常的吃穿用度俭省,出差也舍不得吃,舍不得住。后来我与他有过一次经历,才知道这话不虚。我是这个村的文化建设顾问,今年夏天同他一起外出考察,到济南时他问住哪里?我说你安排就是。他让把车开到了一个单位的内部招待所,有些不好意思地说:"怕你这专家住不习惯呢"。晚上,我们俩住一个房间。聊起住宿吃饭的事,他给我说了他的一件事。有一年,他到东北参加一个订货会,会议的组织者不知怎么知道他同一位中央领导是同乡,三联系两联系就把他当成了这位领导的亲属。姜殿平越说弄错了人家越不信,生扯硬拽把他拉进高级宾馆住。他一想这不行,到时候让我付铺钱还不把我坑了?他千说万说,找了好多理由终于逃出宾馆,半夜了找不到地方住,就躲进火车站候车室住了一宿。他特别强调说,那一宿又冻又饿,遭老鼻子罪了。遭罪遭罪吧,别让他们坑了我的住宿费。我听了,直笑得喘不过气来。第二天到枣庄,我们进了一个小馆子吃午饭,羊汤大饼,直吃得满脸流汗。晚上宿临沂,住的城边小店,他睡得有滋有味。回来的路上,同行的孙主任说:"宫老师,这次可是跟你沾的光。以前,我们常在地摊吃呢。"姜殿平不高兴了,说:"不就是吃饭睡觉嘛,哪里那么多讲究?"我看出来了,他其实是说给我听。岂不知我也很赞成这样,既省钱又省时间。节约型社会就应该处处省,人人省的。

不会享福的人反而能吃苦,这大约是一个基本规律。村里的干部说:"这些年,我们不知道陪着姜书记出了多少蛮力气。"1997年村里在潞河边建农贸市场,平整场地、开挖水道、运石搬砖、立柱架棚等等的粗活都是村干部自己干。每天天一亮,他扛上铁锨、镐头就走了,一干就是一天,连着干了三个多月,人都累脱了相。有人提议雇人干,他眼一瞪说:"借钱借不来,贷款贷不到,拿什么雇人?力气,用了就用了,不用也攒不下。"116000多平方米的市场建成了,省下建设费170多万元。村里每年来自市场的收入就达180多万元,村民投入市场建设每股2000元的股金年分红就有600元。经济一年比一年发展快了,村集体收入在全市排头几名,修街、扫雪、栽树什么的还是村干部自己干。2003年村里建文化市场,那些自己能干的活仍然是村干部的事,一干又是一个多月。姜殿平脸上晒暴了皮,衣服晒脱了色。午饭在路边买个包子,吃完了接着干。文化市场要集中一些旧碾、旧磨作为特色陈列。当时弄这些东西花不几个钱却需要到各地收集。最出力的是装卸搬运,依旧是党员、干部自己干。姜殿平走东县,跑西县,一个人收集碾、磨等石器具320多件,装卸搬运磨得手老茧增厚,血泡若干。目前,文化市场碾、磨等石器具已集中了3700多件,还有一大批反映农耕文明的铁、木工具,很成规模了。有人现场抓拍姜殿平穿着短裤,拿着铁锨参加劳动的照片,活像50多年前"穷棒子社"的老农。不了解情况的人很难想象,这样的照片会是当代富裕村党委书记的近照。我打趣地说:"这也是很经典的'文化品牌'啊!"

姜殿平不会享福,却很知道怎样享福,应该让谁享福。来了外地的业务客户,他用好车迎接,安排在最高档的市宾馆住。他说,这不是摆阔,也不光是为让客人吃好住好,重要的是表示对人家的尊重。咱是礼仪之邦的礼仪之村嘛!招待客人吃饭,他注重突出饭菜的地方特色、乡村特色,花钱不多让人吃得高兴。有些内地来的客人,从来没见过大海,他便就近把人家领到海边的渔村,选一个近海幽静的酒店,一边欣赏大海的旖旎风光,一边悠闲地品尝精美的海鲜。那可真是一种高雅的享受啊!直吃得客人心满意足。这样,比在大宾馆吃得好还花钱少。说到享福，富书记说村里最要紧的是让老人们享福。前些年村里钱不多的时候，逢年过节就给老人们发钱发油发面粉。现在，又给60岁以上的每月发100元的生活补贴，还组织老人外出旅游。老人们说："没想到一辈子受累吃苦，到晚年领养老金、享清福了。生在这个村，真是好运气。"姜殿平的儿子大学毕业到外地工作了，夫妇俩同80多岁的老爹还住在原来四间旧平房里。他觉得不就是住嘛，什么新旧高低的，住着舒适方便就行。

姜殿平的这个观点不适用于村民。村里为村民专门规划了新住宅区，建设宽敞气派的别墅式新房。现在，村里已有486户住进了自己的别墅，占总户数的70%。论起享福来，姜殿平说："当干部不能光图自己享福，尤其不能用公家的钱享自己的福。自己享福那是'私福'，只图享'私福'就别当干部了。让村民都富起来，都有福享那是'公福'。村干部享这样的福才是真享福，大享福。这样的福享着舒坦，新农村建设的路也平坦。"他说："这话不知道对不对，我自己想的。"

姜殿平今年50虚岁，中学毕业。当过生产队长、企业厂长。当村书记已经13年了。

2006年10月2日

室韦，绿海洋中的一抹红润

2008年6月，我随全国诗词作家采风团到达呼伦贝尔市。

6月21日，我们在海拉尔市逗留了一天，游览了西山樟子松公园、成吉思汗广场和北山侵华日军地下工事遗址等几个地方。第二天清早登车，便向我们这一代人从小就高唱和向往着的"呼伦贝尔大草原"和"高高的兴安岭"进发。

呼伦贝尔诗词协会的诗友介绍说，辽阔的呼伦贝尔大草原是蒙古族人民繁衍生息的地方。我们这次要去的室韦，是蒙古族的发祥地，是成吉思汗铁木真诞生的地方，也是中国唯一的俄罗斯民族乡。那诗友听说我们是山东人——他的祖籍也是山东——又进一步解释说，那里的人大都是20世纪初，闯关东去的山东大汉与前苏联十月革命前后到了那里的俄罗斯姑娘的后裔。他们的亲密结合，生成了这样一个民族乡，到现在已经有好几代了。

我庆幸着这意外的收获——顺路看看我们久违而又远离故土的乡亲。

我们坐在豪华的旅游大客上，脚下是平坦的柏油路。无垠的草原，奔腾的骏马，弯弯曲曲的伊敏河像银色的飘带，矮矮的树丛像美丽的浮雕，在草原上绘成斑斓的图画。成群的牛羊和远天的彩云交相飘忽，分不清哪是彩云，哪是牛羊。

汽车走了两个多小时，才从草原到达森林的边缘。先是断断续续的一段草原，一段森林；有时又一边草原，一边森林，然后才渐渐进入了茫茫的林海。路上见到的人不多，偶尔能够远远地望见几个牧人和蒙古包外边嬉闹的孩子。村落稀少，路过的只有几个国有农、牧场，矮矮的屋子，周围也没有多少室外活动的人。在一个居民点旁边，淙淙的河水里站着几个漂洗织物的女人，红红的衣裳在无边的绿色里格外醒目。几个诗人透过车窗，远远地向她们伸出了相机。

中午，我们来到了额尔古纳市，受到了热烈欢迎。市里举行了隆重的欢迎仪式，并设盛宴款待，主要领导都出席作陪。室韦俄罗斯民族乡就属于额尔古纳市的一个行政单位。晚上，我们住宿在同属额尔古纳市的莫尔道嘎镇。第二天早起上路，穿越莫尔道嘎国家原始森林公园，经过红豆坡、白鹿岛、原始森林入口等几个景区，下午二时才到了心仪的室韦。

这是坐落在额尔古纳河畔的一个美丽的边陲小镇，与俄罗斯的奥洛契村隔河相望。这里，是蒙古族祖先——蒙兀室韦部落的发祥地，蕴含着蒙古族悠久历史和丰富文化内涵的古城遗址历历在目，是蒙古族寻根、祭祖、朝拜的神圣之地。2008年，在中央电视台组织的活动中，室韦被评为全国十大魅力名镇之一。其颁奖词写道：

> 蓝天、绿草、白桦林，神秘的玛瑙草原，时缓时急的河水养育着亚洲最美的湿地，也养育着这里的勤劳人民。肥沃的河滩上走出了伟大的蒙古民族，现在是中俄后裔的繁衍之地。黄皮肤男人的智慧和蓝眼睛女人的热情造就了室韦多民族和谐共存的范例。

旅游车在一个具有浓郁的俄罗斯民族风格的饭店门口缓缓停了下来，车上的人鱼贯着下了车。我们进入饭店那异常宽敞的院子，墙边的月季花正含苞待放。或许这与我们胶东著名的莱州月季是同一个品系。而这个季节，胶东的月季花已经开了又谢，谢了又开，不止一茬了。气候的差异可见一斑。

饭店的房子全是用木头建造的，当地人叫"木刻楞"，是典型的俄罗斯民居的样式。房子有棱有角，大致的建造工艺是靠卯与榫的咬合拴塞，木与木的穿凿攀附。粗壮的原木从屋里屋外都看得出来。屋子的颜色非常美丽。窗子是蔚蓝的，就像俄罗斯少女动人的眼睛；门楣、檐下保留着原木的黄褐色，如同姑娘卷曲的秀发；房顶有红的、蓝的、黑的、白的、灰的等等，各色各样，恰似妇女多彩的头巾。

美丽的"木刻楞"，与周围的自然环境恰如其分地融为一体。

午饭（尽管是下午吃的）的餐厅就在这种"木刻楞"大房子里，宽阔而敞亮。富态的女老板在门口热情地迎接宾客。餐厅里一排排的饭桌是用长长的厚木板做成的，座位是一把把能坐三四人的长条椅。俄罗斯族姑娘用圆圆的托盘把饭菜端上来。有正宗的大列巴片、手抓肉、鱼籽酱、酸菜汤、血肠白肉、大马哈生鱼片等等，全套的俄式正餐。我们吃着，体验着浓郁的俄罗斯风情。但这对于吃惯了炒菜的我来说，味觉还是不那么习惯。尽管早已过了吃午饭的时候，肚子实在有点饿了，却仍然受不了大马哈生鱼片的那种特有的"鲜美"。不管怎样，毕竟还是在与俄罗斯只有一河之隔的俄式饭店里，吃上了正宗的俄罗斯饭菜，这对我们这些没有到过俄罗斯的人，已经是难能可贵的了。

餐厅的左边，是一座同样木制的阁楼。登上阁楼，眼前蜿蜒的河流，对岸美丽的俄罗斯村庄，远远近近起伏的山岭，纵横交错的田间小路清晰可见。一位北京诗人登上阁楼，看着额尔古纳河彼岸饮马的俄罗斯村民，摇动着手里的旅游帽，大声呼喊："嗨——呵——呵——"那边，俄罗斯村民似乎听到了这亲切的呼声，友好地扬了扬手中的马缰，然后翻身上马，奔上了遥远的天际。

饭店门外，当地居民正在向游人招揽"骑马游览"的生意。一个英俊的小伙子自我介绍说："我祖籍是山东人，东平县的。我爷爷给我娶了个俄罗斯奶奶，生了我的爸爸。我爸爸又为我娶了俄罗斯的妈妈，就生成了我这个样子。"不知道这小伙子的对象是不是也是俄罗斯姑娘，听那口气，显然是带着几分自豪，也带着几分对祖籍的向往和对故乡来人的好感。另一个稍矮一点的男子也说自己的老家是山东，寿光市的。旁边几个山东裔青年人也都围过来，嚷着跟我们"认乡亲"。同行的中华诗词学会顾问、《中华诗词》杂志主编杨金亭先生以老乡的身份与他们热情交谈。"他乡遇故知"的动人场面，显得格外融洽和亲切。后来，杨老师因此写了《室韦村邂逅山东老乡》，发表在《中华诗词》2008年第9期上：

　　友谊桥头室韦村，三千里外遇乡亲。方言未尽登车去，回首依依牧马人。

我们一起留了影。大家是那样地开心，笑得那样灿烂。

诗人们参观了村庄，民居。村民住的房子也都是"木刻楞"，院子用木板围成了高高的篱笆，隔着板缝，可以看见里面长着的鲜嫩蔬菜。房子的旁边堆满了成垛的木块，显然是用来做饭和取暖的燃料。看着这略带原始的林区民宅，感觉是那样的温暖，那样的亲和。我情不自禁地用诗描绘了眼前的情景：

雅舍俄风秀气飞，鲜花嫩菜木头堆。篱笆深处板门里，几点红裙知是谁？

室韦口岸与俄罗斯奥洛契口岸隔河相对，是我国重要的进口木材集散地。木材通过桥上、水上和冰上运输，年过货量多达60万吨以上。我们来到了口岸大桥。桥头两边的大理石上，分别用中、俄两国文字刻着"友谊桥"的字样。我们走在桥上，守卫的士兵肃然站立，彰显着共和国的国威，昭示着人民的伟大和自豪。

清澈的额尔古纳河水静静地流淌。茂密的森林，美丽的草原，神奇的建筑物倒映在水中，融会我们无边的思绪和无尽的眷恋，荡漾着共和国诗人的美妙诗章，缓缓地奔向远方。

我们登上了返程的汽车。车窗外，室韦村外开阔的草地上，几栋"木刻楞"还在施工，红色的屋顶正在封盖，新木的清香不时飘进车里。车上，"DVD"光碟正播放着蒙古族歌手腾格尔的《天堂》。嘹亮的歌声弥漫了车厢，飞向了草原，飞向了森林，飞向了宁静的额尔古纳河——

蓝蓝的天空，清清的湖水，绿绿的草原，这是我的家。

奔驰的骏马，洁白的羊群，还有你姑娘，这是我的家。

我爱你我的家，我的天堂……

2008年10月12日

大雅追踪

公元11世纪，四川名士杨素翁出资，在丹棱城南建起了一座大雅堂，陈列北宋书法家黄庭坚书杜甫西川夔峡诗碑300余方。黄庭坚题名为大雅堂，并作《大雅堂记》。俗语"登不得大雅之堂"之典就出自这里。2002年，成都杜甫草堂博物馆也建成了一座大雅堂，里面雕塑了屈原、陶渊明、陈子昂、李白、白居易、苏轼、陆游、李清照等唐宋12位大诗人的形象，陈列了大型杜诗磨漆壁画和大量诗词作品。我两次赴成都瞻仰，每每肃然起敬，风雅之感油然而生。

诗称大雅，于此可见明证。

大凡人生，自然都喜雅恶俗（这里指的是低俗、粗俗、庸俗而非风俗、流俗）。喜则使人欢快，恶则令人沮丧。欢快则愉悦，沮丧则哀恸。愉悦则益身，哀恸则伤体。分析历代词人诗客的作为，就可以寻出一条脱俗为雅之道。为充分说明这个问题，我们且从苏轼谈起吧——

苏轼，字子瞻，自号东坡居士。宋嘉祐进士，官至翰林学士知制诰。一向被推为宋代最伟大的文人，在散文、诗、词、赋各方面都有极高的成就。实际上，就文人来讲，在中国的历史长河中，所取得的成就和达到的水平能够与之比肩的也并不多见。就是这样一位大文豪，在宋朝极不稳定的政治漩涡里，却几经沉浮，大起大落，曾也过得"有客无酒，有酒无肴"（后《赤壁赋》）的生活。然而，他有他的诗文，他的辞赋相伴人生，也就任其沉浮起落，全然不失其雅。

苏轼与其父苏洵、其弟苏辙并称"三苏"，文学史上的"唐宋八大家"苏家就占了三个。史传他还有个妹妹叫"苏小妹"，也是学富五车、乖巧伶俐的主。兄妹俩耍贫戏谑,斗嘴怄气,常常你来我往,斗得词彩飞扬。

苏小妹额头高,苏轼便戏谑道:"未出堂前三五步,额头先到画屏前"。苏轼额平脸长,苏小妹反唇相讥说:"去年一滴相思泪,至今流不到腮边"。有一次,苏轼刚迎客进门,窗前的小妹便说:"哥哥门外迎双月";苏轼顺口说道:"妹妹窗下捉半风"。"双月"是"朋",苏小妹说的自然是朋友。而"半风"呢却是令人厌恶的虱子,尽管不那么雅致,却是对仗工整,苏小妹一时语塞,只是翻了翻白眼,作为回敬。

苏轼常常爱游僧寺,也有几个和尚朋友。其中交往最多的就数那个叫佛印的。有一次佛印在寺院正蒸熟了一盘鲤鱼,隔窗望见苏轼进了寺门。两人玩笑惯了,这佛印也想趁机捉弄他一下,便顺手把鱼扣在了旁边的一只磬里。苏轼坐下来就同佛印品茶饮酒,小和尚把许多种山菜野蘑都端上来了,就是不见上鱼,那佛印还直说没来得及准备什么好菜。苏轼觉得这佛印今天是下决心不上这道鱼了,待我让他拿出来。于是便说:"来时我想写副对联给你带来,不想刚想起上联'向阳门第春常在',下联就怎么也想不起来了"。佛印没防备苏轼另有用意,便顺口说:"太守白来吃饭也就罢了,还送什么空头人情啊!凭你大学士的水平,还能记不住这田夫村妇都烂熟于心的对联?不就是'积善人家庆(磬)有余(鱼)'嘛!"佛印话一出口,苏轼便哈哈大笑说:"是啊,磬里有鱼就快端上来趁热吃吧,不然凉了就变了味道呢。"佛印这才恍然大悟,知道又中了这个鬼精老友的圈套,乖乖地把鱼从扣着的磬里拿了出来。

元丰五年,苏轼在黄州期间,与为其治病相识的好友庞安常一起拜访蕲州名士吴德仁未果,回来便给吴写了一封信。因他听友人说吴的老婆很厉害,吴很怕她。此时,苏轼还在贬谪期间,落魄戴罪之身依然风度翩然,不失幽默,写信没忘了调侃人家几句:"龙邱居士亦可怜,谈空说有夜不眠。忽闻河东狮子吼,拄杖落手心茫然。"就是这么一调侃,便让"龙邱居士"成了怕老婆的典型而流传千年。"河东狮子""河东狮吼"也成了泼妇和老婆骂丈夫的代名词了。

其实,我在这里举出苏轼调侃的事例,只是要说明诗人的雅,成为大雅之人也正是因为他有了诗。中国是诗的国度，诗人之雅当然不仅仅是苏轼，而是随便找出哪一个诗人，随便找出哪一件事甚至事的本身并不是什么雅，在他们的身上却能够表现出"雅"来。晚唐大诗人杜牧年轻时曾在扬州做淮南节度使牛僧孺的掌书记时，生活放荡，几近荒诞不经。但他依然把这种生活写得让人看来华美雅致。"落拓江南载歌行，楚腰纤细掌中轻。"（《遣怀》）把那些青楼女子说得那么楚楚动人。直到他调离扬州回到长安，还写诗给在扬州的同事韩绰，"青山隐隐水迢迢，秋尽江南草木凋。二十四桥明月夜，玉人何处教吹箫？"（《寄扬州韩绰判官》）尽管全诗是在调侃韩绰的风流韵事，却依然写得委婉清秀，让局外人不见纤毫猥琐之意，反倒成了一首情景交融的千古绝唱。

　　诗人的雅是随时随地，也是代代相通的。现在许多人依然耳熟能详的柳亚子1949年到北京后嫌待遇低发牢骚的事。柳亚子是现代大诗人，才华横溢，《中国历代文论选》有他的《二十一世纪大舞台发刊词》，很有自己的见地。他闹情绪发牢骚也用诗："夺席谈经非五鹿，无车弹铗怨冯驩。""安得南征驰捷报，分湖便是子陵滩。"（《感事呈毛主席》）说他有"夺席谈经"的学问却像历史上的冯驩无车那样待遇不高，等解放军南征胜利了，我就到子陵滩去隐居吧。而同是大雅的毛泽东则是以雅对雅，写了"牢骚太盛防肠断，风物常宜放眼量。莫道昆明池水浅，观鱼胜过富春江。"说老兄你要放长眼光啊，不要那么多的牢骚。你现在居住颐和园在昆明湖观鱼要比严子陵隐居钓鱼好得多呢。

　　雅使人愉悦。愉悦使人心情舒畅，也是人人都称道，人人都追求的一种人生境界。诗词，是通往大雅之堂的一条途径。

2009年3月22日

水城，从地狱到天府

《国策·秦策一》说："田肥美，民殷富……沃野千里，蓄积饶多，地势形便，此所谓天府。"

天府这个词出处在这里，释意也是这样。

在庆祝中华人民共和国成立60周年的日子里，莱西市提出打造特色水城的发展格局，不由得让我又一次认真地解读莱西，审视水城。

水城原本并不是城，只是个村子，名字叫水沟头。后来渐渐发展成集镇，成为胶东第一大集。1949年5月，莱阳（俗称莱西）县民主政府迁驻，这里才成为县城。这个村子后来改称水集，在新中国版图上标注的是"莱西（水集）"。1990年莱西撤县设市，这里便成了城市。如此，新中国成立60年，水沟头作为"城"也恰好是60年。

水沟头这个名字，亲切而动人。《莱西县地名志》记载：水沟头因"地处南北向的大水沟之端"而得名。然而，这"大水沟"究竟是一条还是几条，《志》上并没有说。

举目四望，可以看到水沟头处在一个"凹"形地的底部。其西和北，与延绵的层峦叠嶂一脉相承，由远及近，由高趋低，至此渐断于大沽河、潴河冲积平原，隔岸又徐徐隆起。其东而南，嵯峨连峰，草化山、对城山、凤凰岭环绕，周遭沿地势而来的数以十百千计的川谷溪流，到此尽汇入自东北而来的潴河，然后向西南入大沽河而直奔黄海。故此，所谓"南北向的大水沟之端"，便应为"百川之端""万水之头"了。

水集，的确是集水之地。清澈明净之水时刻为城市增辉生色。然而，昔日肆虐的洪水却让这里深受其害。20世纪50年代初的一年夏天，我二哥到县一中参加中考,回来跟妈妈说:"啊呀,那水真大,一望无际,真吓人呐!我们都是凫水过河才到了学校的。听说有的同学还被河水冲没了啊!"我那时候很小,对此却铭心刻骨,记忆犹深。当地水利局的一位老局长告诉我,1955年7月3日,一天之内降雨220毫米,大沽河、小沽河、潍河8处决口,冲毁了全县11000多亩庄稼,20000多亩内涝积水。当时,这位老局长还是县里的水利技术员,冒雨下乡查看水情,刚出县城就被大水卷走。他挣扎着抓住了露出水面的高粱,就那么吊在水里漂荡。这几株漂拔起了,再急忙抓住另几株。他就这样在洪水里泡了一天一夜,直到大水慢慢消退。这个二十几岁的青年在洪水中终于没有被死神拉去,乌黑的头发却在一夜之间变成了花白。这可恶的水,让这里几近成了吞噬人命的地狱。

就是这个现在令人无比自豪的水城,过去竟是有雨成灾,无雨积水,漫淹街路,孳生蚊蝇。生活在这里的人们,在共产党和人民政府领导下,始终没有放弃对水城的改造,对美好生存环境的向往和追求。从1977年对潍河经县城段裁弯取直以后,随着改革开放步伐的加快,建设投资逐年增加,又对环城河段进行了多次治理,护坡、铺路、植树、建沿河景观,分段设橡皮坝蓄水等等,使一城景色荡漾在明澈的长河之中。更为佳绝的是,潍河取直遗下的河湾,几经改造,建成了美丽的月湖公园,水面达300亩之多,成为镶嵌在水城中心的一颗璀璨明珠。其后,在水城里面,又先后建起了龙湾公园、沙岭河公园、潍河公园等等,都是依水而建,借水兴园的。水城的社区、居民点和机关企事业单位,也多辟有湖啊河啊湾啊池的,恰如大把大把清幽亮丽、形态各异的珍珠,撒播在这美丽富饶之水城的里弄坊间。

生活在水城的人们,有多少傍水而居之人,享尽了"绿水人家绕"(晏殊《蝶恋花》)的清幽温润;有多少闲情逸致的游客,看尽了"门泊东吴万里船"(杜甫诗句)的无限风光,又"轻解罗裳,独上兰舟"(李清照《一剪梅》);有多少自得其乐的优雅之士,柳下垂钓,沿河撒网,逐流捕鱼而"青箬笠,绿蓑衣,斜风细雨不须归"(张志和《渔歌子》);又有多少恋人情种徜徉水边,花前月下,流连忘返,或许就会"五宿澄湖明月中"(白居易诗句)。一天天,一月月,一年年,富裕文明,生活美满的水城居民,早晨迎着曙光,踏着朝露，沿着花丛柳岸，看着游鱼追逐，或跑、或溜、或歌、或舞、或散步、或聊天；黄昏披着夕霞，趁着月色，听着鸟鸣蛙鼓，映着粼粼波光，或扇、或彩、或扭、或唱、或排练、或演出……城街上流行的，民风里飘荡的，有多少是与水相关的"双飞燕子几时回，夹岸桃花蘸水开。春雨断桥人不度，小舟撑出柳荫来"（徐俯《春游曲》）的激扬情调！

水城之水，源远而流长。纵贯胶东半岛的大沽河、自西北东北呈扇形腾涌的小沽河、潴河以及夹带的大溪小流一起奔来水城，而主河道上游又各有水库连贯，其型为一大二中。大的库容4亿立方米以上，为胶东第一大水库；中的则各在6千万和2千万立方米。水面浩大，水质优良，流域广阔，充沛丰盈。"水城之水天上来，奔流千里自此会"，可谓真实的写照。水城地处胶东中心，当周围区域遭遇干旱的时候，水城却依然可见碧水淙淙，生机勃勃的喜人景象，人们依然在水波荡漾的环境里，呼吸着清新湿润的空气生活和工作着。当美丽的青岛远引黄河之水以解近渴的时候，水城之水早已源源涌去……

"天府"的另一个解释是自然、府藏，这是《庄子·齐物论》的观点。水城天府当然是自然之水，蓄量丰富。而水城人民的幸福生活，则得益于新中国的成立，得益于日新月异的改革开放。人们财富的"府藏"也与日俱增，蓄量丰富啊！

最近，莱西市征集推介语，我给出了"胶东中心，水城天府"的句子。或许，这能够成为水城一个明晰的注脚。

2009年5月12日

月园

月园是莱西市的一个公园,全名叫月湖公园。最初因为这湖像一弯新月,时人习称月牙湖。后来围湖建园,便取名为月湖公园。

走进月湖公园,看那一水一路,一建一筑,一草一木,都一一与月亮密切相关。联想到江南的名园,一个个叫什么熙园、豫园、蠡园、耦园、沈园、何园什么的,假若将月湖公园别名为月园,或可又生出许多诗情画意。而月湖公园满园景色的主题,似乎也会更加凸现。

月园在莱西市中心,湖光潋滟,绿树葱茏,繁花碧草,生意盎然。月园的南门,有原中央美术学院院长吴作人先生题写的园名。背面赫然在目的是中国版画家协会副主席彦涵先生书写的"人间仙境"额语,这就把主题定了。月,不就是仙境嘛!南面迎门是一座硕大的照壁,长32米,高8米有余,是一帧巨大的《嫦娥奔月》壁画,也是彦涵先生的手笔。画面上,嫦娥貌美婀娜,神态自若,长袖飘飞,彩练欢舞,伴随着微拂轻飏的朵朵祥云,翩然九霄。

从月园西门,隔湖可见绿树掩映下的嫦娥雕塑。这座雕塑高近9米,为雕塑家张昆仑、谭国新教授设计制作,典雅大方,栩栩如生,在神气活泼的玉兔陪伴下,安然平静,恬淡娴雅。其淡扫蛾眉,微睁秀目,似在沉思,也似在清闲地俯视人世间的万事万物。这座巧夺天工的雕塑落成不久,曾任文化部代部长的著名诗人贺敬之来到这里,赞叹之余,诗兴大发,随即挥毫泼墨,写下了"嫦娥奔月有无悔,见此月湖笑展眉。忽惊身在人间景,移家莱西喜永归"的诗句。

与南门和西门呈对角的湖中,有一岛屿为蟾宫岛,是月园的中心景点。据神话传说,蟾宫即月亮上的广寒宫,因为宫中有只金蟾,所以也叫"蟾宫"。蟾宫岛上建有揽月楼，是一个三层的塔式建筑，在蓝天白云的映衬下傲然挺立。登上揽月楼，可以俯瞰一城景色，也可以远眺辽阔的原野山川。络绎不绝的游人登上揽月楼，历览这座新城市的无涯胜景，常常生发出无尽的幽思和感慨。揽月楼原名叫"天香阁"，其意境或许是出之唐人宋子问《灵隐寺》诗中之"桂子月中落，天香云外飘"的句子。20世纪80年代末，中国展览中心艺委会主任劳崇聘先生登临，不知是依李白"俱怀逸兴壮思飞，欲上青天揽明月"（《宣州谢朓楼饯别校书叔云》）还是依毛泽东"可上九天揽月，可下五洋捉鳖"（《水调歌头·重上井冈山》）的诗意，便提议改成了现在这个名字，并亲笔题额，高悬在三层的正门之上。

蟾宫岛与延绵的柳岸相连接的是一座精雕细琢的汉白玉拱桥，名之曰"步蟾桥"。"步蟾"，在中国的历史上曾经是与科举制度的"登第"连在一起的。有个故事说，当年有一群私塾学生趁先生不在家的时候，偷了邻家的桃子。先生回来追查未果，便出了个对联"昨日偷桃钻狗洞，不知是谁？"说只要学生能对出这个对子，就免除责罚。不想，一个机智的孩子灵机一动，随口说道"他年折桂步蟾宫，必定有我。"先生见有如此天资聪颖的学生，大加赞扬，高兴之余，一时间就把偷桃子的事忘到了九霄云外去了。取这么吉祥的名字，亏设计建设之人想得出来！

其实，月园之"韵"最有说头的地方还是月湖。那300亩水面，碧水澄澈，烟涛微茫，溢光流彩，映霞蓄翠，无时不在渲染着月园的无穷魅力。月湖原是流经市区的潞河改道遗下的河湾。1995年我写的那篇镌在揽月楼迎面墙上的《月湖园记》，开篇一句便说"夫月湖者，因之于河而成乎园"。这话，就是由此而来。1984年的春夏之交，为把那横亘在城里头脏兮兮的河湾改造成"人间仙境"，全县万余民工汇集来此，在广大的月湖改造工地上拉开战线，清湖筑岛，砌岸围栅，凭着锹挖、筐抬、车推、手砌，真正是"全手工式"作业，完成了那浩大的工程，奠定了月园生成的基础。

现在，25年过去了，这些月园最初的建设者许多都到了安度晚年的时候。然而，在他们之后，一代又一代的建设者们在园中不断增添着新的内容，展演着新的景观。亭台楼榭起了，曲桥回廊建了，佳木秀石植了，奇花异卉栽了。南方的修竹，北国的青松，莱州的月季，菏泽的牡丹，高大的银杏，低矮的黄杨，典雅的莲荷，清修的菖蒲等等，都在园里安了家。月中吴刚长年累月砍之不歇的桂树，也不时在这里散发着浓郁的芬芳。近年，月湖又开通了一条沟通潍河的长长水廊，像一道瑰丽的月晕盘旋环绕，把月园装点得更加美不胜收。

每天，从清晨到夜晚，进进出出的游人或回廊健步，或曲径寻幽，或柳岸乐雀，或荷池观鱼。开阔处，琴瑟悠扬，彩扇欢舞；浓荫下，长拳腾跃，太极浑雄；石桌旁，布棋对弈，品茗读书；竹篱前，论古道今，谈天说地；碧水中，兰桨划动，轻舟荡漾，戏水弄波，笑语飞扬。经常听到的，除了那些对生活的钟情和赞美，对未来的向往和憧憬之外，还有那关于羿射九日、嫦娥飞天、玉兔献药的古老而美丽的动人传说；看到的，还有那些善男信女的探月赏花，对月遣怀，拜月焚香，啸月吟风，卿卿我我，温情脉脉……中秋节的夜晚，当万家欢会庆团圆的时候，有人把丰盈的盛宴摆到月园，沐浴着满园清辉，举杯邀月，对酒当歌。觥筹交错之间，竟不知身在园中还是月上。

月光似水，水在月湖。月为阴。或许，这满园洋溢的阴柔之美，就是月园的神韵吧！

2009年6月4日

哦，那段河道

三十多年了，那段河道至今让我记忆犹深。这段河道在潴河。

潴河，发源于胶东半岛中部清幽秀美的层峦叠嶂之中。当一条条细水清溪集中到莱西市东北部的河头店镇的时候，便汇成了滔滔的潴河，蜿蜒南下进入莱西市区，然后折转西南，在辇止头村后汇流到胶东的母亲河——大沽河，南向而入黄海。

潴，潴积之意。字典上解释为水积聚的地方。以"潴"冠河名，恕我孤陋寡闻，我想，大约世界上就只有这条河了。潴河落差大，水流急，弯弯曲曲，就像猪拱地那样毫无规律地东一弯西一拐地横冲直闯，毁坏良田，卷走树木，淹没村庄。正因为这样，当地也就有人称其为老母猪河。也因为有了"老母猪河"这个名字，又演绎出了许多美丽动人的传说——

在潴河的莱西市区段，岸边有两个村庄，一个叫石佛院，一个叫朱翠。传说，很久很久前的一个晚上，潴河发大水，一头母猪破水而出，猪背上驮着一个年轻漂亮的媳妇。行走之间，东方发白，雄鸡报晓，媳妇惊诧之下滑下猪背，犹如仙女，不知进到了谁家。母猪往北跑了几步，又迎面碰上早起的行人。就在这一霎那间，母猪化为石猪，成为一尊雕塑。后来这里建村，因为这个传说，媳妇下凡之地的村子就叫作"石佛院"（"石佛"谐音"媳妇"）；母猪石化地方的村子叫"朱翠"（"朱翠"谐音"猪垂"）。

关于潴河的故事，当然不止就这么一个。因为潴河曲曲弯弯不走直路，所以其流经莱西市区（当年叫县城）的时候就一拐弯冲向街道，冲向居民的屋子，冲出了一个呈"U"字型的弯，把整个县城就那么生生地割裂了。而且，由于水流不畅，大水时漫时落，漫时水出河道，街路泥泞；落时河道裸出，杂草砾石，藏污纳垢,脏脏的,乱乱的,很令人厌恶。一城之地,街难净,路难行,房难建,景难成。一城之民,意见多,议论多,诅咒多,改造河道的呼声多。对此,一城的领导者也早有规整改造河道之意,只是万事缠绕,无暇顾及,需要先急后缓,统筹兼顾而已。

1977年,县里对潞河的"U"型裁弯取直的决策作出来了。临冬,当金色田野的庄稼都收进粮仓,农村到了坡了场光的时候,稍稍有点空闲却没得歇歇的农民,又成了改造河道的民工。一时间,20000多人背着铺盖,带着工具,推着厨具给养,从四面八方来到了工地,在延绵5里的河道上拉开了战天斗地的战场。县城和周围几十个村庄的许多房子,都号下来让给民工住宿做饭。这,就是本文要说的那段河道另一个故事。当然,这个不是传说,而是真实。

每天,天还不亮,各民工点的炊事员就开始升火做饭(一般以生产队为单位),当家饭菜是玉米面窝窝头(有时候里面还要搅一些细碎的地瓜干)、咸菜和炖白菜。偶尔改善生活才有顿馒头、包子之类。饭菜都由炊事员定量发放,一般每人一个窝窝头加一点咸菜丝或一勺水煮白菜,白菜汤上面飘着一两片白肉和几朵油花。领了饭菜的人随便找个角落或蹲或站地吃了,就在生产队长的带领下,踏着霜雪进入工地,开始一天的劳作。午饭和晚饭大都是送到工地去吃。吃饭时的风沙雪冻也就忽略不计了。

河道改造的任务是逐级分工的。县里划段分到公社,公社分到大队(村),大队再分到生产队。到了封冻的时候,当民工们清早赶到工地,一夜的冻土要用镐头一点一点地刨开。有水的地方,需要排除积水,踏破清脆的冰凌才能一锨一锨地开始挖掘,锐利的冰碴子常常把民工的胶鞋划破,冰冷的水灌到里面,冻得脚钻心地疼,也依然忍耐着挥动锨镐,默默地完成自己承担的开挖任务。

没有任何机械。开挖那段新河道的大量泥土,完全是人工一锨一锨掘起来,晃开膀子甩到岸上的。挖到几米深的时候,一个人甩不上了,只好在岸边开出几个平台,一节一节地传甩上岸。河底离岸远的地方,便装上手推车,一个人推,几个人拉,跑着拖着,一鼓作气运到岸上,全是这么手工作业。刺骨的寒风吹透民工薄薄的棉衣,只好靠拼命干活取暖;冻得皲裂而肿胀的手脚,渗出的鲜血沾满锨镐的柄和车把,用布缠一缠甚至就那么任它流着,继续干自己的活。人们就这么忍受着，从清早到工地，一直干到晚上八九点钟。整个工地，男男女女，黑压压的人流，锹飞镐舞，车来人往，轰轰烈烈，波澜壮阔，真正是"白天红旗（那时候一个单位要有一面或几面红旗插在工地上）招展，晚上灯火一片"啊！

晚上收工，走几里路回到自己住宿的地方，根本不用奢望有点热水烫烫那皲裂、红肿而僵硬的脚。只是几个人合着，钻进溜平地铺着铺草的冰凉的被窝里，凭相互的体温暖和着身体，度过那寒冷的夜晚。这寒冷的夜，也是人们难得的可以自己支配的时间。在这宝贵的时间里，生发着许许多多难得的友情，难得的亲情，甚至还有那难得的爱情。身临其境，你可以体味到无处不有，无时不在的人性之美，看到人性的火焰熊熊燃烧……

当一个民工感冒发烧，浑身发冷的时候，为了给他捂出一身热汗恢复健康，几个人把仅有的棉被盖到他身上。然后，没有了被子的几个人便蜷缩在一起，用一件棉衣盖住腿脚，依着墙坐到天亮。有一天晚上睡觉的时候，人们见一个张姓小伙子的被窝空着，人不知道到哪里去了。第二天清早，他浑身霜花进了屋子，头发、眉毛全成了白色。他说，他的父母年纪大了，在家里吃的全是地瓜干子，偶尔才加点玉米饼子，平时从来没吃过馒头。昨晚第一次改善生活发了馒头，就先送回去给他们尝尝。小伙子离家30多里路，为送一个馒头，饿着肚子跑回家，吃了点冷饭又往回赶，没耽误第二天正常出工。后来，这段佳话私下里沸沸扬扬地传开了，赢得了一个女孩子的芳心。就在工地上的某个夜晚，她给小伙子送去了自己精心编织的毛线短手套，定下了终身，成就了美好的姻缘。

这就是那段河道，这就是发生在河道改造中一个生产队里的故事。而那沸腾的工地上，不知道有多少个这样的生产队。这种再普通不过且随处都有的感人至深的故事，又何止成千上万！

那时候，正是改革开放的前夜，还在那生产力极不发达，生存条件极差的年代，还在那"与天奋斗其乐无穷，与地奋斗其乐无穷，与人奋斗其乐无穷"的年代。"学大庆""学大寨"的标语牌依然插满了工地。人们这些吃苦耐劳、艰苦奋斗，改善自然条件、生产条件和生存环境的奋斗，全凭着一种精神，一种忍耐、一种体能的消解和意志的搏斗，一种对美好未来铭心刻骨的追求。这是创业者在那个物质极度贫乏的年代全然不可回避也是无可奈何的选择！我无意留恋那不堪回首的岁月，却无法割舍那难以忘怀的记忆。

一个冬天，冰天雪地。人们昼夜奋战，终于在那"U"字的当口处开通了宽阔的河道，滔滔的河水就那么不再拐弯，顺畅而直通通地往西南流去了。遗下的那像月牙儿似的"U"字底，便让人们叫成了"月牙湖"。接下来，人们因势辟地，借水造景，把"U"字底建成了月湖公园，成为一城之民第一个休闲娱乐的去处。那段新开通的河道除了汛期行洪之外，平日里设橡皮坝拦蓄河水，清幽明澈，波光潋滟。两岸奇花异卉，绿柳依依。建筑景观千姿百态，赏心悦目，把这个城市装点得飞丹流翠，异彩纷呈。

从早到晚，无边的游人踏着柳荫，和着花影，披着月色，照着华灯流连忘返，络绎不绝……其中，有多少人记起了那些最初建设者的辛劳？有多少人还在叙说这秀美景色奠基者的功绩？又有多少当年在这里劳作者的后代，在享受着前辈艰苦奋斗创造的成果？或许，那个在工地上结成连理的年轻人的孩子，也正领着自己的孩子，在那川流不息的游人之中欢快地嬉戏呢。

在这无边的人流中徜徉，我看着人们一个个扯柳赏花，逐蝶捕蝉，弄水钓鱼，笼虾捞螺，其乐融融；看到那天真无邪的孩子，用那稚嫩的小手把渔人丢在岸上活蹦乱跳的小鱼小虾一个个再送到水里，恋恋不舍地看着它们游向清清的河流；看到渔人把鱼网缓缓地拉到岸上的时候，网里竟生生地蹦出了一条拳头般大的河豚鱼。

北方的河本没有这种鱼。人们惊叹之余，猜测着可能是逆水而上的，可能是谁偶尔抛入的，可能是购买的外地鱼苗夹带的，也可能是因为水和生态的优质，吸引来了这远方的不速之客。一个人说，快放回水里吧，让它成为我们这里的"珍稀物种"。许多人也随声附和着。随后，这条"绅士"般大腹便便的河豚鱼便得以解脱，回游到了潴河的深水之中……

我赞美这勤劳善良的人民，赞美这风光秀美的河段，赞美这人与自然和谐的社会，赞美这正走向现代文明的年代！

2009年6月24日

读著思人忆曹公

惊悉曹继万先生仙逝，我万分悲痛。令我不敢相信的是，在我清晰记忆里的一个高大、健壮、开朗、豁达的人，怎么就这样说走就走了呢？这是我们在南阳分手之后短短不到一年的时间里啊！

这一不幸的消息是在曹继万先生的夫人朱燕娥女士在为我寄《江渎轩诗文集》的电话中得知的，在无比的惊愕和悲痛之中，我用无法系统和难以完整的语言安慰了曹夫人并劝她节哀之后，无边的思绪便飞到了南阳，飞到了在南阳与曹继万先生相处的日子——

那是2008年10月25日，我们共同参加中华诗词学会召开的全国第22届中华诗词研讨会相聚在河南南阳。会议在安排住宿时让我们住一个房间，便使天南地北的两个人有此机会相识、相近、相知了。对人与人之间的这种机缘我是非常珍惜的。我常常想，世界这么大，人这么多，历史的空间这么漫长，能有机会在同一个时间里生存在这个世界上已是不易，能见上一面的就很少了，一起吃一顿饭的更少，住上一宿的则少之又少。我与曹继万先生从会议开始到结束，一共吃了10顿饭，在同一个房间睡了4个晚上，有了深切的交往，实在是大缘了。

曹继万先生长我4岁，是我的兄长，也是我的老师。在与之相处的日日夜夜里，我们一起参加会议，一起游览采风，一起瞻仰诸葛武侯祠、张仲景医圣祠；一起游览旧南阳府衙、内乡县衙；一起参观中国地质博物馆、西峡县英湾村猕猴桃园。在瞻仰、游览、参观途中，很多时间我们俩也是走在一起的。他知识渊博，不时给我说这说那，我不明白的地方也随时向他请教，就像形影不离的老师和学生。在西峡县参观猕猴桃园时，我即兴吟出了《英湾村猕猴桃园》二首：

(一)

猕猴浪漫妄称桃,诗到其园境亦高。
远客无边蓊郁里,寻章觅句赋新骚。

(二)

茸茸绿果长桌摆,刚打枝头摘下来。
灵巧姑娘刀子亮,削皮啖客各开怀。

  诗中开始时用了西峡县的地名。因为我的诗是"新韵",手头没有现成工具书可查,把握不准"峡"字在普通话里是二声的平声还是三声的仄声,只记得毛泽东同志的那句"高峡出平湖"是把"峡"字用在仄声的位置上,也就误以为就是三声的仄声。当我把诗请曹先生批阅的时候,他便一眼看出那个"峡"字用错了,说这个字普通话是二声,"高峡出平湖"用在仄声的位置是它因为"峡"字在旧韵里是入声。我这才恍然大悟,立即作了改动。

  曹先生得知我钟情于新韵,并长期坚持用新韵写作诗词,便在会议期间经常借机把倡导新韵的老师介绍给我,使我有机会向这些诗词大家请教。26日晚饭后,他特意把自己的朋友——兰州交通大学的尹贤老师请到我们住的房间,一起讨论新韵,说使用新韵是诗词创作的方向,是历史的必然。时代发展到今天,旧体诗焕发出新的生机。但"诗词当随时代",这个方向是必须肯定的。既然如此,诗人在用旧体诗反映生活,歌颂时代的同时,在形式上也应该尽量地适应时代,服从时代。在当前其他方面还没有足够成熟的经验和程式足以对旧体诗进行改革的时候,新韵是要积极倡导和推广使用的。因为推广和使用普通话已经进入了国家法律,旧体诗创作也不应该例外。当时,两位老师鼓励我坚持使用新韵,努力用新韵创作出脍炙人口的好诗;也鼓励我在山东举起倡导和使用新韵的大旗,以在更大的范围造成影响,形成风气。第二天,他俩又把这个设想告诉了入会的山东诗词学会副会长兼秘书长李善阶老师,同样得到了李老师的赞同和支持。可惜因为我位卑人微,影响太小,至今在倡导和使用新韵方面仍局限在诗友的交流和对莱西市诗词楹联学会会员的影响之内,没有更大的成就。

  在与曹继万先生南阳相处的日日夜夜里,我不仅知道他具有渊博的知识,高深的学养,崇高的品格,也领教到了他的辛劳、勤奋和严谨的治学精神。每天晚上，他都不顾一天的辛苦，伏案在灯下不停地记着写着。此时，我却安静地躺在床上，不知不觉就进入了梦乡，竟然不知道曹先生写到什么时候才睡下的。这个情景我是当时就用诗记下了的。这诗的标题是《南阳幸会曹继万先生》：

> 人生缘分到，幸会在南阳。
> 域异齐楚地，室同南北床。
> 他勤熬夜短，我懒睡眠长。
> 高枕华章外，坦然梦里香。

曹继万先生有打呼噜的习惯，这在《江淯轩诗文集》中他孙女楚浍的《爷爷瞌睡图》上也看得出来。后来我想，曹先生每晚伏案而作，除了他的勤奋之外，也有他怕呼噜影响到我的睡眠而特意等我睡下之后自己才睡的因素吧。难为继万公，难得继万公，难能可贵继万公！

《江淯轩诗文集》是曹继万先生的遗作。捧着《江淯轩诗文集》，我认真拜读了文集收入的诗词和文章，每一首，每一阕，每一篇都发散着先生超凡而独到的学识、见地、睿智和才华。我认真阅读了曹夫人朱燕娥女士和曹翀的悼念文章，阅读了文集的序言和跋文，深知曹先生一生的辉煌历程，其为诗为文为学为人更真实地印证了我们南阳相识他给我的美好印象。

我曾经在我的诗集《清韵》里作了"做人做事"的题记，并由时任中华诗词学会会长的孙轶青先生题签。

> 人之在世，无非做人与做事。小人、大人、贤人、佞人、圣人、伟人、普通人……都是己为；巨事、细事、对事、错事、家事、国事、天下事……皆由人做。古往今来，尽皆如斯。

这是这个题记的全部内容。简而言之，就是一个人生活在世界上，做什么事他就是什么人。对一个人的评价，是取决于他做的事的。

曹继万先生集诗人、文人、学人、好人于一身，不幸英年早逝，江河为之鸣咽，诗坛为之悲声，我为之一哭，一祭！

2011年6月5日

崔子范故乡的大写意画家
——刘国治的书画人生

探寻历史,常常会发现一种"文化集群"现象,这种现象一旦形成,便盛隆一时,流风千古。譬如绍兴师爷、徽州商人的流布全国,后多称之谓"无绍不成衙""无徽不成镇";"桐城派""公安派"散文的风行一时,影响了数代学人;就连考状元也能形成"扎堆":清代山东潍县的一条胡同数年间出了曹鸿勋、王寿彭两个状元,成为远近闻名的"状元胡同"。这种历史文化现象为什么会出现,又是怎样出现的,我没作更深的考证,妄自揣度,大约是从最初的兴起到后来的言传身教,影响带动,进而蔓延而终成风气的吧。

我不知道中国当代大写意花鸟画家崔子范的大写意画风对绘画的影响能不能像"桐城派""公安派"对散文的影响那样漫漶连绵,延深及广,但是在他的故乡山东莱西,国画大写意画家已经形成了群体,在他的身前身后狂飙似地卷起了"崔子范旋风"。这个群体的典型人物之一,就是本文要介绍的刘国治先生。他是1948年10月出生的,莱西市沽河街道孙家庄(现称为孙家泊)人,与崔子范大师的故乡崔家埠相距仅10里之遥。这里只是说一下他与崔老的地缘关系,并不是说距离近就一定会如何如何,而刘国治先生从小就知道家乡有个大画家崔子范,而且也是那样地喜欢作画却是事实。

刘国治高中毕业完成了当时的最高学历("文革"期间取消大学升学考试)之后,也没有遇上被"推荐"上大学深造的幸运,只能在生产队种庄稼挣工分,以此接受贫下中农再教育。但这位在村里也算是有学问的劳动力偏偏不那么安分守己,农活之余就抓紧中午、晚上或雨雪天气不上工的时候作他喜欢的字画。不久,十里八乡就都知道孙家庄有个能字会画的年轻人,公家搞宣传、私家画照壁、写春联常就找他去做。再不久,公社驻地建起"红太阳"高墙,要画上巨大的毛主席像,公社的宣传干部自然也找到了他。当他在"红太阳"高墙的脚手架爬上爬下完成了绘制任务之后,竟然名声大噪,全公社的"社直单位"都争着找他写这画那。再后来,县展览馆搞大型展览,也就慕名调去了他。

  我与刘国治先生的熟悉缘于莱西县草制艺品厂。那时,我在县委宣传部工作,与草制艺品厂只一路之隔,有事没事就去看看那些在厂里做设计、绘制、雕刻的朋友,经介绍才同他从认识到熟悉后来就成了朋友。那时候,他负责草提篮、草地毯、挂毯、坐垫、筐篓等等的出口工艺品设计,这些都是企业的主要产品。每年,他都带着自己设计编织的样品去广州参加出口商品交易会——就是那个当时著名的"广交会"——屡屡与外商成交,每每为全县编织艺人赢得常年的家庭副业活,为厂里赚得不少利润,为国家换得宝贵的外汇。跟朋友们聊天,常常听到有关他的许多蜿蜒曲折的故事。譬如有时他设计好了的样品,一级一层管事的常常就会横挑鼻子竖挑眼,念叨着这也不行那也不行,说拿到"广交会"外国人不会要,中国人都看不好,外国人就更看不好了等等的一系列说法,把一个好端端的样品就活生生地给扼杀了;有时候来个比管事人更管事的说,只管带上,"萝卜白菜,各有所爱",行不行拿去让外国人看,往往又会赢得大批订货。有一次,"广交会"眼看就要结束了,厂里的货还没有定足,只好临时决定,把他设计的一个因为"中国人都看不好"因而未曾露面的样品抛了出来,订货的比利时客商眼睛顿时一亮,订单顷刻而来,数量足够企业一年的生产任务了。

  这些故事常常令我感慨不已。艺术(工艺品当然也是艺术)应该具有人类共同的审美价值,分不得中国或外国。那"中国人都看不好,外国人更看不好"的悖论不仅让国人心寒齿冷,而且这个看不好的"中国人"往往就是说了算的那一个人或几个人,而且这人或是因为没有达到相应的审美程度,或心存某种偏见亦或自身有什么别的动机。应该看到,外国商人经营中国的工艺品,必须有相应的艺术鉴赏水平,了解本国消费者的审美风潮。只有这样,才能让顾客频频光顾,为自己带来滚滚财富。从道理上说,订货不订货并不在于是中国人还是外国人,而是卖方与买方的交流与沟通。那种以中国人、外国人为区别的乖谬的社会现象似乎至今延绵不绝。譬如书画家及其作品，其精粗高下本来应该出自业界和大众的评价与认可，像央视"星光大道"那样，歌手在一个个评委，一排排观（听）众注视评判下，一轮又一轮，最后还要靠"倒数五个数"喊上去，不是凭某人、某机关的一句话就上，一句话就下。至今，因为这"一句话"在一些领域仍起作用，就引得跑关系，找门路、讨桂冠，谋虚名之风盛行，一些人因此下尽了艺术外的工夫。这工夫可绝不是陆游那"汝果欲学诗，工夫在诗外"（《示子遹》）的境界。我曾对这种追求"外功"的现象作过历史性考究，发现这是一种非常有意思的人间奇观。可历史偏偏就像淘沙的大浪，最终就把靠"外功"浮起的泡沫，扬起的沙砾统统淘洗掉了。反而那些靠扎实基本功做点事情的人会被历史记住。我手头有一本《中国传世名画》，收入了许多"佚名"画家的作品。《唐诗三百首》里也有些"佚名"的名篇。唐人留下的诗当然远不止三百首，为什么有名没编入反而编入了"佚名"，显然也是因为"此时佚名胜有名"。历史是不认可"外功"的，"外功"效应是只能作用于一时。

  刘国治先生对人生没有什么奢望。长期以来他秉持的是最朴素、最现实的那种"工作养家糊口，艺术支撑工作"的观念。所谓"工作养家糊口"是因为他有父母妻小，只有勤奋工作挣得工资才能支撑全家的花销用度；所谓"艺术支撑工作"是因为只有自己的艺术水平提高了，工作做好了，养家糊口的"饭碗"才保得住。就这朴素和现实的观念，加上自己的家学、禀赋和勤奋，载着他的书画水平不断飞升。他对书画从爱好到崭露头角到成为自己一种"养家糊口"的职业，每时每刻都在磨砺他的"内功"。他把当时所有能买到、借到、租到的有关书法、绘画的书籍都找来阅读，照书上的说法苦学苦练，读帖、读画、写生、临摹、速写，做得如痴如醉。改革开放之后的1986年到1989年间，他进入中国书画函授大学学习。这个函授大学在莱西设有辅导站，他得以由名家直接授课和批改作业，了解了更多深层次理论和实践，也领略了过去没有机会接触的书法绘画的另一条途径——学院派的无限风光。他不放弃一切拜师学艺的机会，在广交会上，也通过各种渠道，各种方式，接触和探究外商的审美观及他们对中国艺术的理解。他博采众长，从众长里汲取营养，按照自己对艺术的解读，为升华自己的造型能力，形成自己的艺术风格培土、施肥、浇水。他也读了许许多多关于美学、文学、哲学、理学等方面的书籍，从中国几千年博大精深的文明积淀中汲取精气神韵。他说，中国画历来讲究气韵生动。一个画家没有深厚的文化修养、思想修养、道德修养，就难以达到这个境界。正如崔子范老所说，"画画，就是画修养、画学问。"这是气韵最本质的东西，是气韵生动最根本的元素。崔老是从延安走出来的革命家，又领略了中国画艺术巅峰的万千气象，具有熟练精到，力拔山岳的笔墨工夫，下笔才霞光万丈，气势磅礴。气韵，是通过笔墨传达、宣示到书画的，心手交互，神采环绕，是一种充满刚正、典雅、空灵、玄远的无可名状的视觉冲击力。尽管这个"传达、宣示"过程看不见，摸不着，但可以想见，一个道德低下、思想猥琐、学问浅薄、识见鄙陋的人，其作品要达到气韵生动自然是不可能的。

大写意作品看似简单，实际上更需要立意高深、造型精准、构图简洁，下笔肯定。需要画家由粗到精的痛苦磨练和修为，由繁到简的艰难删削和转换。崔子范老在其大写意绘画艺术最辉煌的晚年，大部分时间是在家乡度过的，这使刘国治有了更多的仰望、接近、描摹、请教和探讨大师艺术的机遇和条件。他多次聆听大师的谆谆教诲，凝视大师的挥毫泼墨，专注大师的色彩渲染，体悟大写意绘画尤其是带有浓郁的中国文化符号和东夷莱子大地泥土芬芳的大写意画风。他把远古的岩画、石刻、砖雕、壁画和故乡世代传承的布娃娃、皮老虎、面塑馒头、木板印染、绣鞋面、割鞋花以及他作为职业设计的不计其数，颇受外国客商及用户欢迎的出口工艺品重新审视，与大写意画风联系起来加以解读，披沙拣金，剥蚌探珠似地品味、对比、揣摩、剖析、整合，追寻源头，体味根本，鞭辟入里，出神入化，使自己的审美意识得以顿悟和升华，笔墨表达得以灵动与传神。我曾见过他设计的那铺天盖地的大片出口地毯，精编细结的大批出口提篮：图案的花花点点，枝枝叶叶，尽管是草编而不是笔绘，却无一不透着中国大写意绘画的意趣。他把设计思想融入了大写意，使设计作品更加厚重典雅，更加生机勃发；他用设计理念升华大写意，让大写意绘画增添了一些新的符号而得以愈发灵动清新，愈发神采飘逸。利用乡情和就近的条件，刘国治从历史传承与时代风潮的各个方面，多角度对崔子范老大写意画风进行理解和透析。他说，崔老无疑是中国当代大写意花鸟画一座新的高峰。他在披阅诸子，历览百家之后写道："古今画人千千万，不师别家师子范。"有人曾因对崔子范老大写意作品不能解读而持怀疑的态度问他说："你是内行，你说崔子范的字画真的好吗？"他想了想，觉得这人既然不懂，就给他一个最容易懂的答案吧。便回答说："崔老在当时国家最高的美术机构——北京中国画院任秘书长、副院长、党委书记那么多年，接触了中国现当代那么多名家、大师，阅览了那么多的古今名画名帖，如果自己不肯定，他会那样画，那样写吗？他一出手就是一座高峰啊！"真正是言简直白。

因为工作需要，刘国治先生后来调到科协机构，每天除了做些室内、外装饰和宣传工作，依然从事书法和绘画。他不仅画花鸟，也画山水。他认为，艺术是属于世界的，艺术家要为整个人类创造美，书法、美术作品的精益求精就是要越来越美。传统中国画"六法"的气韵生动也好，骨法用笔也好，应物像形也好，随类赋彩也好，经营位置也好，传移默写也好，都是为了美，为了从各方面达到完美，更适应人类的唯美需求。当然，书法、绘画的风格和流派是要随画家修养、学问的升华逐步完善的。画家要有自己的绘画风格，也需要有深厚的文化渊源，广泛的社会基础和社会认同。国治先生在继承前人尤其是当代大写意花鸟画的领军人物崔子范画风的基础上，形成了自己独特的书法、绘画风格，深深植根于传统艺术和故乡文化的土壤之中。他在题一幅牡丹图的款识写道："牡丹入画宜求脱俗。"这虽然是大师黄宾虹的名句，却也直接表达了自己对作画的见解与心境。他的作品参加过各种展览，也获得过多次奖励，但更多的是散见于各级机关、企事业单位和居民家庭，流行于大众中间，声誉遍及城乡。这是人们对他艺术风格喜爱的力证，也是他由衷的追求和向往的效果。

刘国治熟谙中国书画的师承关系。他的周围，聚集了许许多多崇尚崔老画风的大写意书画家，共同循着崔老大写意画风的轨迹，切磋艺术，探讨笔墨，交流感悟，抒发情怀，有意无意之中，就会生发新的见解，进入新的尝试，拓开新的路径，步入新的境界。这些人中不乏天资聪颖、思维敏捷、造诣高深的才俊，从迁想妙得，赋形写神中不断取得成就。这其中就有33岁获得中国书法"兰亭奖"、青岛市美展一等奖的他的儿子刘波。

这个师承崔老大写意画风的群体，正以坚定的步伐不懈地求索，在继承、弘扬和开拓中把大师的书画之风推向更新，更深，更高，更远……

2013年8月29日

莱阳情结，剪不断理还乱

春天的胶东，是一个繁花似锦的世界。且不说那些热热闹闹随风而开的黄的迎春，白的玉兰，红的蔷薇，紫的丁香，但就果树的花就开得够鲜艳，够美丽，够芬芳，够气派的了。漫山遍野，城市乡村，街头院落，那一片一片的果园，一株一株的果树，杏花未谢，桃花开了，桃花未谢，梨花开了，梨花未谢，苹果花开了……至于簇拥的山楂花，修长的栗子花，娟秀的樱桃花，火红的石榴花等等，接二连三，摩肩接踵，拥挤着谁也说不清哪个先开哪个后谢，只知道眨眼之间就那么齐呼啦竞芳斗艳起来，直到各自专心致志孕育抚养它们的果实，才真正安下心来，在葱茏的叶子里归于平静。

果树的花是绚烂的。杏花、梅子花怒放的时候，叶子还没有生出来，只是红彤彤粉嘟嘟的花团锦簇；而苹果花、山楂花开的时候，叶子大都长出来了，粉嫩白红，五彩缤纷，好看也是好看，却凸显不出花朵那独有的娇媚。最有韵味应该算是梨花，开的时候，挑在枝头的叶子探头探脑还没有全长出来，处于一种"桑芽才哝青鸦嘴"（唐彦谦《采桑女》）的朦胧，却油光亮丽，呈现了茁壮的生机勃勃。近看，它配成了梨花的愈发妖冶；远看则依然是纷纷繁繁漫天飞白，没有一点杂色，难怪千百年来什么"梨花一枝春带雨"（白居易《长恨歌》）啦，"夜来风雨送梨花"（温庭筠《鄠杜郊居》）啦，"梨花淡白柳深青"（苏东坡《东栏梨花》）啦等等，许许多多的诗句恰如春风浩荡，赏心悦目。

看梨花，最好的去处是莱阳，莱阳是全国乃至世界闻名的梨乡。到莱阳看梨花，最好的去处又是五龙河畔。五龙河是莱阳的母亲河，发源于北部包括栖霞、海阳境内的山区，作为其主要支流的清水河、墨水河、富水河、蚬河

家园 三 山重水复

和白龙河逐条汇集，最后在五龙村附近的五龙峡口集中在了一起，形成滚滚滔滔的洪流直下丁字湾而入黄海。也许就因为这五条支流，人们才称其为五龙河的吧。经年的河水冲积形成了肥美的滩地平原，土质松散，通透性好，富含微量元素，很适合于梨树生长，有利于梨的成型和发育，也有利于各种营养成分的增加。生长在这里的梨因而便成了人见人爱的特产名品。只是这片滩地并不是非常广阔，最好地方的仅限于红土崖下照旺庄、芦儿港、肖格庄、前后发坊、东西陶漳等村庄的区域范围，莱阳梨所以也就越发珍贵。

　　莱阳梨的全称叫莱阳茌梨，据说是清朝时在茌平县任督学的莱阳人张凤清吃到一种滋味非常好的梨便留意于心，告退的时候同当地乡亲讨了几支接穗带回，嫁接在故乡的梨树上，经逐年培育优化，长出了这独特的尤物。也有传说是一个茌平人在莱阳坐官，把家乡的梨树移植过来，培育出了新的品种。两个说法都与地方官有关，可见"官"在地方治理发展中的重要和在人们心目中的地位。近几年有人作了考证，说茌平并无这种梨，因此就否定这些说法。我倒觉得，不管茌平有没有过这种茌梨，而这美丽的传说却一直伴随着莱阳茌梨的生长发育，一年年，一代代地流传至今却是事实，何必用这兜头冷水，把人们美好的愿望和对地方官的企盼之火浇灭呢！况且，植物物种的变异常常发生在人们的经意不经意中，不知那些专家们在研究否定这传说的时候是不是也研究过这个"经意和不经意"。

　　芦儿港村有一株400多年树龄的老梨树，见证了莱阳茌梨栽培的历史。我老家一位早年常住莱阳城的街坊二爷，说起过莱阳的"四大名产"，其中名气最大、最让人垂涎的就是"芦儿港的梨"。他说得神乎其神呢，说芦儿港就巴掌大那么点点地方，结的梨一般人根本就吃不到。其实远不是那么回儿事，只是前些年种植面积少，产量不高而已。有关资料表明，莱阳茌梨新中国成立前，栽培面积只有2000亩左右，年产量不过20万斤上下。而现在具有地域优势的村庄都作为特色经济来拓展，五龙河畔那片适宜长梨的冲积平原基本都建成了梨园，梨花开得也就浩浩荡荡了。1991年，地方政府把每年的4月20日定为"莱阳梨花节"，吸引着众多中外客人前来过节赏花，形成旅游业的一个重要项目。同时，他们也开发了梨汁、梨膏、梨干、梨罐头等与梨相关的产品,还带动了一系列其他产业,促进了区域经济发展,带起了农民富裕。

因为就近,相继有不少朋友约我去莱阳春赏梨花秋啖茌梨,尽享雅兴美意。"莱阳梨花节"的举办地是在西陶漳村,2013年节日期间,邀我一起去赏花的朋友是这个村的女婿,一起去的还有他的夫人。这样,我们赏花,他们则多了一个节目——捎带走娘家。进入西陶漳彩旗招展的梨花节区,映入眼帘的是斗狮舞龙的长街,生旦净丑粉墨登场的大戏,还有川流不息的游人。走过五彩拱门,就进入了气象万千的梨园。一株株苍老的梨树,树干就像一个个饱经风霜的老人,拄着拐杖迎接远方的来客。而这些"老人"又是真正的童颜鹤发,满"头"芽叶舒张,"臂膀"花枝招展,洁白的素装厚朴大方。就连那株不知是风折还是雷劈只剩下半边枝干的梨树,新枝的茁壮,繁花的茂密也毫不逊色。果农们有的在疏花,有的在授粉,有的在拉枝,各自匆忙着手中的活。那位"走娘家的媳妇"则时不时停下来跟她那情融于梨的叔叔、婶婶、大哥、大嫂们诉说久别的衷肠。

偌大的梨园,中心地带有一段城墙般蜿蜒的高台,高台上铺了红红的地毯。登上高台便视野开阔,远山近水,草树城村尽收眼底,暖融融的仲春气息扑面而来。眼下的梨花蔓延开去,与远处园田连在一起,形成了花的海洋。自古而今,人们常把梨花比着雪,如"千树梨花千树雪,一溪杨柳一溪烟"(清·邑人赵蜚声);也常有把雪比着梨花的,如"忽如一夜春风来,千树万树梨花开"(唐·岑参《白雪歌送武判官归京》)。其实,把梨花比作雪或者把雪比作梨花都不是十分恰当,倒不如把"唐宋八大家"之一王安石的《梅》诗"遥知不是雪,为有暗香来"的句子移过来吟咏此刻的梨花。你看,那直通到天边的茫茫白色,轻拂的微风吹过阵阵清香,不时又有春鸟啁啾鸣啭,新燕穿梭飞舞,还有那嘤嘤嗡嗡的蜂蝶,与那令人不寒而栗的冰雪严寒是怎么也联不到一起的。

赏梨花应该有诗。我行走在梨园幽静的曲径中,便吟成了《莱阳梨花节寄怀》:

又是随年风暖树,春园节庆闹梨花。
新枝怒放千年朵,老干聊发万古芽。

大姐端杯忙授粉，二伯牵带定游权。

　　高台追怀思德政，一任茌平县做家。

　　一位画家后来依"新枝怒放千年朵，老干聊发万古芽"的句子创作了一幅国画，那气势、那风骨，那神韵，那精工，把满园梨花顷刻升华到了艺术的境界。

　　"朋友，从哪里来？"一句问话把我从无边的思绪中拉了出来。我连忙答道："哦，从莱西来。""莱西啊，知道。你们莱西这几年发展得不错呢。"我的兴致此刻正在梨花中寻找莱阳的"故园"感觉，不想被一个"你们莱西"涤荡得无影无踪。确实，莱西现在与莱阳已经分县（市）而治了，而且莱西属青岛地区，莱阳属烟台地区，但莱西同莱阳毕竟曾经是一个县，后来几经分合才形成现在这样的局面。莱阳这块地方，分得最零碎的是抗日战争时期的1940年。莱阳县抗日民主政府为有利抗战，便先析出了莱东县，大致是现在莱阳的区域；保留的莱阳县（习称莱西）大致就是现在莱西的地方。后来进一步化整为零，又从莱东析出五龙县；莱阳（西）析出莱西南县。当时老百姓的说法是"莱阳莱东舞弄（五龙）莱西南"。群众的语言历来都是那么诙谐而幽默。

　　莱阳原名叫昌阳，后唐庄宗李存勖为避他爷爷李国昌的"讳"便改称莱阳。如果从根上找，就不光有"你们莱西"，也有"你们海阳"，还有"你们牟平"。20世纪60年代末，我在招远县的道头医院邂逅了一位海阳籍的老医生，那时候他已不是医生而是正被管制改造的"右派"。在私下的闲聊中，他给我讲起了海阳立县的故事。现在海阳的一部分在当年也属时称昌阳的莱阳县，而县城就在现属海阳地域的昌山之阳。莱阳县城西迁之后，东部一些人苦于到县里办事路途遥远，便生出了分治之想，立县的召集人是地方的一个高姓大户。这高姓大户有个孙子长到9岁还不会说话。尽管如此，终究"家富小儿娇"，爷爷还是视若掌上明珠，有事无事总爱带在身边。这一天他又带着孙子到地里看庄稼，地头河边蜗居着一只蛤蟆，没想到孙子见了开口就道了个"出"。爷爷高兴之余问他为什么说是"出"，孙子答道："你看它四肢向前，一头长伸，不就是'出'吗？"爷爷高兴孙子不但会说话还会认字了，便取名唤作"高出"，延请先生为其讲授经史子集，子曰诗云。高出入塾后，知道爷爷经常召集人商量分县，便几次要看他们要递交的文书。爷爷每次都说小孩子家不懂、看不明白，不要瞎掺和。后来别人也知道高出要看文书，便随声附和地说，这事反正多年也没有结果，不如就让他看看，兴许能有点用处。高出拿着文书圈圈点点，最后加进了"于官无碍，于民有利"的字样。如此修改之后，呈到朝廷竟然获准了。因为这地域面临浩瀚的大海，按照水阳山阴的讲究，便冠名为海阳。同时从莱阳析出的还有一块地方归了宁海州，属现在的牟平。

2012年一个偶然的机会，我见到了到省里汇报"亚沙会"情况路过青岛的海阳市长姜仕礼，他是莱阳人，我们认了"乡亲"。言来语去中，我想起了这个40多年前听说的那个美丽动人的故事，便借此机会作以印证。姜仕礼市长只是说海阳历史上确有高出其人，因其公务繁忙别无作更深探究。由此我查阅过了有关资料和《莱阳县志》，得知高出生于1574年（明万历二年），徽村人，24岁中进士，为官清廉，爱民如子，嫉恶如仇，刚正不阿，但他与立县的事则是明、清两个朝代，根本沾不上边。可是为什么偏偏就有这风马牛的故事呢？想来也是出自百姓的"好官情结"，人云亦云，口口相传，求个感情上的认可，精神上的愉悦也就够了。

经过酷热夏天炼狱般的煎熬，当清香醉人的秋风刮起的时候，还是那对捎带到西陶漳村走娘家的夫妇，同我们又一次来到那个举办梨花节的梨园，直奔她弟弟家的那片林子。她弟媳妇大方地让我们先吃。她指了指满树压弯了枝头的梨，递过削皮的刀子说："看好哪个自己摘，尽管吃！"我们尽情地吃着，蜜一样的梨汁沾得手和嘴黏糊糊的，趁湿掬水才洗得干净。吃完梨，主人又递过箱子说："看好哪个摘哪个，装满了往家走的时候带着。"我们摘着，不慎哪个掉在地上，主人又赶紧叮嘱："那个不能装箱了，落地的梨里面就震荡了。现吃还可以，放可放不住了。这梨外表看上去挺粗糙，瓤却细着呢，没有一点渣，一跌就碎。"吃完了，也装完了，我们又进入梨园幽静的曲径。当然，现在是观赏深秋透熟的梨。

在一株由花墙围起的"贡梨树"旁，我们留了影。这株梨树也有300多年历史了。说是一株，看起来却是多株，都是饱经风霜苍老的枝干。它的主干经过若干年的风吹雨蚀，已经被细沙深深地掩埋在了地下。之所以称其为"贡梨树"，是因为这树结的梨曾经给毛主席寄去过。村博物馆里有中办机关事务局收到梨的回信和村集体收到汇来梨款的入账单复印件。这让人们不仅看到了真实情况，也看到了老一辈革命家的风采——我总是觉得因为毛主席吃过就叫"贡梨"似乎很不妥当，原因是过去的"进贡"皇帝是"白吃"，不付钱的，而毛主席却花了钱。何况，新中国的人民领袖与封建社会的皇帝本来就不可同日而语的——因为毛主席吃过，这树上结的梨便格外受人青睐，100元1个没下树就都被定购了。这梨其实未必就比别的树上结得好吃多少，人们图的就是那个名。管园老人认识同我们一起来的同村姑娘，又听说我们是莱西人，越发格外亲热起来。他说："莱西跟莱阳本来是一个县，到现在还有许多亲戚，来往也频频。"

是的，行政的设置几无定准，不像人的情感，如同那开不败的梨花结不尽的梨那样绵长悠久，醇美厚重。区划的事，一纸公文，一夜之间，人没有动，树没动，地也没有动，却由A县成了B县，或由C市归了D市，但人脉割不断，历史也是割不断的。莱西与莱阳最后分置是在1961年10月，由此算来，现今50岁以上的莱西人大都曾经有过莱阳的户口。曾任中共中央政治局委员、书记处书记、国务院副总理、全国人大常委会副委员长的姜春云、国画大师崔子范曾经的简历都写着"莱阳县人"，现在就成了"山东莱西市"了。明万历年间的大理寺卿张梦鲤，至今为莱西的"双山张"引以为荣，而当年他坐了大官之后举家搬到城里，便成了莱阳"南门里张家"，与宋、赵、左并称莱阳"四大望族"。而自从兵部左侍郎左懋第誓不降清慷慨赴死之后，"左家"举家迁居乡下，一部分就繁衍成了现在莱西的左姓。像这样剪不断理还乱的事细究起来，真不知还有多少！

由此我想到了一些地方常为个把历史名人、名产、名胜属于哪个政区争得不可开交，甚至对那个子虚乌有的荡妇"潘金莲"也反复考证其故里芳踪，实在无聊得很。有这么多心思做那些无谓的争竞，何不省下点精力多做些于国于民有益的实在事！或者，还不如留下点闲心赏赏梨花，品品茌梨，也赚得享受了人生的丰满。梨花常开，梨也常熟，这是不论区划的。

"你们莱西"。是的,是我们莱西,这是客观实在。只是,此时我在莱阳,正由远逝的"我们莱阳"而浮想联翩。孟子说:"民为贵,社稷次之,君为轻。"(《孟子·尽心下》)

这话,我也在不停地思索着……

2014 年 1 月 23 日

贵州的云

世间万物,大约最常见的就是云了,而云是千变万化,千姿百态,千奇百怪,千娇百媚的。2012年国庆长假之后,我同我的文友一下子飞到云贵高原,惯看了贵州的云,回想起来,往往就"别有一番滋味在心头"呢。

在人的一般意识中,秋天应当是秋高气爽,天高云淡的,但贵州的云偏偏是低矮。我们乘坐的航班准时到达,飞机降落在贵阳机场,那些云好像也跟着一起飘落了下来。山麓、丹岩、林边、屋角处都有云朵飘荡。最上眼的是在路边、滩地、篱旁盛开着的那些三角梅,红红的花,绿绿的叶,一丛丛,一簇簇,罩上了一层淡淡的云,在微风中飘飘摇摇,朦朦胧胧,就像没有见过世面的少女,既羞于见人,又好奇于外部世界,时不时遮盖了红润的脸庞,却露出了美丽的眼睛,是那样天真、水灵、活泼、可爱。三角梅以其漂亮、清芬、丰满、挺拔,具有良好的适应性和顽强的生命力而成为贵州黔西南布依族苗族自治州的州花。当然,其州人民代表大会在通过设定州花这个的决议时,代表们或许也考虑了三角梅在这淡云敷彩时娇然妩媚的这个元素。

在贵州,满眼都是绿色,高高低低,连绵逶迤的山峦此起彼伏。听起来,这些山一座座都是海拔1000米、2000米的高,也有近乎3000米的,怪吓人。但在视觉上却并不见高,因为踩在脚下的路都就已经在千米以上了。低矮的云朵,就像大风天摊开了棉花堆,大大小小的棉絮、棉朵随风飞散,刮落得到处都是,如同绿茵之上缀满了圣洁的白莲花,一朵朵尽管大小不一,却都错落有致。这些云,有的落入山坳,有的挂在树梢,有的在坡地上蠕动,有的则在半空中飘飞。吊脚楼下嬉戏的孩子,欢跃、笑闹之后,便沿着通往山顶的羊肠小道跳荡、奔跑,而前头的轻云又像九天仙女悠扬的纱头巾婉然飘拂，似在有意逗引孩子们追逐的激情。在山地里收秋种晚的红男绿女，此刻笼罩在轻云薄暮之中，宛如天街游走的武陵中人。而漂泊于奔腾江水之上的云朵，一时间则是水动云不动，似乎是哪位下凡的神仙刚刚按下了云头……

　　远远看去，那些云都是有模有样，待走近了，又好像什么也没有。所谓的有，也无非就是如丝如缕舒缓的水汽，幽灵似地在身边绕来绕去，挈之不得，挥之不去，怪撩人的。我们的车子行进在贵广高速公路上，低洼处的人，一定也会望着这黑亮的车子甲壳虫般在云层里飞驰。贵广高速路从群山中穿过，几乎就是桥梁与隧道的链接。出来隧道就上了桥，下了桥又进了隧道，而那多情的云一直在引领着或跟随着我们。在一个时段，那片不淡不浓的云引领车子刚从这边进入隧道里，那边一出隧道口，冷不丁瓢泼大雨就压了下来。我直接的感觉似乎是车子颠簸了一下，就把大雨给震落了。不过，车子很快就撇下了那片积雨云，进入了阳光灿烂的山寨，那云就再也没有追上我们。

　　一天天，一处处，形态各异的云朵就那么飘飘忽忽，来来往往，不紧不慢，不温不火地悠荡，心无旁骛，轻松自在。有的放荡不羁，如天马行空，来有形，去无踪；有的恬静慵懒，像参禅入定，不动不摇，任你急如星火，它自我行我素。一天早晨，我在贵阳的南明河畔散步，行至涵碧潭边，凭浮玉桥白石之栏，聚精会神地注视着眼前那秀甲一方的甲秀楼。这建筑从底而上，三层四角，飞檐尖顶，雕门镂户，朱梁碧瓦，真正的精美灵秀。此时，亭亭玉立的甲秀楼半腰，正闲云环绕，装点得恰如化境的琼楼玉宇。我在静静地等待那轻云散去，以观其"庐山真面目"。口袋里的手机已经响过多遍，是驻处的文友催促回去，因为早饭后还要出发。可这云就是无动于衷，依旧该怎么悠还怎么悠，该怎么闲还怎么闲，丝毫没有离开的意思。我只好走了。心里想，你有那么多闲工夫耗着，我可没有这么多闲心思陪伴，待忙过这段时间再说吧。拜拜！

　　贵州的云，就是这么低矮、灵动、脆嫩、悠闲，不知其他到过的朋友感觉到了没有。

2014年2月16日

貕养古泽，从历史走向未来

貕养泽，这大约是中国自有文字记载以来便出现的地名，可谓古。

《周礼·夏官·职方氏》曰："东北曰幽州……其泽薮曰貕养。"《汉书·地理上》颜师古注云："貕养泽在长广"。长广为现莱西（阳）地古郡名，其城遗址犹存。《太平寰宇记》则记为"貕养泽在今昌阳县界。"昌阳县为莱西古县名。公元前219年，秦始皇东巡驻跸于此，筑皇都台望仙之后，便将貕养泽易名为剧清池，标注于秦地图。

从空中看，貕养古泽就像一颗碧绿的珍珠镶嵌在胶东半岛中部广阔的"三沽"（大沽河、小沽河、五沽河）平原，数百平方千米流域面积的大径小流蜿蜒曲折地往这里集中。从地面上看，莱西市南部、即墨市北部，在那一片黝黑的土地上，一个碧波荡漾的"水乡泽国"独立而奇特。有趣的是，这"水乡泽国"相距四围的青岛、烟台、威海、潍坊都在百千米内外，四龙戏珠似地遥相呼应。

与貕养泽相邻的是莱西市南部重镇——姜山，巍然耸峙在高埠之上，居高临下俯视着这颗绿色的"珍珠"。姜山建村无确切的文字记载，《莱西县地名志》记为"据传，明永乐前姜姓立村"，也是语焉不详。不过，自从有了姜山，这里便叫成了姜山大洼，而久远的"貕养泽"之名即被淹没在了历史的长河之中。

历史上的姜山大洼延绵百里，世世代代生活在这里的人们便向这片涝洼地讨食物赖以生存。大洼积涝成灾，一直是个十年九不收的地方，曾有民谚形容这里农作物的生长状态："高粱一杆枪，谷子软叮当，地瓜不爬蔓，豆子喝了汤。"这谚语其实还是有点夸大，因为当地农人根本就不在洼地里种那一涝就死的谷子。种的最多的倒是高粱和穄子之类，那样的作物短时间浸在水里涝不死，水退之后是可以正常生长的。

为根治姜山大洼的内涝，从20世纪50年代后期开始，莱西县政府和烟台地区行署先后成立了洼改机构，称为"洼改指挥部"，组织和领导人民疏理水系，挖沟抬田，大面积种植耐涝水稻和红麻。大洼的土地由于长期泥水淤积，土层厚实，土质肥沃，一旦根除内涝，便成了种什么什么长，养什么什么肥的鱼米之乡。后来，渐渐地气候变化，雨水稀少，人们把姜山大洼这个名字也慢慢淡忘了，仅仅剩下了同属于洼改工程之一的"堤湾水库"（又称"姜山水库"）的名字，后来又改称为"堤湾滞洪区"，而这个滞洪区就是姜山大洼的"洼底"，最低处海拔高度仅有1.3米，也就是貕养泽仅存的区域。

这是一块由大自然高度浓缩凝炼的精粹之地，也是一块逐渐萎缩的苍凉之地。2006年，当地政府为了让这个地方得到有效保护，通过招投标的方式交给了青岛泰林涌集团，集团感激地方政府和当地人民群众的信任，对这块虽然荒凉芜杂却是无法复制的自然遗存十分珍惜，近十年来投资数十亿元进行了近乎抢救性的保护开发，疏浚、堆垒、养育、栽培，使这片昔日荒凉苍冷的水乡泽国改变了旧貌。

我很关心和关注这个地方，因为这是我故乡不可分割的组成部分，也是"姜山大洼"仅存的地理符号。一段时间以来，我每年都要来这里几次，泰林涌集团实行封闭式管理之后我虽然来得少了，却从来都没有了却心中的魂牵梦绕。当事隔几年之后我再次来到这里的时候，无限的勃勃生机便扑面而来。满目的绿树，满目的蒲苇，满目的碧水清波，满目的奇花异卉与远处延绵的山野连接在一起，在微风中形成了海洋般的绿色世界。

在偌大的区域里，没有沥青路，也没有水泥路，有的路段只是垫了些石子。我进入略显泥泞的曲径，两边是密不透风的绿树高草，众多的原生杨树和刺槐未加修剪，自生自长的枝叶蓬蓬勃勃，浓荫密闭。原来因涝而不适宜生长的枣树，如今粗壮而高耸在堤堰上已是硕果累累。陪同的朋友说树上的枣子从不收摘，是为了让众多的鸟雀有食吃，鲜时候吃，干在树上，掉在树下还是由它们吃。堆垒的沙山高埠上，一株株苍老的古木，柔枝嫩叶彰显着旺盛的生机。横路穿越的野鸡、野兔、野狸、野鹿冷不丁就会吓人一跳。空降而来的大洋洲名马，时不时也会奋蹄扬鬃，擦肩而过。

羽毛未丰的野鸭黑珍珠般撒在水中，见有人来，就会贴着水面似飞似奔齐呼啦地逃向远方。乘游艇下到水里，进入浩瀚扑朔的河湖港汊，眼前碧波荡漾，身后浪花飞溅，水中的鱼常常会乘势而上跳到船里。这时，寻诗的人往往就会自然而然地想起杜甫"船尾跳鱼拨剌鸣"(《漫成一绝》)的诗句。苇汪、沙洲惊起的鸥、鹭、凫、鹤和许多不知名的水鸟就会一瞬间扶摇直上，有时一只，有时数只，有时则是数不清的铺天盖地。狭窄处，偶尔能够窥见苇丛菖蒲下似鹅似鹳的大鸟静静地蹲在窝里，心无旁骛地孵化着自己的后代。

泽里幽深处，一座三孔石板桥，桥面中间深深的凹痕和边缘平秃的棱角记录着其历经的沧桑。桥边不远处一个新挖的池塘中，荷叶婆娑，荷花正艳。朋友告诉我："那是野荷花。"我听了顿觉惊讶：荷花生于藕，或生于莲子。这里，肯定不存在野藕。即使有，那么大的块茎在开挖池塘的时候不会发现不了，也就不会任其"野生"。要野生那便是莲子，而人不散落鸟不衔来哪里会有莲子！唯一的可能就是古泽成熟的莲蓬或始皇帝乘兴抛撒的莲子沉落水底，在开挖翻动中惊醒了酣梦。难道远古的莲子还能发芽开花？

我为此查阅了有关资料，资料表明莲子表皮结构密实，可以存放千年，一旦条件适宜便可生发。后来我又见到关于合肥植物园用600多年前古莲子培育出荷花的报道（2015年8月17日《中安在线》），而刊出的荷花照片单瓣疏蕊，与这里的"野生荷花"十分相似。尽管，我可以相信良好的保护性开发能够唤醒獿养泽里千古沉睡的莲子，却不敢妄断这就是"野生荷花"。据说，在这里繁衍生息的鸟类和中小形哺乳类动物列入国家一二级保护名录的已达20多种，却不知道需要保护的植物有多少。那就待植物学家来考证吧，包括这满池的"野生荷花"。

看到这里从未有过的生态和谐，我想到了獿养泽这一古老的名字：獿者，小畜也。獿养，顾名思义是对生命的保护和颐养，先人取泽名的本意和初衷或许也在于此。当秦始皇带着雄扫六合，君临天下的豪迈之气，率领将士兵丁，雕车宝马一路走来，面对浩瀚的大泽，把酒临风，立岸虎视，号令万千民夫担营丘（临淄）之土，在无边的黑土之上构筑高台遥望东海，祈盼海上神仙赐以仙丹灵药，襄助自己以长生不老，让这里平添了祖龙的神秘和王风的浩然。其后，宋氏后人在这高台之侧立户建村，把村名依皇都台谐音和高台实在的黄土取为黄土台。黄土台村因堤湾水库水位上升而北迁,也就无论始皇帝的高台何处了。而今,时人从历史的深处淘洗打磨出了奚养泽这个古老的名字,赋予了这颗灿然明丽的绿珍珠,也承接了这自然遗存固有的功能,承担起了新的历史责任。

奚养古泽作为旅游观光,休闲度假的主旨进行保护性开发,目前只是做了雄厚的基础性铺垫,许多功能性设施远没有完成,完整的综合接待能力还不具备,大幕远没有拉开。现有的建筑只有马厩、马场、鹿砦、可以宿营的十数辆房车及或航或泊的游船、豪艇。办公接待区和仓储区只有远离观光区的几组建筑,也与周围环境十分协调。这里可以跑步,可以做操,可以骑车,可以练球、可以赛马、可以钓鱼等等。第二届世界休闲体育大会的马术和钓鱼项目就在这里举行。

泰林涌集团董事长陶维明对我说:"奚养古泽从历史深处走来,但这不是我个人的,也不独是集团的,而是自然的,历史的,莱西的,也是全人类的。保护和开发管理奚养古泽,这是历史赋予的使命。每时每刻,我们都在忠实地履行着守望者的历史责任。"这诚恳而实在的掏心窝子的话语和眼前奚养古泽生机勃发的景象,让我看到了资本与自然资源保护相结合的能量。这里,最重要的是掌控资本者的人心以及其对财富的认识和理解。观念偏离,资本对于自然生态的损毁也是无处不在的。

"首先是保护,然后才是开发,而开发也是围绕保护和为保护服务的。"这是泰林涌集团一成不变的思想。今后,这里还有许多事情要做。按照设计规划,他们要像打扮新媳妇那样把这古泽建设得俊美靓丽,然后面向世人,揭开通红的盖头,迎接四面八方游客的到来。

我不能设想这里最终会建设成什么样子。然而,"始皇帝已经来过",民族的基调是定下来了,而民族的才是世界的。

奚养古泽,将带着千古传承的民族符号,浩瀚、豁达、精美、典雅地走向世界,走向未来……

2015年8月26日

我的总编辑生涯

我21岁当报纸总编辑，这听起来似乎怪吓人的，但这却是事实。

1971年春天，在当时全国"普及革命样板戏"和提倡"群众办报"的背景下，我们绕岭公社在南仙庄村大队办公室同时办了两个学习班。一个是"革命样板戏"学习班，一个是通讯报道学习班。我因为在村团支部里负责抓俱乐部工作，便被安排参加"革命样板戏学习班"。这个学习班办得挺有意思，学员早出晚归，自带午饭，由学习班统一找个农家热了，吃完饭接着继续学。

培训的几个教师都是刚刚学会了几个比较简单的样板戏选段，便粉墨登场开始了教学。第一天教一句唱一句地学了《红灯记》中李铁梅的唱腔"穷人的孩子早当家"；《智取威虎山》中少剑波的唱腔"我们是工农子弟兵"；杨子荣的唱腔"共产党员时刻听从党召唤"等。第二天就让学员进行自学和练习，实际上是教师就会那么几段，没有什么再教了。我因为熟悉简谱，拿着样板戏本子就可以唱出来，而且有许多主要唱腔已经唱熟了，便自告奋勇地说"那我教吧。"于是便教唱了《红灯记》中李奶奶唱的"痛说革命家史"和少剑波唱的"誓把反动派一扫光"，还为学员唱了几个戏的主要选段，大家听了还算满意，一天下来都挺高兴，学习班就那样结束了。

通讯报道学习班就在"样板戏"学习班隔壁。这个班安排四天，还有两天才能结束。晚上回村后我便找村党支部书记于锡章，要求去学习写通讯报道。虽然当时村里参加那个学习班已经有了我的同学赵原生，他还是同意了。于是，我便又成了通讯报道学习班的学员。这个学习班讲专业的老师是公社通讯报道组长刘在鼎，讲的是新闻稿的主要文体、新闻几要素、如何抓点子、如何采访、如何向新闻单位投稿等等。那个时候正是春季植树造林的季节，学习班又安排学员到全公社植树造林比较好的黄汶头大队进行采访，每人写出一篇稿子集体讲评一下。在这个学习班上，我在通讯报道的写作上大体算通了通路。

学习班结束后回到村里，便按照学习班布置的任务去落实。与我的同学一起向村党支部汇报同意之后，便成立了村报道组，六个生产队每队确定一个通讯报道员，把他们组织起来进行了简单的讲解，提了些要求，工作也就开始了正常运行。赵原生不久就被招工走了，村里的通讯报道工作便由我一个人负责。活动开展了一段时间后我就想，那么多写稿的，写出来总得有个地方发表一下，便想办一张小报。这样既可以调动大家写稿的积极性，又能够沟通一下全村的情况，对"抓革命，促生产"起点推动作用。这个想法得到了村党支部的支持，我便从当时习惯于挂在建设"大寨田"工地上的毛泽东《到韶山》的两句诗"为有牺牲多壮志，敢叫日月换新天"里取了"换新天"三个字作为报名，写上"大泊大队党支部主办"的字样，报纸就正式出版了。自然，我就成了总编辑。

为便于阅读和携带，《换新天》报定为8开对折，油印。在当时的情况下，当这个报纸的总编辑负担是比较重的。因为不能脱产，白天需要参加生产队劳动，趁劳动休息期间就近到别的生产队采访。通过队长了解整体情况，听到有价值的线索就深入挖掘，采访一些好人好事和先进事迹，晚上在自己家的煤油灯下写稿子，也随时把各生产队通讯员报来的稿子整理编辑好，按时出版报纸。不仅如此，还要自己刻蜡纸，自己用油印机印刷。如果不小心把蜡纸贴反了或是被油滚子揉破了，就要重新刻，重新印，是很费工夫的。好在刻蜡纸和印报可以向生产队长请假。后来因为请假太多，影响生产队正常的农活安排，村里便把我调到大队技术队，算是"大队工"，"办报"的时间就直接搭在出工里，比原来就方便多了。因为刻蜡纸和印报的事大都在村小学做，学校负责人单瑞云老师很支持，别的老师也很热情地帮忙，不仅事情办得顺利，还与老师们建立了感情，以后多少年还相互联系，相互关心。

《换新天》报10天一期，直接发到每个生产队和大队的工副业单位，不仅可以沟通信息，推广经验，促进生产进度，一些新闻奇事还成为人们消闲的谈资，成为在那个年代丰富农村文化生活的一种凭借。因为与各生产单位和社员劳动与生活息息相关，还挺受欢迎。其实，我当总编辑还可以向前追溯很久。在中学的时候就由我负责学校黑板报的编写。放假特别是毕业后，村里的黑板报又都交给了我负责办。当了报纸的总编辑，也没有卸下黑板报总编辑的责任，照样一如既往地按时换写。对我来说，这样也有了个"一举四得"的好处。那就是经过采访写出的稿子，既可以登报，也可以上黑板，还可以有选择地投到上级新闻单位。另外，公社报道组每个星期开一次各村报道员交流会需要带稿子，我便拿报纸交上，一时成为经验，得到重视。有的村还仿效着办起了村报。

因为我发的稿子多，上级新闻单位采用的也多。那些年，全县普及广播喇叭，家家户户都有，早晨、中午、晚上按时广播。绑在公社大院外头电线杆子上的高音喇叭"面向"四面八方，在秋高气爽的日子里声音能传到五六里之外。这样，许多人就会经常会听到"下面广播绕岭公社大泊大队报道组写来的报道"。渐渐地，我这个总编辑也名声在外，得到了许多人的关注，最终作为临时工（后改为合同工）被绕岭供销社选去当了写材料的文书。《换新天》因为没人接替当总编辑也就停办了。再后来，我从供销社被借调到县委宣传部搞新闻（因为合同工不能正式调动）。1984年底，我"农转非"（由"农村户口"转成"非农户口"），身份就成了"正式工"，可以调动安排了。过了春节，我便到了县政府（1991年12月国务院批准撤县设市，1992年正式对外办公）办公室当了文字秘书。

文字秘书，自然一睁眼（有时工作多往往根本没有工夫闭眼）就少不了一大堆文字工作。除了写领导的会议报告，起草政府文件之外，还要对基层和部门报上来的文字材料进行梳理，这实际上也是编辑工作。县政府办公室有《工作情况》和《政务信息》两份简报，这自然也需要选稿、征稿和编辑整理。开始我只做一般的编辑工作，后来担任了主管文字的副主任，也就成了这两份简报的总编辑。如果说，做《换新天》和黑板报总编辑只是关系一个村或一个单位，作这两份简报的总编辑就关乎到一个县，责任就增加了不知道有多少倍，也就有了更多的临深履薄之感。在政府办公室作文字工作，履行"三个服务"（为领导服务，为群众服务，为基层服务）是秘书的天职，各项工作的勤勤恳恳，临深履薄的程度是难以名状的，而主编两个简报只是其中的一点点。因为我这里说的只是"总编辑生涯"，所以就只说这一点点了。

这两份简报直接报送县委、政府、人大、政协、纪委、人武部等县级"几大班子"领导，发到各乡镇和市直各部门。两个简报内容大致的"分工"是：《工作情况》登载经验性的内容，文章一般比较长；《政务信息》登载动态性的内容，文字比较简短。内容涉及政府工作的方方面面，稿子主要由乡镇、街道和部门提供，办公室则围绕政府的总体工作部署进行选编。有时候根据需要，也安排秘书直接写一部分，以丰富内容，增加力度。譬如在全县推广大棚种植的时候，北部一些乡镇迟迟没有展开。客观原因是那些地方属于丘陵地区，相对来说土地比较瘠薄，水源比较缺乏。而唐家庄乡因为从南部调来且有领导大棚种植经验的党委书记曲忠德，便率先发展起来了。为了推广唐家庄乡的经验，我安排秘书张代波去进行调查研究，把他们的具体做法写成材料，加按语发在《工作情况》上，为面上提供了经验，起到了积极的推动作用。

编辑这两份简报，不仅需要把握全县工作全局，有较高的文字水平，还需要具有较高的理论水平和甘于担当的精神。简报虽然只是内部发行，基层和部门为了报告工作，争取上稿的积极性都很高。但来稿的内容和文字水平参差不齐，有些似是而非的形式主义工作情况和应景的提法也五花八门，就特别需要具有较高的理论胆识进而严格把关。有一年，一个镇送来一个抓经济的材料，来送稿的人反复强调他们领导如何如何重视，他们的经验如何如何有效等等。我看了材料，文字水平还好，其中一个口号却很过："种足粮食吃饱饭，怎么赚钱怎么干。"来人解释他们的意思是粮食种得够吃，便集中力量抓钱。我说，我明白你说的意思，但是你们这个提法不仅与国家的农业发展的要求相违背，而且你那个"怎么干"也包含了许许多多负面的东西。我接着给他作了分析，才让他收回了所坚持的观点。还有个部门因为搞试点，要求在《工作情况》上刊载一个基层单位的文件，这不仅违背机关行文的规范，也有违常理。尽管他们找出了多种冠冕堂皇的理由，也还是没有上那个稿子。这样做虽然一时引起一些人不高兴，但总编辑的职责是不允许有差池的。

离开政府办公室之后，没有了整天与文字打交道的环境，也时不时或自觉或受命做一些文字工作，有时也同样会承担总编辑的任务。这是作为文人的一种使命，也是一种义不容辞的社会责任。2001年，我在市房产管理局局长的任上，接受了市委的安排，编辑整理纪念抗日烈士李佐民同志的书稿。我接到的书稿原名为《李佐民传略》，复印件手工线装。书稿署名的主编是我的文学前辈莫增夫老师。20世纪70年代，莫老师和丁悦民老师在县文化馆主管文学创作，我当时是工作在基层的文学青年，在县里举办的创作学习班听过两位老师的讲课。在他们编的《莱西文艺》发表过小说作品。因为有这个经历，我也就一直对两位老师非常敬重。看到这个书稿，我的脑子里随即跳出一个问题："莫老师主编的稿子我能动吗？"当然，静下心来之后，我还是想到这是市委交办的任务，而且安排的时候还反复交代说，这是直接落实中央政治局委员、全国人大副委员长姜春云同志关于"让那个写碑文的整理"的指示。在我多年形成的那种"服从"的潜意识里，姜副委员长点将了，县委交办了，那就只有"服从"了。

那个书稿收入李佐民来烈士生前的小学读书笔记节录和在济南一师的作文摘抄；李佐民烈士墓的碑文和安葬时的祭文；烈士生前战友、同事、亲人和地方文史研究人员写的纪念文章共13篇。另外还有前任市委书记丁瑞云同志写的前言。后记标注的日期为1993年8月。我认真阅读了这个书稿，听取了莫老师的意见，了解了相关部门提供的有关信息，便展开了整体的编辑思维。按照原有的材料，我首先从整体考虑，按层次划了四个部分：生平编；佚事编；缅怀编；遗文编（后来，莫增夫老师把他和莫茜以李佐民烈士事迹为原型创作的电视剧本拿来，我建议编委会收入书中，也便因此增加了一个"永生编"）。把各部分内容分细目编定后，形成了书稿的编辑大纲，连同拟定的包括最后定名的《沽水天佑》等几个书名一起报告姜春云副委员长，经批准后，便依照各篇文章的具体情况进行编辑整理。有的保持原样，有的修改补充，有的则在原有事实的基础上重写。需要补充的内容我便找健在的当事人座谈,根据当时的情况写出新的篇章。这些,都属于文字上的工作,只要明晓通解作文,不能说是驾轻就熟,也是功到自然成的事。

这当然只是编辑工作大的方面。而进入小的,细微的方面,那就更需要费神劳思了。编辑工作,往往最容易忽视的是细小的方面,而最不可忽视的却正是细小的方面。细节决定成败,做编辑工作也是这样。如果一本书有一个或几个地方在细节上存在瑕疵,整体上就会大打折扣。因为这本书文章多,作者不同,资料来源不一,其中的不衔接,不统一的情况几乎比比皆是。对于这种情况,我当时能查到访到而可以确认的就直接改过,不能改就标注存疑,然后逐一落实。对此,我用两张8开纸做了表格,把各种不同说法和出自哪篇文章、哪个资料逐一明细,并附上编辑意见,集中请有关方面正定确认。如烈士的生年,一些资料包括刻写在李佐民烈士墓上的碑文都写的是1912年,而有的文章写的却是1911年。对此,我请烈士的女儿李志娥局长确认。李局长说:"我爸爸属猪,比我妈大1岁,我妈属老鼠。"这样就确信为1911年,因为那一年是农历辛亥年。对于烈士牺牲的地方,我则在查阅莱西、莱阳党史资料(李佐民烈士牺牲时莱西尚未从莱阳析出)的同时,又到了莱阳党史办立碑确认的李佐民烈士牺牲地实地进行了考察。书稿编辑基本完成后,我编写了《李佐民烈士大事年表》,并作了说明。同时,把我书稿编辑过程中的部分研究成果写入了原莱西市委书记、时任济南市人民检察院院长丁瑞云同志的《序言》和时任莱西市委书记展文良同志的《跋》中;写了高扬烈士精神的五首诗词,放在每编的开头。

这本书稿的编辑质量得到了姜春云同志的高度评价,被称为"精品"。时任山东省委研究室副主任的王泽厚说:"姜书记(他习惯于在山东的称呼)从来没有对一件作品有这么高的评价。"2002年,《沽水天佑——李佐民烈士纪念文集》由泰山出版社出版,莱西市召开了纪念五四运动83周年大会暨《沽水天佑》发行仪式。共青团莱西市委原书记、莱西县人民政府原县长、时任山东省政府副省长的赵克志、青岛市委副书记张旭升、莱西市委书记展文良在大会上讲话,共青团莱西市委书记张升山、烈士的孙子李文涛发了言。烈士的女儿李志娥及一行亲属出席,市直机关部分干部、部分企业的工人、部分学校的师生、李佐民烈士的部分乡亲参加大会。

后来，我又受邀主编了《眷恋》（青岛出版社出版）、《耀古烁今的那些事》（中国社会出版社出版）等，均受到较高评价。总编辑这个名称，从一般意义上说是一种职务，是要经过任命和定级的。而我这个总编辑主要是从实际出发以工作性质而论，按说是应该加上引号才可以的。我之所以在前面没有加引号，只是为了做一个"噱头"幽一个默，先背一个自吹自擂的"恶名"，然后在这里解释一下，郑重地加以说明，并向读者以揖致意。

2017年3月7日

梅子熟了

春天赏梅花，很少有人想到夏天啖梅子。有了养梅的朋友，就会始终给想着，年年到时提个醒，赏季邀赏，啖季请啖。我就有这样一个朋友，他叫姜纯竹。

啖梅子的时候当然会不由自主地想起梅花，这是每个人的自觉使然。梅子是梅花的果实，就"饮水思源"讲，也应有这样的情怀。梅花从大类分，有真梅、杏梅和樱李梅三种。真梅是纯种梅花，多由实生或嫁接繁育；杏梅和樱李梅分别是杏、梅杂交和李、梅杂交而成，都是早春开花，入夏熟果。作为近梅者专的纯竹，是很通梅花习性的，我意识中梅花的"苦寒"就是让他给颠覆了的。他说梅花要开需有摄氏13度以上的气温，低了是不行的。

姜纯竹毕业于烟台师专中文系，曾在一个大型国有企业的学校教书，工作之余莳养花木，更倾情于择园养梅，乐此不疲已近20年。他先后搜集引进30余个梅花珍品于园中培养。其园凡30余亩，梅花数千株，名之曰"麋鹿梅园"。

早春，当大地初绿，新芽复萌的时候，草茵柳拂的"麋鹿梅园"就繁花似锦了。竞相开放的梅花有红的、白的、粉的、黄的、绿的等等，颜色各异，深浅不等。盛开的梅，有单瓣的，叠瓣的；有长蕊的，短蕊的；有密实的，疏旷的；有直枝的、垂枝和曲枝的。这些，都是在风和日丽之下看到的。但我确实也见过"傲雪"的梅花。那是2013年谷雨节，夜里下了一场较大的雪，纯竹清早喊我去看带雪的梅花。我去了，身上穿的依旧是初春的单衣，并不是有画家凭想象画的"踏雪寻梅"图那样锦帽貂裘。早饭后雪就逐渐融化了，春天依旧是春天。

我的赏梅是"粗放型"，只看形状，看颜色，看长势，看梅树的远近高

家园 ㊂ 山重水复

低疏密壮弱，从来不问也不知道问哪个是什么品种，什么系列，什么流派等等，这也是因为我并没有当梅花专家的奢望。纯竹则实实在在钻到梅的研究中去了，不仅潜心于栽和养，更潜心于发现和选育。今年春天几个梅花专家来"麋鹿梅园"考察，经过鉴定，认定了5个梅花新品，分别命名为"纯竹香""粉玉卷""舞春风""浨头董春""莱子粉后"等。

纯竹告诉我，他选育的梅花新品，都是从梅花的实生苗中选育出的。他说："有的实生苗最初几年看上去很细弱，第一次开花可能仅有一两朵，而极品梅花往往就蕴藏在这样的细弱之中，而这细弱的'珍贵'是不可能复制的。"我听了，忽然就想到了人生。想到穷乡僻壤的苦孩子，小时被人瞧不起，甚至备受凌辱；到长成经国济世之才，倒令人刮目相看，争相攀附了。纯竹说："一个有培养前途的品种，从发现到长成，往往需要多年培植呵护。不仅要用心除草灭虫，科学施肥浇水，还要时时处处留心，认真观察对比，记录数据，调整管理方式等等。对那些细弱之苗，尤其要呵护有加，避免中途夭折。夙兴夜寐，年复一年，不能丝毫掉以轻心。"他对我说："园里的新品种，花径大的有4.4厘米，有3株的花瓣数达到100余片。表现在梅花王国里，这些都是很突出的。"

我在梅林里穿行，一树一树的梅子，仰望着高的，俯视着矮的，平视着的横枝竖叉，都是密密层层千姿百态的梅子。橘黄的，殷红的，青绿的，浑然散发着各自的芬芳。梅子的专业术语叫梅果，真梅的果实较小；樱李梅的果实紫圆；杏梅的果实与杏子相似，而品质却优于杏。我不知道哪些梅子是新品梅花长的，却知道各种梅子都带着或重或轻的酸。走入梅林还未吃到梅子，口里便生出了酸酸的津液，可见三国时曹孟德带兵作战那"望梅止渴"的狡诈不虚。

梅子的成熟是分期分批接连不断的。"麋鹿梅园"的梅子6月上旬就陆续熟了，一直能够持续到7月中旬。此刻，熟透了的梅子落在树下，黄澄澄、红殷殷的散落满地。我对纯竹说："这么多梅子，可以拿到市场卖钱的，这样烂在地里多可惜啊！"纯竹哈哈大笑说："没听说'化作春泥更护花'（龚自珍《乙亥杂诗》）吗？那就让它化呗。梅子是梅树的子，是供播种育苗的呢。卖钱，就免了吧。"

　　这话，是不是有他更深层次的含义，我没有问。或许，也不需要问。

2017年6月19日

家园　三　山重水复

乡村来的女诗人

春天的气息,屋里屋外都是暖融融的。

门前,构树叶子正一个劲地放大,再放大;门旁,竹下的兰草已经抽出了顶着蓓蕾的苔。

那天,我正在修改《掬一捧清风明月回故乡》的书稿,就听得铜铃般的声音一阵风似地冲门进来:"宫老师,俺来跟你学习了。"

我抬头一看,一个打扮利落的中年女性,手里牵着一个小男孩,已经站在了桌子旁边。

"叫爷爷。"

"爷爷好。"那孩子怯生生地叫了一声。

我一边答应着,一边请她坐下。

她见我有些疑惑,便自我介绍说:"我叫任春芝,在这里给闺女看孩子。俺早就听说您了,有一次老远望见过,人家说那就是您。"

从她娓娓的叙说中我了解到,她初中毕业之后父亲就让她到生产队挣工分,以后再也没上过学。后来,为了挣钱养家,她学着修过钟表,开过饭店,经营过冷风库。再后来,闺女结婚生了孩子,她就把冷风库租赁出去,到城里看孩子来了。老家张格庄村还有她自家的承包地,每年都按时回去做那些耕播锄割晒的事。不难想象她写作的艰难,但她几十年都坚持下来了。

她说她喜欢文学,在学校就喜欢作文,没有机会多上学却一直对写东西割舍不下。散文、小说等文学体裁她都试着写过。她没大有空闲时候,也就因时制宜写那方便快捷的诗歌。她说她现在一边看孩子,一边作诗词。孩子上幼儿园或者睡觉了,她就读书、写作、做家务;接回孩子或是星期天就教孩子读诗。她说，幼儿园的孩子就数她外孙会的诗多。说着，就让孩子背给我听。

一听背诗，那天真的孩子立马垂下双手，立正站着，咿呀的童音随即从口中发出：

"锄禾日当午，汗滴禾下土。谁知盘中餐。粒粒皆辛苦。""离离原上草，一岁一枯荣。野火烧不尽，春风吹又生……"

我给孩子鼓了掌，依旧听任春芝说她的诗词。她说她每年能写好几十首，多数是格律诗词，有的在报刊上刊登，有的在网络上发表，还得过不少奖。2012年，她被一个诗词论坛聘为"纵议员"，负责审"贴子"的诗作。

她说俺知道自己的"水儿"有多深。俺底子薄，没有多少知识，写什么大都"跟着感觉走"，所以平时就千方百计学习。主要是读书，读古典文学名著，读古诗词，也读过王国维的《人间词话》和朱光潜的《诗论》等等。她说，俺也买了您的书，读了您关于诗词的一些论文，觉得您说的真有道理。

没有人给俺点拨，俺也没有地方拜师，有的诗词组织办培训班，不要说班上还有人讲得不着调，光就花费来说一次就要几千元。这几千元还不如省着俺买个"貂绒"咪。她说的"貂绒"就是貂皮服装。这话让我情不自禁地捧腹大笑。她说宫老师你别笑，俺这是实话实说。人家都说您水平高，俺就来向您讨教。

我听了她对文学，对诗词的理解，回答了她提出的一些问题，有些方面也同她进行了交流与探讨。她由衷地说出了那句"一席话胜读十年书"的俗语。

我找给她几本关于写作的书，对她说："不要自卑于学历短，应该自励于学力强。对一个人来说，学历可能受制于客观条件，而学力却完全取决于主观的努力。读书和实践便是最好的途径。"

后来，我看了她写的一些作品。她对诗词的悟性很高，我给她指出的不足和提出的改进建议很快就在她的写作中得到了体现。今年，她入选凤凰诗社欧洲总社与青岛诗词学会共同主办的第二届跨境诗会的《沁园春·新时代贺年》就很见功力：

戊戌迎春，日月同辉，天地共鸣。看柳丝飘荡，千枝百铠，松针摇曳，万座瑶城。照壁红灯，门楼彩带，猎猎风旗向众英。观年景，秀朱墙黛瓦，绮榭长亭。

　　街头购物喧腾，叹拥挤轿车必慢行。可尽情挑拣，满篮鲜果；精心尝品，各色香粳。选件毛衣，搬箱曲酒，换套家俬神气精。遇亲友，赞当今时代，异口同声。

2018 年 2 月 21 日

漓江一旅诗心老

最近,我高兴地听到省诗词学会领导当面赞扬我的文友、老板诗人程绍亭,说他的诗辞采飞扬,感情丰沛;说他荣获"诗词进士"那首诗接连"三个我"的诗句非常个性化,如石破天惊,横空出世。

因为我对程绍亭非常熟悉,便接着这个话题说,程老板的诗有李白的风格,鲜活生动,跳跃性特强,不知不觉就会生出惊世骇俗的句子。我说了我与他"诗交"的经历,说了我十年前写的一篇关于他的文章,引起在座的《联合日报》王之敬主任的关切,便跟我约了这篇文章。

当今社会,经济繁荣,老板多多。要说做老板的闲下来钓钓鱼,打打球,跳跳舞,喝喝茶,或是做做慈善,搞搞收藏也许并没有什么奇怪。而要说有哪个老板爱吟诗,会写诗,就会有许多人感到奇怪。偏偏,我就认识了这样的一个老板,并且成为知交。

这位老板叫程绍亭,他企业的产品行销国内外,客户遍布亚洲、欧洲、美洲、澳洲、非洲等许多个国家和地区,销售收入每年在8000万元以上,是当地的纳税大户。

我跟程老板相识多年,由于只是一般的礼尚往来,相互之间并不是特别了解,也就不知道他会写诗。后来,他拿着几首诗要我给看一下,我依然以为他只不过是心血来潮,或故作姿态,装装样子,是"土地爷爷贩酸枣——混个果木行的人"而已,不可能真正喜欢诗。所以,对他的诗浏览过后也就放在一边,并没有怎么当回事。

后来,一次偶然的机会,我才真正对他刮目相看了。2007年10月,我们一起到桂林。在飞机上,他时而向窗外凝望,时而掏出笔来,在纸头上划划写写。到达之后，我们住宿在同一个房间。第一天晚饭后，我在外面转了一圈，散了散步。回到房间的时候，只见他正光着身子，伏卧在床上，对着幽暗的床灯在写什么。我随口问道："做什么呢？"他说："把白天想的几句诗整理整理，待会儿你帮我看看。"

这真让我大吃一惊，没想到他对诗竟然痴迷到这样的程度。50多岁的人就像个小学生似的勤奋和虚心好学，这是我过去无论如何也想不到的。此时此刻，我脑海里一下子就浮现出我在此前看过他的那一篇篇豪迈的诗章。《咏黄鹤楼》《宜兴竹海》《伊瓜苏瀑布》《热海露天瀑布》等等。而且，他的那首《登两目山》是写于1968年。那时他刚刚中学毕业，仅仅是一个16岁的青年。而其中的一句诗是"小龙不甘在泥潭"，足见他当时就懂得以诗言志，对景抒怀。

漓江真是美极了。清新的空气一尘不染，江水清清的波纹镶嵌着阳光的金丝线悠闲地流动。水底的石头方的或圆的，长的或短的，规则的或不规则的，都看得一清二楚。攀附在石头上的苔藓，长着长长的须，如同绿色的头发随着水流飘摇。沿岸远处的青山，近处的绿树，滩头的凤尾竹，连同蓝天上游荡的白云，一股脑儿倒影在水里，活脱脱一个水晶的世界。渔家的竹筏子来来往往，筏子上的渔人、竹篙、鱼篓和散乱的餐具，一样样精灵似地进入视野。伫立在筏子边上的鸬鹚，虎视眈眈地注视着水面，不意间便会猛然入水叼起一条大鱼。那鱼耽在鸬鹚的长喙里，无奈地晃动着身姿，在阳光下闪着鱼白的光……

绍亭的诗来得真快。在此后几天里，他陶醉于桂林优美的自然风光，走到哪里写到哪里，到哪里都有他美妙的诗篇。在美丽漓江的游船上，他前前后后，上上下下来回奔忙，观景、拍照、吟诗，忙得不亦乐乎。午饭就在船上吃，船家上了几种漓江珍肴：桂花鱼、珍珠蟹、漓江虾、沙螺、江鳅等等，喝桂林特产三花酒。我们同行的几个朋友推杯换盏，喝到极处，程老板触景生情，顺口吟道：

桂林山水秀，漓江风景奇。小鲜虽不大，下酒正相宜。

引得座客酒兴顿起，欢声不绝。那一次，不知他一共写了有多少诗，只知道他写得很投入，很执着。我用诗记下了对诗人的最新印象和他写诗的一鳞半爪：

　　　　漓江一旅诗心老，八桂新观看绍亭。一路山交水接处，连篇韵语上峦峰。

这一次的亲眼目睹，使我同程绍亭的关系真正从朋友转化为诗友。以诗为媒介的广泛交往，便更多地了解了他。后来，我们经常以诗为题，畅谈感想，交流作品，托情于山水之间，寄心于天地之外。谈到尽兴处，常常敞开心扉，尽情地抒发入世之思，出世之想。

谈到自己的读诗、作诗，程绍亭说，我平时没有什么特殊爱好，唯一的就是读书、吟诵和写诗。有了好事，看到好景，遇上好人，见了好物件，就用诗记下来，借以抒发自己的情怀。反之，碰到不合情理的人、事、物，平静下来，也用诗写一写，倾吐自己的感慨。有诗，不论是逢喜还是遇悲，都可以通过柔化蔓缓，使心情由亢奋转入平静，把消沉化为昂扬。

有时，他还几近诡谲地说："你别觉得企业家作诗是'不务正业'啊，那不过只是一种表象。实际上，作诗可以陶冶情操，增进学养，使自己高雅起来。人一高雅，人缘就好，人脉就旺。你看看，我那么多客户，从商情到友情到感情，与这高雅关系大着呢。"

是的，人情连着商情，商情连着世界。我被他的高谈阔论深深地折服了。

作为老板业务之外的诗人程绍亭，已经出版了两本诗集，一本文集，诗词文章散见于多家报刊。现在，他已经当上了莱西市诗词楹联学会副会长，还是颐乐诗社社长，成了名副其实的地方诗界领袖。

应王主任之约，我打开电脑，翻出这篇文章，再次斟字酌句进行了修改发往报社，奉献给亲爱的读者。

　　　　　　　　　　　　　　　　　　　　2018年5月22日

我的读书

我经历的那几年，大学已经不招生了，中学毕业后就直接回村当农民。当年的想法是，没有学上没有法子，但不能不读书。后来有了推荐上大学的制度，也是推荐了才能上，不推荐眼巴巴连望梅止渴的分儿都没有。实话实说，上不上学是别人说了算，读不读书则是自己说了算，那就自己读呗。当时，社会并不提倡读书学知识，动不动就批"白专道路"，所有的愿望都淹没在没日没夜的"大批判"中去了。在这种情况下，就是有学知识的想法也不敢旗帜鲜明地表达（多少年之后还有人说我的学习是"想要成名成家"）。面对这样的现实，我产生的另一个想法就是现在不重视知识，但知识终究会有用。如果知识永远没有用，我们这个国家就完了。还是趁着知识没引起普遍重视的时候早早学些吧，别等到有用的时候我没有。退一步说，就是知识永远没有用，学了也压不着人，影响不了我干活挣工分吃饭。

读书是我增长知识的唯一途径。当时可以读的毛主席著作、毛主席诗词和毛主席语录以及"样板戏"剧本等等我读的不少。毛主席的书是朗朗上口百读不厌的，所以有许多篇什章节多年后还能背过来。但其他的书特别是文学书籍却基本读不到，原因是那时候除了极个别当红作家的书之外其他基本就不出版了，原来出版的书则都在"破四旧"的时候或交出来或搜出来集中烧掉了，有人偷偷藏出来的几本也不敢公开露面，打听都没有敢吱声的。这就是当时一个"书不足"的最现实的问题。

习近平总书记在梁家河下乡的时候走30里借书走30里还书的故事充分证实了当年"书不足"的现状，我所经历的是同样的那个年代。为了解决"书不足"的问题，我想了许多办法：第一当然还是借。家里有藏书还能借给的人，只有那种胆大心细且不存戒备的知心朋友。那时候我是村里的团支部书记，村里村外交往的青年朋友比较多，先后借着看了《牛虻》《钢铁是怎样炼成的》等，这两本书都很给力，非常适合年轻人阅读。当然还借阅了有限的几本战争小说和古典小说。第二是抄。我曾经借了公社干部一本北大中文系编写的《写作基础知识》，因为人家急着要，便自己钉了本子，一字一句抄了下来。第三是变通。把报刊上登的、上面发的大批判材料有选择地如《论语》《千字文》《增广贤文》《女儿经》等拿来阅读，我谓之曰"反面材料正面读"。这只是当时心里想，不敢公开说的。那时候我是好几家报刊、电台的通讯员，内部发的这类材料多，可以读的东西相对也多一些。第四是交换。我曾经用自己非常喜欢的一本"内部发行"的书同朋友换了一本《中华活页文选》，《项羽本纪》《高祖本纪》《孔子世家》《淮阴侯列传》等《史记》里的篇章都是从这本书里读到的。那时候我读这类纯文言的文章是很费劲的，几乎是读一句看一眼注解，磕磕绊绊地读下去，许多地方还是理解不透。第五是翻废纸。因为学会了写作，我被调到了绕岭供销社。供销社采购站收购废品，其中就包括旧书报。工作之余，我经常到那里翻旧纸堆，发现可以读的就抽出来，读完了就再归进去。遇到特别喜欢的就让人家秤秤，按收购价买下来。有一次看见一本既没有封面也没有封底，前后都掉了几页的焦黄的旧书，翻了翻觉得挺好看，便花2分钱买了下来，后来才知道那是峻青的短篇小说集《黎明的河边》。有一次峻青携夫人回老家路过莱西，在接待他的时候我说起这本书的故事，他便让我取来，郑重地在包了的书皮上写了书名，并在内页我留的空白纸上写下了"非常感谢泉激同志的厚爱及桑梓之情。峻青，一九九二年十月于莱西"。后来我把这个经历写成了散文《奇缘》，刊登在《人民日报》2000年6月24日的文学副刊上。

改革开放之后，出版社出版的书籍渐渐多了起来，买书、读书也不再用那么为难了。后来，供销社有了专门经营图书的宣传站，我便经常到那里站柜台帮忙卖书。这样近水楼台，有了自己喜欢的书就买了读，但还有一些想读的却还要到处找着买。那些年只要到外地，我总要去看看新华书店，看好的书就尽可能买下来。因为如果看到好书不立即买下，再想买往往就很难买得到了。逛书店的习惯直到现在我还没有改变，只是感到值得买的书似乎越来越少了。那些年，尽管自己热衷于买书，可一个月30多元钱的工资（曾经还因为"农转非"还过了一段每月28.5元的生活），家里上有老下有小生活都捉襟见肘，便又遇到一个买书"钱不多"的问题。我解决这个问题的办法一是买最需要最喜欢的；二是买字型小容量大的；三是买名家和古典的；四是买名出版社的。这样可以花小钱，买精品，获大益。这样的买书方法尽管是在比较困难的年代采用的，但直到现在除了老眼昏花第二条不能用，其余还都没有过时。曾经有朋友问我爱好什么？我说："没有什么爱好呢。"朋友说："一个人怎么能一点爱好没有的啊？"我想，如果就坚持说"没有"，就是有意拒人于千里之外了，那样多令人尴尬！于是我便说："要说爱好嘛就是读书。"朋友马上说："要什么书说，我给你买。"我转身指了指书身后的书柜说："我喜欢的书都在这里面呢。"我对他说："买书不同于买别的，不是随便谁买了就可以读的哦。因为你不明白我读什么书。"有一次一个书贩子搬着书气喘吁吁地来到我办公室说："领导，听说你喜欢读书，这些你看好不好？"我看了那一本本比砖头还大的书说："就这样的书啊，你白给我都嫌占地方。"他连忙拿出一本炫耀说："看看，《领导绝论》，你有吗？"我知道这样的书除了书商炫了市场骗了人赚了钱之外是什么用处也没有的，便说："你这'绝论'啊，哪有我的'绝招'管用呢！"现在，网购已经流行，需要什么书或者看了出版社出书的信息，就请年轻人帮我在上网购买，实在是想不到的方便。

　　"书不足"和"钱不多"的问题解决了，又出现了"时不够"的问题。本来年复一年买书，日积月累就多了，却又没有更多的时间和精力去读。本想等从岗位退下来集中读，谁知道退下来似乎比没退下来要做的事情还多。我曾戏谑说："过去我的工作不过是市长和几个副市长给安排，退下来以后却谁都能安排。熟悉的朋友有事了安排，不熟悉的通过熟悉的也安排。"我这个"戏谑"可不是故意发牢骚。还有另一个戏谑是"人家找是缘分，增加了人缘情感，也说明是看得起咱呢。"更多的是自己给自己安排的那些写点诗词文章，做几个书稿出版等等的事情。就这么多不能安心读书的"理由"，使集中读书的愿望始终不能实现。但书不能不读，时间还要争取：一、用零星的时间读。如休息的时候，等饭的时候，乘车的时候等等，把所有可以利用的零星时间都充分利用好。宋代大学士苏东坡有马上、厕上、枕上的"三上"读书法，到现在时过境迁已经不完全适用了。我现在能用的不是枕上读书，而是枕上背书，把睡着之前的一点时间用来"学而时习之"。二、在写作的间隙读。大的间隙是一篇文章写完后下一篇还没有开始的时候。这时间一般稍微长些，可以读几页、几章或整本；小的间隙是写作中需要放松一下心情转移一下注意力的时候，可以读一页或一段甚至几行。三、结合写作需要读。写作需要生活积累，同样也需要知识积累。像积累生活一样积累书本知识是写作者的"必由之路"。有时候还需要结合文章通过读书寻找那些需要的材料，把读书同查阅资料与丰富文章内容有机地结合在一起。四、在写作思路理不顺的时候读。写作，经常有理不顺思路写不下去的艰难时刻，按照我的习惯，这"关口"要过去的最好方法不外乎就是散步、睡觉和读书。这时候的读书可以与手头的写作有关也可以无关。这种读书如同在书中散步，会在不知不觉中不知道什么时候触动了那根神经，心里就会豁然开朗，文章思路也就随着打开了。

　　改革开放四十年，有一句非常响亮也非常实在的口号是"发展才是硬道理。"借用这句话说读书，就是长知识才是硬道理，增才能才是硬道理，提高实践能力才是硬道理。原中共中央原政治局委员、第九届全国人大副委员长姜春云同志说："人才的成长有两条路，一条是科班教育，一条是自学成才，两条路都需要多读书、读好书。"我在中央领导课题组帮助工作的时候，因为我兼职中国海洋大学教授，一起吃饭的时候就有人问："宫老师，你是哪个大学毕业的？"我说："很不好意思，我没有上过大学呢。"那人说："没上大学给名牌大学的学生授课更不简单呢，那你读了几年书？"我说："你是不是问我上了几年学啊？如果说读了几年书么，那我从识字开始就读书，到现在还在读，你说有多少年了啊？"大家呵呵一笑，继续喝酒聊天。关于"没上大学到大学授课"的话题，我想如果海大没有像蔡元培那样从实用人的管华诗校长（我的聘书是由管华诗校长签发的），我这个"兼职教授"也就无从谈起了。

　　读书，是个很开心的事。找不到书读难受，见到好书囊中羞涩难受，有了书没有时间读也难受。这"难受"的现实，贯穿了我读书的整个历程。书，就这样经年历代，一直读到现在。当然，学无止境，书也是读不完的。

2018年11月14日

匠心文脉故园情
——吕伟志和他的大道弘坊

"大道弘坊"从胶东中心的莱西市生发开去,在著名的木雕之乡——浙江东阳开了连锁,做得红红火火。坊主是山东莱西人,往来于两地之间,以齐鲁文化的血脉,滋润着他的创制和经营。

他叫吕杰,字伟志。字与名连贯,有"伟志"方能"杰"之。他以字行。1993年,吕伟志考入当地一家企业就工,两年后当上经营副厂长。他自信自己可以独闯天下,便在结婚之后辞了职,与新婚妻子白手起家开了"可丽尔"店经营化妆品。2003年他去东阳,在号称"北有故宫,南有肃雍"的卢宅,被那宏大的建筑,精美的家具和精湛的艺术深深吸引,还别出心裁地想起家乡老宅的门窗和家具的雕镂,也想起童年玩榫头的情趣。联想的思维,瞬间就把他心中固有的艺术细胞激活了。

不久,吕伟志代理了一家企业的红木家具,与化妆品一起在店经营,为盈利,也为自己的钟爱。看着红木家具,他体察纹理;抚摸家具表层,体验质感;读着专业书籍,体悟理数;接触进进出出的顾客,体味乡情,心神投入如醉如痴。继而,他把视野推向广阔,数度往访东阳,踽踽独行于长街深巷的店与厂;在著名的"广作""苏作""京作"红木家具的发源地久久徘徊,观察、探讨古与新的器型造诣。多年从商的吕伟志,带着父母的教诲,沉稳果敢,稳打稳扎,一旦认为时机成熟,便果断动作,该出手时就出手。

拜师求教,吕伟志总是不失时机。2011年春天,他在广东举行的全国家具博览会上认识了他的乡亲,青岛一木的副厂长兼总工程师任茂顺。当时,任老师已届花甲,是中国工艺美术大师,中国工艺美术协会木雕专业委员会副秘书长,从事红木家具的工艺制作和研究数十年,作品多次获得全国大师级工艺美术奖项，在制作和经营上有丰富的经验。他乡相遇虽称不上"故知"，却也是缘分。第一次见面，他就坦诚地向任老师敞开心扉并认真讨教。其后多次往来，吕伟志虚心谦恭，任老师悉心指导，相互间结下了深厚的师生情谊。

立于高端才能放开视野。在不停地探究研判中，吕伟志觉得要在木作艺术行业闯人生，壮行色，就不能满足于本初的荣耀和暂时的辉煌，必须走出去，到东阳那个红木工艺的极顶世界去修行，这样不仅可以学到手艺，也能学到吴越文化里那"敢为天下先"的精神。他认准路子，看准时机，把老家的业务交给妻子打理，自己忍着抛家舍业的痛楚，带着所有积蓄来到东阳，租房立店，选址建厂，从加盟到自立，付出心力与体力的万般辛苦，终于安下了红木家具经营创制的家。

身怀大艺方可创制。吕伟志在红木家具的大环境里陶冶，深知自己虽然名"红"了，但真正"入行"，还要如同红木原料那样，从里到外都"红"起来。胶东有俗话说，下棋要找高手，弄斧就去班门。2016年，吕伟志进入中华木作艺术品鉴评师暨红木美学以函授为主的高研班学习，学制二年，每年两次为期一周的面授。授课老师是我国顶尖级的专家胡德生、张德祥、周默等人，都是饱学之士。吕伟志学业修满，以优异成绩毕业，经考试成为中国紫檀文化研究会研究员。之后，又被聘为中华木作协会常务委员。

带着实际操作遇到的问题课堂请教，既容易弄通原理，又印象深刻，记忆牢固，更有利于理论消化。吕伟志研创的家具作品用料都是寸木寸金的紫檀，器型都是明式家具经典，制作工艺一刨一锯一卯一榫都源于匠心，品级追求一几一桌一椅一凳足可传世。他边学习边工作，期间的"南官椅"便获得了中国工艺美术银奖；之后的"官帽椅""明式花架"等在中国工艺美术博览会上也接连获奖。2018年12月，他被评为青岛市工艺美术大师；2019年1月，中国文化促进会木作文化研究会授予他"学术研究标兵"称号。

从事木作艺术是吕伟志的长期追求，他认为有了饭吃，就应该去做自己喜欢的事情，这才是人生的最大幸福。他勤劳、朴实、厚道、执着，始终坚守传统，秉持匠心，不要流水线式的批量生产，只用艺术的只眼，做精做细，做工做稳，做出木器的精魂和时代的神韵。他说要对得起大自然千百年生长的木头，对得起老祖宗数十代留传的手艺，对得起垂爱和期冀自己的老师。他的作品不用漆，不用蜡，不用色，完完全全以实木的自然纹理直面世人。器具的表面处理全凭手工磨光、收光，砂纸从240目一直用到3000目，往往要10多遍才能成就效果。家乡气候干燥，他由此推及到整个中国北方家具容易皲裂的实际，便在木料处理时多加了一道烘干工序，以减轻干湿度对伸缩的影响。经常，他带着一身木屑，满脸灰尘在坊内与工人、技术人员探讨、琢磨和劳作示范，力图把齐鲁文化的符号也渗入工艺之中。他要每一件作品都称心如意地走出作坊，登堂入室。

他愿意广交朋友，是有朋自远方来的不亦乐乎，也饱含着故园经师与访友并重的理念。君子之交淡如水。他兼营茶叶，都是精品，目的在于选出好茶与朋友交，通过增进与朋友的友谊增长见识，获得信息，学到知识，丰富阅历。有闲的时候，他除了读书，就铺开茶道与新老朋友喝茶聊天。老家人，带着故土情怀；他乡人，披着一方烟雨；别域人，有着异国风流。行内弄潮，行外阅海，总是通透着慧眼和灵气，让吕伟志的思想、理念、技艺在无形中得到升华。

大道弘坊之弘，本为"红"，取表意。只因红坊一名有注在先，便改作"弘"。弘者，弘扬华夏文明之谓也，斯为宏旨。沐浴着吴越文化的阳光雨露，发散着齐鲁文化的华彩韶光，吕伟志和他的大道弘坊迈着坚实的步子一路走来。或许，多少年之后，他与他的山东同仁就会在中国的红木家具行里创出一个"鲁作"的经典。

我们期待着。

2019年4月23日

（本文原载《山东工人报》2019年5月15日）

四 十步之泽

"十步之泽,必有香草;十室之邑,必有忠士。"这是汉朝刘向《说苑·谈丛》里的话。"香草"在哪里?"忠士"在哪里?只要用心,方圆许里总是能够找得到的。唐朝韩愈说:"世有伯乐,然后有千里马;千里马常有,而伯乐不常有。"(《马说》)这"常有"和"不常有",在人类历史如滔滔江河之水,久久于千代、万代而不绝。老家的俗话说:"是骡子是马拉出来遛遛。"这"遛遛",在广阔的天地里,或许就能遛出一些作为……

炽热的火焰
——《晚晴集》序

　　李浩先生历经多年，费心劳神，自己撰写而成诗文集，又用书法写完了全部。得唐朝诗人李商隐诗句"天意怜幽草，人间重晚晴"之意，取名《晚晴集》。无论在形式上还是内容上，都令人耳目一新。在《晚晴集》即将付印之际，他嘱我为之作序。我自知学问浅薄，水平不高，难当此任。但盛情难却，也只好勉为其难，恭敬不如从命了。

（一）

　　我同李浩先生交往不多，在很长的时间里，对他仅仅是只闻其名，未见其面。论到写文章，他可称为我的前辈师长。20世纪70年代初，我刚学写新闻报道的时候，就听说莱西市委宣传部有一位会写文章的领导叫李浩，但一直没有见过面。后来一个偶然的机会，也是萍水相逢，经人介绍才认识。去年，青岛诗词学会秘书长庄光起和青岛大学教授王林瑞来，有机会与他近距离接触，也就有了相互了解。之后，以诗会友，以文会友，我与他及他的几个老友开始诗文往来，有了更多见面、交流的机会，遂成忘年之交。

　　交流、接触、沟通，特别是看了李浩先生的文章诗赋，尤其是收入本书中的那些篇章，对他有了更多的了解。原来，跟他的缘源远不止上溯到20世纪的70年代，而是60年代我上中学的时候，就看过由他策划、组织、编写的革命烈士解文卿事迹图文并茂的展览，也由此得知他早年的学识与水平。我从他那《我的人生经历》和《相濡以沫伴终生——记我的老伴》等文章中，我知道了他漫长的生路历程——自幼发奋读书，长成忘我工作，至老壮心不已。在人生经历中虽有坎坷，却不失进取之志，赤子之心，在每个岗位，每个人生阶段都有所成就，有所创新，为国家、为社会做出了自己应有的贡献。自然也无愧于家庭，无愧于人生。

人生经历各有不同，顺境、逆境都会遇到。梁启超说："盖人生历程，大抵逆境居十六七，顺境亦居十三四，而顺逆两境相间以迭乘。"（《论毅力》）而对顺逆两境的看法和认知态度又各不相同。有人说，艰难困苦是锻炼人的最高学校。这样的观点，只说明事物的一个方面。客观地说，应该是逆境有逆境的锻炼，顺境有顺境的锻炼。但尽管都是锻炼，谁也不会志愿去受逆境，只是客观环境不可逆转，不得不去面对而已——近几年，有些人人为地制造一些艰苦的环境让孩子去接受锻炼，这种活动充其量也只是个悖论的游戏，没有多少用的——既然是不得已，那就要正确对待，直面人生，不怨天，不尤人，在可能的条件下最大限度地开出一片适合自己的空间，努力有所作为，实现人生的应有价值。李浩先生在人生的过程中，认真把握了这一点。

（二）

熟悉李浩先生的人，都知道他会写文章。汉语言的学习与研究，最终要落脚在写文章上。我曾对现在许多综合性大学中文系不设汉语写作课程提出过异议，并在山东写作学会年会上发表过我的观点，得到了与会教授的赞同，有许多人提出要对此向教育部提出建议。李浩先生自中学而大学一直学习和研究中文，并长期从事语文教研工作，对文章的写作有很高的造诣。可想而知，他从指导学生作文到亲自采写、编辑、指导解文卿烈士事迹展览，到担任莱西县委报道组长、宣传部副部长、县广播局局长、对台宣传办公室主任等领导职务，如果没有很高的写作水平作支撑，工作就不会做好。这是不言而喻的。

我读李浩先生的文章，流畅、清新、言之有物，可见其深得为文之道。作文，是最忌言之无物，空洞浮泛的。李浩先生的文章虽不能说是字字珠玑，却也句句实在。如在《我的人生经历》中，他写道，1985年，我在莱西第四职业高中待调配期间，依然尽职尽责，在无职业技术教师、无教材、无设备、无实习基地、无资金、无经验的情况下，克服种种困难，办起了烹饪、服装等专业班级，事迹编入了《全国职业教育大全》，受到教育部、省教育厅、职业教育办公室、青岛市教育局的充分肯定。以此，就充分说明了其积极的敬业精神和非凡的工作能力。而那篇记叙其老伴的文章，则通篇都是用事实说话。一个个朴实生动的事例，充分表现了一个具有中国传统美德，善良敦厚、淳朴坚贞、勤劳朴实、隐忍大度的贤妻良母的完美形象。

李浩先生文章的功力，得益于他不断地探索，不断地开拓，得益于他"翻阅典籍，博古览今，通晓世事之盛衰兴替。"（李浩《吾老及老歌》）也得益于他那种锲而不舍的活到老，学到老的精神。现代观念认为，学习是终身的事业。这是对于自身的发展与社会的发展相适应而言的。国学大师钱穆说："中国古人施教，自小学以至大学，自其居家为子弟始。……年之已老，既已谢绝人事，退居在家，与世无争，一切艺术诗文本亦为娱老之资。"（《略论中国心理学》）此说是把做学问与"娱老"联系起来，确实是一种独到之见。李浩先生对文章的写作，在辞采、章法、题材、体裁等诸方面的研究都表现了浓厚的兴趣，孜孜不倦地进行探索。他曾经对我说，我要写一篇《祭女文》，以寄托我对逝去的女儿的哀思。他说，唐朝的韩愈写了《祭十二郎文》，悼念他的侄子，那我就可以作篇祭文祭奠我的女儿。他引经据典，句句在理，可见他知识涉猎的深度和广度。结果，他真的写成了，就收在这本集子里。

（三）

诗言志，歌咏言。中国是诗歌大国，也是诗歌历史最悠久的国家。史料记载，一部《诗经》收入的诗歌，是从西周到春秋500多年间形成的。而那些更远的和没有收入而散落在历史长河中的又不知有多少！其后更是卷帙浩繁，不知应该用多少个"数以千万计"了。孔子曰："诗可以兴，可以观，可以群，可以怨。尔之事父，远之事君，多识于鸟兽草木之名。""不学诗，无以言！"（《论语》）以诗言志，以诗抒怀，以诗酬酢，以诗寄情，一直是中华民族一种独特而悠久的文化传统。李浩先生正是继承了这种文化传统，也善于用诗以寄情抒怀。

　　李浩先生的诗从内容到形式都是清新的，这与他善于观察、思考，勤于用心用脑去分析研究和勇于创作实践分不开的。他用诗歌颂祖国巨变，演绎了词的形式，又不照搬词谱；似曾相识，又另有新义。他写道：

　　改革开放，科教兴国，人民康宁。

　　瞻古今中外，微党孰能？

　　沧桑巨变，百业俱兴，申奥入世，航天成功。

　　泱泱大国举世惊。

　　看如今，咱东方巨龙，一朝飞腾。

　　再回首，忆往昔。恨中国国破家亡，喜我党诞生。

　　高举马列，代代英明。

　　深谋远虑，与时俱进，指挥若定。

　　百年雄狮今已醒，不称霸。

　　仁德布天下，中华干城。

　　诗人要有真情实感。带着情感写诗，是诗词创作理论的一个重要观点。古人说，人心感于境遇，而哀乐情动，诗意以生。李浩先生的诗，不论写景写情还是写人，都充满着真挚的情感，表达着炽热的襟怀。如：

赠老师

　　小少无学老来悔，常思梁灏登英台。

　　千回百转疑无路，良师一点万花开。

夫妻情

　　觅句寻章意未畅，枕上辗转思个长。

　　恐惊老妻慎展纸，反复吟咏到天亮。

咏梅

繁花时节且未闲，悬冰百丈欲补天。

一身铮铮钢铁骨，愈经岁寒质愈坚。

    诗是语言的艺术。千百年来，一个"推敲"，一个"吟安一个字，捻断数茎须"（卢延让《苦吟》），把数代诗人炼字造句的境界推向了登峰造极的程度。"推敲"也好，"吟安"也好，都是依汉语言的规律而来的，要的是简洁、精炼、传神、恰切，并不是冥思苦索地去想那些谁也不懂的晦涩语句，甚或标榜什么"朦胧""现代"之类。作为我国诗歌最高成就的唐诗，其语言的朴实、流畅、隽永、精到、琅琅上口和通俗易懂，许多真正是"明白如话"（刘征语）。李浩先生诗的语言，正是继承和发扬了这个传统。

六桥飞架起宏图，潴河两岸手牵手。

昔日水沟今何在？万顷沙丘立高楼。

——《赞潴河六桥》

踏雪寻诗向农家，村头小桥叹梅花。

无边大棚人间暖，红是仙桃绿是瓜。

——《新农赞》

锣鼓喧天云龙动，烟台路上人如潮。

秧歌声声歌盛世，欢天喜地闹元宵。

——《闹元宵》

    这就是诗的语言，质朴、生动、形象、亲切。那"潴河两岸手牵手"，那"红是仙桃绿是瓜"，那"欢天喜地闹元宵"，读起来，听起来，简直就是脱口而出的家常话，又是那样的率真、雅逸，趣味无穷。一些年来，文化界有人动辄故弄玄虚地奢谈"文学语言"，常给人一种神秘兮兮的感觉。问其究竟，其往往又难以说出个所以然。其实，所谓"文学语言"，无非就是一种功用，就像同是木材，做方桌做圆桌而已，与其他类型的语言并没有根本上的区别。尤其与作为基本语言类型的口头语言，更不应该与之划为鸿沟。须知口头语言（属于群众语言的范畴）是所有其他类型语言的源泉啊！

泛泛而谈，说了这么多话，只是实话实说，并不是溢美之词，也不是说此集中的诗文就白璧无瑕了，而是陈思王曹子建早就说过："世人之著述，不能无病"。（与杨德祖书）此话全说明白了。何况，病与非病，也是仁者见仁，智者见智，何劳我再赘言。"老骥伏枥，志在千里。烈士暮年，壮心不已。"（曹操《短歌行》）《晚晴集》付印了，我向李浩老先生由衷地祝贺。老年，有人比着夕阳，有人比着晚霞。"夕阳"也好，"晚霞"也好，毕竟是人生最灿烂的时光，依然是一种炽热的火焰。诗界泰斗乔羽的歌写得好："最美不过夕阳红，温馨又从容。夕阳是晚开的花，夕阳是陈年的酒，夕阳是迟到的爱，夕阳是未了的情，有多少情爱化作一片夕阳红。"借此机会，我也向一切"壮心不已"的老年朋友深深地祝福，祝他们老有所为，健康长寿！

2006年12月25日

难得诗心成颐乐
——《怡乐诗社诗集》序言

颐乐,是顾名思义的颐养福德,自得其乐吧。人的追求不同,志趣不同,乐趣也就不同。趣聊、趣饮、趣牌、趣麻、趣歌、趣舞、趣书、趣画、趣收藏、趣累积、趣田园、趣山水等等,也是各有所好,各尽逸兴。我没有探求颐乐诗社名字的由来,如此之想,只是妄自揣度。

颐乐诗社以诗词结社,以诗词会友,以诗词入世事、悟人生,也乐得其所,乐有所成。在改革开放三十周年之际,他们编成了这本诗集,作为敬献纪念礼物。所以如此,因为改革开放在中国确实是伟大的壮举,确实值得永远的纪念。对颐乐诗友来说,或许也是因为只有改革开放,才会有诗社,才会有社员的如此之趣,如此之乐,如此之诗集的。

颐乐诗社成立于2005年2月,是教育界几个退了休的老同志发起,逐步发展到现在的六个人。这六个人中,社长是曲崇太先生,多年从事教育事业,从市政府教育督导室主任位子上退下来,不琴不棋,不牌不钓,乐于读书为文,吟诗弄墨。以文会友,以诗会友,是中国历久的文化传统,曲老先生自然也乐此不疲。在他的诗文交际圈中,也以他的同行为多。其中,就有已经退休的青岛广播电视大学莱西分校的郑田毅校长。经常在一起的还有一位多年致力于诗词和书法的于从国先生。在不断的诗、书交流中,他们形成了共同的意向,就是成立一个以写诗、学诗、和诗、论诗的组织,以更好地方便联系,扩大交流。有了这个意向,他们又吸收了一向喜欢和创作诗词的已退休的市特教中心主任张俊礼先生,共同成立起了颐乐诗社,由曲崇太先生为社长,张俊礼先生为秘书长。后来,又吸收了实验小学的刘云平先生和青岛西特碳素公司的老总程绍亭先生入社,并推选程绍亭为副社长兼办公室主任。

这就是颐乐诗社的全体成员：七十岁以上的两位，六十岁以上的两位，最小的两位也是五十岁以上了。诗社的成立过程和这些人员的情况是我后来才知道的。有的人我过去虽然认识但并不太熟悉，更不知道他们写诗。2006年春夏之交，我正在选编我的诗词集《清韵》，曲老师和张老师带着他们的诗稿来访。两位老师自我介绍后，我们才从相识到熟悉，有了直到今天的交际。第一次见面，他们说明来意，就让我为他们的诗词写作作指导，聘我作颐乐诗社的顾问。我哈哈大笑说："我们作诗友，交流一下吟诗填词的心得体会还可以，做顾问可是万万使不得的！"可是，这两位老师的执着，却似乎让人容不得有半点推托，或者说，推托也不可能推脱得了。于是，我也就答应下来，权当以顾问之事作为学习交流的机会。

当我真正行使我的顾问职责，尽我的绵薄之力为诗社和社员做些事情的时候，对他们的了解和与他们的感情日益加深，为他们虔诚的诗心深深感动。

一是办诗社的辛劳。颐乐诗社开始是没有固定社址的，集会论诗都是在自家住宅的客厅里。我曾应于从国诗友之约，到他府上观赏了其庭院的雅逸之风，写了《一斛珠·雅庭赋》相赠：

梅开正盛。左公柳作倩倩影。两丛翠竹双幽静。风送莺歌，珍杞珠帘动。逸雅庭中余与庆。以文会友说欣幸。谈诗论字相和赠。凉了香茶，冷了葡萄杏。

这是于老师家真实的情景。尽管也还宽敞雅致，但家毕竟是家，用作家事之外的问学论道总是有许多不便。其他诗友的家大都只是七八十平方米的公寓房，聚会的不方便就更不待说了。程绍亭诗友加入之后，由他提供了一套房子，诗社才有了固定的住所。诗社活动，没有任何经费。他们的社务用项、门头使费、人情往来所用开销都由社员凑钱。社员去外地拜师求教，都是每人凑上多少钱，一起买点地方特产作礼品。他们认为，做事情总是要有些费用，何况是做学问，学习诗词。自古求学都要交"束修"，现在有点学费也是应该的。此话似也有些道理，可出自已经步入老年的颐乐诗友之口，实在是难能可贵的。

二是学诗词的刻苦。学习，是中华民族的优良传统，也是我们这个民族始终自强不息，奋发前进的重要法宝。孔子说："朝闻道，夕死可矣。"（论语·里仁）这是中国文化大雅的语录。及到村言俚语，就是"活到老，学到老，七十二岁还学巧。"这个传统，在颐乐诗友身上得到了生动的印证。颐乐诗友学习研究的大都是古诗和格律诗词。由于历史的原因，我国格律诗词的传承在一个时期基本上陷于断代的境况。尽管人们对唐诗宋词始终爱慕不已，吟诵不绝，但学习研究写作却一片空白。"野火烧不尽，春风吹又生"。（白居易《赋得古原草留别》）改革开放之后的新时期，才有了文化的复兴，才有了诗词的繁荣。即使如此，颐乐诗友学习和研究诗词的寻典、问学、求师等还是有不少困难的。为什么？就是因为格律诗词的不普及，许多典籍，许多名师依然还只留在较高层次的知识界里。这"旧时王谢堂前燕"，远没有"飞入寻常百姓家"。但对于具有锲而不舍精神的颐乐诗友来说，这困难还是不在话下的。为了得到有关诗词的书，他们利用买、寄、借、抄等各条渠道，各种方法到处搜求。为了学习诗词，他们不辞劳苦，到处拜师。听老师讲诗词写作，就像小学生在课堂上那样认真听，认真记。在他们的诗作里面，大都有几首是拜师内容的。如：

  冬月飞车去济南，明湖会友拜高贤。泉城山水灵光照，颐乐之花更鲜艳。（曲崇太《泉城拜师》）

  才聆先生论诗坛，又来湖上品鱼宴。三生有幸得领教，一点可通胜十年。（于从国《拜师》）

三是写诗词的勤奋。几年时间，颐乐诗社吟成诗词千余首（阙）。可以想见，在这么短的时间里，边学习边写作，有的还要忙自己的工作和业务，学诗写诗完全是业余，没有勤奋的精神和坚忍不拔的毅力根本就做不到，更不可能有这多的作品。在经常的接触和交流中我了解到，颐乐诗友不论是居家欢会还是街头散步，不论钟情于故乡的田园还是游历于他乡的名胜，都有新的诗词问世。如果有机会同他们一起，你会看到他们经常在行进的车上，在下榻的床上，认认真真把自己的所见所闻，所思所感记下来，变成好诗美词。去年，我同程绍亭诗友去桂林，在飞机上，看到他望着机窗外如山似海的云彩，写下了"定有仙人到此乡"的诗句。在漓江的游船上午餐，他吟出了：

桂林山水秀,鱼螺蟹蚌奇。小鲜虽不贵,下酒正相宜。(《漓江小酌》)

晚上在宾馆的床上,他不顾一天的劳顿,又忙着整理途中未完成的诗稿。郑田毅诗友春回家乡,一路观察,一路记录,一路吟成了《蝶恋花·春景》:

　　春日桃花人盛赞。和煦骄阳,园树红一片。燕舞莺歌声婉转,依依杨柳如同伴。难测风云千万变,冷雨清霜,摧落谁人看?我且对天说夙愿,请留和暖延娆艳。

如此,谁能不从心底为他们的精神所感动!

四是编诗集的认真。为了把这本诗集编成精品,颐乐诗友从自己写下的大量的诗篇中,好中选好,优中选优,力求把最好的选进来。他们认为,编集子出书,公开出版,不是自己在家里孤芳自赏,也不是在诗社里交流,只是少数人之间的事情,而是面向社会,面向大众。那就要对社会负责,对大众负责。这种负责,是一个人的良知,是文化的本分,也是艺术道德的应有之义。从这个观点出发,他们在选择了篇章之后,又各自精雕细琢,反复推敲,力求精益求精。改过之后,又集体讨论,多方征求意见,力求以客观标准的衡量和认可。于从国诗友的一首《登泰山》:

　　山巅云缭绕,山腰雨湿晴。阳坡融融日,阴谷冷冷风。风流人物吟,文士墨客颂。造化钟神秀,五岳第一峰。

他把这首诗经过了多次修改选定后,又在诗友交流中,感觉颈联"风流人物吟,文士墨客颂。"来得比较突然,几经斟酌后改成了"悬崖名士赋,峭壁大夫松。"这样,既与泰山的景物相吻合,也与全诗的整体风格和内容更协调了。我看到刘云平诗友的诗稿,有许多地方因改动圈点的密密麻麻,一首《老人节有感》:

　　菊花盛开九月九,百岁老人乐悠悠。和谐社会情爱在,幸福花开永不休。欢歌笑语九月九,长寿水作万古流。传承敬老好美德,文明之花艳千秋。

这八句诗就有四处作了认真改动。那认真劲,真正是要把精品呈献给世人的。

颐乐诗友的这本诗词集，内容丰富，题材迥异，涵盖面广。有寄情抒怀的，有托物言志的，有情系故园的，有酬唱赠答的等等。每一首诗，每一阕词，都洋溢着诗人对社会对人生的挚爱之情。

　　三十纪周年，地覆天翻，莱西旧貌换新颜。改革势头无限好，业绩非凡。村镇创新篇，城市娇妍。春催开放奔前沿。万众一心跟党走，国泰民安。（曲崇太《浪淘沙·莱西巨变》）

　　动地惊天十里声，立望疑是天河倾。百尺洪峰临绝壁，一排巨浪跌壑中。白龙万匹马潇潇，金戈千里角铮铮。红日流光成丽霓，谁持彩练舞当空？（程绍亭《咏伊瓜苏瀑布》）

　　昨日朋来诗唱诵，个中韵味无穷。百花香溢碧云空，清诗优雅，词曲易抒情。益友话题说格律，相谈议论风生。霞飞夕照彩如虹。欣逢盛世，颐乐颂升平。（张俊礼《临江仙·诗友聚会》）

这些诗词清新流畅，生机勃勃，充满着浓郁的生活气息和昂扬的时代光华。

在这本集子里，也收进了颐乐诗友写的新诗。颐乐诗友有的很早就有新诗作见诸报刊，可以说是踏着新诗的节拍走向格律诗词的。如张俊礼诗友，至今依然是新诗和格律诗词都写的"两栖"诗人。他的《奥帆之歌》写道：

　　在太平洋的西岸，有一个美丽的城市。那就是生机勃发的青岛，奥帆竞赛的场地。五洲健儿到这里汇集，五环旗帜自岛城升起。同一个梦想在这里放飞，和平幸福是全人类的心意。万帆齐发来比试，健儿都想争第一。一波更比一波急，英雄逐浪新成绩。

刘云平诗友的《距离》是这样写的：

　　生活的美，依赖距离来雕饰。君子之交淡如水，长长远远要珍惜。是距离，造就了朋友之间的纯洁友谊；是距离，培育了爱恋中的甜蜜。保持适当的距离，让人格产生魅力；善于把握生活中的距离，让人生路途多一份美好的回忆。

这样的新诗，一样能够记录生活的真实，抒发人生的感悟。

新诗和格律诗应该争芳斗艳，共同繁荣。相互排斥，人为地形成"两派"是不可取的，也不利于构建和谐文化，不符合百花齐放，百家争鸣的精神。

在共同繁荣的基础上，相互吸取营养，冷静地分析理解大众评判和各自生存发展的社会支点，诚恳而认真地加以改进和创新，或许可以走出一条诗词改革的路子来。但结果如何则难以预料，至少在目前是这样。

我敬佩我的颐乐诗友，深深爱着我的颐乐诗友，便以诗相赠：

　　皓首文心本是诗，依然苦吟弄清奇。人间何叹夕阳短？丽句华章旭日齐。(《赠耆宿诗友》)

颐乐诗友的诗集编成了，我向他们由衷地祝贺！诗友们让我为这本集子写个序，我不揣谫陋，写了如上的体会和感想，以就教于诸诗友，也权作序吧。

2008年5月17日

故园，无尽的眷恋
——《眷恋》序言

《增广贤文》云："相识满天下，知己能几人？"这话，是说人生得知己的不容易。其实，人生在世，仅仅"相识"也不会有多少人的，更何况是"满天下"呢。想想，人一落草出生，睁开眼睛看到的曾祖父母应该就是年纪最大的了吧？经过多少年之后走到人生的尽头，行将闭目的时候，可能看到的最后一个曾孙辈降生，也就是算是年龄最小的了。从这第一次见到的"最大"，到最后见到的"最小"，期间与这些年活在世界上的人不用说"相识"，就是"相见"又能有多少？所以，珍惜人生，珍重人与人之间的相会、相识、相知、相处，应该是人应有的重要意识。而其中更要珍重是那种偶然的相遇。我同丁尔汾先生的相识，是从相知开始的。当然，这也是一次偶然的机会。

2007年底，青岛保全富美隔热材料有限公司总经理李美娟女士来拿来一摞文稿说，这是公司的名誉董事长、一位台湾老人丁尔汾先生在1988年回大陆探亲、考察投资，一直到现在，陆陆续续写下的，让我看一下，可不可以编成一本书出版。她简要地向我介绍了这位老人——出身商业世家，祖父是黄县商会的会长。自幼读书，14岁开始到商铺跟人学买卖经商，16岁被东家派往天津做代理，与大客户来往，在大码头闯世界。后来去了台湾，依然经商。1988年在大陆改革开放政策的感召下，怀着对故乡的无限思恋，回家乡探亲并于翌年来青岛投资办厂，到现在已经20年了。当时正处于年头岁尾，我手头事情正紧，无暇顾及。好在李女士连说此事不急，稿子就放在这里，让我抽空看看。

因为我当时没有看稿子的内容和质量，不敢妄说能不能编成达到出版水平的书稿，也不敢贸然答应。只是李女士热心为人做事的盛情难却，也为这位80多岁的老人不平凡的人生经历和对事业、对理想境界追求的精神有所感动，也就顺口说道："那就先放在这里，等等我看了再说吧。"在以后的日子里，我拿着这位老人认真写成的稿子，或捧在手里，或放在案上，有空就翻读几页。读到会心处，常常会令我放下稿子，或凝眉沉思或纵目远眺，思索其为文的境界和为其人的情怀，对这老太爷的深情、率真、豁达、豪放而心有所感，情有所动。我当时还没有见过这位老人，却可以通过阅读他所写的诸多文稿的字里行间，了解其为人处世之大观——

从他对回乡经历的记叙中，可以看出其情感丰富的内心世界。当他离开故乡40年之后，于1988年3月即将回到家乡的时候，他记叙道："在台40年，还乡真像梦一般，无法捉摸，只能想不能行，未料在环境时空变迁下，竟梦想成真……定于3月7日启程作还乡之旅，以解乡愁！"不难看出，在台湾的日日夜夜里，他无时不梦想着回到大陆，回到故乡。当他回到久违的故乡——山东龙口市，他抓紧有限的行期，走进他熟悉的村庄，拜见他久别的亲友、伙伴、同学，看望他记忆中的土地、房屋、市集、港湾，品味他迷恋而难以忘怀家乡的山肴野蔌，珍馐美馔。在生养他的闫家疃时，他写道："在家乡抓了一把乡土，他更使我思念了45年，今后他将伴我度过最后的岁月，也将陪我葬入异乡之土，进入另一个不同的世界，安息！今夕吾躯埋异土，另朝君身似相同。"他还写了一首《故乡土》的诗，抒发他对故乡的无比眷恋之情。

我阅读他的上百篇文稿，随处都透着他对两岸事物的关切、热爱和期盼祖国强盛的赤子之心。他写了《东方巨龙腾飞吧——中国》，文中道："20世纪80年代，亚洲出现了奇迹般的四小龙，现在即将进入21世纪。在此世纪之交的时刻，亚洲将要出现一条东方巨龙——中国。……发展要靠拼搏的精神，苦干的力量，更需要有稳定的社会，提高国人文化素质，培养高尚人品风格，力争高峰，勇往直前，弃旧创新，团结奋斗，中国的前途明天会更美丽，东方巨龙就是我们——中国。"他的《中国将进入历史新纪元》说："中国是有五千年历史的文化古国。满清末页西太后垂帘时期，朝纲不正官吏贪腐，无视国家主权失落，只图个人奢侈享受，导致丧权辱国之耻。林则徐维护国家主权引发鸦片战争，战败租让港九给英帝为殖民地。又经甲午战争马关条约割让台澎于日本。二次世战胜利，……将失土及上海、天津租借地收回，湔雪前耻。""国民党在台痛定思痛，虽未达卧薪尝胆之境，却已警惕存奋发图强心志。老蒋过世由经国先生执政，贪腐虽未尽除，但已迈向力拼经济兴国之途。""大陆邓小平先生领导全民朝向改革开放之途，此亦是国家命运转折点。……我们中国的前景明天会更好，愿与国人同胞共勉。"

他快人快语，敢爱敢恨，见到、想到就不加任何掩饰地直接说出来。他用洋洋万言的篇幅，直抒胸臆，写下了《中国之国势》。文中在对国家的经济、科技、建设、教育与文化、社会等许多方面发表了自己的看法，表达了自己的观点后，意味深长地说："以上为改革开放记述个人所持观点是以立足点不同所表达，不能被认同这是意料之中。但为文内容绝没有对谁歌功颂德，更没有贬谁之意，全以个人认知的事实记述，但愿让以后的时间证明事实的结果。"在大陆的考察和自己投资的经历中，他对某些方面出现的地方保护主义和衙门作风表现出许多的无奈和深恶痛绝，也在记述的文字中明确地表达出来：来青岛投资，"我并无多少本钱可投，只是利用在台湾无法经营下去的一些旧设备，带到青岛重新开拓市场。机会不会停在那里等你，是要自己掌握时机拼搏开拓。就这样，我适时地抓住了它。在头两三年中，确实出乎意料的好，做梦也未曾想过的好，真正是梦想成真。一生的成就、实惠、地位均已于此时呈现了出来。但好景不常，三年后合作方使用各种隐瞒、欺诈的手法在账面上做弊，部分被我查出，由此时起，纠纷接踵而来，一连数载没有结果，之后也就不了了之，这就是大陆一般办事文化。"(《回顾过去十三年的投资经历》)有些地方"枉顾法令，依然设卡拦路收取自立名目之税金。而有更甚者，限定入境货物需经二十多日化验过程缴费后，始能进入，以达刁难他货进入本地与地方产品抢市场争利益之目的……如此只顾近利将造成难以估计的后患，似应立即改变，否则触犯国法又损国家利益，于法于理均难容，切盼国人深思！"(《谈地方保护色彩》)

丁尔汾先生已至耄耋，历经沧桑，阅历丰富，对世事、对人生有自己独特的认识和见解。在他的文字尤其是他看似随手实则刻意写下的箴言铭语，表达的都是自己深刻的人生见地,有些不失为可以流传久远的至理名言。如:"未经现实的历练,失败是必然的,成功是偶然的。再高的山,只要努力拼搏,没有爬不过去的""宁可诚实的失败,不容虚伪的成功;无论身处如何显贵,永久勿忘自己是谁;要做,什么都能;不拼,什么都不能;以慈悲念济贫苦众,以宽恕情教罪者悔;修德集福,无德则福不聚,缺德即损福折寿;凡是乘人之危所得必在来世返还,有损阴德不可不慎;多为成功想办法,不给失败找理由。""少争执多忍让,少生气多大笑,少抱怨多施舍,少享受多勤俭,少睡眠多运动,少坐车多走路,少杀生多行善,少吃甜多食酸,少吃荤多食素,少吃咸多吃淡,十全十美难做到,十多十少乐逍遥。"

"享受生活,生活享受这个见仁见智的课题,会于每个人的认知程度上大不相同,甚至天壤之别。""花天酒地奢糜享受者有之,俭朴收敛者有之。这需看个人于人生观念格调而定。奢华享受非我所求,足衣饱食足矣。回馈社会是我属意方向,未来如有可能寻求社会贤达爱心之士,集资设立一个社教基金会,先期由资助失学儿童为起点,将来若有可能再扩展到对全面失学的资助。此为个人的、普照大地的,祈求上苍赐我如愿吧!"(《命运的际遇》)这是一个睿智的人,是一个善良的人,是一个对国家、对社会、对生活认真负责的人,也是一个对人生善于思考、探索、总结和发现的人。在断续而认真地读完了丁老先生的所有文稿之后,我对他就有了这样一个印象。于是,我决定接受对这部书稿的整理工作——尽管在原有的基础上要达到逻辑清楚,条理分明,字从句顺并达到较高的水平可能要费很大的力气。因为,丁先生的文稿尽管是生活的富矿,但毕竟只是璞玉,要使其炉火纯青地展现在世人面前,还需要许多精雕细琢的工夫。

在我把我的决定告诉李总的同时,也同时告诉了我的文友,让他们来与我共同阅读、讨论、归纳、分类和进行文字的处理。我的这些文友,不仅是我的至交,而且都是长期从事文字工作,并都曾经在国家级报刊杂志出版社发表过文章,出版过著作的人。水平是不容置疑的。我们共同经过一段时间的紧张修改整理和几次的分析论证,依照原作的内容把书稿结构分为行旅、观察、思考、诗箴等四章;依照作者念念难忘的对大陆的眷恋,对故乡的眷恋,对故旧及亲友的眷恋,即把书名定为《眷恋——我在大陆二十年》;为了突出时代性、时效性,便把书的看点与大陆改革开放三十周年纪念活动联在了一起,在书的扉页上加进了"谨以此书献给大陆改革开放三十周年"的字样。

  当书稿基本整理成型时,我们拜会了这位慈祥的老人,正式向他说明我们对其书稿整理的基本意向和工作情况并正式向他征求意见。我们作了亲切的交谈,尽管相处的时间不长,我们还是进行了心与心诚挚的交流。他谈了我们对其书稿修改整理的看法和自己的意见,表示同意我们的修改整理方案并由衷地感谢。我们请他补充了书中需要的一些材料,也根据他的意见进行了又一次的精雕细刻,作了最后的修订。后来,我建议他请人为本书写序,他未加思索就说由我来写。我又一次感到盛情难却,只好答应下来。于是,我写了如上的话,权作序。

2008年7月10日

老骥犹存万里心
——李浩先生诗文书法集序言

"酒债寻常行处有,人生七十古来稀。"这是唐朝大诗人杜甫的诗句。清代周希陶的《增广贤文》则说:"人见白头嗔,我见白头喜,多少少年亡,不到白头死。"这些话,都是说世上人能活大年纪的不是太多,年纪越大人就越稀少,越珍贵。古往今来,都是如此。我曾经作了一副对联"室宝八旬寿;家珍万卷书",得到许多人认同,也曾有书法家写出来送给老年人祝寿。

当今时代,人类的寿命虽然延长了,但80岁以上的老人依然不多;80岁以上生活能自理的则更少;不仅能自理生活而且能做些事情的少之又少。尽管如此,我所熟悉的两位老人却在纪念中国共产党成立90周年的日子里办一个了取名"思源"的诗文书法展,在社会上引起轰动。这两位老人一位是邴尚武先生,81岁;一位是李浩先生,80岁。

两位老人都是我近几年来才熟悉的,我也经常为他们的精神所感动,所激励。邴尚武先生是参加过抗美援朝的老战士,三等残废军人,转业后受到过良好的汉语言教育,在诗文书法方面有较高的造诣。李浩先生曾任高中语文教师和校长、县委宣传部副部长兼广播局长,资深中学高级教师。我曾在一篇文章里说过,做文章他是我的前辈。他们曾与诗友徐衍成先生共同创办了民间诗文组织"春艺社",创作了大量诗词文章和书法作品。后来,邴尚武老先生又加入了莱西市诗词楹联学会,每年都有大量诗作问世,最近又编著了一本《历代通俗诗词选评》,表现出诗词上独到的见地。

这是两位非常勤奋的老人,都是旧社会过来的苦孩子,对中国共产党怀有深厚的感情,平常的诗文有许多也都是感谢党,歌颂党的内容。在党的90周年纪念日即将来临的2010年,李浩先生跟我说,他要和邴尚武要办一个展览，名字就叫"庆祝中国共产党成立90周年思源诗文书法展"，并把拟好的诗联文稿拿来给我看。我们两个既是忘年之交又是莫逆之交，他说只要我看过了，同意了，他就放心了。他说老邴在北京，只有他一个人干，必须提早动手才能如期完成。

我又一次为他们那对党无限热爱和忠诚的赤子之心；那自己出资自己筹办展览纪念党的生日的崇高境界；那不怕困难和不懈追求的满腔热情以及他们各自的老伴和家人热情支持的可贵精神所深深感动。尤其难能可贵的是，这个展览许多事情都是李浩先生自己做，却把邴尚武先生的名字排在前头，他说："老邴岁数比我大嘛！"相比那些争名于朝，争利于市之人，那为个区区姓名排序闹得不可开交的事，这品格就显得很高尚了。

我认真看了他带来的一大摞稿子，字字句句都充满了对党的热爱，对家乡的钟情，对生活的眷恋，对家人亲情的真挚和对领导、对朋友的无限情谊。同他一起，我们又一次从头至尾把那些稿子看了一遍，按照共同的意见进行了修订，形成了正式的文本。之后，他一个人笔耕墨濡，用了将近一年的时间，写完了入展的全部文词。还是他一个人，东奔西忙联系装裱和展出场地及诸多的布展事宜，把一切的前期工作认真做细做好。

6月23日，"纪念中国共产党成立90周年思源诗文书法展"在市老干部局办公楼大厅如期举行。时任市委宣传部长姜水清及有关领导出席了开幕式；市委书记王久军、市委常委组织部长李兴伟、市委常委市委办公室主任王宝善等领导同志亲临，对展览的成功举行表示祝贺，对李浩先生表示慰问，对两位老人的壮举表示充分肯定和赞赏。展出之前，王久军书记还为展览送上了"国强民富"的题词，表达他对展览的热情关心和支持。

整个展出共进行了9天，前来参观的人络绎不绝。我和我的文朋诗友也去参观了他们的展览，看到李浩先生皓首苍颜，依然是一个人精神抖擞，忙里忙外，陪同参观，迎来送往，料理各样事情。我们认真品读了展出的每一幅作品，其每一个诗句，每一帧联语，其内容的丰富，语言的清新，诗联的华美，书法的遒劲苍老每每令人激赏不已。尤其那些嵌名的对联，内容与嵌入者的身份、职业、品格等都十分贴切，语词也大都比较对仗，而且长联居多，有的多达16言。对联是语言的精华。作对联难，作长联更难，长联而嵌名尤其难。难则难矣，李浩老先生却作得很好，令人由衷地感到敬佩。我看了参观者的许多留言，对这个展览从内容到形式到举办者的学识、人格和精神境界都给予了极高的评价。

中共中央政治局常委、国家副主席习近平同志最近在全国老干部工作先进集体和先进工作者表彰大会上说："广大老干部在中国革命、建设、改革各个历史时期都作出了巨大的历史性贡献，是建立新中国、建设中国特色社会主义事业的功臣。尊重老干部就是尊重党的光荣历史，爱护老干部就是爱护党的宝贵财富，学习老干就是学习党的优良传统和作风，重视发挥老干部作用就是重视党的重要政治资源。"这也是我党的建设的一贯思想。尽管这些年这种思想在一些地方和单位已经淡薄，但不管怎样，这"宝贵财富"的价值却是永恒的。从这个观点生发开去，老人应该就是人类的宝贵财富。既然这样，全社会就应该对老人倍加珍重、尊敬、关心、爱护。邴尚武、李浩先生都是老人，也是文化人；李浩先生还集老干部、老党员于一身，而且依旧在忘我无私地默默奉献，当然更应该得到尊重。

《孟子·梁惠王上》语云："老吾老以及人之老，幼吾幼以及人之幼。"这句话里，第一个"老"是尊重、孝敬的意思，第二、三个老是指老人；第一个"幼"是呵护、抚育的意思，第二、三个"幼"则指幼儿。完整的意思是说，尊重、孝敬自己的老人，也要推己及人，尊重和孝敬别家的老人；呵护、抚育自己家的孩子，也要推及呵护、抚育别家的孩子。孟子的这个思想是从治理国家，安定社会，完美人生的角度而阐发的。他接着说，"天下可运于掌"。说全社会有了尊老爱幼的美德做基础，天下就如同在股掌之中，治理就会得心应手，一切事情都就好做了。这个观点，到现在也应该得到人类社会很好地重视。

这里，我津津乐道于邴尚武、李浩先生在建党90周年的时候做了这件非常有意义的大事情，只是表达对他们的由衷钦敬，并不意倡导老人都去做事，去为社会做贡献。老年是含饴弄孙，颐养天年的时候，应该是主要安享福分，延年益寿。尽管，老人也有自己的爱好和乐趣。在身体和生活条件适应的情况下,按照自己的爱好作点事情也未尝不可,但根本目的依然在于有利于怡愉身心,养生健体,在客观上对社会以奉献。地方党委、政府和有关部门也可以根据老人的特长和兴趣,成立类似于"文史馆""研究会"之类的机构,提供一些便利条件,让老人们有一个更适宜于发挥余热的平台,以有利于他们多为社会做一些事情,免得像李浩先生办展那样,事无巨细都要自己亲自去做。

当然,全社会谁也不应以做不做事情来评价老人,因为他们本身就已经是不可多得的宝贵财富了。只有他们的存在,才能够看到子孙是否孝顺,社会是否尊重,从而折射出其子孙的品德和社会的文明程度。这也含有庄子所说"无用之用"的意思吧。人常说,不孝敬父母的人不可以做朋友,不尊重老人的社会是一个荒蛮的社会。如此,若没有长寿老人,这个是非伦理的标准也就无法衡量了。无用之用,是为大用呢。

"纪念中国共产党成立90周年思源诗文书法展"于7月2日圆满结束,展出期间参观者达到了1200多人次,影响广泛而深远。展出的作品、图片和展览收到的题词、留言等即将结集出版,李浩先生嘱我写给个序言。我写了,表达着对邝尚武、李浩先生的钦敬、感佩之情。此刻,我想起了魏武帝曹操《龟虽寿》里"老骥伏枥,志在千里"的诗句,遂步其意吟一首《老骥》,作为本文的结语:

> 老骥犹存万里心,
> 曾经沙场历千辛。
> 身虽伏枥襟怀远,
> 铁骨雄风泣鬼神。

2011年9月15日

且吟长调润丹青
——苏立学先生的诗书画

我认识立学先生是从诗开始的。2008年，莱西市诗词楹联学会成立不久，一位书法家理事就介绍他入会。我看了他的诗，很有一些基础的。从诗里，也看出他脚踏实地、背负青天的追求和抱负。他说，诗、书、画自古以来都是相通的，书和画如果没有诗、文的激扬，是很难达到化境的。说话间，他便提到了苏东坡，说那是中国倡导诗、书、画一家并身体力行卓有成效的大家。我听了哈哈大笑说："你这个例证好啊！历史上'三苏'是你们本家，东坡是大苏，你又把这'大苏'取作雅号，恰是'珠联璧合'哟！"他连忙说："不敢，不敢，宫老师取笑了呢。"当然，苏轼的诗、书、画是随着他的人品，他的才华与文章一起喷涌而出，是一座仰止而不可企及的高山。尽管如此，立学的一番阔论，也足见其知识的丰富和追求的高远。

立学书习百家，尤精汉隶，那清雅温润的线条之美和黑白匀称的艺术张力博得许多人的青睐和赞美，也得到不少方家的赏识与肯定。他用隶兼篆法书写出我那"出观天下事；入读古今书"的对联，引得一些书法爱好者久久驻足观赏和揣摩，不时打问书家的名头和来历。在中国画的艺海里，立学浸润、遨游了许多年，受业于莱西美术家协会会长、中国美术家协会会员邵志杰先生，专心于写意山水和花鸟。看他的画，构图秀美，意境清新，墨色柔和，色彩水嫩，清纯而不妖冶，娇娆而不失雅致，千娇百媚，各有姿态，笔墨到处都洋溢着豪气勃发，青春奔放的朝气。在他的笔下，山的磅礴，云的淡远，林的静谧，树的丰茂，水的清幽，石的峻险，虎的沉雄，鹰的矫健，雉的昂奋，鸽的清和，是那样的生动灵秀，楚楚动人。

从小喜欢绘画的苏立学，深深地痴迷于对艺术的追求。他双亲早逝，家境贫寒，饱受难耐的贫苦和对艺术难以舍弃的多重煎熬。他在家乡莱西市一家外资印染企业任图案技术顾问，妻小却在胶南，生活起居，相互照顾多有不便。好在他的追求得到了妻子与家人的理解与支持，而工作也得与爱好相辅相成，工作之余能够做些创作、写生和拜师访友的事，使自己的艺术造诣不断精进和升华。当然，更多想到的还是他养家糊口的责任和对家庭无尽的牵挂。他曾在一首诗中写道："想妻思子久难眠，夜雨冷床心不安。故土独怜身是客，只从梦里到胶南。"读来令人唏嘘。

  他曾想经过争取赞助与扶持，获得一个专心创作的理想环境，却一直未能实现。我想，工夫不负有心人，只要肯努力，就会得到机遇的垂青。然而，艺无顶点，学无止境。所以，我用"且吟长调润丹青"作了本文的标题。"长调"是词的术语，借来用于形容立学漫长的艺术人生。苏东坡的《念奴娇》词是一长调，且摘取几句，一并赠予立学先生："遥想公瑾当年，小乔初嫁了，雄姿英发……"

2012年3月1日

心系大地之美
——赵金先画集序言

在胶东，有一个流传久远的风俗——"抓周"。"抓周"就是孩子一周岁生日的时候，在簸箕里放上书、笔、秤、算盘、锄头、刀剪甚至赌具之类让孩子动手去抓。先抓了书、笔，就主将来能够读书坐官或做学问当学者；抓了秤就主将来做买卖挣大钱；抓了算盘就主将来记账理财当账先生……如此而已。

也许，孩子"抓周"的选择仅仅是或者只能是一种无意识的信手拈来，灵验不灵验，并没见多少真实的考究。甚至哪个孩子在"抓周"时究竟先抓了什么，也随着时光的流逝，也没有几个人记得那么清楚。只是，当这个孩子后来发展得"极好"或是"极差"的时候，就可能会有人把他"抓周"的结果附会其中，借以说事。

人们所以说"抓周"先抓什么，就"主"将来做什么，这大约是以为孩子先抓了什么就说明他爱好什么，而爱好往往能够决定人的一生。由爱好起步，在对爱好的不懈追求中实现自我，是许多志士仁人走过的成功之路。爱好是建立在对客观事物认知的基础之上的。用没有多少意识的孩子"抓周"的结果认定其将来，自然也就没有什么规律可循了。

我不知道画家赵金先先生"抓周"时先抓了什么，只是他从小爱好画画是确定无疑的事实。上小学的时候他就特别喜欢上图画课。那时候学校的课程设置不那么规范，有时候随意就把图画课改成了劳动课、体育课什么的，这让幼小的金先祈盼了好几天又会失望地伤心好几天。他是一个靠在生产队挣工分吃饭的农家孩子，没有条件上更多的学，也不可能报考美术学校，只能在毕业之后回到家中，与他的父兄一样种地谋生。

爱好之火是不能熄灭的。赵金先人在炽热的洼乡黑土地里，学画的炽热之心依旧激烈地跳荡。百年的民居，千年的古槐，引吭高歌的雄鸡，放牧在河边的牛羊，池塘里茂密的蒲苇、清雅的莲荷、活跃的鹅鸭、倦怠的宿雁，还有那晨雾缭绕的喧闹集镇，残阳夕照的寂静远山……故园大地的无限风光不时撞击他唯美的心灵和激扬的情怀。然而，手中的画笔起初并不听他的驱遣，大自然的物象和自己心中的意象通过他的画笔落到纸上就变成了另外的样子——不像了。任凭怎么涂抹，就是达不到想要的理想效果。是的，爱好仅仅是一个先入为主的重要前提，急于求成的热望终究不是专精纯熟的工夫。要真正把画画好，成为"入道"的业内之人，还要经过长期的艰苦学习和辛勤磨练。

金先这样做了。在睡觉的土炕上思索，在吃饭的饭桌上揣摩，在田间的小径上体味，在劳作的闲隙里描摹。在他的生活里，除了种地吃饭，除了养家糊口之外，没有什么比学画更重要了。当然，外出的途中为买几本绘画书而花去身上仅有的一点点钱饿几顿肚子；听说哪里来了画家，放下手里的劳作前往求教而违误了农活也是常有的事。他涉猎了自己所能找到的所有的绘画的书籍，拜访了所有能接触到的每一位画家，利用一切可以利用的时间临摹、写生，在浩瀚的艺术海洋里不停地跋涉、遨游，不舍昼夜。

边学边画，日积月累，他决心用勤奋和刻苦钻研填补专业上的不足和理论上的浅陋，一点一点缩短与"学院派"的差距。从基本功的训练到笔墨技巧的把握，在努力的磨砺和探索中不断有新的感悟，新的收获，新的提高，新的突破。凭着已有的水平，他终于找到了一个养家与爱好结合在一起的职业——给外贸公司彩绘丫丫葫芦出口。1997年，他的《仕女图》参加省里举办的"香港回归画展"，获得三等奖。之后，又多次在各级举办的画展中获得奖励，被评为山东省农村优秀文化人才，成为一方美术领域的文化名人。

看金先先生的画作，自然、清和、朴厚、端庄，线条流畅，色彩协调，构图典雅，题材宽泛，卷帙里飞动着俊美，笔墨里荡漾着精妙，行笔流韵之间，随处可见其对故土的眷恋，对田园的钟情，对大沽河文化的诠释和对构图造型艺术的理解。他的山水，因袭已故艺术大师张伏山先生的门径，得到著名画家李梓先生的认同；他的花鸟，受到百岁艺术大师冯凭先生的好评；他的艺术造诣，获得鲁东大学美术教育家、评论家王树春教授的圈点品评。与他景仰大地之美一样，许多人喜爱他洋溢着泥土芬芳的作品。从普通的家居到华贵的深宅；从乡村文化中心到城镇图书馆、博物馆；从朴美的画廊到精专的艺术殿堂，有意无意之间就会看到有收藏，有装帧，有悬挂，更多的是有许多人在欣赏，在品评，在赞美。

我到过金先生的画廊，墙壁上挂满了各种题材的作品，进进出出的人络绎不绝。这里，既是他赖以养家的门店，也是课徒授业的教室，还是他结交艺友、切磋技艺的沙龙。他的经营风格与他的人品一样朴素无华，务实而本分。我们谈起有关艺术的话题，我说，决定艺术作品品位的应该是其表现的意趣和所能达到的境界，而作品的风格和特色也出于斯。古人所谓"工夫在诗外"，此之亦然。境界不是笔墨的幻化和变戏法似地弄巧作秀，而是艺术家人生阅历、社会解读、知识积累、品格修养、艺术顿悟、灵感飞升在作品中的生动体现。

美术界一位大师说过"笔墨等于〇"的话，曾演化为一场业界的笔墨官司，是非至今没有定论。我对这话的理解是：当艺术技巧达到一定程度的时候，起作用的就只有艺术家倾注于艺术品之中的境界了。境界高则格高，境界矮则格矮。而此时的笔墨，只是用于表达境界的手段而已。

各个艺术门类都是相通的。达到更高的艺术境界，金先生还有很长的路要走……

2012年11月8日

怡心乐寿且为诗
——《乡风集》序

人类历史到目前为止，追求生活高质量，健康高水平，大约没有比当今社会更被重视，也没有比现在更为普及的时代了。姜国璋先生把身体锻炼同读诗、学诗、写诗结合起来，走出了一条身体和心灵同炼同修的路子，不失为一种内外兼顾的极好方法。他在诗中说，"作诗不是争名利，写句为求乐晚香。凝练精琢绝律妙，抒情怡性寿而康。"这是他富有亲知的深切体会。

2008年莱西市诗词楹联学会成立，姜国璋先生来学会办理入会手续时我才与他相识，那时候他已经写成不少诗了。他非常谦虚地说，自己不会写诗，只是一名诗歌爱好者而已。小时候家里穷，上不了学，战争年代胡乱上了几天，也像打游击似地，三日打鱼，二日晒网，极不稳定，也不连贯。解放初期在速成师范结业后当了小学教师，后来上了中学，也当教师。在教师岗位上，按照上级要求顺应当时形势写了一些歌谣，还受到过表扬，得到过奖励。现在看来，那些诗大都无景象，无意象，也无诗味，算不得诗，是登不得大雅之堂的。后来接触了一些有关格律诗词基础知识，才逐步入了诗门。姜国璋先生的这个观点应该是一种诗词知识层面的说法。实际上，如果从诗的起源来看，生活之中所产生的那些顺口溜、打油诗也未尝不是诗，不过是层级和类别不同罢了。诗，虽然上到高雅层面在行家学究那里有许多讲究，但从通俗、普及的层面讲，也不必看得那么神秘，那么高不可攀。

收入这本集子的诗有600多首，大部分是姜国璋先生退休以后写成的。他学诗、写诗非常勤奋。加入诗词楹联学会的时候他已经过了古稀之年，是当时学会里头超过70岁以上的"四老"之一。就这么一大把年纪，对诗的追求、执着和勤奋却并不亚于一些年轻人。他学诗、作诗是不分冬夏，不论远近，不辞辛苦，不计得失的。经常从市区街道、乡村原野和与人的交谈里观察、感觉、体验自然和时代的变化，拓开思路，撷取题材，升华境界，锻炼身心；经常夜以继日地或观览新闻，了解时事，晓明国内外、市内外的诸多事情，或伏案读书、写作，把脑海里诗的意象变成纸上的诗句，形成声和律谐的诗篇；他就像一个勤奋的小学生，经常拿着写成的诗稿与诗友切磋探讨，斟酌推敲，认真调整修改，不断使作品臻于完美；他积极参与学会统一组织的采风、创作、座谈、培训等各项活动，力求从中得到启迪和教益，使学识和创作视野得到拓展、扩充。2013年11月24日，学会举办诗词知识讲座。那天正下着大雨，他披着雨披，骑着三轮车，在湿滑路上的人来车往中来回十多里路赶来听讲，令在场的许多人受到感动。每年，他都能写出几十首诗，除了发表在学会会刊《沽水清韵》上之外，还投向其他各级各类报刊，也参加各地组织的征诗活动，不仅发表了许多作品，也获得了不少奖励。用他的诗句说，就是："三级刊报载佳句，各大诗坛传妙音。"

　　人的生活是要充实的，这不论退休还是不退休。其实，退休只是相对于在职而言的，不在职也就无所谓退休。而对于整个的人生过程来说，退休只是一个阶段，或者说只是变换了一种存在形式。对生活本身来说，除没有了工作责任和把薪酬改称为退休金之外，并没有什么本质上的区别。充实的生活对生命质量的提升和延续是大有裨益的。所以，许多退了休的人有的选择习书，有的投入作画，有的乐于摄影，有的迷恋演艺，有的嗜歌，有的好舞，有的操琴，有的练功等等，都是出于自己的爱好，由此便形成了绚丽多彩的银发世界。当然，也有人说退休之后最难的就是一觉醒来不知道今天做什么。这另作别论。姜国璋先生喜欢诗，退休后也就选择了写诗。写诗相对于其他活动方式来说是最方便快捷的。基本上不要什么投入，不用兴师动众，一个人，一块纸头，半截铅笔，独往独来，随时随地地口占也好，行吟也好，灵机一动，有感而发就可以写出诗来。写了诗可以娱己，可以乐人，可以登报，可以上刊，也可以结集出版，让人颇感成就。姜国璋先生外出，常常就带着他那装有纸、笔的方便袋，随时就把自己观察、思考的意境和诗句记下，如同历史上李贺、苏轼、陆游等大诗人的"诗囊"，成熟了就整理出来，便成了称心如意的好诗。譬如他的《河边秋景》：

　　深秋漫步小河旁，芦荻梢头染轻霜。万缕霞光添秀色，一群水鸟闹池塘。沽河两岸芳草地，茂密蒹葭数里长。萧瑟秋风忽荡起，纷飞白絮舞天光。

《赞老年门球赛》：

　　皓首童颜意志昂，英姿威武打一场。击球到位靠勤练，布阵交兵赖策方。昔日挥戈驱虎豹，今朝舞棒保健康。身心强壮延年寿，夕照云霞灿烂光。

《夏夜》：

　　街头夏夜纳清凉，村外荷塘散郁香。流萤闪闪穿空野，躺椅摇摇荡月光。翠柳门前飘倩影，青蛙坡岸放高腔。南邻北舍和相聚，七嘴八舌话小康。

等等。在这个集子里，这种充满生活气息，反映生活真实，语言清新朴实，形象生动，赏心悦目，脍炙人口的好诗是很多的。

写诗可以怡心，可以健脑，可以益寿，这在目前虽然只可以称之为主观印象或直观感觉，但不可否认的是，写诗是一种创造性的复杂劳动，能够调动人整个的艺术神经，让人敞开全部的生命张力，全身心进入美妙的形象思维之中，投入到诗意境的开掘和创造。隐忍命题开篇那"精鹜八极，心游万仞"(陆机《文赋》)的痛苦煎熬，经受搜肠刮肚捻须安字的艰难跋涉，发散内心无限的沧桑冷暖悲情壮怀，享受清词丽句妙语华章的隽永典雅之美，什么时俗的杂念，什么无谓的烦恼都抛到了九霄云外。我喜欢散步，常把散步与聊天作比。我认为，散步是身体的消散，聊天是心灵的散步，而作诗则是知性与灵性的萃取。姜国璋先生喜欢打门球，不仅经常挥锤练习，也经常参加各级的比赛，这可能是要比散步更好的一种身体锻炼方式。加上他的诗，就得到了从身体到心灵的双重锻炼。他已经是80岁的人了，依然身体健朗，精神矍铄，思维敏捷，观念清新。或许，这可以成为诗怡心、健脑、益寿的有力佐证。

姜国璋先生的诗编辑成册之后，问我应该取个什么名字，我想了想说："《诗经》里有15国风，我们生在家乡，长在家乡，工作在家乡，乡里乡亲，乡朋乡友，乡风浩荡，乡情浓郁，而这集子的诗又都是在家乡写的，还大都是写家乡的，借古开今，干脆就叫《乡风集》吧。"他同意了，书名就这样定了下来。他让我为诗集作个序，我便写了这篇文章，算作交卷。

2013年12月6日

生命的火焰
——《心韵》诗集序

  人生有热,热血、热心、热情、热能、热量、热资源……就像一团火,与生命休戚与共,息息相关。人的生命应该像火焰,风驰电掣,如火如荼,穿越时空,跨越既往,燃烧着,呼啸着,喷发着走向未来,直到永恒。

  许多年来,人们常常用烛光比喻老师,说教师的事业是燃烧自己,照亮别人。此中之意大约是出自唐代诗人李商隐《无题》中的诗句:"春蚕到死丝方尽,蜡烛成灰泪始干。"曲崇太先生参加工作以来便献身于教育事业,一直到退休,默默奉献了三十多年。所以,当我动笔写这篇文章的时候,就想起了这流传千古的名句和恰如其分的比喻,也就命题了这《生命的火焰》。

  烛光,是蜡烛燃烧的火焰发出的。像烛光一样燃烧自己照亮别人的教师,燃烧的就不只是蜡烛,还有自己的生命,发出的则是生命的火焰之光。火焰是生命的助推器,曲崇太先生就是由这火焰的助推,做好了在职时的每一项工作。1968年,他一进入工作岗位就担任了水集镇中学的教师,之后又从副校长调任县(市)教育局教研员、视导员、招生办主任及教育督导室主任等,位置几次变动,职务几度升迁,一路行来,就像永动的列车一样隆隆前进,对教育事业的赤诚之心迸发出一串串生命的火花。他曾经9次被评为青岛和莱西市"先进教育工作者",2次被评为山东省"招生工作先进个人",荣获莱西市"廉洁勤政好干部"荣誉称号。1999年退休后,又获得了青岛市"老教工作先进个人"称号。

  人的有生之年,无论生活、学习或工作,生命之火无时无刻都在燃烧着烈焰,生发着激情。参加工作是人生奉献社会的起点,但不是终点;退休是职业的终结但不是事业的终了。在职和退休的区别只在于担负职业责任和没有职业责任。担负职业责任的时候爱岗敬业，尽职尽责，千方百计把职业份内的事情做好，这是职业的本分，也是赖以生存和养家糊口的根基；没有了职业责任到了老有所养的时候既可以健身、趣乐、含饴弄孙，颐养天年，得以真正地休息，也可以选择一样、两样自己爱好的事情做精做细，做出个子午卯酉，搞出点或小或大的名堂，这是一个人的人生责任，也是社会责任。在职的时候因为要服从工作，个人爱好只能在一边放着，不能影响工作。等到退了休，时间归自己支配，事情由自己安排，就可以放开手脚进入自己爱好的领域，而这个对爱好的放开手脚同样也要靠生命的火焰和燃烧的激情来助推。曲崇太先生爱好诗词、楹联，便在退休之后全身心地投入到对之的研究和写作，在较短的时间内创作出了大量作品，有许多还在各级报刊上发表。到2013年已经达到近700首（副），并获得多种奖项。

　　无论是在职还是退休，曲崇太先生的生命之火总是在熊熊燃烧。他对诗词、楹联的执着是无与伦比的，对诗词基础知识的把握十分认真，一丝不苟；对作为诗词、楹联基本要求的格律、对仗等等的讲究，达到了精益求精，近乎苛求的程度，一定要做到每字必"安"，每句必顺，无可挑剔；对诗词、楹联的学习、创作和创新除了独自刻苦钻研外还多方求师访友，不耻下问，经冬历夏，无论寒暑，甚至罹患眼疾强忍病痛也依然如故。2005年，他和他的几个诗友发起成立了"颐乐诗社"，并被推选为社长；2008年莱西市诗词楹联学会成立，他又当选为副会长。从此，他便成了诗词界一方领导和深受诗友尊敬和爱戴的师长。他知道，作为民间社团组织的领导，最重要的是要靠影响、带动和表率的作用而不是其他。也因此，他对自己的要求更严、更高，求知的欲望更深、更切，创作的作品更多、更精，生命的火焰燃得更旺。2008年和2010年，他两次获得"中华诗词华表奖"，并获得了"当代诗词人民艺术家"荣誉称号，这样的荣耀常令人称羡不已。

　　中华五千年文明，对不同年龄段的老年人有不同的称谓，一般说来是60岁谓之花甲；70岁谓之古稀；80~90岁谓之耄耋；百岁以上则谓人瑞。而近年来有人别出心裁，把老年喻之为"夕阳"，把退了休做点事情的叫做"发挥余热"，这种似是而非的说法实在经不起认真推敲。因为不论是"夕阳"还是"余热",都是光的减弱和热的消退,而老年人随着年纪的增长,阅历越来越丰富,见解越来越精准,对社会的观察和认知越来越敏锐,助推生命的光和热不仅没有减少而且在不断增加,生命的激情生生不息,生命的火焰依然旺盛。曲崇太先生今年76岁,积十几年的时间笔耕不辍,写出了数百首(副)诗词、楹联,编成洋洋几十万言的《心韵》之集,正足以说明老年的生命之光更加灿烂,生命之热更加炽烈。

唐人刘禹锡在《酬乐天咏志见示》中说:"莫道桑榆晚,为霞尚满天。"他这里所表达的意思是,不要说日到桑榆已经晚了,你看那无比绚丽的霞光正照耀天际,灿烂辉煌。这是多么豪迈奔放,多么鼓舞人心,催人奋进的情景!以片言只语,作《心韵》之序,也献给普天之下的老年朋友,并见教于方家。

2014年7月21日

发散于沃土的芬芳
——《翰墨乡贤》序言

乡贤即故乡的贤达,是指那些有懿德,有才华,有造就,有贡献的人。夏格庄镇编撰的《翰墨乡贤》是夏格庄镇籍和现在夏格庄镇工作的书法家、画家作品的结集。入编这本书画集的艺术家里,工农商学公各界、老中青男女都有。集子里面书法和绘画作品尽管水平参差,却也各具特色,各有千秋,读后令人称赏并受益匪浅。

书法、绘画艺术是华夏文明的重要组成部分,书法家、画家是推进这种文明发展繁荣的基本力量。夏格庄镇自古以来人才辈出,书法家、画家层出不穷,书画艺术传承久远,是文化艺术的一方沃土。曾任明代大理寺卿的双山村张梦鲤不仅是诗文大家,也是翰墨高手,其《郊绣阁诗草》《郊绣阁文集》及书法作品流芳百世。曾以"一门三进士"名闻遐迩的著名书法家莱阳王兰升父子,据传其祖上是王家泊南村,而"三进士"之一的王垿晚年寓居青岛,为清末民初岛城书法界翘楚。在当代,中共天津市委常委、纪委书记索兰村的李研吾在离开工作岗位之后担任了市书法家协会名誉会长;夏南庄村的张作良为著名版画家,曾任天津市美协副主席,中国美协理事和版画艺委会副主任;生于1904年的东曲格庄村农民苏子余,秉承家学,自幼习书,曾以80多岁高龄参加县书法展并获得了最高奖项……

十室之邑必有忠信,百步之内必有芳草。大凡一地,偶出一二文人雅士并不足为奇,而若一地一域名贤高士迭出,尤其如此百里之镇而艺文杰出之士代不乏人,就不能不与地域的积雅流风,源流衔接息息相关了。夏格庄镇民间文化艺术联合会书画分会现有会员212人,加上工艺美术人才,形成了一支浩大的队伍。华夏文明是世代传承的,而师承关系则是书法、绘画艺术发展繁荣的重要途径。一代代师徒相授，一代代子弟传承，一代代风气影响，年深日久便积淀成丰厚的沃土，发散出艺术的芬芳，引领着一代代走向恒远。近些年来，镇党委、政府对文化的重视，对艺术发展的推动，又使这沃土更加深厚，这芬芳更加浓重。镇里《关于深入开展"乡村文明行动"的实施意见》把书法、绘画作为重点，建立了文化广场、文化市场和社区、村庄文化活动室，为书画的繁荣和人才的成长创造了良好环境。

艺术是陶冶人生的。活跃在各条战线、各种行业、各个社区、村庄或专业、或业余的艺术乡贤，各自在进行书法、绘画的临习和创作时，全身心浸润于艺术之中，远离了世俗的烦扰，消解了工作的劳累和农作的辛苦，得到了艺术的熏陶，收到了成功的喜悦。许许多多的居民家庭，精美的字画装点了一室一堂的高雅，书法写着心仪的词句，画作画了喜爱的花卉、山水、人物、翎毛等等，华美雅逸，赏心悦目，反映了屋主人高雅的人生追求和生活情趣，折射出了富裕人们丰富的精神生活。作为一种雅趣，不少人还收藏了难以计数的古今名人字画，许多作品的传世价值和经济价值无以计量。在文化广场和镇中心商业区，书画店、装裱店、工艺品店等经营红火，一种新的产业正在兴起和逐渐壮大。艺术的陶冶提升了全镇人民的审美意趣，文明程度和整体素质也越来越高。

诗不能尽，溢而为书，变而为画。诗书画自古以来是不可分割的。苏东坡说："味摩诘之诗，诗中有画；观摩诘之画，画中有诗。"（《书摩诘蓝田烟雨图》）夏格庄镇不仅书法家、画家人才辈出，也是出诗人的地方，而一些书法家、画家又原本就是诗人。诗与书法、绘画结合在一起，书成讴歌现代生活鲜活的诗句联语，题上描绘家乡靓丽美景的款识，让艺术的芬芳在这丰厚的沃土之上，高扬着时代与故园的文气走向未来。

2015年10月14日

岁月如诗
——《怀珠楼吟稿》序

段京令先生要我给他的诗集作序，使我想起作家冯骥才先生那个风趣而略带戏谑意味的文学定义："一个人平平常常走在路上——就像散文；一个人忽然被推到水里——就成了小说；一个人给大地弹射到月亮里——那是诗歌。"联想到作为诗人的京令先生似乎也经历了"给大地弹射到月亮里"的人生岁月，便有了这个标题。

京令先生是莱西新华书店的职工，一次偶然的机会"让他认识了我"。2008年的一天，我到新华书店会我的同事加朋友的赵希涛经理，出来的时候一个看起来腿脚不那么灵便的中年人走过来跟我握手，他说他早就想认识我，今天终于见到了。所以，我就说"让他认识了我"，本来这一样是"让我认识了他"，不过也是来一点戏谑而已。

因为这一认识，便有了后来我们的交往。他对我说他喜欢作诗，也写了一些，让我帮他看看。我说就你的便，到我"玩的地方"去吧，咱们探讨探讨。我从工作岗位退下以后，水集二村文化市场腾出一间屋子让我在那里读点书，写点东西。因为我常常把写东西戏谑成"玩文字游戏"，也就把那里称为"玩的地方"了。按照我给的地址，京令先生不久就拿着他的诗稿来了，经过几番吟读和交谈，我感觉他的文字功力不错，生活经历丰富，见识也挺广博，挺有深度，作诗人的基础还是比较扎实的。

共同的爱好让我们成了朋友。对京令先生的诗，我们一起探讨，一起推敲修改。按照他学诗的发展阶段，我也把我的诗有选择地交给他，相互进行交流，希望通过这样的方式让他受一点启发，生发些顿悟。他的悟性挺高，接受能力挺强，进步也挺快。从最初的格律入门和字词声韵的辨别，逐渐达到字从句顺，驱遣自如，到一步步进入"不格不律不作诗"的境界，仅仅用了两三年的工夫。这里引他一首2013年的诗，从中可以看出他那学诗的刻苦和作诗的水平：

学诗识律

学海行舟苦用功，痴迷无论夏与冬。
潜心未觉金乌坠，炼意常随玉兔升。
词卷笔峰彰古韵，诗催墨浪荡新声。
五年欣赴庆功宴，骚客飞觞唱大风。

诗来律去，我们也免不了谈些工作、生活，谈些人生经历。我因此了解到京令先生曾经当过农民，年岁挺长才进县书店院上门市部当职工，之后便在那里负责。他出生在曾有数百亩土地的大户人家，父亲当过保长，1949年去了台湾，然后就一直没有谋面。长期以来，他同两个姐姐与母亲相依为命。这样的出身在那个年代不要说政治处境，就是生存的空间也非常仄逼。好在，他父亲在家时很开明，当保长不仅没做什么恶事，而且尽散家财，往往只卖地不收钱，把爱心播撒给了许多贫苦人家。父老乡亲一直念他的好，也把无限的爱回报给了他的妻子儿女，没有给他们母子任何难为，这在当时已经十分难能可贵了。自然，他自己也非常懂得安分守己，当学生时规规矩矩读书，当社员时规规矩矩劳动，庄稼活样样精通，而且做得好也做得快。"文革"期间破"四旧"，他早早就把家里保存的古旧书、名字画交出来烧了，据说还有唐伯虎的真迹。有人鼓动他写大字报，他说他不会写也不知道怎么批。不过，那时候他的文章已经写得蛮不错了。

段京令先生知道自己的处境，把自己的所言所行都限制在"可能和可以的范围之内"，没有任何非分之想也不做任何非分之事，唯一"不那么安分"或者说与众不同的就是不遗余力地读书。他读完了小学再也没学可上了，便自己利用农活的空隙或在晚上守在母亲的灯下读他喜欢的书。自家有的读完了，就去买去借，总是手不释卷。当然，他也少不了读大队、生产队订的报纸。他说他就是读报上的文章时知道了我名字。后来他到书店工作，就像进入了书海，进入了他梦寐以求的地方。他白天专心营业，晚上关了店门就专心看店读书。庄子说"吾生也有涯，而知也无涯。"京令先生深谙其中的道理，也就那样"不舍昼夜"地读下去。他离家不到10里路却很少回去，把对母亲的照顾和一应家务都托付给了年轻的妻子。他的本职业务做得也很出色，对人态度诚恳销售也多，码洋同比往往数倍于其他单位。这期间发生在京令先生身上的还有一件不得不说的事，就是有人向他推销盗版的《金瓶梅》，一套就可以净赚700多元，而且不用上架就可售完，赚的钱也可以神不知鬼不觉地装进自己腰包。但是他无论如何也不要，说这是违法。他绝不做这违法的非分之事，不赚昧良心的非分之钱。后来那不法书商被查了，供称说只有院上的老段认死理，无论如何不要。他为此受到单位的重大表彰奖励。

1999年，段京令先生因患病动了两次手术，腿还是落下了残疾。书店领导照顾他，安排他在保卫科看大门。他为不能在一线工作而感到着急和愧疚，总是想多做点工作，报答单位的关怀之恩。他想到了写作，宣传和歌颂单位，用以表达感情。长期的读书使他有了丰富的知识积累，各种文体写作入门很快，不久便在报刊发表了作品，也养成了他作诗文的人生爱好。2015年他到台湾为父亲迁坟，把骨殖抱回老家与母亲合葬，也写了祭文和悼念的诗：

跨海乘风万米空，含悲忍泪渡亲翁。
先严曾厝台湾岛，慈母独息瞳正东。
梦绕魂牵思并骨，阴差阳错不由衷。
如今遂愿哀而喜，二老合欢冥府中。

他同夫人到台湾的时候还特地多带了些钱，到那里分散给曾经与父亲共事的父辈和住父亲房子的租客，听到的赞语是大陆富强了，大陆人有钱了，老段家后人心眼好。他行的是善事，传播的是友情，也让台湾人知道了大陆的繁荣兴旺。

世事变化，人生无常。改革开放之初，大陆的一些台属指望亲友从台湾回来给点钱,给点东西;三十几年过去,台湾人得到了京令先生带给的钱,相互的关系一下子颠倒过来了。还有京令先生的身体,本来是一个健壮英俊拿得起放得下的小伙子,大病一场之后便让他成了残疾。这些,似乎也都像是"给大地弹射到月亮里"的境况。写诗要有生活,题材需要发现,不灵便的双腿却限制了他的生活,限制了他的发现。对此,京令先生就像长此以往对待人生的态度一样,在属于自己"有限的范围内"最大限度地把既有能量发挥到极致。他增加了与人交往倾听生活;看电视听广播发现生活;带着手杖骑着电动车到田野里"兜风"观察生活;下意识多随团旅游"购买"生活等等,千方百计让生活丰富起来,把灵感开掘出来,把人生的情志吟咏出来……这些,就如同涓涓流淌的潞河之水,汇聚在这本《怀珠楼吟稿》之中。当然,这本吟稿又像一个"潞水"的池塘,那涓涓的河水还会漫过池塘,源源流向远方。

客观现实往往是不容易改变的。但不放弃一切能够发展的机遇,不停止所有可以前行的步子,尽管有时路途坎坷,环境恶劣,只要主观努力,锲而不舍,扼住命运的咽喉,永远不向它屈服,总会踏出一条属于自己的人生道路,并创造出自己独有的辉煌。京令先生是诗人,是通过"给大地弹射到月亮里"的优美诗篇实现了自己独特的人生价值。他聪明睿智,不论是社会的还是身体的,都始终把自己的行为限制在属于自己的"可能和可以的范围之内"。他说,我珍惜我的人生经历,这是对我生命的炼狱和洗礼。

把自己的行为限制在属于自己"可能和可以的范围之内",不仅仅对京令先生而言,对所有的人——尽管经历和际遇各不相同——都无一例外。不然,那个"给大地的弹射"就不一定进入"月亮里",保不准就会脱离"轨道",被"弹射"进任意的太空,成为飘忽的垃圾碎片。

又是一个戏谑,虽然会令人啼笑皆非,但谁也不可逃避。

2015 年 11 月 10 日

做就要做得最好
——《触景生情》序言

2014年，赵广荣先生出版了一本叫做《诗情画意》的书。在这本书出版之前他来找过我，让我帮他看看稿子。他说是市老年摄影家协会的孙书范让他来的。我跟孙书范先生是老朋友，20世纪70年代初在全县的新闻报道工作会议上认识了他。此后，我到县委宣传部工作，正好与他所在的文化局一个系统，一来二往，我们就成了知交。他介绍来的客人我自然待若上宾。

我看了赵老先生的稿子，虽然文字有些粗糙，却也透着浓郁的朴实与真情。他所拟《诗情画意》的书名和每首诗配一张所咏之景的照片也别出心裁，颇显新意。如今，他拿来的新诗稿取名"触景生情"，让我作个序言。我看了稿子，与上一本珠联璧合，可见其想象力和创造力的丰富。情与景，是诗的两个基本要素，明人谢榛在他的《四溟诗话》里说："景乃诗之媒，情乃诗之胚。"实际上，诗中的景与情是从来不相分离的。对此，不论赵老先生的所为是自觉的进入还是不自觉的巧合，却是实实在在抓住了诗创作的关键。

与赵广荣先生聊天，我忽然就特别关注了他那句"做就要做得最好"的话。这话出自80岁的老人之口，实在让我有些惊讶。但我知道，这话应该是一个饱经沧桑之人的信念，这种信念应该是一种人生经历的深刻体验，绝不是空洞的调头。何况，他不可能也绝没有必要千里迢迢跑到这里来跟我说教。于是，我们便接着这个话题谈起了他的人生历程——

赵广荣先生祖籍山东安丘，爷爷闯关东到了沈阳住下，父亲是政府建筑科的工作人员，1936年10月他出生。小时候，为补贴家用，他曾背着箱子沿街叫卖过馒头，上了学还在放学后继续卖。中学毕业他参加工作当了警察，做过宣传，干过企业的工会主席，业余时间钻研专业技术和企业经营。1987

年应聘到秦皇岛市，一干就是7年。7年间，他主持建设并经营了两个厂子，产值和利润连年翻番，成为当地颇有名气的骨干企业。

7年之后，赵广荣辞去秦皇岛市的工作回到沈阳，"借鸡孵蛋"办起"八王寺"汽水厂，很快便成为沈阳市的先进企业。全市轻工系统进行汽水评比，评出5个获奖产品就有"八王寺"的3个。后来他利用多年积累的资本和人脉，建成了沈阳橡胶制品厂，生产特种橡胶；在长春建了长春汽车零部件有限公司。后来两厂整合组建成沈阳汽车零部件有限公司，2014年已经上市。赵广荣先后被选为世界杰出华商协会副会长和辽宁省企业家联合会副会长。

2010年，赵广荣先生把沈阳和长春的企业分别交给了女儿和孙子管理，自己从一线退了下来。清闲之余，又依自己的爱好出任了沈阳神州书画研究院执行院长，进入了艺术领域，结交了许许多多书画界名人。其后便来到了莱西，加入了莱西市老年摄影家协会。他说，他参加工作之前就在舅舅的照相馆里跟着照相，参加工作后也发表过许多诗文作品，自己最喜欢的大都是那些随口而来的顺口溜。现在的摄影和作诗有原来的功底。

人是要有一点精神的。"做就要做得最好"也是一种精神。这种精神伴随赵广荣先生走过了非凡的人生历程，创造了无数的辉煌。我想，这种珍惜人生，不甘平庸的精神，是一个人创造辉煌业绩的无与伦比的前提。我不懂摄影，只是略知道一点诗，知道略多一点的是格律诗。赵广荣先生的诗是沿着古体诗的路子走的，是从自己习惯和喜欢的"顺口溜"逐渐接近了古风体，现在还没有进入格律诗的范式，但这并不影响他"做得最好"的追求。因为诗的格律只是一种形式，真实而能够感人至深的是景与情的内容。中国是诗歌大国，从最早的《诗经》和其后的骚体、汉乐府及一路走来的四言、五言、七言古诗等等都不是格律体，也照样脍炙人口，流传久远。诗，并不是格律体一种。一般的读者，往往也并不特别在意诗合不合格律。

诚然，格律是我国智慧的先人从探索和揭示汉语言规律出发而发现和创造的伟大成果，是诗创作的一座高峰。诗人各有各的实际，登不登这座高峰随其所便，不必也不可能强求一律。但诗有诗的要求，从艺术的角度看，诗的语言，诗的意趣，诗的气韵，诗的境界是不可缺少的。感人至深的内容与完美的艺术形式相统一才能够让诗更完美，这当然也是取决于相互的作用力的。就赵广荣先生的实际而言，如果要求一个80岁的老人去熟悉和使用他原来并没有太多接触的复杂而扑朔迷离的诗词格律，无疑是近乎于虐杀的苛求。他是一个企业家，由企业家转而为收藏家、慈善家或者是政治家、社会活动家可能比较容易，古今中外也不乏其人。而由企业家进而为摄影家，为诗作家可能就有些难了。像赵广荣先生这样能够把握诗之最重要的情与景，而且找到了以照片取景，以诗句写情使之两相融汇的表现形式，从而让人喜闻乐见，在他现阶段的艺术追求中，已经是非常难能可贵了。

追求是无止境的。"做就要做得最好"也是有阶段性的。相信，赵老先生的摄影和诗作的每一个阶段，都会创造出自己的最好。这"最好"也一定能够为摄影和诗领域增添新的艺术光彩。

2016年1月11日

精神自是梅中见
——刘文竹画册序言

　　古往今来，一提到梅花，人们的意识里往往就会与雪连在一起，而梅雪之诗也不乏其言。如唐代韩偓的"风虽强暴翻添思，雪欲侵凌更助香。"萧纲的"绝讶梅花晚，争来雪里窥。"宋代陆游的"雪虐风号愈凛然，花中气节最高坚。"不一而足。实际上，梅花除了白色与雪的颜色相像而犹"逊雪三分白"之外，似乎与雪并没有太多关联。所谓"傲雪开"更不合常理。倒是《红楼梦》里那个"大观园最年轻的才女"薛宝琴《咏红梅花》的"闲庭曲槛无余雪，流失空山有落霞"说得实在。我那位种梅的朋友说，梅花要气温在摄氏12度以上才能开。天气到这个温度早已冰消雪化，自然是"无余雪"的。如果硬要用特殊气候条件下的"清明雪""谷雨雪"来强词夺理，那就不仅仅是梅花了。

　　诚然，艺术与现实总隔着一段距离，这是可以理解的。宋人卢梅坡说"有梅无雪不精神"。大约那始作俑者就是为了这个"精神"，才把梅花与雪硬扯到了一起。清人龚自珍在其《病梅馆记》里说："或曰：'梅以曲为美，直则无姿；以欹为美，正则无景；以疏为美，密则无态。'固也。……文人画士之祸之烈至此哉！"此说虽与卢梅坡所表达的主旨截然相反，却也殊途同归。所谓"病梅"自然是"文人画士"祸之烈所致，出发点也还是要的那个"精神"。虽然，除了龚自珍的突发奇想借以倾吐心中块垒之外也许没有多少人去关注梅的"病"与"不病"。"雪"也好，"病"也好，对于艺术尤其是对梅的绘画艺术来说，这"精神"似乎是不可以没有的。

　　刘文竹先生是画梅花的高手。他的画作，不仅没有离开这种"精神"，而且表现得"精神十足"。他的作品卷帙浩繁，巨幅庄严大气，高古奇崛；小品清秀典雅，简洁精美；长卷铺陈漫展，盈天接地，洋洋洒洒，流水行云。看看那《一树独先天下春》如横空出世，直上云霄；《铁骨迎春》似林莽山苍，翁郁宏阔；《傲雪》正玉龙飞舞，滚滚滔滔；《鸣春》则梅石灵羽，生动奔放。而那流动着浓郁传统风格的《喜上梅梢》，墨色淋漓，笔触古拙，霜凌雪厉，枝放朵皎，枝头喜鹊欲飞欲立，翩翩跹跹，活灵活现……

　　长于画梅并适于多种题材画法的文竹先生，那生机勃勃的作品如同悬崖飞瀑，从笔下潇洒飘逸，源源流淌。他的笔墨工夫，他的造型功力，似乎也从各个方面表现着他的天赋和境界，展示着他的绘画人生——

　　1962年，刘文竹生于大沽河畔具有浓郁历史文化积淀的孙受镇一个农家，外公颇有家学。从小，地方的那些文声雅事他听到不少，心里也因此渐渐扎下了为学为雅之根，而且最喜欢的是画画。每年腊月，供销社书店卖年画，他便每天都跑去看画，常常连饭也不顾得吃。离他家不远是公社修配厂的铁匠铺，他常常从人家倒出的垃圾堆里捡废铁，送到供销社采购站卖了，换个几分几毛钱用来买画，买小人书，看过了就照着画。他当村姨姥家的墙上糊着一幅梅花图，引得他三天两头去"看"姨姥。后来姨姥去世，家人要把那本就破旧的房子拆除，他听说后赶紧跑去，洇上水把那幅梅花图揭下来保存，不时拿出来照着临习。他在家排行老三，身下还有仨弟妹。那些年，生产队很少分钱，家里卖猪、卖鸡蛋得来的几个零花钱光门头使费也花不过来，当然不会有钱给他买绘画的东西。有一次父亲给他两块钱让他去买鞋，他到供销社掂量来掂量去竟然用来买了画画的纸笔和颜料，而脚上穿的鞋就不管它露不露脚趾头了。那个时候，小伙伴跟他一起玩就是看他画小人画小鸟，大人们所称道的就是老刘家有个爱画画的孩子。

　　刘文竹上学之后，最爱上的就是图画课。在学校里，画画是他的强项，因为会画画他也成了学校的"小名人"。二年级的时候，老师就让他帮着换写黑板报，给了他一个充分发挥才能的机会，也给了他不断学习、磨练和努力提高的动力。其后，他由辅为主，直到高中毕业，从来就没有离开过学校黑板报的"舞台"。这当然只是他练画学画的一个方面，而更多则是延续他上学前养成的每天读画和练习的习惯。在学校里，他除了上美术课之外，还在课后和课外活动时画；放学回家完成作业便在灯下画；放假了，他要到生产队参加劳动，上工便在兜里揣个小本子，趁劳动休息时间练写生、练速写。原野山川，乡间民居，社员的劳作，牛犁的耕播以及花草树木，落雀飞鹰等等，见到感兴趣的就要画上几笔。时间久了，他写生、速写的本子竟装满了几箱子。

高中毕业后刘文竹的家庭经济状况依然拮据。他报考过美术学院，参加考试的路费、考务费都是借来的。考试时，他的文化课、专业课和面试都通过了，却最终也没有被录取。这当然令他非常痛苦，却因此也知道了自己绘画的功力。他想，基础有了，进不了大学就自学吧，身在"大学外"只要不甘于荒废，照样能够学得到"大学里"的知识，也可以达到"大学里"的水平。一位中央领导说，人才的成长有两条路，一条是大学的培养，一条是在实践中学习和锻炼。命运使刘文竹走上了后一条路。他继续学他的画，画他的画，他先后参加过全镇各村庄计生宣传站图版的绘制，代过镇中学的美术课，最终进入镇办企业做包装设计。这期间，他攻读了许多美术教科书，看了许多绘画、书法方面的授课光盘，系统自修了绘画专业知识。他参加过全省的美术设计培训班，直接听取高等院校美术教师授课，现场观摩老师作画，当面请教自己学习和创作中遇到的问题。他的绘画水平不断提高，工作能力也随着攀升。1990年，他获得了华东地区包装设计二等奖，被评为市里拔尖人才。

艺术是创造美的。而艺术家创造美的每一阶段无不浸润着勤苦的磨练和长期探索的心血，颇有些"梅花香自苦寒来"的意味。在很长的时间里，文竹先生一直是边学习边创作，边创作边学习，以学习促进创作，以创作加深对理论的理解。学中国画历来重视师承关系，文竹先生懂得拜师的重要也明白"外师造化，中得心源"的道理。他在延览古今名作，拜访近远名家的同时，也特别重视师法自然。为写出梅花的自然神态，他到过南京的梅园，到过青岛的十梅庵写生。当地梅花山生态园、月湖公园、麋鹿梅园等有梅的地方，成了他对梅花手摹心追的长久之地。他在冰天雪地里画梅枝梅干，画梅与雪的交映生辉；在春风浩荡时画梅蕊梅瓣，画实与虚的形神兼备。他在与大自然的心心相印中，发现天地造化的奇宏精微，由此而生发开来，揣摩笔墨丹青传情达意的玄妙之机，理解与时俱进，随时而变的幽深之理……他要让出自自己笔下的美美得实在，美得独特，美得传神，美得纯真，美得鲜活灵动，美得人见人爱。

这当然是一个极高的目标，却是文竹先生的不懈追求。在基本功无休止地训练之余，他常常对自己的画作梳理解读，探求其与天地造化的似与不似，与古今题材的同与不同。他喜欢对比，信奉那"不怕不识货，就怕货比货"千古民谚。他把自己的作品与名家比，与名作比，与不同阶层和大致雷同的层级比，从对比中看出自己的差距，找出争进的路径和努力方向。对比之下，也实事求是地分析自己作品的特色，用心拉长应该拉长之点。他诚心诚意地听取别人意见，不论内行人还是外行人、同龄人还是异龄人、当地人还是外地人，所有的意见都认真去听。他经常邀人到画室来，对他的画加以点评。他的作品参展，自己都早早到场，认真听观众的评论。对每一种见解，每一种观点他都认真对待，认真揣摩是否确当，是否真有道理，然后化入自己的创作之中。他把作品挂到网上，送到画廊，他认为网络和画廊意见是可以表达时尚的，而这样的时尚尽管不能完全表明艺术水平的高下，却可以从中看到包括他至老都喜爱梅花的姨姥在内的大众审美向度。许多年来，一些人常常把大众的审美看着"俗"，极尽"高大上"之能事，却忽略了"雅俗共赏"这个美学理论的不朽命题。

文竹先生的绘画虽以梅花见长，别种题材的花鸟画作也一样得到广泛认同。多年来，他的作品多次参展，多次获奖，多为机关、企事业单位所收藏，更有许许多多进入了"寻常百姓家"。他正值盛年，他的创作，他的作品正如盛开的梅花，在艺术百花园里，发散着独特的芬芳……

文竹先生画作结集，我在翻阅和欣赏他的作品之时，也了解了有关他人与画漫长而曲折的经历，继而草成此文，权作序。至此，又忽记起王勃的《滕王阁序》，顿思"邯郸之学"，觅得二韵，吟成《文竹先生画梅》：

精神自是梅中见，走笔追心写自然。

千尺白绢卷飞雪，染得红树抖清寒。

2016年3月17日

儒雅名山　华茂时代
——《伏枥集》序言

莱西市老干部书画家协会编辑会员书画集，使我想起司马迁《太史公自序》里说的关于"藏之名山，副在京师，俟后世圣人君子"的话。在中国历史上，许多人常把著书立说称之为"名山事业"，便典出于此。当下人们的著作自然未必藏诸名山而可以直接进入时代，投入到为社会主义现代化建设服务之中。莱西市老干部书画家作品的结集出版正是如此。

书画创作从来是一种雅兴逸致。于山则山儒雅，于时则时文明。莱西市老干部书画家协会的会员们当然深明此理。莱西书画的蔚然成风，在很大程度上得益于一批热衷于书画事业的老干部助推。自20世纪80年代著名国画大师崔子范先生受热心书画事业的莱西县领导之邀回故乡作画课徒，传道释疑解惑，培养了部分人，带动了一批人，书画临习创作在全市渐成风尚。1996年莱西市老干部书画家协会成立，倾心于书画创作和艺术传播，注重在全市引领风气，助推发展，把全部华光火热无私地奉献于社会，奉献于人民。

一个场景，见证着老干部书画家协会会员的作为。我到老干部书画家协会秘书处所在的市老干局和老年大学，几个楼，一层一层上上下下地看，进入视野的是一幅幅墨色淋漓的书法妙品，一幅幅娇娆夺目的丹青力作，一帧帧都装裱得素淡典雅，张挂得井然有序，洋溢着浓郁的时代风雅。这只是一个可作窥豹的场景，我没有见到却同样彰显着这些老干部书画家艺术风采的景观当然还会有更多则难以尽述。而相关单位和寻常百姓之家用以"补壁"，装点生活的书画作品也随处能够见到老干部书画家协会会员的手笔。

一组数字，记录着协会书画家们20余年来孜孜以求所取得的成就。据不完全统计，到目前为止，创作的作品已经难以计数，而仅参加全国各级各类书画展评活动就达2780余人次，获得全国范围相关组织的奖励352人次，全省613人次，青岛市865人次，本市1350余人次。有10人举办了个展，11人出版个人专辑。在2015年一年间，会员参加纪念抗日战争胜利70周年、世界休闲体育运动大会和"碧水蓝天美丽莱西"等项活动捐出的书画作品达200余幅。10月份的"希望圆梦"助学活动，全市拍出的103件作品中，老干部书画家协会会员的就有43件。同时，参与"美丽乡村"建设绘制宣传传统文化和社会主义核心价值观的画图320余平方米，到城乡基层搞创作、送对联1200余人次。老干部书画家协会多次受到上级有关部门的表彰，各级新闻单位多次刊登、播放协会和会员开展公益和创作、研讨活动的事迹，刊（播）发会员作品。会员中加入全国、省和青岛市各级各类书画协会的已有716人次。

说老干部书画家协会，不能不特别关注一下老干部书画家的这个"老"。今年4月我参加协会组织的座谈会，本以为在座的十几位中总有几个比我年小的。可是一论究，最小的还比我大一岁，最大的则已经80岁了，让我这个整天自称"老头儿"的人好不尴尬。看看上百会员整体的年龄状况，平均年龄69岁，最大的已经92岁了。就这样一个高龄群体，就那么孜孜不倦地临习，孜孜不倦地创作，孜孜不倦地追求完美和对社会的奉献，实在不可谓不勤奋，不可谓不高尚。在既往的岁月里，这些老干部创造了工作的辉煌，现在又在创造着艺术的辉煌，这种崇高精神和不懈追求，常令人不由地肃然起敬。官员的离职，旧时叫致仕，现在叫退休。我常想，一个人退休没有了工作责任，却依然应该有对社会、对家庭，对子孙后代的责任。其影响所及，对社会正能量的助推能够发挥其他力量替代不了的作用。参与这个群体的人，都在不舍昼夜地尽着这种作为长者的责任。现在，这个群体的人员成份扩大到了老工人、老农民，他们尽管不是老干部，却是老书画家。在这"以人民为中心"的时期，作为书画家的老干部又回归了"与工人农民打成一片"的传统，是应予击节叹赏的。这些会员现在大都儿孙绕膝，有的已经四世同堂。耐人寻味的是，一些会员收徒传艺；一些会员家庭已出现了艺二代、艺三代。正所谓桃李满天下，人才迭代出。

为做好这名山事业，协会秘书处经过许多时日的筹备，共收到会员作品

1380余幅，初选入围900余幅，编入635幅。入集作品中书法与绘画的比例大约为6:4，内容与形式精美纷呈，多姿多彩。书法作品真、草、隶、篆、行，绘画作品山水、翎毛、花卉、人物和大写意、小写意及工笔、线描等应有尽有，真实显现了作者多才多艺的才华。为这名山之著作序，是协会主席程绍国先生一行光临蓬荜告诉我的。我说："哪里用这么隆重啊！"程主席说："这是学会领导班子的一致意见呢。"如此，我只好按俗话所说"恭敬不如从命"了。于是，便怀着对诸位老领导、老书画家的无比崇敬之情写了如上的文字。

另外，程主席还问我要不要加入这个协会，我当即欣然答应。经协会理事会同意，便成了正式会员，拙作也得附骥尾，沾此名山之灵气。这对我来说，也便不虚此作了。

2017年4月9日

长将乐事寄诗书
——《诗书集》序言

大千世界，人生百年，各有各的经历，各有各的选择，各有各的事业，各有各的乐趣。王忠颋先生的人生经历、爱好取向、事业发展和乐事悠关等等的千头万绪，都与文章、诗词和书法密切相连。可以说，他以自己的爱好选择了文章、诗词和书法，把诗文、书法作为一种追求，一种历练，一种乐事，一种奉献，以至贯穿了整个的人生历程。进而丰富了他的阅历，陶冶了他的性情，成就了他的事业，愉悦了他的生活。

年近古稀的忠颋先生，其人生一直是由文章、诗词和书法相伴随的。高中毕业后，他带着故乡的文化基因应征入伍，在北京卫戍部队当通信兵。闲暇之时以军营生活为题材写诗作文，作品登在了军报上。退伍后他进入莱西县邮政局，不论做邮运员还是当乡邮员，都利用手中之笔，不停地写邮政事业的建设与发展，写自己身边令他感动的人和事。写成的稿子先是登单位的黑板报，继而上广播，上报刊，成了全县挺有名气的优秀通讯员。那些年，连日庄邮政片区公社报道组的年轻人都向他请教。局领导从他平常的表现尤其是从他的稿子里看到了他的思想、他的见识、他的品行、他的魄力，便于1981年3月任命他当了日庄邮政支局局长。他感谢领导的栽培和信任，珍惜自己的岗位和事业，尽职尽责地做着自己的本职工作。当然，他还是没有放下手中的笔，依然以超乎寻常的精力和毅力做他的业余作者。

不知道是忠颋先生思想的活跃，还是他想了解一下外部世界，尝试一下别样的人生。在他锲而不舍的追求中，曾经过了一次令人啼笑皆非的历练。按照邮政系统当时的规定，职工够30年工龄，到50岁便可以退休。按照这个待遇，忠颋先生也就在50岁的年龄段上办了退休手续。正是年富力强的时候，忠颋约上一个同伴，到北部山区承包了一片桃园。从此，两个人起早贪黑，天天出力流汗，浇水、施肥、除草、灭虫、套袋、拉枝，忙得不亦乐乎。桃树旺盛的长势，看着就使人心旷神怡，异想飞升。忠颋先生白天在地里劳作，晚上宿在园中那一间低矮的土屋里。就像唐代诗人贾岛说的那样，"只在此山中，云深不知处"了。此刻，他似乎不再想那些"不充饥不解渴"的诗词文章，一门心思想着他的桃园、桃子和收成，意识里不时飘忽着大把大把的票子。不想，正如他自己说的"老天爷不让发财"，早秋的一场半个月的连阴雨，把他的发财梦浇灭了，满园桃树全都浸在水里，即将成熟的桃子纷纷腐烂，连同桃树叶子一起簌簌掉落。更让他雪上加霜的是，园里养的三只羊，已经长到了六七十斤，却有一只拴在树上缠缰绳吊死了，另外两只准备秋后杀了答谢一下曾经提供过帮助的人，却又被人偷走了。我听了他的叙述不禁哑言失笑说："这可是'秀才遇上偷，一毛不给留'了啊！"

不能不这样认为，这是忠颋先生一种人生的开拓，一种可钦可佩的尝试。只不过天不作美，出师不利，才弄得他一头雾水。好在，由于各方面的帮助照顾，总还算赔得不大，只让他尝了尝"下海"的滋味。对忠颋先生而言，这无疑是一种充满激情的历练。但回过头来想想，或许还是前人说得对："不熟悉的生意不要做；熟悉的生意倘无实权也不要做。"是的，做事还是应该充分地估计一下自己，把握住自身的存在优势，对照一下纷繁世界方方面面的客观存在。与其煞费苦心拉长短处，倒不如顺风顺水地让长处更长。这样，就会像"庖丁解牛"一样"游刃有余"了。换个角度思考，如果请鲁班来解牛，让庖丁去解木头，其结果会是什么样子呢？那就只有天知道了。忠颋先生或许是因为"解剖了桃子"，深得了其中况味。从那以后，就又义无反顾地回归到他爱好的初心——再次进入他的诗词文章。

又到了熟门熟路，获得了一身轻松。忠颋先生在新的起点上开始苦心学习、钻研他那熟悉并曾经取得过辉煌的诗文了。他到我这里来，我们一起交流人生感悟，剖析文章法程，交谈诗词格律，探讨做人做事，生成了一种愈燃愈烈的创作之火。他买回了一些写作专业的书籍，其中有许多是关于音韵、声律、词谱、联则等内容的。这样的书晦涩艰深，读起来很是枯燥乏味。他却没有因此退缩，常常像小学生那样通读全篇，记笔记、翻字典、查资料，力求弄懂弄通，用准用活。当然，他也读一些文学著作，如"四大名著"和"鲁、郭、茅、巴、老、曹"等名家的作品，以丰厚自己的文学素养，增加自己的学力积累。他的读书，他的钻研始终与创作融汇在一起，对诗词歌赋等文体多有涉猎。赋也在于韵文之列，他对赋情有独钟。他说："写赋是很吃功底的。"但他还是写了，并有两篇被《中华辞赋》杂志采用。与他年富力强的年龄一样，他的创作也进入佳境，作品不断发表并连续获奖，进入了创作的黄金时期。鲁迅先生说："文章应该怎么做，我说不出来，因为自己的作文，是由于多看和练习，此外并无心得或方法的。"忠颋的写作，未尝不是如此。

忠颋先生很勤奋，也不沾沾自喜于一得之功。在不断攀登诗文创作高峰的同时，他还拜书法名宿李怡靓先生学习书法。在自己经济条件和临习环境都不是十分优越的情况下，经年累月挥毫泼墨，笔耕不辍。他从篆书学起，逐步转向隶、楷、行、草五体兼临。在老师的指导下，依照法帖，一样一样都经过描摹、照临、背写和创作的几个阶段，逐渐达到纯熟的程度。在按照老师教导和讲评认真去做的同时，他还虚心向能够接触到的书法家求教，听取不同意见，按照自己的理解不断改进，努力使自己的水平上得更高。

用自己的书法写自己的诗词并结集出版，是一个很好的形式，也是一种新的尝试。这不仅需要诗词与书法俱佳，也需要布局、章法的协调得体。忠颋先生做到了，而且做得相得益彰，交相辉映。他让我为他的集子写个序言，也一并对他作品的出版寄以祝贺。

还是回顾一下标题吧：

长将乐事寄诗书，万仞高山望太虚。

云海飞霞无限岸，空灵玄远路崎岖。

2017年9月22日

木刻：继承、发展与创新
——孙元兵木刻艺术综述

木刻艺术，集字、印、雕、色等工艺之大成，典雅、华美的"牌匾"融诗文、书法、绘画和建筑装饰功能为一体，则是木刻艺术的皇冠明珠。莱西市从弘扬传统文化的观念出发，以保护和抢救文化遗产的高度责任感和使命感，将木刻艺术中的匾额列入历史文化遗产，从各方面加以发掘、保护和扶持。2013年，认定木刻艺术的第四代传人、42岁的孙元兵为莱西市级木刻艺术"非物质文化遗产"继承人，推进了这一传统技艺的进一步发扬光大。

莱西市木刻艺术起始于孙元兵的曾祖父孙学孟。1860年，18岁的孙学孟只身到木雕之乡浙江东阳寻师求教，专攻刻制匾额的技艺。"匾"有横匾、竖匾和联形匾，长度一般在130~250厘米之间，宽度范围为30~90厘米；"额"则依门楣尺度而定，上面的文字大多为行书或楷书。在东阳学过之后，孙学孟又到济南府拜师学艺达十年之久。学成后便在家乡莱西（原莱阳县）设店开业。因技艺出类拔萃，业店也驰名乡里，顾客盈门，许多书法名家如王塨、吴懋修、李文昇等所书佳句都送来刊刻制作。其中，王塨所书"抚植犹子"之匾至今犹存。

做匾额一般用榆木、楸木、松木、椴木等。使用的木料先要放在池水浸泡三个月，解成板材后再进蒸箱蒸煮2~4天，放阴凉处自然风干后变温烘烤，达到适宜的干湿度。这样处理后才能保证做成的艺术品日后不开裂不变形不受虫蛀。孙学孟的儿子宝成一直在父亲的木器店里一边打下手做粗活，一边看门道，学技艺。他刻苦勤奋，深钻细研，逐步掌握了雕技刻艺的全部套路，技艺纯熟。熟能生巧。宝成在父亲传授的基础上别出心裁，用心开创，把家传水平不断推向新高。有收藏家珍藏的回字纹"椿楦并茂"8尺大匾，到现在还严丝合缝，不开不裂，就是孙宝成当年的力作。

木刻艺术全靠手工操作，所用工具主要有平口、斜口、U型、V型等各种规格型号的刀铲、木锤等。在孙家，祖辈传下的各种专用设备和器具至今用着，数十把刀具得心应手，锋利无比。孙学孟的孙子即传承人孙元兵的父亲孙会善从部队退伍后进入青岛第二挂车厂当工人。单位领导得知他有祖传的技术，便安排其从事模型雕刻。此时，会善的父亲虽然已经年迈，却一直不肯放下手中心爱的手艺。会善便在工作之余帮父亲下下料，拉拉荒。待父亲完成作品主体，再由他打磨上色，做完最后的工序。逐渐地，孙会善也掌握了全部木刻工艺，还创造了匾额的黑配金、兰配金等着色新技。

难怪现在年轻人不愿意做这手艺活，实在是又脏又累收入又低。同样是年轻人，孙元兵却满怀念祖敬艺之心，在市文化部门的支持鼓励下，信心百倍地担负起了继承和弘扬这优秀传统技艺的担子，深得爷爷和父亲的喜爱。从20世纪90年代初开始，他便开始木刻艺术的训练、探索与创作。孙元兵深知，在当代，要更好地把家传艺术继承流传下去，不能仅仅靠口口相传，手手相教的单一模式；也不能局限于近乎自然状态一刀一铲的模仿，必须有深厚的文化功力做支撑。从1990年起，他用四年的时间学完了中国书画函授大学课程；拜当地名家李怡靓老师学习书法；参加全国现代刻字艺术研修班，师从当代著名刻字艺术家吕玉雄、王志安学习现代刻字。在实际学作刻艺作品的时候，苦练手上、腕上、臂上功夫，由父亲手把手把多年操作在手，烂熟于心的精活绝技认真加以传授。

孙元兵于2007年辞去公职专业进行木刻艺术的研究、探索与创作。为帮助他打牢思想基础和艺术基础，市文化局安排他参加了上级举办的非遗学习班，并在资金等方面给予大力资助，他的学习和训练更加刻苦了。他把业余的大部分时间和精力用在读书上，不仅读木刻专业的如《木雕艺术教程》、《中国木雕》等，还读诸子百家、唐诗宋词和古今文学名著，读有关书法和绘画的书，以此全面提高自己的艺术素养，增强对木刻艺术的准确理解和把握。他练刀法、练铲功、练刨技、练笔力，手磨出了硬茧，也磨秃了刀，磨短了铲，用废了许许多多专用工具，用过的木料多达100余立方米。

在木刻艺术的继承发扬中，孙元兵勤学苦练，不断把现代艺术与传统工艺融为一体，创造了比前辈更加辉煌的业绩。十几年来，他先后为客户制作了860余件匾额、楹联、屏风、铭牌等，创作了数百件艺术作品，并屡屡参展，屡屡获奖。其中，《道》入展青岛市首届现代刻字艺术展获二等奖；《梅雪争春》入展山东省首届现代刻字艺术展，获三等奖；《一苇可渡》入展全国第八届现代刻字艺术展；《裂岸》入展第二届国际刻字艺术大展，为厦门国际刻字艺术馆收藏。

现在的孙元兵，不仅自己做木刻艺术，还积极认真地把自己掌握的技艺传授给更多的人。他经常与不少有相同志趣的年轻人一起进行技艺的学习、研究与训练，努力让懂得并能够从事这门传统艺术的人更多，水平更高，使木刻艺术的传承与发展的路子走得更长更远。

2017年9月28日

五 时与事

写作是一种行为。行为攸关,无非时与事。唐代大诗人白居易在他的《与元九书》中说:"自登朝来,年齿渐长,阅事渐多,每与人言,多询时务,每读书史,多求道理,始知文章合为时而著,歌诗合为事而作。"其实,叙时承事,述事载时,当为诗文之大理,难以截然分开。不然,"为时而著"而可以无事;"为事而作"而能够无时乎?

诗心只作等闲观

提起作诗，许多人往往就发憷，觉得很难，以为这是只有诗人、作家才能做的事。自己不能做，做不了，更不用说以诗词作养生之道了。其实，完全不是那么回事。

世界上许多事情，难与不难，往往只取决于态度，取决于看问题的角度。有时候你看它难，永远不敢触及，那就永远难。反之，正确认识它，勇于接近它，就能逐步把握并驾驭它。

长期以来，我只是读书，写文章，写那些新闻、公文。闲暇之余，作些散文之类以消遣。这事做到得心应手的时候，却也乐在其中。

闲聊之时，我曾对朋友说："我呀，现在读书是休息，写东西是玩。"

朋友诘问说："你整天做文字工作竟有这样的闲情逸致，那什么你才叫工作啊？"

我说："你先别问什么叫工作，且先换个角度看工作吧。如果你把工作看成玩，那你就会工作得轻松自在；反之，若把玩也看成工作，那你永远就不会有消闲的时候。"当然，从这个角度看工作的前提，是你必须真正热爱自己的工作。或者说，你的工作正好与你的情趣融合在了一起。

作诗词也一样，且抱着一个消闲的态度，就当成玩。我原来并不作诗词，也不懂诗词，对格律诗和词更是一窍不通。是一个偶然的机会使我接近了诗词，贸然进入了诗词写作领域。

1998年，一个企业请我去参加他们的开业仪式。我想，参加这样的仪式，一是去的时候总得带点祝贺的礼品，不能两手空空地去；二是带的礼品要表现出自己的身份特色，不能俗套。于是，便忽发奇想，依照那个企业的实际情况写了一首贺诗,做成书法作品。带去之后,得到了许多人的赞许。后来,我依照字数排列(只是字数一样,形式像诗词却并不合律)写了一些诗词,除了在地方报刊发表外,还投给了《中华诗词》杂志。《中华诗词》杂志是中华诗词学会办的刊物,他们知道我在写诗,便在2000年在北京举办诗词笔会的时候给我下了通知。借去参加笔会的机会,我接近了诗词,接触了我国的一些诗词名家,并正式拜周笃文先生为师,才开始学写诗填词。经过认真学习吟咏,就达到了今天这个水平。

我所以这样说,是因为写诗并不是那么高不可攀,只要愿意学,肯动手,是能够学得好的。还是那句名言:"入门既不难,深造也是办得到的。"(毛泽东《中国革命战争的战略问题》)其实,在现实生活中,出口成章的人并没有多少,能写诗的人可是到处都有呢。

许多人可能现在依然知道宋代那个神童诗人汪洙的故事。汪洙九岁时还是一个牧鹅少年。有一次,他牧鹅时跑到当地的孔庙里避雨,只见那庙壁残屋漏,破败不堪,便顺手捡起地下的木炭,在墙上写下了"颜回夜夜观星像,夫子朝朝雨打头。多少公卿从此出,何人肯把俸钱修"的诗句,并落上了九龄童汪洙的名字。

那时候,地方官府有拜孔子的习俗。有一天,县令带领官员和举人、秀才们到孔庙礼拜,发现了墙上的题诗,心里很不高兴,以为有人假托九岁顽童讽刺他,便吩咐差役去找汪洙。县令见了汪洙,一本正经地说道:"你这小孩,黄发垂髫,短衫赤足,也作得出这样的诗?"汪洙深深鞠了一躬,脱口吟道:"神童衫子短,袖大惹春风。未去朝天子,先来谒相公。"尽管这位汪洙后来中了进士,当了政声清明的大官,但他当时毕竟只是个九岁的孩子。

鲁迅说:"即使天才,在生下来的时候的第一声啼哭,也和平常的儿童一样,决不会就是一首好诗。"(《未有天才之前》)所以,就算这汪洙再怎么"神",毕竟是个九岁的孩子。既然九岁的孩子能写诗,那么年龄更大一些的十九、二十九、五十九、七十九等等,写几首诗"玩玩",当然就更不在话下了。

只有五年学历的河北农民李路正,16岁到北京打工。在难耐的寂寞中,每天晚上在宿舍里写诗,并按照自己的感觉就诗哼歌。经过不懈的努力和无数次、无数首的习作，终于写出了能够准确表达自己心声的《挥挥手》："你还沉浸在节日的喜悦中，我已背上行装匆匆去打工。告别了家乡告别了她，心中还是放不下。挥挥手回去吧，其实咱心中也牵挂。挥挥手回去吧，你要孝敬爹和妈……"经过专业人员帮助整理，这首歌词有了较完美的曲调。后来，就上了2007年央视元宵晚会，唱出了千百万打工者的心声，感动了广大的听众。

《四川日报》2006年6月15日报道，都江堰市柳街镇有个农民办的柳风诗社，社员百多人，并设有3个分社，带动全镇2500多人学诗、写诗。到2005年底，已经编辑出版了13本诗集，每年还印制6期诗报相互交流。都江堰市编印的《儿歌集》里的百余首儿歌，有40多首是由柳风诗社社员收集和创作的。他们还筹划建自己的网站，在青城山下建筑农民诗歌墙，年内搞巡回赛诗会，把农村文化送进城里，让城里人看看现代农民的风采。

我这里举农民和农民工的例子，只是说明读书不多、文化不高的人（因为农民阶层的人毕竟受教育的机会少）都能写诗，文化层次高的人就更应该能写和会写诗，当然也就可以以诗为乐。诗本来就出自劳动号子，劳动号子当然是出自种地或做工的人了。劳动者创造了诗，当然就能够发展诗。这个道理也是不容置疑的。只是社会发展到今天，各阶层所写的诗的方式、对象、语言表达等方面的不同而已。

其实，诗词到哪一个阶层，哪一个时代，除了写事状物，抒发情感之外，什么时候也没有失去其怡身乐事的功能。恰恰相反，它更多的功能是为人们的生活创造一种娱乐。《红楼梦》第三十七回说，金陵十二钗的探春提议起了个"海棠"诗社，宝玉与姐妹们一起吟诗论诗。开社第一次就由社长出题限韵，两个副社长誊录监场。作诗的时候点燃"梦甜香"，香烬而诗未成的就要受罚。按照共同议定的规矩，探春、宝钗、宝玉、黛玉先后吟咏了自己写出来的诗作。后来，史湘云加入进来，要求作一次东，起一次社。同薛宝钗拟就了忆菊、访菊、种菊等12个题目，置办了螃蟹、好酒、果盘，请了诗社的社员及贾母、薛姨妈、王夫人、凤姐等人，一起来吃螃蟹赏桂花。待众人吃完了螃蟹散去，社员便各分题目作起了菊花诗来。

如此，分明就是大户人家的有闲之人以诗为由头，做个耍子，取个乐子嘛！正像袭人所说："什么要紧，不过玩意儿。"

在中国漫长的历史长河中，以诗为引子，出诗作对，行令饮酒，酬答唱和的事在文人雅士的生活里是屡见不鲜的。现在，国人的文化水平普遍提高了，以诗为乐，吟诗作趣的事也就越来越多了。当然，我这里说的，只是要大家别把作诗看得那么神圣威严，别以为诗门就那么不可进入，那么可望而不可及，而是完全可以轻松地进入，愉快地吟咏，却不是说作诗可以随心所欲，我行我素的。

作诗有作诗的规矩，既然有规矩当然是要按照规矩来的。这正如薛宝钗所说："虽然是顽意儿，也要瞻前顾后，……然后方大家有趣。"

2009年7月11日

人生的诗路

汉朝的时候,张骞走出了一条通往西域的丝绸之路。从汉武帝到隋唐时代,又开通了一条海上丝绸之路。然而,大约没有多少人注意到,在人生的道路上,还有一条蜿蜒而悠长的"诗词之路"。沿着这条"诗词之路",我们可以看到诗词在人的生命过程中无时无处不在调节人的心理和生理,所产生的作用是不可替代的。

且不说现代社会流行的胎教,许多准妈妈早早准备好了歌曲、诗词诵读的磁盘或光碟,不时放出优美的声音让胎儿谛听。意在让孩子出生之前就接触到诗词。单就从比较传统而原始的育儿方法来看,也有许多方面用的是诗词。

在胶东,不论是在在文化水平较高的城市,还是在相对封闭的农村,人们随时随地都可能听到那抱着孙子哄着睡觉的老太太哼着的歌谣:"哦,哦,哦嘹嘹,小孩不打不睡觉……"小孩就在老太太反复哼唱的歌谣中,进入了甜蜜的梦乡。使人不得不信服诗歌在哄着孩子睡觉时所能够产生的神奇作用。

在广大的农村村头,那些年代随时都可以看到树上、墙角、屋山头贴着的一方方小纸,这小纸大都是红色的,上面写着:"天皇皇,地皇皇,俺家有个哭夜郎,行路的君子念三遍,一觉睡到大天亮。"这是因为不知是谁家孩子"哭夜",贴出来让大家念念治疗那"哭夜"的毛病的。这法子究竟灵验不灵验也许没有多少人做过考证,但自古而今的世代传承,却足以证明,这里的人在婴儿保育中对诗歌的重视和依凭。

当孩子从婴儿的摇篮里站起,开始蹒跚和咿呀学语的时候,慈祥的母亲便会让孩子安坐在自己面前,挈起孩子一双稚嫩的小手,轻轻来回拉扯,口里则不住地念着："割锯，扯锯，割倒了姥娘大槐树。上树掏个鸦蛋吃，烧不烂，煮不烂，急得宝贝满头汗。"这样多少遍地乐此不疲，就逗得孩子满面春风，笑声不断。同时，也把锯、姥娘、大槐树、鸦蛋等等的语言符号，永远地印在了孩子空白的脑海里。

当孩子上幼儿园、小学的时候，朗读儿歌、学习诗词就会伴随着孩子完成身心发育成长的整个过程。这些儿歌、诗词有一些就会一代接一代诵读，一代接一代地传承，似乎成了约定俗成的模式。譬如，那比较典型的如"鹅，鹅，曲项向天歌。白毛浮绿水，红掌拨清波。""小呀嘛小二郎啊，背着那书包上学堂，不怕太阳晒，也不怕那风雨狂。只怕先生骂我懒呀，没有学问喽，无颜见爹娘……"直读得、唱得孩子们心无旁骛，一心地向天啊，向学啊，昂扬向上，求知求德，就那么长成了大人，走上了社会。

及至进入社会，视野开阔了，交际广泛了，人们就会更多地在诗词的环绕下生活并快乐着。这里我们不说那些一代接一代的诗人间的酬唱和答，就一般人的生活劳作也始终离不开诗，离不开词，离不开那与诗词相连的歌。我们在那司空见惯的会议上，随时都可能听得到那些文雅而又激情勃发的领导讲话，讲到动情处、激昂处或转折处，时不时即兴来一首或几句诗，那讲者、听者的情绪，那会场的气氛甚或那讲话者的风智雅望立马就会升华，其效果并不是那种干巴巴的直白所能够达到的。在劳动的场合、家庭的场合、游览的场合等等，那些用诗词调节情绪，营造氛围，增加情趣，提升品位的场景更是随处可见。

陕北的信天游、西南少数民族的情歌，虽然是歌，但歌总是离不开词的。没有词就没有歌。诗词是歌的本原，歌是诗词的另一种诵读方式或称之为另一种艺术表现形态。诗词与歌，只是读与唱的区别。在胶东，在没有机械作业的年代，常常在一些大家一起干重活、负重力的场面，就可以听到不时的"嗨——嗬——嗨！""嗨——嗬——嗨！"当地称这种呼喊叫"嗨——起来"，还保留着完全的原始形态。这大约就是是鲁迅先生所说"诗歌起源"的那种"劳动号子"吧！我们还能够经常看到或听到人们在日常生活中的交流对话，往往会特意把要表达的意思用"顺口溜"（应该认为这也是诗）的语言形式说出来。如"王家村，三会说，张三李四刘二国""千里姜山洼，十年九不收。收一收，吃九秋。收了姜山洼，莱阳、栖霞都不怕"等等。这样表达，既清楚明了，好懂易记，又顺口顺耳，愉悦身心。

更多的还有广大城乡那些年头岁尾的街头演出，民间的艺人们往往就把身边的事编成段子，说说唱唱，让大家听了、看了，既亲切又开心。如"王家长，孙家短，今天说说咱们疃。咱们疃，真不善，要说的新事一大串。大伟他养猪发了财，二嫚她开店赚了钱。三愣子他种地照样富，五十亩地瓜卖到了东北六府十三县。马家的闺女新出嫁，不骑马，不坐轿，一拉溜的'鳖盖子'（轿车），一个一个腚冒烟。"常惹得人们大笑不止。

笑一笑十年少，诗词的作乐逗笑也是随时随地的。不论市井乡里，文士田夫，都能够有所作为。有一个农人是个老顽童，村人都叫他"麻虎"（当地人对狼的一种叫法）。有一天，"麻虎"赶集回家的路上真遇上了狼。他急忙抽出马身上驮的轴板向狼打去，结果打在了马镫上。恰好同村的王三赶到，挥动扁担把狼赶跑了。他回到村里，人们问他赶集的事，他就顺口诌出了路上想好的诗："家麻（指他自己）见野麻，抽轴马镫'啪'（声音）。幸遇王三扁（扁担），捡了命回家。"这"麻虎"的诗虽然句子不通，寓意不明，可当他解释了诗的"本事"，也是很逗了人们一乐的。

用诗词说事、凑趣、行酒令等等，在日常生活里是经常有的。过去街头那些说大鼓书的鼓词，都是一会儿白话，一会儿唱词的。连那些占卦算命、抽签测字的都喜欢用诗词。有时候，人们凑在一起，往往也会作诗词的游戏。闲着没事，出诗答对，消愁解闷等等。《笑林广记里》有一则故事，这里略作增删加以叙述。故事说四个路人遇上大雪，一个和尚、一个挑夫、一个卖糖葫芦的，还有一个从富家里逃出来的丫鬟。他们先后来到一座破庙里避雪。相互无话可谈，便商量用诗凑趣，规定诗必须与雪和自己有关。先是和尚说："片片片，剪碎鹅毛空中旋，落到我的山门上，就像一座白玉殿。"挑夫接着说："片片片，剪碎鹅毛空中旋，落到我的扁担上，就像一把青龙剑。"第三个卖糖葫芦的说："片片片，剪碎鹅毛空中旋，落到我的糖球上，就像是珍珠一串串。"那丫鬟倒也伶俐，看看就剩下自己了，也就顺着他们的话茬随口说道:"片片片,剪碎鹅毛空中旋,落到我的长发上,就像飞瀑下龙潭。"就这样,他们用诗打发了一段无聊的时光,也颇有一番情趣。

老来的诗也有许多,最著名的大约要数贺知章的《回乡偶书》:"少小离家老大回,乡音无改鬓毛衰。儿童相见不相识,笑问客从何处来"和陆游的《示儿》:"死去元知万事空,但悲不见九州同。王十北定中原日,家祭无忘告乃翁"了。还有一首大约有许多人知道也有许多人不知道的一个凄凉的故事和一首悲凉的诗。说的是一个老翁在数九寒天里被不孝的儿子赶出家门。冰天雪地的晚上,他在外面呵开窗纸,看到自己的儿子在炕上喂孩子吃饭,便吟道:"隔窗望见儿喂儿,想起当年我喂儿。不怕我儿不养我,就怕我孙似我儿。"或许,这诗并不能御寒,也不能充饥。但老翁总是用诗表达了心中的无奈和情感,排解了些许的郁闷和悲凉。

诗词,似乎就那么无时无刻不在人生无尽的时空里,丰富着人们的生活,调节着人们的情绪,形影不离地伴随着人们走过漫长的生命之路。

2009年1月21日

对联创作絮语

2013年春节期间,莱西市党政机关和事业单位开展了以贯彻落实十八大精神,讴歌现代化建设成就为主题的迎新春征联活动,这一引领风气、鼓舞人心、推进文明、弘扬传统文化的创意之举,虑深意宏,题高而旨远。

对联,是中华文明的瑰宝,是传统文化的精粹,是历史悠久、应用广泛的一种文学样式,其最初叫桃符,后来逐渐叫成对子,也叫楹联。如同春节时家家户户贴在门上的对联叫春联一样,结婚用的叫"婚联"或"喜联",祝寿用的叫"寿联",吊唁用的叫"挽联"等等,一般都是以用途来分类的。莱西市这次活动征集了许多好的对联,从中也可以看到不少精于对联创作的行家里手。但也确实有许多在书写、装裱上费了许多工夫,却在联语上有失斟酌的作品,不能不令人惋惜。

一般来讲,对联因其比较简短,比较容易把握,相对来说创作还是比较容易的。其所以出现许多不规范的作品,主要原因是长期以来整个社会对对联基础知识的普及不够重视,传播得不够广泛,致使一些人对此接触很少甚至根本就没有接触,因而在创作对联时只是"照猫画虎",以致尽显皮毛而不得要领。尽管近几年莱西市诗词楹联学会在对联常识的普及方面做了一些工作,开展了相应的咨询和讲座,但影响所及,远未达到大众需求的广度和深度。其实,往简处说,对联的规范并没有多少讲究,在一般情况下,无非是作为"硬指标"的对仗和联律两个方面,在创作时加以注意是不难做好的。一般情况下,如果"硬指标"达不到,在一副对联中出现"硬伤",其他方面无论如何高妙,也进不了佳作行列。

对仗是对联的基本属性,大约对联的"对"就是因其讲究对仗这个特点来的，上、下联的联语两两相对才叫对联。与格律诗词和骈文的"对偶""排比"要求那样，对联的对仗也要求上、下联词性相应，属性相同，相应词位的词要求实词对实词，虚词对虚词，也就是名词对名词，动词对动词，形容词对形容词，数量词对数量词，方位词对方位词，连词对连词，介词对介词等等。对联有"工对"和"宽对"之分，工对要求在同一词性内还要讲究词内在的自然属性，像《声律启蒙》的"云对雨，雪对风，晚照对晴空。来鸿对去燕，宿鸟对鸣虫"那样去对，而宽对则是达到一般对仗要求就可以了。对仗还必须上、下联语法结构完全相同，这也是需要注意到的。当然，在特定的情况下出于特定需要而出现的在严格意义上不能算对仗的所谓"变格""集句"等等，就不能作一般意义的对仗来看待了。

汉语言是讲究音韵和节奏的，所谓抑扬顿挫在很大程度上取决于讲究格律。所以，对联只有讲究联律才能保证韵味浓郁，有好的节奏感。讲究联律就是通常所说的讲究"平仄"，这大致相当于律诗的颔联和颈联，应按照"平平仄仄平平仄，仄仄平平仄仄平"的格调去布局，只是不强调押韵而已。在一般情况下，要求一个或两个字一个音节，其格律在一句之中平仄相间，对句之中平仄相对。所谓对联的"马蹄韵"，也是从这个韵律的基本要求归纳而来的，没多大差别。需要特别强调的是，对联无论如何通律，其上联的最后一个字必须"落脚"在仄声上，下联的最后一个字必须"落脚"在平声上。而这"落脚"的字又不能是三个或者三个以上。不然就会成为"三仄尾"或是"三平尾"；如上、下联的最后一个字都是平声或都是仄声，就又成了"一顺边"。这些问题，也都是对联创作的"硬伤"。与其他文学样式一样，对联也有个健康的内容与完美的形式相统一和不能因律害意的问题。如清朝曾经担任过同治、光绪两代帝师的状元翁同龢所撰"每临大事有静气，不信今时无古贤"的名联，就不是一般意义上的联律所能涵盖得了的。当然，如果据此就随意置作为对联创作一般规律的联律于不顾而如跑野马似地写到哪算到哪，则绝对是不足取的。对此，撰联的作者和评联的评委们都应该引起应有的重视。

如何区分"平声"和"仄声"呢？就旧声韵的"平、上、去、入"四声讲，"平声"中的"阴平、阳平"都是平声；"上声、去声、入声"都是仄声。

而按照《中华人民共和国通用语言文字法》的规定，就要按照普通话的要求去规范，这便是第一、二声为平声；第三、四声为仄声。旧韵也好，新韵也好，现在何去何从国家还没有哪个权威部门做出明确规定。在这种情况下，允许新韵、旧韵在使用上"双轨并进""共存共荣"也无可厚非，只是新韵、旧韵不能在一幅对联中混用，这是应该引起注意的。

与其他文学样式不同的是对联需要书写和张挂。因此，对联除了文字上的准确之外，书写和张挂也必须"到位"，不能出现讹误。有一副对联写的"秋江欲画毫先冷，梅水才烹腹便清"。这本来是一副很高雅的对联，字也写得不错，可惜上联、下联写颠倒了，而且上款和下款都题得明明白白，就使这对联左挂不是，右挂也不是了。我到陕西拜谒过黄帝陵，那里新建成的轩辕殿宏伟高大，而大殿后面的两幅楹联"继天立极垂泽万世，生息昌大惠利千秋"；"拓土建邦传四万兆胄裔，开物成务启五千载文明"。联语按常规虽然也存不足，但其语义也不可谓不宏。最不应该的是对联的上、下联颠倒了位置，让人徒叹唏嘘。而在一般酒店宾馆和风景游览之地，所见对联的书写和张挂出现讹误的情况更不在少数，也就见怪不怪了。必须明确，现在汉语言文字的规范排列顺序是横排的自左至右；而竖排的自古至今则一直是自右至左。因为对联都是竖写的，张挂也自然是竖的。这就要求上联必须挂（贴）在右边，下联则挂（贴）在左边，这是不言而谕的。

对联除按一般要求创作外，还有那些多少有点像玩文字游戏的"嵌字联""拆字联""叠字联""回文联""隐字联"等等，也有像即席赋诗那样的即兴出句、对句，有兴趣的朋友也可以加以探讨。至于其他方面的创作要求，则与别的文学体裁的创作一样，需要强调时代性、思想性、艺术性以及与之相关的意境问题、语言问题、表达技巧问题等等。只要注意努力提高自己的思想修养、文学修养、人格修养，不断增加生活积累，增强驾驭文字的能力，像鲁迅先生说的那样用心"多看和练习"，是不难创作出思想性和艺术性相统一的好对联的。

2013年2月25日

文学,不妨玩玩

文学是什么?说穿了,文学就是把海阔天空、汪洋恣肆、奇思妙想、天上人间的那些人情事理等等的一笼统用语言组合起来,把成品公开出去,就算全部。其妙而为文,玄而为学,就成了近似"唬人"的玄妙。实际上,这不过只是文学人的游戏,玩玩而已。说这话,绝没有贬损文学的意思,只是为了让文学圈外的先生们摆脱神秘、除却玄奥,不必把文学看得那么云里雾里,深不见底,高不可攀;也请文学圈内的老师们实在一点,不要说得那么辛劳,那么清苦,装得那么道貌岸然,一本正经,弄出一副自命不凡的样子来。如此而已,别无他意。

(一)

文学是艺术,这是勿容置疑的。艺术作品大都是在轻松自在的经意不经意中玩出来的,不是矫情,不是做作,不是无病呻吟言不由衷,也不是生拉硬扯生吞活剥出来的。这样说可能会有人听了不舒服,但不能不承认这就是客观事实。

太史公司马迁在《报任安书》里说:"文王拘而演周易,仲尼厄而作春秋。屈原放逐,乃赋离骚。左丘失明,厥有国语。孙子膑脚,兵法修列。不韦迁蜀,世传吕览。韩非囚秦,说难孤愤。诗三百篇,大抵贤圣发愤之所为作也。"发愤者,发奋也。落难了,没事干了,不能自暴自弃,闲着也闲着了,那就抓紧(发愤)借就工夫玩玩,用文字游戏掏掏胸中的蓄积,泄泄心里的愤懑,说说对人世的见解和体悟,或许对人对己对社会都还能有点用处。

"游于艺"嘛！于是就玩出了一些文学或是近乎文学的作品流传至今。四大名著的产生当然也是这样，那帮有闲阶级的有闲之人，没事了找点事做做，找个下处玩玩，玩来玩去就玩出了那么大的四部书。

其实，一切写作，也就是那些喜欢文学又能操纵文字的人在玩文字游戏。一气呵成，一挥而就也好；披沥数载，增删百遍也好，都是在玩。有人曾把自己的作品比着孩子，这里不妨借用这个说法说说事：孩子的生产，自然是要有阵痛的，这是玩的过程中的阵痛。生产了，看着宝宝的可爱就又有了玩兴，以致乐此不疲。既然是玩，就要玩得轻松，不要老是絮絮叨叨地累啊，苦啊，清冷啊，寂寞啊！多么悲凄，多么可怜。既然这样，又何苦呢？

（二）

艺术是高雅的，文学艺术尤其如此。四川丹棱有个"大雅堂"，是出自"苏门"的大学士黄庭坚发起做成的。前些年成都杜甫草堂景区又建了一个更大规模的"大雅堂"，陈列的是从春秋到两宋的十几个大诗人的雕像、人生履迹介绍和他们的诗。"大雅堂"的名字是从《诗经》的"二雅"来的。"二雅"就是大雅、小雅嘛！诗歌当然属于文学的范畴，不属于其他。翻阅典籍，没有见到过还有别的艺术形式称之为"大雅"的，所以就说"尤其如此"了。

既然文学独有"大雅"之称，那玩文学的时候就要切切记住，一定要玩得高雅。高雅是什么？高雅就是"美"。艺术是创造美的，艺术作品应该给人以美的享受，美的回味，美的启迪，美的陶冶。不然，就那么一张张冷冰冰的白纸黑字，与其他文字没有任何两样，那还叫什么文学！美是多种多样的，悦目的、悦耳的、悦口的、悦鼻的都有，而文学的美无形无声无色无味，却是悦心的。穿越时空，透彻物理，直击心灵。文学的美是什么？是弘扬真、善、美，鞭挞假、恶、丑，是传播"正能量"，彰显大气象。

有人说，文学创作是个人的事，自己想怎么写就怎么写，与别人无干，哪里这么多穷讲究！不错，是这样的，这就叫自由。每个人都可以在自己心里头玩自由，在自己的小天地里玩自由，但玩文学的人却都不安分在这个

"自己"的里头，而是想尽千方百计把作品发表出来，"抖搂"出去，去影响别人。既然这样，就要把眼光放远一点，让自己的创作自由与文学创造美的任务有机统一起来，在自己的自由空间里玩出一种自己独有的美来，给人以美感，以愉悦；不要给人以丑陋，以厌恶，免得污染人的眼睛和心灵。污染是很可怕的，据说一条河流污染了要治理一百多年才能恢复原生态，心灵污染的治理要多少年却没谁说得准，也不知哪里是尽头！如果因文学而污染了心灵，那就坏事了。

（三）

　　文章是客观事物的反映，文学作品当然也是文章，所以也必须反映客观事物。离开了客观事物，文学就没有了源泉，没有了根本。既然是反映客观事物，就要反映得实在得体，不能玩虚假，不能凭空想象，不能胡编乱造，就是说玩要玩得真实。真实有生活真实和艺术真实的区分，而艺术的真实都是来源于生活的。

　　真实是文学的生命，没有真实文学就是一潭死水，文学作品就是一条"死鱼"。曾经，文学创作一概强调"高、大、全"，强调"主题先行"，用这种"拿着鞋子找脚"的脱离现实生活的方法自然创作不出好作品；近几年又出现了"戏说、虚拟、拼装"的写作模式，出了不少作品，炒得沸沸扬扬，看来这终究也不过朝露秋蝉，生命力是不会长的。这两种路子虽然出现在两个时代，表现了两种不同的模式，却出自一个窠臼，这个窠臼就是主观唯心主义。不深入生活，不到时代大潮和历史的广阔时空寻找真实素材，不知道写作对象的真实情况，不知道人间的喜怒哀乐，一个人或者几个人坐在小屋子里胡思乱想，胡吹滥聊，玩小技巧，耍小聪明，闭门造车，牵强附会，只可用于自娱自慰，自我陶醉，别无其他用处。

　　读者不是傻瓜，不是白痴，也不会被愚弄，被欺骗。读者是生活的创造者，也是文学作品最现实、最客观、最公正的评判者。不信，看看历史流传下来的那些名篇大著，不都是经过一代一代读者的大浪淘沙，披沙拣金似地选优汰劣保留下来的吗？这个，是走不得门子也使不上钱的。

（四）

孔子曰："言而无文，行而不远。"（《左传·襄公二十年》）要有文，就要懂得和遵守为文之道。文学之言的"行而远"当然更是这样。什么是道？道是规律，是科学，是客观。玩文学就要循着规律来，要玩得对路，玩得在行，才能玩得要风得风，要雨得雨。

在行首先要懂行，知道题材（裁）的选择、材料的使用、主题的确定、结构的安排，知道行文的起、承、转、合，语言的准确、鲜明、生动，通篇的龙头、猪肚、豹尾；也要知道诗歌创作要用形象思维和赋、比、兴手法，格律诗词还要讲究声韵谱律，散文要用真实的材料，小说要在典型的艺术空间里尽情塑造艺术形象、艺术环境、艺术情节等等这些近乎于ABC的东西。如果连这些都搞不明白，文学就玩得不会那么转了。规律里面有实践的总结，有理论的传承，有先哲的积累，有演进的雪泥鸿爪。按照规律玩文学，才玩得有根基，有功夫，有深度，有底气。一句话，就是才能玩得有板有眼。

或许有人会以规律碍手碍脚，妨害创新为借口加以否定，说文学要创新，要进步，就要破除"清规戒律"。但也应该明白，规律是基本功，是原生态，创新、进步也是要从规律出发才能够实现。在原有的基础上经过创新再发现新的规律，这是包括文学在内的所有艺术创新进步的规律。不按照这个规律创新就是瞎折腾，就会乱了方寸。拿诗歌来说，目前能看到的从《诗经》开始，由古风体到格律体到词到曲到自由体一路走来，一步一个新天地，谁也没有否定谁，谁也没有取代谁，反而成就了诗歌的百花齐放、交映生辉，使诗歌系列的文学体裁更加光彩夺目。与之截然相反的所谓创新是诗的不讲韵（其他且不说）——诗可以不讲声律，但不能不要韵。因为诗本来就叫韵文。这是自古以来诗区别于其他文体的根本所在，没有韵何以为诗——填词作曲不依谱，照古人的作品数出一阕几句话，一句几个字，句数对了字数对了就标注上某词某曲的名称，格不格，律不律，谱不谱，调不调，非驴非马，不伦不类。这类作家和作品尽管令行里人嗟叹不已，却在某些领域照样发表照样获奖，作者甚至还登台奢谈创作，妄说经验，吹得漫天吐沫星子，全不以为自己是违背常识的瞎咧咧。偶尔赚得几声稚嫩的鼓掌，居然如醉人行路，深一脚浅一脚地飘飘然起来。间或还会冷不丁哼上句"得，锵令锵！我手执钢鞭将你打……"

玩文学而不守文学的游戏规则，是要玩出"癫狂症"来的。

（五）

文学是时代的产物，必须反映时代，在为时代服务中推动时代前进。文学有独立存在的天地，但独立不能独立于时代，必须与时俱进，才能完成文学的使命。美术界有"笔墨当随时代"的说法，而文学更需要这样。所以，玩文学要号准时代脉搏，随着时代的节拍，抒写时代的家事、国事、天下事，人景、物景、自然景，今理、古理、中外理，豪情、激情、悲苦情，玩得靓丽，玩得明快，玩得清新，玩得生动，玩得风生水起，妙趣横生。

文学是人学，这个"人"包括自己也包括他人。人学就是要塑造人，揭示人，愉悦人。文学也是圣洁的，是大众化而不是小众化，是严肃的而不是轻浮的，是明丽的而不是龌龊的，是需要呵护而不可亵渎的。文学人负有社会责任就必须具有社会道德。文学可以通俗但不可以庸俗，可以简练而不可以简单化。不能"挖到篮子里就是菜"，把人生的白开水、生活的流水账，文字的垃圾场也当成文学。更不能迎合低级趣味，热衷于荤段子、下三烂，精心于描写脐下三寸，窥私猎艳，诲淫诲盗，不惜作践人伦以媚低俗。

文学是用心血作出来的，是从生活里萃取的精华，是人生的厚积薄发。好的作品是凭质量闯出来的，不是靠吹靠拍靠捧靠花钱炒出来的。"能给人带来笑就是文学，就是艺术，就是好作品。"这种近乎街痞子的昏话是站不住脚的。要知道，笑有真笑、假笑、苦笑、嘲笑、冷笑、傻笑、无奈笑，病态笑的区别呢。

文学的玩，是一种心态，一种境界，一种坦荡率真虔诚的潇洒，一种超越自我神采激扬的飞跃；文学的玩要具备长期的积累和磨练，深厚的学问和修养，超强的实力和灵性，坚韧的耐力和跋涉；文学的玩要靠对生活和时代的准确把握，对自然和人生的缜密观察，对文学和艺术的深刻理解，对文字技巧的驾轻就熟。不然，那就先忙忙别的去吧！

2014年1月28日

诗联声韵探析

　　由于课程设置的原因，我们和我们之后的数代人对《平水韵》之类的旧声韵知之甚少，甚至大都从来就没听说过。从上学开始，教我们识字断句的除了老师之外就是"汉语拼音"。所以，当这些人进入讲究韵律的诗词楹联创作领域，就不得不再经历声韵的启蒙。在这个过程中，我通过学习、理解、实践和不断探求，对新、旧声韵使用得到的一些入心入脑的见解和体会，或许也带有一定的普遍性。现简述如下，以就教于方家。

　　（一）知难而进，进而思变。我原来不写诗，也较少作对联。因为我参加工作先是做新闻，后来做秘书写公文，根本就没有时间作诗，也没有像某地人大那样需要写"报告诗"或者叫"诗报告"，只是每年国庆和春节的时候为市政府办公大楼作幅从楼顶垂下的长联，内容合适，字数一样就行，联律不联律从不讲究。其实，那时所谓对联律的不讲究实际上是自己不懂，脑子里根本没有诗韵联律这样的概念。2000年我到北京参加一个诗词笔会，才算明白了诗词格律；读了中国楹联学会颁布的《联律通则》，才知道联律。一段时间以来，在诗联创作中我便使用旧声韵，而旧声韵最麻烦的是辨别入声字，最令人费解和作者与读者都不能接受的是与现代语言的不统一。如把韵母为"i"的"机、衣、希"等都归在韵母为"ei"的"五微"里；把韵母为"en"的"门、村、盆"等都归在韵母为"an"的"十三元"里。按照这种归类，用现代的语音根本就没法作诗。读古诗词的时候，那些与现代音韵不相符合的字，还要特别费口舌去解释音韵。譬如"远上寒山石径斜"（[唐]杜牧《山行》）的"斜"，必须按照旧韵读"xia"才能读出押韵来；"早知潮有信，嫁与弄潮儿"（[唐]李益《江南曲》）的"儿"，必须读成"ni"才行。

正如民国元老于右任说:"古时同韵的,读来反而不谐;异韵的反而相谐。"当代著名诗人刘征也说:"按韵书是押韵,念出来却不押韵。"所以,在基本认识了旧声韵的弊端之后,我便开始考虑变使用旧声韵为新声韵的理论和理性问题:一是新声韵符合《国家通用语言文字法》,这个法规定"国家通用语言文字以《汉语拼音方案》作为拼写和注音工具。";二是自古以来"音随时变",现代社会只有用现代语言进行创作才合事宜;三是自己熟悉现代语言,诗联字句常常可以信手拈来,方便快捷;四是诗词、楹联界的权威耆宿提倡使用新声韵。著名语言学家王力先生在《诗词格律》中说:"今天我们如果也写律诗,就不必拘泥古人的诗韵。"中国楹联学会老会长孟繁锦先生提出:"声韵当随时代";五是中华诗词学会提出"倡今知古,双规并进。"这些就足够了,依此就可以理直气壮地使用新声韵创作诗词和对联了。

(二)变中求进,进中求好。从旧声韵的束缚中解脱出来,有一种轻松自在的感觉。因为不必再下功夫去辨别那些毫无意义的入声字,也不用管什么"xie"还是"xia"了。当然,用新声韵要守新声韵的规矩,吟诗作联依然是"戴着镣铐跳舞",并不是随心所欲地"跑野马",只不过是换了一副"镣铐"而已。戴上新"镣铐"的"舞"怎么跳呢?我的做法首先是学好普通话。现在虽然全国都要求使用普通话,但不可否认的事实是大部分说普通话的人都或多或少地带有地方口音,不带地方口音的也不可能每个字都读得很准确。譬如作为公众舆论机构的中央电视台,偶尔就有播音员或者电视剧的演员把"标识(zhi)"读成"标识(shi)";把"虚与委蛇(yi)"读成"虚与委蛇(she)"等等。读错音的有,发错声的也有。最常见的是把本来第四声属于"去声"的办公室的"室"和友谊的"谊"读成属于"阳平"的第二声。所以,使用新声韵也要保证音韵准确,不明白就及时查字典或韵书予以确认,不要自以为是或凭想当然。其次要有一些工具书,如中国楹联学会编的《联律通则导读》,中华诗词学会编的《中华新韵》,上海古籍出版社编的《诗韵新编》和其他有些声律音韵方面的书。有人说既然新声韵以普通话为准,一本《新华字典》就足够了,其实不然。《新华字典》是以词头排序的,韵书则是以词尾排序。而诗词的押韵用词尾而不是用词头,所以用起来就方便。其三要避免使用方言。旧声韵的入声字实际上就出自方言（当时可能已入官话）。写诗词作楹联如果再使用方言，不仅地方之外的多数人听不懂，看不懂，而且又进入了旧声韵的窠臼。诗联是面向大众的，创作者首先要考虑到大众，大众不明白，作者再自以为高明也毫无意义。正如用那些生涩的"典"，读四句诗或一副联往往查遍典籍都搞不明白，这种文风实在令人不可思议。有人强调诗词楹联的通俗、亲和而提出使用方言。但通俗往往是与口语相联系的，而方言绝不是口语。我曾经写过一篇《使用口语是诗词繁荣的一个走向》的文章，作为第22届全国中华诗词研讨会论文提交大会，也提出了倡导使用口语并不是提倡使用方言问题，郑重其事指出了口语与方言的区别。这些看来近乎"小儿科"的观点和做法，对我的创作来说却是十分重要。不要担心用新声韵写不出好的诗联作品。我用新声韵创作诗联十多年，写出的作品在报刊上发表了许多，出版过两本诗集，有些作品还获得过奖励，也有的被镌刻在名胜风景区和重要建筑物上，也应该算作好作品了吧。当然，声韵对于诗联创作仅仅是基础和条件，要真正写出好作品还需要声韵之外的许多包括思想理论在内的其他元素和长期的文字修养。因本文只探讨声韵运用，所以不涉及其他。

（三）新旧相照，各行其道。语言是发展的，是承前启后的。不提倡使用旧声韵是因为时代变了，语境变了，语言和音韵也就随着变了，再用就不能因声押韵了。有关资料表明，我国从隋代开始便有了韵书，唐代有《唐韵》，宋神宗时有《广韵》，宋、金时代甘肃平水人编出了《平水韵》，到元代出现了《中原音韵》。《中原音韵》对声韵进行了较大改革，将《平水韵》的106部整编为19部，取消了入声字。明朝《洪武正韵》借鉴了《中原音韵》的成果，以皇家韵书颁行天下。清朝推广使用《平水韵》实际上是一次复辟，以致《平水韵》系的韵书如《佩文诗韵》《诗韵集成》《诗韵含英》广为印行，但这些韵书所标注的音韵已经远远脱离了当时现实生活的语言，使音韵一下子倒退了700多年。但无论如何，音韵的延续和传承关系是勿容置疑的。至于到现在依然有些人喜欢使用旧声韵，也是"萝卜白菜，各有所爱"，无可厚非。所以我这里提出了"新旧相照，各行其道"的观点。所谓"相照"是说新、旧音韵相互关联，可以相互印证、呼应、比较；所谓"各行其道"指两个方面，一是指新、旧声韵因人而宜，都可以按自己的好恶选择使用，也就是所谓的"双轨并进"；二是指新、旧声韵的用途。创作诗联可以用新声韵，但不能不明白旧声韵，不然就没有办法阅读、理解和解释古典诗词楹联的一些用韵和句式。尽管如此，鉴于当前诗词楹联界对新、旧声韵的认识差异的现状，一些方面有的对使用新声韵的作者和作品常存偏见和非议；有的在发表和评价作品上有意无意地表现歧视甚至设置障碍；有的甚至发出征集网上签名的"反对诗词声韵改革的联合宣言"等等，把本来可以各得其所的简单问题变成了复杂的几成攻讦的派系之争，颇有点"保皇党"的遗风，实在有伤大雅，甚或有辱斯文。在此，我提出如下建议：

1.创造新声韵作品生存发展的良好环境，消除相关机构特别是出版机构对于新声韵作品设置的偏见性和歧视性障碍，破除旧声韵的垄断地位。

2.用新常态、新思维重视新语境。声韵使用要在倡导"双规并进"的同时，强调"以新声韵为主"。

3.不论国家机关还是民间机构，在进行诗词楹联教育辅导时都要从新声韵入手，不能长期食古不化，误人子弟。

4.国家有关机关应组织编写并颁布"当代韵书"，以正视听。

2015年4月9日

"一带一路"与青岛楹联的历史与现实

青岛,在国家"一带一路"规划中,被定位为"新亚欧大陆桥经济走廊主要节点城市"和"海上合作战略支点"。

1600多年前,东晋高僧法显经陆上丝绸之路,穿越河西走廊和新疆赴印度寻求真经,十年后沿海上丝绸之路,最终北上登陆青岛,归国后写成《佛国记》,留下了关于丝绸之路的历史印记。公元623年,唐朝在青岛胶州湾北岸设立板桥镇,"海上丝绸之路"北线即从这里起航,开启了我国北方海上贸易的大门。宋朝在此设置了北方唯一具有海关职能的"市舶司",板桥镇便成为全国五大通商口岸之一。19世纪70年代,德国地理学家李希霍芬在写成的《中国》一书,首次对此表述为"丝绸之路",并指出青岛胶州湾"是进入整个中国市场的一扇门户"。

同"一带一路"同样有着悠久历史的是青岛的楹联文化。青岛楹联文化应首推道教圣地崂山。崂山,古称劳山,位于青岛市区东部,海拔1100多米。相传山名与当年秦始皇东巡登临有关。明顾炎武《劳山图志》曰:"秦皇登之,是必万人除道,百官扈从,千人拥挽而后上也。五谷不生,环山以外,土皆疏瘠,海滨斥卤,仅有鱼蛤,亦须其时。秦皇登之,必一郡供张,数县储待,四民废业,千里驿骚,而后上也。于是齐人苦之,而名曰劳山也。"崂山之名便由"劳山"演化而来。崂山史称有九宫八观七十庵,上千名道士。著名道长丘长春、张三丰都曾在此修炼。这些宫、观、庵是千古楹联最集中的地方,仅太清宫就不计其数。如"化三清,立三皈,演三纲,历代纲领;掌五行,传五戒,治五常,古今长存。""意隐邪恶,任你烧香无点益;心怀正大,见我不拜有何妨。""雪里梅花,寒则寒,精神爽利;身居茅屋,贫则贫，志气清高。""人心全没灭，还讲甚是是非非，任凭尔去；天理自昭彰，须看那古古今今，放过谁人。""道教精微犹如日挂山头，行到山头日更远；玄门奥妙恰似月浮水面，拨开水面月还深"等等。在崂山千山万壑的巅岩山门之上，历朝历代留下的对联更多。如"娟峰削玉三千仞；乱石穿空一万枝。""静里常观天边月；室中可采海底珠。""迎来海上三千履；望尽齐州九点烟。""一蓑一笠一髯翁，一丈长竿一寸钩；一山一水一明月，一人独钓一海秋。""云归叠嶂千层翠；日浴扶桑一点红。""盘空瀑雪飞涛落；拂面吹花细雨来"等等。

　　青岛地区现有6区4市，其在"一带一路"的起始阶段和以后多年均属即墨县（1989年撤县设市）。今年（2016）四月，中国楹联学会主办"中国第九届楹联学术研讨会"在即墨市举行，并决定在即墨古城设立"中国楹联文化传承基地"，使中国"一带一路"节点城市的楹联文脉更加深厚，更加源远流长。笔者所在的莱西市诗词楹联学会成立于2008年，是青岛市成立最早的一个诗联类学会，也是青岛地区唯一由中国楹联学会原会长孟繁锦先生题写会名的学会。如同自古至今包括崂山楹联在内淳教化、移风俗的功能一样，八年来莱西市诗词楹联学会在中华诗词学会和中国楹联学会的关心支持下，始终坚持坚持社会主义核心价值观，坚持习近平总书记在文艺座谈会上的讲话精神，坚持积极热情地为经济建设、政治建设、文化建设、社会建设和生态建设服务，并不断把实践经验上升为理论，总结出了"重服务、接地气、随传统、创精致"的基本观点。

　　（一）重服务。楹联既能够传情达意，又有赏心悦目的特点，是一种应用最普遍，需求最广泛的艺术门类。它产生于廊庙，流布于民间，适宜于整个社会，而这种适宜恰恰是楹联文化赖以生存发展的基础。没有社会的容纳，没有大众的需求，楹联的生存发展就失去了应有的土壤和条件。因此，每一个楹联组织和联家都应该把工作重点放在为社会、为大众的服务上，才能使楹联文化之树四季常绿，万古长青。多年来，我和我们学会的联友始终坚持这个观点，坚定地走全心全意为大众服务的路子，做到不讲条件，不收费用，有求必应，样样做好。2005年秋天，我在去北京的路上接到莱西市有关领导的电话，要求为市中心的月湖公园作对联。因为1995年我为那里写过《月湖园记》，对那个公园比较熟悉，所以驾轻就熟，便在行进的车上思考写出了"月表乾坤意，园达日月心"和"天降月湖三百水，世成江北第一园"等两幅对联，用手机发出。他们请我国著名国画大师崔子范书写，分别镌刻在了公园的南门和西门。2014年，曾任中共中央政治局委员、全国人大副委员长的姜春云为胶东民俗文化博物馆题写了馆名，博物馆邀我作楹联。经过缜密思考，我写出了"阅古识今当向此中追马迹，笃行益智并从方外浣蛛丝"并为之书写，成就了一个崭新的大门。

（二）接地气。楹联文化既然要为社会和大众服务，就要了解这个社会，这个大众需要什么，喜欢什么，要与他们心心相印，息息相通，才能接地气，才能真正服务到位。要接地气，就要深入社会，深入民间，深入各行各业，搞好调查研究，进行实地采风，了解大众的喜怒哀乐，了解他们喜欢什么，憎恶什么。要如同古人所说，做到"入乡随俗，过境问禁"。到一个地方，不论当地还是外地，不论中国还是外国，都要尽可能多地了解地方的风土人情、人文历史和山川风物等，做到服务而不失误，到位而不越位，才能得到服务对象的认可。2008年我为北京奥运会青岛的奥运圣火传递对的对联："圣火耀名城光灿崂山云外境，奥帆扬碧海浪激青岛日中天"，把奥帆赛和青岛的地域特色都融进了去，得到多方认可。2011年我到美国，在堪萨斯州过圣诞节时依照地方风情为他们作了对联："圣诞节千家喜气，克来德万户福音"，配上一首五言律诗的中堂捐给了当地图书馆，受到很高的评价。"凡事要好，需问三老"的古训在楹联文化接地气中同样十分重要，需要联家在调研和采风中引起足够重视。

（三）随传统。这包括两个方面：一是在楹联自身的创作、书写、张挂、刊刻方面要随传统。楹联是中国文化的瑰宝，千百年来经过不断完善，形成了比较完整的规范体式，已经融入了中华民族的文化血液，形成了较为固定的楹联观。中国楹联学会在继承传统的基础上推陈出新，编写并颁布了《联律通则》，使今古传承的体式更加完美。楹联要按照《通则》做，循着传统走，不然就不会为大众所认同，就谈不上布好局，服好务。二是楹联在为大众服务方面要随传统，把握住节庆、欢会、典礼、喜寿等等的时间节点，顺风随俗，做好服务。同时，对那些传统的"妙语联珠"也应注意留存，以应"不时之需"。如春联语"新年纳余庆，佳节号长春""一夜连双岁，五更分二年"；如建新房的"开门迎百福，立户纳千祥"；贺寿的"福如东海水长流，寿似南山松不老"等等。作为楹联组织和联家，随传统能够充分发挥自己的作用，更好地为现实服务。莱西市诗词楹联学会每年都组织联家创作数百副新对联，春节前或在当地报刊登载，或印成本子分发给书写制作者参考，并组织人员到农村和企业作对联，写对联，送对联。对平时的需求，则随时安排，认真对待，千方百计满足要求。

（四）创精致。楹联艺术也存在习近平总书记批评的"有'高原'缺'高峰'"的现象，而那种"机械化生产，快餐式消费的问题"在楹联文化中就更加突出。楹联的创精致一是要在创作上始终坚持弘扬正能量，体现新时代的清气，大自然的灵气，中华民族的豪气和联家心中的正气。要联系实际，写出特色，突出联家风格和服务对象的个性特征。如我为莱西木偶剧团写的对联："大汉留遗产千秋精妙出今世，传人演木偶一举新奇动古风。"这里所以用了"大汉遗产"，是因为莱西曾经出土过汉代木偶。为一家茶店作的对联："聚雅唯萌清友地，开鑫广济惠源泉"。其中的"鑫萌源"是店名，"清友"是茶的别名，这样的表达是很受欢迎的。要摒弃陈腐。陈腐是腐朽，是陈词滥调。避免楹联陈腐就要重视题材新、意境新、语言新，使每一个联语，每一副对联都健康优美，焕然一新。二是在楹联书写和制作上要做到精致新颖，做到守常开新，努力表现中国特色社会主义的新时代、新气象、新品位、新面貌。

2016年5月18日

诗人贵养浩然之气

孟子说:"我善养吾浩然之气。"他接着说:"其为气也,至大至刚,以直养而无害,则塞于天地之间。"(孟子·公孙丑)这种"浩然之气",用以统领诗人娴熟而精到的创作技巧,才能创作出"轰动当时,传之后世",反映"时代要求和人民心声"(习近平:《在文艺座谈会上的讲话》)的"至大至刚"的好作品来。作为诗人,领会和蓄养"浩然之气",应该特别重视以下几个方面:

一、追赶时代的朝气。诗词要反映时代,这是亘古不变的主题。诗人要创作出与时代同步,与人民同心的好作品,就要毫不止息地追赶时代,并且是等不得时日论不得年纪的。唐人李益的诗说:"早知潮有信,嫁与弄潮儿。"(《江南曲》)诗人就应该成为追赶时代的弄潮儿,始终站在时代潮头,把握时代的脉搏。不然,就担负不起诗人的当代使命。纪念建党95周年大会之后,我认真阅读了习近平总书记在会上的讲话,其中"不忘初心,继续前进"的论述在我心里产生了强烈共鸣。在充分理解和深思熟虑之后,于7月6日创作出了《一剪梅·不忘初心感赋》:"九五年华又日新。继续前行,不忘初心。安国理政固根基,立党为公,情系人民。衷肠亦是最强音。提振良知,发奋精神。目标明确路悠长,击水三千,久梦成真。"一时成为引领诗词响应的先声。

二、通解天地的才气。天地之灵性是诗人常吟常新的源泉。这种灵性要入诗,是需要由诗人的才气去发现,去理解,去开掘,去准确表达的。不然,天地间那千姿百态的自然风光就不能鲜活灵动地进到诗里。即使勉强进了,也可能变得冰冷或僵硬。大自然的灵性是无穷尽的,变化也无穷尽,而诗人的才气却各有千秋。同一个月亮,李白写"举杯邀明月,对影成三人。"(《月下独酌》)柳永写"今宵酒醒何处?杨柳岸,晓风残月。"《雨霖铃》而苏东坡写的则是"但愿人长久,千里共婵娟。"(《水调歌头·丙辰中秋》)都是那么灵动多姿。诗人要凭才气练就一双慧眼,一抬眼就满目风光靓丽。此刻,胸中的通灵之气与大自然的活灵活现相衔接,生发开去便会成不朽的诗篇。

三、家国人生的豪气。作为诗人,只有思想感情与国家、民族的命运融合在一起,作品才能展现出磅礴大气,其豪迈的遗韵流风才可能生生不息,源远流长。写景也好,抒怀也好,都是这样。唐代著名边塞诗人王昌龄的《从军行》写道:"青海长云暗雪山,孤城遥望玉门关。黄沙百战穿金甲,不斩楼兰誓不还。"宋朝抗金英雄岳飞的《满江红》说:"志壮饥餐胡掳肉,笑谈渴饮匈奴血。待从头,收拾旧山河,朝天阙!"清末鉴湖女侠秋瑾在留学途中写的《黄海舟中日人索句并见日俄战争地图》诗,其尾联曰:"拼将十万头颅血,须把乾坤力挽回。"这些诗篇,都是作者在各自的时代,各自的生存空间抒发的人生情怀。诗中透出的豪壮气概,便见出作者的风骨和胸襟。这样的诗篇,绝不是热衷于一己之私的人靠耍小聪明,玩小把戏能够写出来的。

四、激浊扬清的锐气。激浊扬清,正本清源是诗词的基本功能之一。古往今来,负有正义感的诗人无不始终保持着一种刺暴刺虐的锐气,或隐或彰地借以完成自己颂扬正直,匡正时弊的时代责任。唐代伟大的现实主义诗人杜甫的《石壕吏》,用极其平易的笔法写道:"暮投石壕村,有吏夜捉人。老翁逾墙走,老妇出看门。吏呼一何怒,妇啼一何苦。""夜久语声绝,如闻泣幽咽。"深刻揭露了李唐王朝的残暴统治,充分表达了对人民悲惨遭遇的无比同情。白居易840言巨幅的《长恨歌》,表面上看是歌颂爱情,实则是对封建君王荒淫无耻的辛辣讽刺。诗的最后两句:"天长地久有时尽,此恨绵绵无绝期。"看起来是对男女两情天人相隔的哀婉,却可以读出唐王朝大好河山的"有时尽"和人民苦恨的"无绝期"的弦外之音。2016年春,我有感而发写了一首小诗《无题》:"庙小神仙野,坟荒饿鬼多。风高月黑处,常欲奈人何。"也是对一种社会现象的鞭挞。

气是风骨之本。魏晋风骨的代表作家之一,魏文帝曹子桓的《典论·论文》里有这样的话:"文以气为主。气之清浊有体,不可力强而致",也是说诗文的"气"。诗人蓄养浩然之气,心中有正能量,是诗词创作最基本的前提和条件。因此，要写好诗，出大作，还是要靠修养自身，蓄养正气。至于怎么蓄，怎么养才为善，那是要靠诗人各自揣摩，认真体味的。

2016年9月26日

"余事做诗人"的当代价值

唐元和11年(公元816年),我国杰出的文学家、政治家和著名诗人韩愈,在他的《和席八十二韵》的诗吟出了"多情怀酒伴,余事作诗人"的清丽之句,成为吟诗作词的一个重要观点。千百年来,学界见仁见智,各有所见,过目入心,常免不了几声喟叹。欧阳修说:"退之笔力无施不可,而尝以诗为文章末事,故其诗曰:'多情怀酒伴,余事作诗人'也。"(《六一诗话》)很明显,欧阳修在这里是把韩愈作诗理解成了作文章的"余事",说韩愈对诗不如对文章重视,这似乎有些眼界狭窄或凭想当然。因为,韩愈在诗中并没有说他的"主事"是什么。既然如此,也就不能非要说成是作文章的"余"不可了。通篇看韩愈的那首诗,在开头两句"引言"过后,接着第三、四句便是"官随名共美,花与思俱新"。他提到了"官",这便可以理解为"官事"才是韩愈的"主事",因为他的职业就是"做官"。同理,工人做工,农民种地,商人经商,医生疗病等等便都是"主事"。这样理解,应该是既符合韩愈的本意,也开出了广阔的理论视野。因此,"余事作诗人"的观点,就具有深刻而实在的现实意义。无论过去还是现在,其价值都是无可限量的。

一、"余事做诗人"有利于诗家健康成长。"诗起源于劳动号子",这个观点早已为学界共识。既然如此,那么这个"劳动号子"便是诗,喊出"劳动号子"的这个劳动者便是"诗人","劳动"便是这个诗人的"主事"。假如,这些"劳动号子"变成可以表达意思的句子,这样的句子就是名副其实的诗。读过光未然的《黄河大合唱》可以看到,那第二段"歌词"正有这个特点。我国第一部诗歌总集《诗经》大都是"民谣";汉乐府诗也大都采自于民间。这些诗的作者,自然都是民间的诗人。而民间的诗人要过日子,要年复一年地春种秋收,男耕女织,那些诗不过是凭自己与生俱来的诗才,兴来之时"哼"出心声,抒发一下情怀而已。久而久之,也就成了名副其实的"诗人"。那个时代,是没有谁能够蹲在家里去"专门"做诗人的。我国田园诗的开创者,被《诗品》作者钟嵘称之为"古今隐逸诗人之宗"的东晋大诗人陶渊明,一直醉心于"商歌非吾事,依依在耦耕"(《辛丑岁七月赴假还江陵夜行涂口》)之中,种地开园,饮酒赋诗,拓开了一个伟大田园诗人的成就之路。唐代著名边塞诗人王昌龄、卢纶分别写出的《出塞》:"秦时明月汉时关,万里长征人未还。但使龙城飞将在,不教胡马度阴山"和《塞下曲》:"月黑雁飞高,单于夜遁逃。欲将轻骑逐,大雪满弓刀"的不朽诗篇,都是在从军征战的"余事"里作成的。应该看到,在中国古代,尽管产生了许许多多伟大的诗人,但真正身无别业,专门作诗的几乎没有,也没有哪个人去追求以诗为职业。"余事作诗人"实在是世间共同的见解。《四库全书总目提要》有云:"朱子以诗为余事"。宋人史浩说,"风勾月引,余事作诗人"。(《蓦山溪·次韵贝守柔幽居即事》)著名学者、文艺理论家何满子在介绍他的朋友卢鸿基时也说:"鸿基兄常说他是'余事作诗人',是在美术、文艺理论之余的遣兴行为。"(《苦瓜棚诗词遗稿》序言)这些,实际上是与孔子所说"行有余力,则以学文"(《论语·学而》)的观点也堪为异曲同工。实在说,中国诗词的大厦始终是由"余事"作诗的人支撑着的。在现、当代,有出息的诗人也大都是有一样"主事",作诗只作为一种工作之外的爱好,并不热衷于去寻求专门诗人的职业。大凡诗人的成长,也都是出于一种对生活的热爱,有一种作诗的爱好,偶尔触景生情来了灵感便创作成诗。天长日久,作多了,作好了,成了名,就被叫成了"诗人"。这样,诗人的潜质得到了充分发挥,诗人的才华得以尽情施展,诗人的追求和理想也水到渠成地变成了现实。

二、"余事做诗人"有利于题材充分开掘。题材是诗词创作的最基本的元素。有了好的题材,才能创作出好的诗词作品,这是一个基本常识。那么,好的题材从哪里来呢?当然只能从现实生活中来。而"余事"作诗,题材便可以直接从"主事"取来,因为"主事"本来就是现实的生活,是人民群众创造历史的生动实践,是诗人谙熟的广阔天地。在自己感同心受并与命运息息相关的天地里撷取题材,能够最直接地投入情感,最容易丰富内容,最有可能写出主题丰满，感人至深的诗。我曾经读过许许多多以自己职业为题材写成的诗，农民写种粮；农民工写离乡；公务员写扶贫，解放军战士写站岗等等，都是那样的情真意切，扣人心弦，视觉的冲击力、心灵的感召力，感情的亲和力极强。这里，我并没有轻视职业诗人重要性的意思，而需要看到的是，不仅许多职业诗人本来就是业余起家，而且已经成了专业的诗人要创作出好的作品，同样离不开真实的生活，仍然要通过深入实际去撷取生动的素材，感发燃烧的激情。有资料介绍，我国著名诗人郭小川，从1943年以后在长达十多年的时间里，把全部精力放在了实际的革命工作上，几乎没有动笔写诗。在中宣部、中国作协、《诗刊》编委的岗位上，虽然被看成专业诗人，但他的"主事"却是文化的领导工作。在领导工作岗位上依然像他的诗那样，以强烈的革命责任感和火一般的战斗激情《投入火热的斗争》（郭小川诗标题），作诗人依旧是"余事"。不可否认的是，诗词界至今还有习近平总书记批评的那种"有数量缺质量、有'高原'缺'高峰'的现象，存在着抄袭模仿、千篇一律的问题，存在着机械化生产、快餐式消费的问题。"那种"热衷于所谓'为艺术而艺术'，只写一己悲欢、杯水风波、脱离大众、脱离现实"的问题。这些，除了属于诗人的世界观、人生观、价值观的问题之外，诗人的思想空虚、生活空洞，视野狭窄，见闻孤陋也是一个很重要的因素。这就分不得"余事"做诗的人还是"主事"作诗的人了。

  三、"余事做诗人"有利于主题不断深化。诗词主题的深化，取决于诗人思想水平、理论水平和对客观事物的认识水平，取决于对生活的正确看待，准确把握和精准理解。业余诗人如鱼在水，本来就生活在"主事"的专业之中，对生活的理解和把握有得天独厚的优势。在自己具体作品的主题选择之后和写作过程之中，有条件随时随地地求教于同样与自己生活在一个"群体"里同呼吸，共命运的同事、朋友，通过一起聊生活，品细节，谈感受，论虚实，推心置腹地对作品由点到面，由浅入深地进行探讨，作者往往就可以从其中得到更多的生活补充，受到深刻的思想启迪，进而对照生活，调整构思，使作品主题更加深刻鲜明。据说，唐代大诗人白居易（也属于为"余事"作诗之人）作完诗之后，常常会读给并不识字的老婆婆听，这或许也与诗中所涉及的生活和主题有关吧。当然，他读给老婆婆听的只能是"离离原上草，一岁一枯荣"，(《赋得古原草送别》)和"妇姑荷箪食，童稚携壶浆"(《观刈麦》)之类。而那让"江州司马青衫湿"的《琵琶行》，则只能读给"左迁"之人以同声相应，同气相求了。主题的深化有内在外在之分。内在是主题本身，是一个"中枢"；外在则是主题的表达，是表现在诗词字里行间的神韵、气势、风色、情致等等，是打开书页扑面而来的春风荡漾，是品读诗意砰然心动的润物无声。主题的"内在"和"外在"是一个有机的统一体。要更好地实现"外在"效果，"余事"作诗的人也是有优势的。首先离生活近，也离"生活中的人"近。活生生的语言便可以采自"生活中的人"，这是准确、鲜明、生动地表达主题的最重要因素。其次视野开阔，接触面广，接受新思想、新事物、新观念多。诗人时刻洋溢着新生活的气息，带着乐观向上的生活状态作诗，所表达的每一个韵律节拍就都透着朝气蓬勃，生意盎然。"闭门觅句非诗法，只是征行自有诗"。([宋]杨万里《下横山滩头望金华山》)这是坐在办公室，关在书斋里，临渊羡鱼，望洋兴叹难以体验和得到的情致。再次是没有那么多清规戒律约束，没有那么多条条框框限制，没有那么多应景创作的压力，也没有那么多趋什么炎附什么势的顾虑等等，完全就凭自己的兴来即至的以手写口，以口念心。低吟浅唱，率性随意，轻松自在，欲行则行，欲止则止，自由自在地表现生活，抒发情志，便是理想的境界。

四、"余事做诗人"有利于生活富有诗意。"人需要吃饭才能活着"，"诗词不能当饭吃"，这些似乎近于逗乐的最朴素的观点，却始终是颠扑不破的真理。我在我的《国治绘事序言》里谈到陈寅恪先生关于"自由"的论述时说："如果说陈寅恪先生的自由观是一种最高境界，那么生存的自由便是一种最基础的保障。试想，当一个人连温饱问题还没有解决，每天的能不能活下去，怎样活下去就成了其自由的最大障碍。尽管历史上有'不食周粟'和'不吃嗟来之食'之说，但人间最现实的流俗依旧是'饥不择食，寒不择衣'。"我国伟大的现实主义诗人杜甫一生穷愁潦倒，许多时候要投亲告友寻求接济。在当了成都尹严武的检校工部员外郎后，虽然还常处于"入门依旧四壁空，老妻睹我颜色同"(《百忧集行》)的境况，却总还是有了一段比较安定的生活。那首明快开朗,欢快激扬的《绝句》"两个黄鹂鸣翠柳,一行白鹭上青天。窗含西岭千秋雪,门泊东吴万里船",就是在那个时期写成的。尽管,杜甫一生许多时间处在颠沛流离之中,但他当年并不是不找工作,实在是因为世事无常,屡求不得。我到杜甫草堂拜谒,看他那骨瘦如柴的雕像,不禁泪下。2008年4月11日,我第二次来到杜甫草堂,身边收音机传来天津法院对陈良宇案的宣判,遂吟作一首《有与无》的绝句:"十载回还又见君,依然拄杖骨粼粼。忽闻腐案宣良宇,道有说无哭小陈。"一时感慨,也不知道表达了些什么。如宋玉所说:"窃慕诗人之遗风兮,愿托志乎素餐。"(《九辩》)"素餐"也可以,却一定要填饱肚子。不能不理解许多人对诗铭心刻骨的爱,也不能不尊重一些人作诗和诗人之名宵衣旰食地追求,但无论是谁,都不能饿着肚子写诗。有媒体说,有位怀着诗人之梦的"北漂"诗人,因无工资无医保无法支付医药费而拖至病危。有位80后诗人为了生存而发帖求富婆包养,也可见是"饥不择食"了。当然,这种义无反顾为诗献身的精神,也实在令人感动。可是感动之余,也难以不心生哀怜。这些爱诗的人,在几乎到处需要劳力,需要文化的今天,为什么就不能去找个可以养家糊口的工作?必须明白,职业并不会影响作诗,也不会影响谁成就诗人。恰恰相反,有职业作生活保障,更可以增加作诗的激情,助推诗人长成的步伐。我所在的莱西市诗词楹联学会70多名会员,除了退休人员都有较稳定的职业和收入来源,都是在业余时间作诗,每个人每年大都写三五十首诗。一些人还在全国和省市诗词界得了奖,一些人出版了诗集。会员们的生活真正充满了诗意。

　　生活是丰富多彩的,诗人是富有激情的,诗词是神采飞扬的。生活需要诗人用诗去赞美,诗人需要有生活去保障,诗人之梦需要在现实生活中去实现,那就需要认真审视和理解"余事作诗人"的现实意义和当代价值了。"余事"作诗,有实在的生活,有广阔的视野,有宜人的风景,有浪漫的激情。如此,那就让"余事作诗人"的思想观点,承载着诗人的理想之梦,向着无限的未来翱翔吧。

2017年8月16日

把真实留在人间
——我的采访与调查研究

做人，是母亲教的；做实，是事业要的；采访与调查研究，是做的一个重要基础和前提。这三者，内在和外在都有联系。

我的第一次采访是在1971年春天。那年，我参加了绕岭公社举办的通讯报道学习班。正是植树造林季节，黄汶头大队是全公社植树造林的先进典型，学习班便组织学员到那里去采访。在老师指导下，我们先是听取了大队党支部书记的介绍，看了环绕村庄沟沟坎坎和田间地头生长着的茂密树木以及植树造林现场，又集体采访了生产队长、群团组织负责人和党员及社员代表，记录了大量的感人事迹。稿子写成之后，送到村里审稿，核准无误后由村领导签名、盖章，便发往上级新闻单位。

虽然，这篇稿子没有被任何报刊和广播台站采用，却让我知道并谨记了"真实是新闻的生命"的观念。推而广之，做人也一样，也是要原原本本，不掺虚假。母亲对我说："做人要老实，做事要扎实，说话要诚实。"这与新闻采访的原则是一致的。写的东西所涉及的事实不能有任何虚假。就在第一次采访不久，《烟台日报》刊登了我写的关于"大泊大队做好防汛工作准备"的稿子。那天下雨，公社党委房书记拿着报纸到我们村找党党支部书记，问报上登的事是不是真的？村支书说："稿子是在我们做了以后才写的呢。"公社书记说："那就不怕有人来看了。"如果说我写的东西哪里可能存在纰漏的话，那就是在采访或送审时受到了欺骗没有被发现。因为欺骗往往是防不胜防的。不过，这种情况绝少。况且，我还有一点对客观事物进行实事求是分析和鉴别的技能。

1984年，我在县委宣传部做新闻工作。那年过了春节假期，正月初六刚上班，程绍田部长就对我说："桂占山书记说，牛溪埠乡的姜家庄一户人家杀了一头牛出了17斤牛黄，你去写个稿子吧。"部长亲自传达县委书记的指示，我自然知道需要特别重视。当时县里正开"三级干部"会议，我立即到会上找到那个村的支部书记了解了大致情况，便骑上自行车到村里去了。打听到那户人家，进门说明来意，主人便取下吊在屋檐的一个包袱，放在炕沿摊开来。我看了，一块一块灰灰的如同破旧的棉絮，大的有地瓜那么大，小的如同花生米。我跟他详细了解了那头牛生前死后的情况，了解了宰杀过程和他对这些"牛黄"认定的理由等等。一般情况下，这样写作的素材够了，采访就算完成了。但对我来说，此前对于牛黄一无所知，只是觉得一头牛就能产这么多"黄"，怎么还那样贵重？

本来，就这种事件单一的稿子我晚上动动手也就写完了，但因为有这个疑问也就没急于动笔。第二天一早，我约上县药材公司姓崔的技术员又到了那户人家，又看那些"牛黄"。崔技术员看过之后，问还有没有别的了？户主说还有。他于是便拿出了一块皱巴巴的干肉状的东西，说有人给孩子治病，割去了一点。小崔翻开"干肉"，用指甲把里面的黄色粉末一点一点"耕"下来放在铺好的白纸上，对户主人说："就这点点是牛黄，老这么放在胆囊里不好，你收起来吧。"主人有些愕然，但也无可奈何。回去的路上，我问崔技术员："那些像破棉絮样的东西是什么？"崔说："应该是病体吧。长'黄'的牛都是病牛。"我如实把情况向程部长汇报了，避免了一次重大失实。

写作，是要负责的。对客观负责，也对自己负责；对当代负责，也对后人负责。白纸黑字，板上钉钉，是不允许事后赖账的。曾经有人把写的东西比喻成自己的孩子，尽管我并不觉得这有多么贴切，也不屑于认同，不妨暂且在这里拿来说说事理："你生出的孩子可以不负责吗？"那些凭道听途说、移花接木、望风捕影、合理想象获取写作材料的方法是万万要不得的。经历了许多年，我的写作涉猎了许多方面。新闻、典型事迹材料，领导人讲话稿、行政公文、史志文稿、散文、传记等等多种文体，每种文体所涉及事实的真实性我都负责到底，绝不承认有人说的"你会吹"的话。因为我一直坚持对事实的认定视同对人格的捍卫，始终坚持了严肃认真，一丝不苟，哪怕是受托给一个普通人写一个千把字的悼词或两三百字的碑文，也要言之有据，论之成理的。我们老家有句话："人不能卷着舌头说话。"什么叫"卷着舌头说话？"就是昧着良心说假话。曾经有一个人到我办公室，见我在写农业方面的材料，便说："你们报告上的粮食产量、农民人均纯收入等等的数字都是吹出来的。"说第一遍我听着，说第二遍我忍着，说第三遍之后我对他说："我写的报告上的数字都是通过统计部门的专业人员现场称量、典型分析、逐级核对、有据可查的，你说的这个'吹'，能把'吹'的依据说给我听听吗？"他闭嘴了。

有一年县里筹备精神文明建设会议，让我到一个企业去写先进典型材料，采写对象是作为企业一把手的党支部书记。依旧是只我一个人，同当事人从生产切入访谈，详细了解作业流程、营销网络、企业管理、层级设置、成本核算、职工队伍建设等等，点面结合，边谈边记，力求不落一个方面，不漏一个细节。之后，按照企业生产流程，我看了每一个车间，在隆隆的机床旁边与工人交谈；也到了每一个管理科室，哪怕在昏暗闷热的仓库里，也不厌其烦地向仓库保管员认真询问，弄明白那些让我感觉新奇和陌生的东西。我在企业召集了几个座谈会，按照采访逐步完善的提纲，同相关人员都诚恳谈过。这样，除了能够更多掌握情况外，还能够对已经了解的事实进行补充完善和准确核实。在座谈会上察言观色的发现，会后也及时通过个别交谈究根问底，力求不留一个疑点。

详细采访，掌握了真实而足够的素材。在写作过程中，我又根据需要进行了补充采访，不久就完成了材料的写作。当我拿着稿子让企业相关人员进行审阅并在许多方面已经表达了满意的时候，出差外地刚回来的厂长不高兴了。他拿着稿子看了几眼便不耐烦地说："你们不能这样写，不能这样写！"没有具体，也没有确指，只是表现了一脸的不高兴。我对他说："我来的时候你不在家，今天就是来听你意见的呢。哪些地方不对、写得不好咱就另写。"我们进行了深谈，挖掘了一些层次更深、典型性更强的东西加进了材料。厂长满意了，我们成了很好的朋友。

毛泽东同志说："文章是客观事物的反映，而事物是曲折复杂的，必须反复研究，才能反映恰当，在这里粗心大意，就是不懂得做文章的起码知识。"（《反对党八股》1942年2月8日）有的人似乎不明白这个道理，写材料不仅粗心大意，而且往往故意掺假，也就不敢让采写单位的人看见，便有了"墙里开花墙外香"的怪事。我还在基层单位工作的时候，有一年上级派人来写参加全县财贸学大庆学大寨会议典型发言材料，会议开始的时候才把材料给了我们单位的领导，领导就照着稿子在会上念了。后来我看了那个材料，便问去发言的领导说："书记，你发言稿上写的那几个事是哪个门市部做的？"书记说："不知道啊，我以为是你跟他们说的呢。"后来，我在一次偶然中发现，那几个事都是从外地的一个材料上搬过来的。唉，真不知道有的人怎么好这样写文章。

在政府当秘书，作公文和写领导讲话稿，是要掌握政府工作方方面面情况的，而且这些情况更需要千真万确。因为政府工作要在千真万确的情况中总结经验，指导工作；找出教训，引为鉴戒；综合分析，进入决策。这是真枪实弹，刀刀见血的。如果偶有闪失，所造成的危害不仅具体而直接，造成的影响也是广大而深远的。对此，实在不可以有丝毫的懈怠和马虎。这是做秘书最基本的职业操守。我一直认为，也曾经多次对在我领导下的秘书人员说："当秘书，了解和掌握的工作情况要力争比领导更多、更细、更真、更准。这是秘书为领导服务，为基层服务，为人民群众服务和当好领导参谋、助手的职责使然。"做到这几个"更"并不容易，必须不怕吃苦，不厌其烦，不耻下问，有一种不弄精准不罢休的执着。

了解实际情况，在新闻工作上叫采访，方法是沿着一条线索一追到底；在秘书工作上叫调查研究，则是全面撒网、重点突击、由此及彼、由表及里地深入了解。我曾经说："秘书是杂家，杂的几乎是什么也知道些，却什么也不专业。"这虽是戏谑，也是实际，是秘书掌握情况的基本特点。在当秘书的那些年里，我的工作大体上就是两个方面，其一是起草文件，写领导讲话稿，审阅基层的情况报告，这是纯文字的工作；其二就是调查研究。这两方面的工作是相辅相成的，第二方面是第一方面的基础保障；第一方面是第二方面的成果体现。那些年，每当手头没有急着写的材料，我便一个人或几个人下到基层或部门进行调查研究。有时在乡村，有时在企业，有时在职能部门。到一个地方，就同那里的负责人或中层干部或普通群众面对面进行交谈。谈工作，也谈心；了解情况，也交流情感，做到水乳交融，推心置腹。不这样，就会人心相隔，各存戒备，便了解不到真实情况。

那时候下乡大都骑自行车。我经常在路边支下车子，走到地头与农民交谈。有一次我与正在刨花生的农民老哥在地头坐下来，用我的卷烟换过他的旱烟，一支火柴点着一起抽，问他家多少地，都种了什么作物，今年花生产量估计能产多少等等，他都认真详细地说给我听。以这个农家的"点"作参照，便可以对一个区域的"面"作一个比较真实的分析推测。莱西的市域面积有1500多平方千米，从政府驻地出发到偏远的乡村，有的地方要走七八十里地，骑自行车是很费劲的。有时候就不得不在一个地方住些日子，就近在一个范围内展开调研。1985年8月的"九号台风"过后，我与一个同事沿着受灾最重的大沽河沿岸对灾情和灾后恢复及救灾措施进行调研。在院里乡，晚上还在进行座谈，办公室来电话说赵克志县长要我马上赶回去。那时候乡里也没有汽车，因为事情紧急，乡里便临时借一个"130"货车把我送了回去。

这样做虽然挺累，却因为掌握了真实和充分的实际情况，写文章的时候就可以左右逢源，不用担心要得急也不用担心写得多了。常听说有把此地的讲话稿让彼地借用在会议上照本宣科，就是因为没有此时此地的真实情况，就成了"放之四海而皆空"的废话。老作家汪曾祺在他的《泰山片石》里说："李白写了很多好诗，很有气势。但有时底气不足，便只好撒狗血，装疯。"为什么底气不足？最主要的原因是掌握情况不多、不实，说不到位置，也说不到点子上，便不敢理直气壮，只好来个"二和尚念经——哩溜模棱"，用套话、空话、大话、假话充门面。诗人尚且如此，何况秘书！

回顾一下，有生以来我做得最多的是文字工作。我珍惜这个工作，在任何时候，任何情况下都认真对待这个工作。所以，对于文字的东西，只要经过我手，就一定负责到底。包括述事，也包括说理。有一次，一位领导拿来一个材料让我审阅，特别交代说："你看看这个稿子，作者说是不能改的。"尽管这样，我还是该怎么看还怎么看，该怎么改还怎么改，因为在当时这就是我的工作责任。审阅的时候，我发现这个稿子在谈观念的地方作了这样的表述："观念决定意识，意识决定思路，思路决定速度。"我想，这样的表述如果抽去中间的过度层，就成了"观念决定速度"。还是"人有多大胆，地有多大产"的唯心主义观点。

讲道理和讲事实应该是一致的，同样要实事求是，不能离开真实的依据去凭空生出道理来，不能强调一面忽视另一面，弄到不适当的程度。看到这个表述使我想起一件家事。一个时期曾经流行一种"思想解放的程度，决定经济发展的速度"的观点，让人看了很不舒服。有一天在家吃饭，我问上中学的儿子说："你说这话对不对？"他想了想说："不对吧！"是的，不对。这连孩子都明白的道理，有的大人却不厌其烦地说，不知是出于什么考虑。后来，这个观点就改成了比较中肯平和的表述："思想观念是人们行动的先导，也是事业兴衰成败的关键。"

"文章千古事"，这是杜甫的话。既然是千古事，写文章的人就要"心存敬畏"，就要持对得起千古的态度。这是历史上有良知有作为的为文者的风骨，也是优良的传统和宝贵的精神财富。一个时代有一个时代的文章，一个一个的时代都是用文章记录下来，传承下去的。传，当然要传真实，不是传虚假。这就需要用文章人的良知，忠实于社会，忠实于人生，忠实地去做真实的人，记真实的事。或许，只有这样，文章人才会心里踏实，才会问心无愧。

2017年12月4日

美丽乡村建设与楹联文化

习近平总书记指出:"中华优秀传统文化是我们最深厚的文化软实力,也是中国特色社会主义植根的文化沃土。"楹联文化是中华民族优秀传统文化的重要组成部分。把高雅的楹联文化融入美丽乡村建设,成为一种助推的力量,是一项最直接、最现实、最容易取得成效的开创性事业,在新时代农村精神文明建设中具有重要的示范意义和经典价值。

一、楹联文化在乡村的历史与现状。在我国传统文化中,与诗词文赋等等的文学样式相比,楹联在乡村中植根最深,流传最广,实用价值最大,生命力最旺盛,最接地气,最深入人心。任何的沧桑演化,时代变迁都没有也不能阻断楹联在乡村的根脉。尽管楹联在与时俱进中内容各有不同,但楹联这种文化样式却始终如江河之水,源远流长。

在乡村发展的历史进程中,楹联已经深深地融入了乡村的民风民俗之中。譬如乡村的春节,可以没有其他,甚至生活到了缺衣少食的地步,也绝不能没有春联。在胶东,还有家里遭了丧事当年不能贴春联的风俗,所以如果随意不贴春联便是大忌。许多年来,每个村庄都有文化人为全村人家写春联。乡村学堂选聘教师,必须先要看字写得好不好,好才能得到聘任。放寒假,教师一般要给全村写完春联才能回家。除了春联,乡村里年轻人结婚要贴喜联;老人过生日要挂寿联;盖新房子要有上梁立柱联;开店要有门店联。许多家庭还有中堂联、题赠联、励志联等等。总之,楹联文化早已经深入到了乡村生活的方方面面,凡是有合适,有需要的地方和人家就会有楹联,哪怕是竹篱茅舍,瓜棚场屋也不能落下。联语彰显了时代,抒写了情怀,表达了向往,也装点了生活,宣示了高雅。

仓廪实而知礼节。随着农村和农民生活越来越富裕，人们对包括楹联在内的高雅文化的追求越来越强烈，对楹联的需求越来越广泛。与之相适应的是印刷楹联，销售楹联，炒作楹联的市场也越来越大。在越来越繁荣的楹联文化市场中，也同时存在着一些不容忽视的问题。如联语雷同，内容低俗；印刷粗陋，书写草率；联律不谐，张挂混乱等等，不一而足。本来，历史上曾经在春节期间进村看看春联就可以知道这个村庄的文化底蕴，因为那时候春联都是村里的人自己书写。而现在，不论到哪个村庄看春联，大都是千篇一律的印刷品。一个村庄，很少见到手写的春联。就没有了区别，也不见了高雅。

二、楹联文化在美丽乡村建设中的固守本能与开发动能。所谓本能，是指楹联本身所特有的实用价值、审美价值、观赏价值和与之相关联的形成环节，依此能够不断提升美丽乡村建设的人文层次，进而增加美丽乡村的文化积淀；所谓动能，是指楹联文化所自然派生出的各种文化项目，依此能够成为美丽乡村建设中的文化品类。

固守楹联文化的本能一是要根据目前楹联文化市场存在的联语内容参差、联律失范、张挂失准等方面的现象，切实搞好楹联基础知识普及，认真抓好楹联创作，尽快让更多的人了解楹联基本知识，有更多的人能够创作出健康、规范的优秀对联。二是要抓好楹联书写队伍建设。当前写字作书法的人很多，写对联的人也不少，但写字为卖钱的多，义务为村民写对联的少。而许多村民一提到钱，往往就算算不如到市场去买合算，也就不再去求人写了。三是要规范楹联经营。据了解，乡村市场销售印制的春联大都不是正式出版物，而是一些小印刷厂和手工作坊制作的产品，粗制滥造，极不规范。所以，只有搞好创作，抓好书写，规范印刷，才能真正守得住楹联这一老祖宗留下的文化阵地，才能使其在新时代不断得到升华。

开发楹联文化动能的方面很多，只要用心，随时随地都能够生出新的思路，创出新的项目。当前比较适合做的一是楹联基础知识竞赛活动；二是专题楹联征集活动；三是楹联颂新风、颂先模活动；四是楹联酬答和绝对征答活动；五是楹联故事演讲活动；六是楹联书写、木石刻制评选活动等等。楹联是一种既简单又复杂，既浅显又高深的学问，涉及面宽，包容性强，能够适应和吸引各阶层的人参与。开展这样的活动，可以在一个村庄，一个社区，一个企业；也可以在一个乡镇街道，一个县市乃至更大的范围内进行。这样的活动，接连不断地进行，美丽乡村的文化氛围就会越来越浓厚，文化生活就会越来越丰富，文化环境就会生机勃勃，魅力无限。

三、楹联文化在助推美丽乡村建设中的行政作为与专家支持。楹联文化助推美丽乡村建设的文化功用是显而易见的，而要达到二者之间的和谐统一，并使之相互促进，共同提高，共同繁荣，最重要的是必须做到行政作为与专家支持的有机而有效地结合。

第一，各级党政要把楹联文化作为重要方面列入美丽乡村建设的议事议程。要在研究、规划、设计美丽乡村建设的同时研究、规划、设计楹联文化；在检查、考核、落实美丽乡村建设的同时检查、考核、落实楹联文化，使楹联文化真正能够同美丽乡村建设融为一体，在每个步骤，每个环节上都能够见到楹联文化的作用在发挥。

第二，与楹联文化和美丽乡村建设相关的各级宣传、文化、教育、建设、旅游等部门和工、青、妇等社团组织要齐抓共管，协力把楹联文化参与和助推美丽乡村建设的事情办好。尤其是在楹联文化的动能开发方面要有主有次，有分有合，尽心尽力把工作搞上去，让水平升上来。

第三，楹联专业团体及楹联文化和书写刊刻方面的专家学者要通过开展讲座、研讨、讲习、函授等形式对乡村的钟情于楹联的"文化人"进行楹联专业的培训指导，不断提高楹联创作、书写、刻制水平，努力造就一批热心为美丽乡村建设服务奉献的地方楹联创作和书写、刊刻队伍。同时，要积极开展下乡创作、下乡书写的送楹联下乡活动，为美丽乡村建设提供动态高能层面的服务。

第四，要尊重楹联专业团体和专业人员的创造性劳动。根据社会现实，应该主动考虑专业团体的生存发展及创作和书写、刊刻等专业人才的生活需求。各级、各相关部门要积极为他们创造良好的工作环境和条件，相应解决他们的活动经费和工作报酬，以保证他们的积极性得到持久有效发挥。所需的费用与其他方面的建设用工一样对待，一起列入美丽乡村建设的投资核算。

我们已经进入中国特色社会主义的新时代。楹联这一千古传承的文化瑰宝成为助推新时代美丽乡村建设的高雅动能，一定能够发挥更大的作用，显扬更加靓丽的风采。

2018年5月4日

后记

　　经过一二十年的写写停停、停停写写，终于集够了一本书的规模，然后从头到尾反复认真地修改、编排、定稿，即将付之以梨枣了。本书的成书过程中，得到我的夫人、我的儿女、我的亲友及中国海洋大学出版社编辑同志的热情帮助和大力支持，在此表示深深的谢意。

　　读书，哪怕是读古人的和名家的书，偶尔读到讹误处，总感到惋惜，感到遗憾，感到很不舒服。因为有这个感觉，在作自己书的时候就有点心惊胆战，生怕同样留下讹误，所以总如临深履薄，特别谨小慎微，尽最大努力把讹误纠正在付印之前。

　　虽然，陈思王曹子建说过，"世人著述，不能无病"，(《杨祖德书》)但"病"总不如"不病"。指望"不病"，却又难免其"病"，也便陷入无奈。我们老家有句俗话："捉不净的虱子拿不净的贼。"我想想，书稿的讹误可能也是这样。

　　读者是上帝，时刻心存敬畏，这是我写作长期的坚守。但水平如此，一时也不能很快提高起来，也就只好让可能的"遗憾"留给后来，敬请读者诸君给予谅解吧。谢谢！

2018年12月27日